FENJA LÜDERS

Der Duft der weiten Welt

Speicherstadt-Saga

FENJA
LÜDERS

Der Duft der weiten Welt

SPEICHERSTADT-SAGA

Roman

Lübbe

Dieser Titel ist auch als Hörbuch und E-Book erschienen

Originalausgabe

Umschlaggestaltung: Sandra Taufer, München
Einband-/Umschlagmotiv: © shutterstock: Olga_C | Andrekart Photography | powell'sPoint; © Arcangel Images: Ildiko Neer
Satz: hanseatenSatz-bremen, Bremen
Gesetzt aus der Adobe Garamond Pro
Druck und Einband: Druckerei C.H.Beck, Nördlingen
ISBN 978-3-431-04125-5

5 4 3 2 1

Sie finden uns im Internet unter: www.luebbe.de
Bitte beachten Sie auch: www.lesejury.de

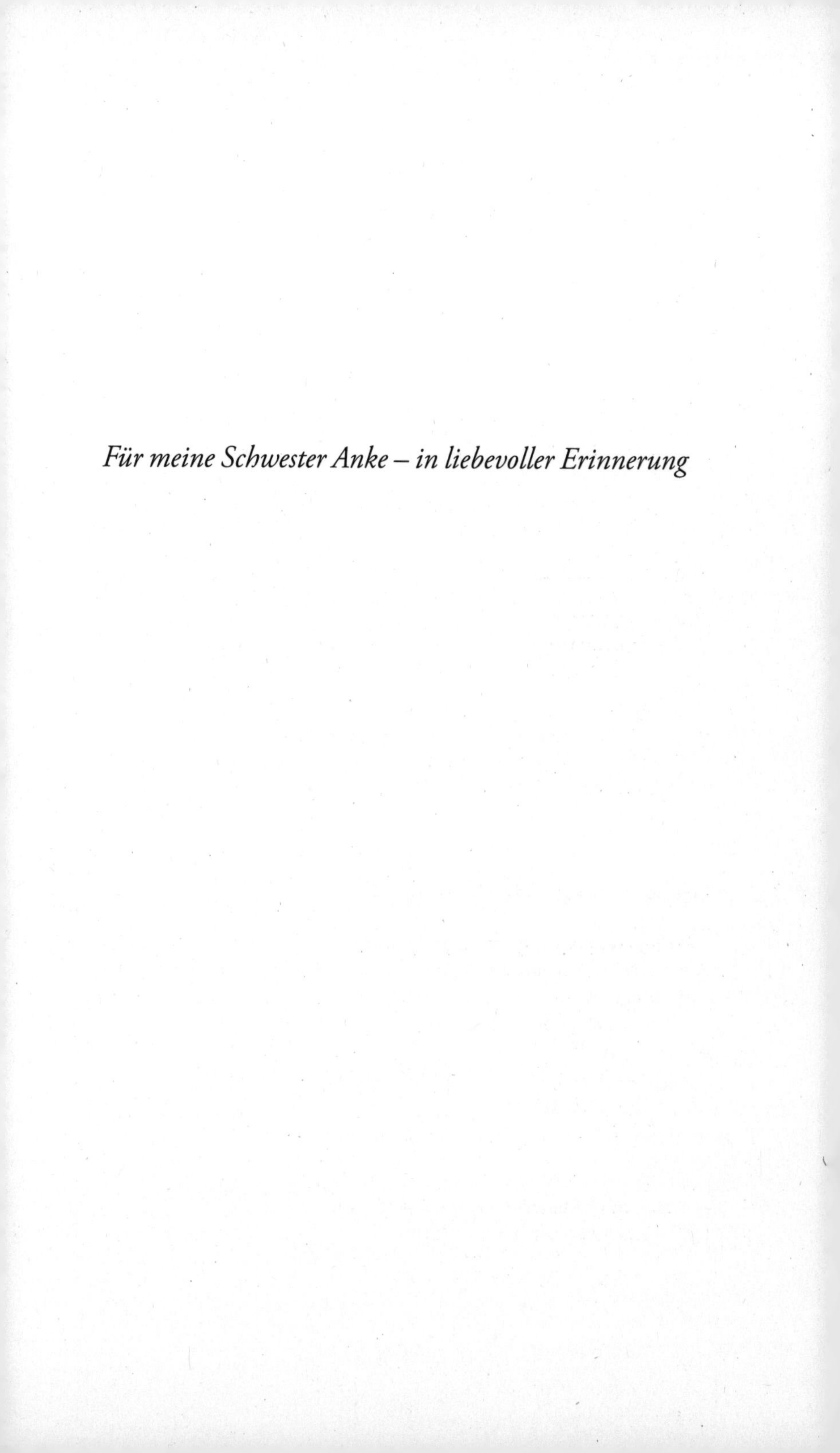

Für meine Schwester Anke – in liebevoller Erinnerung

PROLOG

Hamburg, 1948

»Ich komme sofort«, sagte Mina und lächelte ihrem Gegenüber zu. »Lass mir bitte eine Minute allein hier.«

Statt einer Antwort legte der Mann eine Hand auf ihren Arm, zog sie kurz an sich und küsste sie auf die Wange. Dann verließ er den Raum und schloss leise die Tür hinter sich.

Minas Blick blieb für einen Moment am dunklen Holz der Tür hängen. Sie holte tief Luft.

Abschied zu nehmen ist wie ein kleiner Tod.

Wer hatte das noch gesagt? Ihr Vater? Oder war es Edo gewesen?

Wer auch immer es gewesen war, er hatte recht gehabt. Es fühlte sich an, als würde ihr Herz zerreißen. Sie drehte sich langsam um die eigene Achse, ließ den Blick noch ein letztes Mal durch den Raum schweifen. Jedes Detail sog sie in sich auf, während die Sehnsucht nach dem, was vergangen war, und die Trauer um das, was unwiederbringlich zu Ende ging, ihr die Kehle zuschnürten.

Die Möbel, die Bilder an den Wänden, jeder Gegenstand hatte seine eigene Geschichte und weckte eine Flut von Erinnerungen, die nicht verschwinden würden, nur weil sie den Raum zurückließ.

Dort, unter dem Fenster, standen die zwei alten Ledersessel mit den hohen Lehnen. Dort hatte ihr Vater immer mit den Maklern gesessen, wenn sie auf ein erfolgreiches Geschäft anstießen. Mina konnte beinahe das leise Klirren hören, mit dem er die Schnapsgläser auf die Kristalluntersetzer gestellt hatte, um die Platte des runden Rauchtisches zu schonen. Die Spitzendecke auf dem Tisch hatte ihre Schwester Agnes gehäkelt.

Minas Blick blieb an dem dunklen Vertiko neben dem Fenster hängen, das früher in Großmutters Salon gestanden hatte. Den Silberrahmen mit dem Foto ihrer Mutter hatte sie selbst daraufgestellt. Zuvor hatte er den Flügel in der Villa an der Heilwigstraße geschmückt. Einmal hatte Mina beobachtet, wie ihr Vater das Bild in der Hand gehalten und lange betrachtet hatte, ehe er es beinahe zärtlich wieder zurückstellte.

An der schmalen Wand gegenüber des Fensters stand noch immer der kleinere der beiden Schreibtische, der schon seit einer halben Ewigkeit nicht mehr benutzt worden war. Dort hatte Edo seinen Arbeitsplatz gehabt, bis …

Mina verbot sich, weiterzudenken. Manche der alten Geschichten waren so bitter wie Kaffee, der zu lange im Röstofen gewesen war.

Sie riss den Blick los und ging zum Fenster hinüber. Zwischen der Straße und den Kaischuppen war ein schmaler Streifen des Hafenbeckens zu sehen. Die Sonne glitzerte auf dem kabbeligen Elbewasser. Zwei Speicherarbeiter standen auf der Ladefläche eines Lastwagens und luden Kaffeesäcke auf, die von einem Quartiersboden weit über dem Kontor hinabgelassen wurden. Einer der Arbeiter auf dem Lastwagen legte die Hände trichterförmig an den Mund, rief etwas nach oben, und das Tau verschwand aus Minas Sichtfeld. Sie stellte sich vor, wie die Quartiersarbeiter oben an der geöffneten Speichertür nickten, sich an die Schiffermützen tippten und die Tür zum Speicherboden wieder verschlossen. Hunderte Male hatte sie das gesehen.

Sie wandte sich ab und ging zum großen Schreibtisch hinüber.

Merkwürdig, wie sehr man doch an so einem alten, hässlichen Möbelstück hängen kann, dachte sie. Während sie um den Tisch herumging, glitten ihre Finger über das altersdunkle Holz. Der Klavierlack machte es glatt und weich wie Seide.

Damals, als sie das Kontor wiedereröffnet hatten, hatte der Tischler den Schreibtisch gar nicht reparieren wollen und Mina geraten, doch lieber gleich einen neuen Tisch zu kaufen. So ein altes Ungetüm stelle sich doch heutzutage niemand mehr ins Büro.

»Ich schon«, war Minas Antwort gewesen. »An diesem alten Ungetüm hat schon immer der Chef von *Kopmann & Deharde* gesessen. Mein Großvater hat ihn gekauft und ins Kontor stellen lassen, als er die Firma gegründet hat, und jeder Firmenchef nach ihm hat an diesem Tisch seine Arbeit erledigt. Es wäre falsch, ihn durch einen neuen zu ersetzen, wie praktisch und modern er auch sein mag. Außerdem hängt mein Herz daran.«

Langsam ließ sie sich auf dem Stuhl hinter dem Schreibtisch nieder, der wie immer ein wenig knarrte, legte die Hände auf die Tischplatte und genoss das Gefühl der Wärme, die das alte Holz ausstrahlte. Jeder Fleck, jede Schramme war ihr vertraut. Von den meisten wusste sie, wann sie entstanden waren.

Den hellen Ring hinten in der Ecke hatte der Aschenbecher ihres Großvaters hinterlassen. Der schwarze Brandfleck daneben stammte von einer seiner Zigarren. Die vordere Kante der Tischplatte war von den Ärmeln all derer abgewetzt, die über die Jahre auf dem Platz gesessen hatten, den sie jetzt innehatte. An der hinteren Kante der Platte war ein Stück des geschnitzten Aufsatzes abgebrochen, als sie den Schreibtisch in aller Eile in den Keller verfrachtet hatten – damals, als die Bomber über den Hafen flogen.

Eine Schönheit war der Schreibtisch wirklich nicht mehr, und es stimmte, er war unpraktisch und völlig aus der Mode gekommen. Aber es war nun einmal der Tisch des Chefs. Das war er immer gewesen. Bis heute …

Mina sah zu den Ölgemälden hinüber, die an der Wand neben der Tür hingen: zwei weißhaarige Patriarchen, die sie aus ihren angelaufenen Goldrahmen skeptisch anschauten. Das linke zeigte ihren Großvater, Gerhard Kopmann, mit seinem hohen Vatermörder und der goldenen Uhrkette, die über seine Weste drapiert war. Er trug den Kopf hoch erhoben und sah seinem Betrachter herausfordernd in die Augen. Ein Kaufmann in der Pose eines Königs. Daneben hing das Porträt ihres Vaters, Karl Deharde, wie er sich selbst am liebsten gesehen hatte: hinter seinem Schreibtisch in seine Arbeit versunken. Diesen strengen, missbilligenden Ausdruck hatte er nur dann in den Augen gehabt, wenn jemand ohne anzuklopfen ins Kontor gekommen war und ihn bei der Arbeit gestört hatte. Schade, dass es kein Bild gab, auf dem ihr Vater lächelte und so aussah wie ihr Papa von einst.

Papa. So hatte Mina ihn als kleines Mädchen genannt. Doch als sie größer wurde, war er der Meinung, das schicke sich nicht mehr, und aus Papa wurde Vater. Sonntagnachmittags ging er nicht länger mit den Töchtern am Alsterufer spazieren, wo sie die Schwäne fütterten, sondern zog sich allein mit der Zeitung in sein Arbeitszimmer zurück. Lange war er unnahbar geblieben. Erst ganz zuletzt, als er ihr schließlich die Wahrheit gesagt hatte, war das stumme Einverständnis aus Kindertagen zurückgekehrt.

»Was hättest du an meiner Stelle getan, Papa?«, murmelte Mina, während sie zu den Gemälden hochsah. »Wie hättest du dich entschieden?«

Der Blick ihres Vaters auf dem Gemälde war so kritisch und missmutig wie eh und je. Aber seine Ratschläge waren gar nicht mehr nötig. Sie hatte alle Möglichkeiten bedacht und erwogen, genau wie er es ihr beigebracht hatte. Jetzt stand ihr Entschluss fest, und sie war sich ganz sicher, das Richtige zu tun. Die Wehmut, die sie eben noch empfunden hatte, machte einem Gefühl freudiger Erwartung Platz.

»Wenn Abschied ein kleiner Tod ist, dann sollte, was danach kommt, so etwas wie eine Geburt sein«, sagte sie halblaut zu sich selbst. »Höchste Zeit, ein neues Kapitel aufzuschlagen.«

Sie erhob sich abrupt, straffte die Schultern und klopfte mit den Knöcheln ihrer Rechten auf die Platte des Schreibtisches. Als die Tür zum Kontor sich öffnete, sah Mina auf und lächelte.

»Ich bin so weit. Sag den Männern, sie können die Möbel hinaustragen.«

EINS

Hamburg, 1912

Das schrille Läuten der Klingel übertönte den einlullenden Vortrag von Fräulein Cornelius. Sofort begannen die ersten Schülerinnen miteinander zu tuscheln, was ihre Lehrerin veranlasste, ihnen über den Rand der runden Messingbrille hinweg einen strafenden Blick zuzuwerfen.

»Ein bisschen mehr Geduld, die Damen! Noch bin ich es, die zu bestimmen hat, wann der Unterricht zu Ende ist, nicht diese vermaledeite Klingel.« Die hochgewachsene, hagere Lehrerin zog ihre kleine goldene Taschenuhr aus der Westentasche und seufzte vernehmlich. »Wie schnell doch die Zeit verfliegt, wenn man sich amüsiert. Wir sehen uns am Dienstag in gewohnter Frische und werden uns dann weiter der Geografie Ostpreußens widmen. Der ein oder anderen von Ihnen würde ich dringend empfehlen, sich am Sonntag einmal das Buch und einen Atlas zur Hand zu nehmen. In drei Wochen stehen die Prüfungen an, und ich könnte mir vorstellen, dass das Ostseegebiet Thema sein wird.«

Mina, die sich auf ihrem Platz in der hintersten Bank wie immer hinter den Rücken ihrer Mitschülerin Gertrud geduckt hatte, schaute auf. Prompt traf sie der strafende Blick von Fräulein Cornelius.

Natürlich war sie gemeint, das war ihr völlig klar. Geografie war nicht gerade eines ihrer Glanzfächer. Im vorigen Jahr war das noch anders gewesen, aber seit Fräulein Cornelius ihre Klasse unterrichtete, zogen sich die Geografiestunden in die Länge wie warmer Kautschuk. Die Lehrerin leierte Daten und Fakten über Einwohnerzahlen, Bodenschätze, Flussläufe und Höhenzüge mit ihrer näselnden Stimme so eintönig herunter, dass Mina regelmäßig den Faden verlor und Mühe hatte, nicht einzunicken. Erschwerend kam hinzu, dass sie den Geografieunterricht für Zeitverschwendung hielt. Nichts von dem, was sie hier lernte, würde sie brauchen können, wenn sie erst einmal studierte. Wozu also damit Zeit verplempern? In anderen Fächern, wie Chemie oder Mathematik, hing sie wie gebannt an den Lippen der Lehrer, doch den Geografieunterricht verbrachte sie lieber damit, hinter Gertruds breitem Rücken geduckt zu lesen oder zu zeichnen.

Mina war sich noch nicht sicher, welches Fach sie studieren sollte, aber sie hatte ja auch noch ein bisschen Zeit bis zu der Entscheidung. Immer einen Schritt nach dem anderen. Zuerst einmal musste sie im nächsten Frühling ein möglichst gutes Abitur machen. Ihre Hauslehrerin Fräulein Brinkmann vertrat die Meinung, Mina sollte sich mit nichts Geringerem als Medizin zufriedengeben. Tatsächlich war sie die Einzige, die bislang überhaupt über ihr Vorhaben Bescheid wusste.

Immer wieder schlich sich die Sorge in Minas Gedanken, was ihre Familie wohl zu ihren hochfliegenden Plänen sagen würde. Vater würde bestimmt nicht begeistert sein, und sie würde all ihre Überzeugungskünste aufbringen müssen. Um seine Zustimmung zu erringen, seine Älteste in eine fremde Stadt ziehen zu lassen, würde sie all ihr diplomatisches Geschick und mindestens eine Stunde allein mit ihm brauchen. Schon seit Wochen wartete sie auf eine Gelegenheit, ihn allein abzupassen, aber das war nicht so einfach. Wenn sie ihn im Kontor in der Speicherstadt besuchte, war er in der Regel von Kontoristen oder Maklern umgeben. Und auch zu Hause, in der Villa an der Heilwigstraße, waren die Momente rar, in denen sie ihn allein sprechen konnte. Vater zog sich immer gleich nach dem Abendessen in sein Arbeitszimmer zurück, um in Ruhe seine Zigarre rauchen zu können, ohne dass Großmutter Hiltrud ihm mit ihrer ewigen Nörgelei auf die Nerven fiel.

Ein Lächeln überflog die bitteren Altjungfernzüge von Fräulein Cornelius und ließ sie weicher und fast jugendlich erscheinen. »Ich wünsche Ihnen allen ein schönes Wochenende. Bis Dienstagfrüh, meine Damen.«

»Endlich«, murmelte Mina erleichtert, wischte ihre Zeichenfeder sorgfältig trocken und verstaute sie im Federkasten. Sie sprang auf, stopfte Federkasten und Heft in die lederne Schultasche und schlüpfte an den anderen Mädchen vorbei durch die Tür.

Immer mehr lachende und schwatzende junge Mädchen in grauen, knöchellangen Röcken und weißen Blusen strömten aus den Klassenräumen auf den Flur. Die Frühlingssonne warf helle Streifen auf den schwarz-weißen Terrazzoboden. Eigentlich war das Wetter viel zu schön, um gleich nach Hause zu gehen. Mina beschloss, noch ein Stück an der Alster entlangzuspazieren.

Heute war Samstag, da gab es immer Eintopf zu Mittag. Nicht dass sie keinen Eintopf mochte, aber beim Gedanken an Großmutters Esszimmer mit den dunklen Möbeln und den dicken Vorhängen, in dem es so düster war, dass man auch tagsüber versucht war, das elektrische Licht einzuschalten, verging ihr der Appetit. Großmutter Hiltrud würde am Kopfende des Tisches sitzen, mit Argusaugen jeden Bissen beobachten, den Mina zum Mund führte, und schließlich feststellen, es sei kein Wunder, dass sie immer fülliger werde, wenn sie schlinge wie ein Hafenarbeiter. Und dann würde sie Agnes einen liebevollen Blick zuwerfen und ihr verschwörerisch zublinzeln.

Sehnsüchtig dachte Mina an früher zurück, als sie noch in der Wohnung an der Isestraße gewohnt hatten, nur Papa, Agnes und sie zusammen mit zwei Dienstboten und der Hauslehrerin Fräulein Brinkmann. Als der Großvater im letzten Herbst gestorben war, hatte Großmutter Hiltrud Vater gebeten, mit der Familie zu ihr in die Villa zu ziehen. Mina, die schon die allwöchentlichen Besuche bei den Großeltern als lästige Pflichtübung betrachtet hatte und die Villa an der Heilwigstraße mit ihrem düsteren Pomp von Herzen verabscheute, hatte alles versucht, um den Umzug zu verhindern. Aber ihr Vater hatte sich nicht erweichen lassen.

»Du musst das verstehen, Mina. Großmutter fühlt sich einsam in dem großen Haus«, hatte er erklärt.

Zum Glück hatte Mina wenigstens durchsetzen können, die beiden Dienstboten und Fräulein Brinkmann mit in die Villa zu nehmen, statt sie vor die Tür zu setzen, wie Großmutter Hiltrud vorgeschlagen hatte. Eine furchtbare Geldverschwendung, so viel Personal zu halten, klagte sie immer wieder. Minas Großvater hätte so etwas nie geduldet, so sparsam, wie er gewesen sei.

Mina kümmerte sich nicht um die spitzen Bemerkungen

ihrer Großmutter. Sie war froh, die vertrauten Gesichter um sich zu haben. Besonders Fräulein Brinkmann und die Köchin Frau Kruse waren so etwas wie Verbündete im Feindesland. Frau Kruse wäre für sie durch die Hölle und zurück gegangen. Bestimmt würde sie ihr etwas vom Eintopf beiseitestellen.

Mina nahm ihren Mantel vom Haken, zog ihn hastig über und war schon auf dem Weg zur Tür, als sie Bettys Stimme hörte.

»Mina? So warte doch mal!«

Mina verdrehte die Augen. Sie widerstand der Versuchung, so zu tun, als hätte sie Betty nicht gehört, hielt inne und drehte sich um.

Betty – eigentlich Elisabeth – war die jüngste Tochter des Reeders Paul Rüther und wohnte in einer hübschen Backsteinvilla am anderen Ende der Heilwigstraße. Die Familien Rüther und Kopmann verkehrten seit Jahren gesellschaftlich miteinander, und man kannte sich gut. Bettys Mutter gehörte zum Teekränzchen von Großmutter Hiltrud, darum gingen alle wie selbstverständlich davon aus, auch Betty und Mina müssten beste Freundinnen sein. Die beiden Mädchen besuchten sich regelmäßig – dafür sorgten Minas Großmutter und Bettys Mutter –, aber Freundinnen waren sie wahrhaftig nicht geworden.

Was will sie denn jetzt schon wieder?, dachte Mina und sah Betty stirnrunzelnd an.

Mit ihrem herzförmigen Gesicht, den veilchenblauen Augen und dem dunkelblonden, welligen Haar, das sie stets nach der neuesten Mode hochgesteckt trug, war Betty wirklich bildhübsch. Nur leider dumm wie Bohnenstroh. Wie sie es bis in die Unterprima des Lyceums Rothenbaum geschafft hatte, war Mina ein Rätsel. An ihren Leistungen konnte es jedenfalls nicht liegen. Vielleicht halfen die schmachtenden Blicke, die sie den wenigen männlichen Lehrern zuzuwerfen pflegte.

»Es ist so schön, dass du in Betty eine Seelenverwandte gefunden hast«, hatte Großmutter neulich erst gesagt. »Jemanden, mit dem du deinen Kummer und deine Sorgen teilen kannst.«

Mina hatte die Lippen ganz fest zusammengepresst, damit ihr keine Antwort herausrutschte, die sie später bereute. *Eine Seelenverwandte wäre großartig*, hatte ihr auf den Lippen gelegen. *Aber eine Tratschtante wie Betty kann ich wirklich nicht gebrauchen.*

Ihr war schnell klar geworden, dass Betty alles, was sie ihr anvertraute, sofort ihrer Mutter erzählte, die es dann brühwarm an Minas Großmutter weitergab. Seit Großmutter ihr eine Standpauke gehalten hatte, dass es sich für eine junge Dame nicht ziemte, mutterseelenallein mit der Straßenbahn in die Innenstadt oder gar zum Hafen zu fahren, hütete sich Mina, Betty auch nur ein Wort zu viel zu erzählen.

»Was gibt es denn?«

Widerstrebend ließ Mina den geschwungenen Türgriff los und ging zu Betty und ihrer Freundin Astrid hinüber, die in ihren Augen ebenfalls in die Kategorie »hübsch, aber strohdumm« fiel. Beide hatten nichts anderes im Kopf, als sich so schnell wie möglich einen reichen Kaufmanns-, Reeder- oder Bankierssohn zu angeln, ihm das Haus heimelig einzurichten und die nächste Generation von Kaufmanns-, Reeder- oder Bankierssöhnen in die Welt zu setzen.

Betty strahlte aus jedem Knopfloch, und ihre Wangen liefen rot an, während sie aufgeregt auf den Zehenspitzen auf und ab wippte. »Astrid hatte gerade eine tolle Idee!«, rief sie. »Sie ist heute zum Tee bei uns, weil unsere Schneiderin kommt, damit wir die Garderobe für das Pensionat aussuchen und Maß nehmen können. Und weil Mama neulich sagte, dass du ebenfalls für Eifelhof angemeldet bist, meinte Astrid, ob du nicht auch kommen willst. Dann bestellen wir die Kleider so, dass wir aussehen wie Schwestern. Was meinst du, Mina? Ist das nicht eine gute Idee?«

Es dauerte ein paar Sekunden, bis Mina den Wortschwall sortiert und die Tragweite von Bettys Worten begriffen hatte. Langsam schüttelte sie den Kopf.

»Da musst du dich täuschen, Betty«, sagte sie. »Ich gehe nicht ins Pensionat. Ich bleibe hier und mache mein Abitur.«

»Doch, ganz sicher. Mama hat mir erzählt, deine Großmutter hätte das beiläufig erwähnt. Und weil doch Astrid und ich auch nach Eifelhof gehen, könnten wir die Reisegarderobe und die Uniformen für uns alle drei zusammen schneidern lassen.« Betty kicherte albern. Ihr schien überhaupt nicht aufzufallen, dass sie sich wiederholte.

»Ich bin im Pensionat angemeldet? Das hat meine Großmutter gesagt?« Mina spürte plötzlich, wie sich in ihrem Magen ein kalter Klumpen bildete.

»Ja.« Wieder lachte Betty und stupste Mina mit dem Ellbogen an. »Nun sag bloß, du weißt davon noch gar nichts.«

»Das ist das erste Mal, dass ich davon höre«, erwiderte Mina heiser.

Ihr Mund war auf einmal ganz trocken. Großmutter redete zwar des Öfteren von den Vorzügen der Erziehung in einem Mädchenpensionat, wo junge Damen aus gutem Hause den letzten Schliff erhielten, ehe sie den Hafen der Ehe ansteuerten. Aber dass sie Mina ohne ihr oder Vaters Wissen in einem Pensionat angemeldet haben sollte, war wirklich die Höhe.

Der kalte Klumpen in ihrem Inneren verwandelte sich in einen wütenden Feuerball.

»Vielleicht sollte es eine Überraschung für dich sein, Mina«, sagte Betty fröhlich. »Eifelhof hat einen ganz hervorragenden Ruf. Lauter Mädchen aus allerersten Kreisen, sagt meine Mutter. Sogar ein paar Hoheiten sollen dabei sein. Es ist gar nicht so einfach, einen Platz dort zu ergattern. Was meinst du wohl, was wir für einen Spaß haben werden!« Sie löste sich von Astrids Arm und begann an den Fingern abzuzählen, welche Fächer es gab. »Wir lernen französische Konversation, Englisch, Haushaltsführung, Etikette, feine Handarbeiten und natürlich Tanzen. Darauf freue ich mich am allermeisten, das habe ich schon zu Astrid gesagt.«

Betty plapperte munter weiter, doch Mina machte sich nicht die Mühe, ihrem Wortschwall zu folgen. Ihr schwirrte der Kopf.

Großmutter wollte sie also in ein Pensionat stecken. Wirklich erstaunlich war das eigentlich nicht, denn sie machte keinen Hehl daraus, dass sie Mina für schlecht erzogen, vorlaut und aufmüpfig hielt. Immer wieder warf sie Vater vor, er habe seine Älteste verwöhnt und verzogen. Meist beließ sie es bei spitzen Bemerkungen am Abendbrottisch, aber vor ein paar Wochen war sie ihm ins Arbeitszimmer gefolgt, und die zwei waren regelrecht in Streit geraten.

Da Großmutter die Schiebetür hinter sich geschlossen hatte, waren nur Wortfetzen in den Salon nebenan gedrungen, in dem Mina und Agnes über ihren Büchern saßen, aber Mina vermutete, dass sie selbst das Thema der hitzigen Unterhaltung gewesen war. Schließlich war Großmutter Hiltrud hocherhobenen Hauptes durch den Salon gerauscht, ohne die Enkeltöchter auch nur eines Blickes zu würdigen. Und als Mina vorsichtig versucht hatte, Vater auszuhorchen, hatte er ausweichend geantwortet und sofort ein anderes Thema angeschnitten. Sie kannte ihn gut genug, um zu wissen, wann man besser nicht nachbohrte.

Betty zählte noch immer begeistert die Vorzüge von Eifelhof auf und hatte offenbar gar nicht bemerkt, dass Mina ihr nicht zuhörte. Im Herbst gebe es einen richtigen Tanzball, zu dem auch die Brüder der anderen Schülerinnen kommen würden. Schneidige Offiziere und Adelssöhne, der reinste Heiratsmarkt, auf dem man eine gute Partie machen könne, wenn man es nur geschickt anstelle.

Erneut stieß Betty Mina mit dem Ellbogen an. Unwillkürlich kniff Mina die Lippen zusammen.

Eine gute Partie machen, dachte sie, *das ist wirklich das Einzige, was ihr dummen Gänse im Kopf habt. Als ob es auf der Welt nichts anderes gäbe!*

Sie selbst jedenfalls hatte sich fest vorgenommen, sich nicht von einem Ehemann vorschreiben zu lassen, was sie zu tun und zu lassen oder gar zu denken hatte. Denken konnte sie ganz selbstständig, vielen Dank auch!

Eine böswillige leise Stimme flüsterte in ihrem Inneren: *Und außerdem, wer würde dich schon nehmen?*

Mina wusste nur zu gut, dass sie keine Schönheit war. Das zeigte ihr der Spiegel jeden Morgen, wenn sie wieder einmal versuchte, ihre störrischen blonden Locken in einen festen Knoten zu zwingen. Ihr rundes Gesicht mit den Sommersprossen und der Nase, die zu groß war und ein bisschen schief zu sitzen schien, ihr Kinn mit dem Grübchen, die blauen Augen mit den hellen Wimpern – nichts davon entsprach dem Schönheitsideal, das in den Modezeitschriften propagiert wurde, in denen Großmutter Hiltrud so gern blätterte. Erschwerend kam hinzu, dass kein Mann gerne zu seiner Ehefrau aufblickte. Doch Mina überragte beinahe alle Männer, die sie kannte. Nein, sie machte sich keine Illusionen. Ihre Mitgift würde schon astronomisch hoch sein müssen, damit sich für sie ein Ehemann fand.

Der Gedanke, sich wie ein Pfingstochse verkaufen zu lassen, kam für Mina jedoch nicht infrage. Sie hatte sich fest vorgenommen, irgendwann einmal auf eigenen Füßen zu stehen. Sie wollte selbst etwas sein, statt sich lediglich im Ansehen ihres Mannes zu spiegeln und ihm den Haushalt zu führen. Sie würde studieren und ihr eigenes Geld verdienen.

Ein Studium war für Frauen nicht mehr unmöglich. Das neue Jahrhundert war erst zwölf Jahre alt, und was hatten kluge und mutige Frauen in dieser kurzen Zeit nicht schon alles erkämpft! Mehr und mehr Universitäten ließen Frauen zum Studium zu, Marie Curie hatte zwei Nobelpreise gewonnen, in England kämpften Frauen ganz offen darum, ebenso wie die Männer wählen zu dürfen. Aufregende Zeiten waren das, und die wollte Mina sicher nicht damit vertrödeln, in einem Pensionat für höhere Töchter sticken und tanzen zu lernen. Das würde sie schön den dummen Gänsen wie Betty oder Astrid überlassen.

Aber um studieren zu können, musste sie ihr Abitur machen, und das konnte sie nur hier am Lyceum, nicht, wenn sie für das letzte Schuljahr in ein Pensionat gesteckt wurde. Der Abschluss an solchen Instituten war nicht annähernd gleichwertig, und keine Universität würde sie damit zum Medizinstudium zulassen. Mina blieb keine Wahl, sie musste mit Vater reden und ihn von ihren Plänen überzeugen. Und zwar sofort – noch heute, bevor Großmutter ihm die Sache mit dem Pensionat schmackhaft machen konnte.

»Heute Nachmittag zum Tee bei dir, sagst du?«, fragte sie an Betty gewandt und runzelte nachdenklich die Stirn. »Zu dumm, heute kann ich nicht. Ich habe schon eine Verabredung. Tut mir wirklich leid.«

»Nanu, Mina, hast du einen heimlichen Verehrer?« Betty zwinkerte ihr zu. »Das sind ja ganz neue Töne von dir. Wer ist denn der Glückliche?«

Mina fühlte, wie ihr die Hitze in die Wangen stieg. »Verehrer? Blödsinn«, sagte sie ärgerlich. »Nein, ich fahre in die Speicherstadt. Ich hab meinem Vater versprochen, ihm im Kontor zur Hand zu gehen. Einer der Kaffeemakler hat sich angekündigt, und mein Vater sagt immer, dass niemand ein so gutes Händchen für das Rösten der Proben hat wie ich.« Das war die schnellste Notlüge, die Mina eingefallen war, und zumindest der zweite Teil entsprach der Wahrheit.

Betty zog skeptisch eine Augenbraue hoch. »An einem Samstagnachmittag kommen Makler ins Kontor?«

»Ja, was denkst du denn?«, schnappte Mina. »Wenn es sich um wichtige Geschäfte handelt, kommen die sogar sonntags.«

»Du hilfst im Kontor wie ein gewöhnliches Büromädchen?«, fragte Astrid kopfschüttelnd. »Also mein Vater würde so was niemals erlauben. Was sollen denn die Leute denken, wenn die Tochter vom Chef …«

Zorn stieg in Mina hoch. Das war genau das, was Großmutter immer sagte.

»Natürlich helfe ich meinem Vater, wenn ich von Nutzen sein kann!«, unterbrach sie Astrid. »Warum auch nicht? Dein Bruder hilft doch auch bei euch im Kontor mit.«

Astrids Vater handelte mit Gewürzen und Rosinen aus Übersee und hatte sein Kontor am Kehrwieder, der Parallelstraße des Sandtorkais, wo die Geschäftsräume von *Kopmann & Deharde* lagen.

»Aber das ist doch was völlig anderes! Paul wird die Firma in ein paar Jahren übernehmen«, gab Astrid zurück.

»Und wenn ich das eines Tages auch tue?« Mina funkelte ihre Mitschülerin wütend an. »Es steht nirgends geschrieben, dass eine Tochter kein Kaufmann werden kann, oder?«

»Eine Frau als Kaufmann? Also das ist doch … Du bist ja völlig verrückt!« Astrid schnappte nach Luft und starrte Mina entgeistert an.

Ohne ein weiteres Wort drehte Mina sich um und stolzierte so würdevoll, wie sie es eben fertigbrachte, zur Schultür hinaus. »So eine blöde Pute!«, murmelte sie immer noch wütend, als die Tür hinter ihr zufiel.

Mechanisch schlug sie den Weg zur Alster ein, unter blühenden Bäumen entlang, die sie kaum wahrnahm. Erst als sie die Schule weit hinter sich gelassen hatte und vor ihr die blauglitzernde Wasserfläche der Außenalster lag, verrauchte ihr Zorn allmählich. Sie verlangsamte ihre Schritte und versuchte, ein wenig Ordnung in ihre Gedanken zu bringen.

Auf gar keinen Fall würde sie sich im Mädchenpensionat einsperren lassen, nur um anschließend verheiratet zu werden. Aber die einzige Möglichkeit, das zu verhindern, war, sofort mit Vater zu reden. Er musste einfach begreifen, wie ernst es ihr mit ihrem Wunsch zu studieren war, dann würde er ihren Plan bestimmt unterstützen. Großmutter würde sich fügen müssen, denn schließlich war Vater der Herr im Haus.

Minas Wunsch, Medizin oder Pharmazie zu studieren, war ganz gewiss kein jugendliches Hirngespinst. Wenn sie auch nur einem Kind dieses Gefühl von Leere und Verlust ersparen konnte, das ihr eigenes Leben bestimmte, seit sie sieben Jahre alt gewesen war, dann war das jeden Aufwand und jedes Hindernis wert.

Ihre Mutter war damals ganz plötzlich gestorben, woran, das wusste Mina nicht, und sie wäre nie auf den Gedanken gekommen, ihren Vater oder gar ihre Großmutter danach zu fragen. Irgendein Geheimnis umgab ihren Tod, an das niemand zu rühren wagte.

Sie hatte nicht viele Erinnerungen an ihre Mutter. Die deutlichste war das Bild einer schlanken, hübschen Frau im Abendkleid, die brünetten Haare zu einer eleganten Frisur hochgesteckt, die sich über ihr Kinderbett beugte und ihr einen Gutenachtkuss gab. Sie hatte nach Maiglöckchen gerochen, und noch immer zog sich Minas Herz bei diesem Geruch vor Sehnsucht zusammen.

Ihre Hauslehrerin Fräulein Brinkmann hätte selbst gern Medizin studiert, aber bis vor ein paar Jahren war das nur in der Schweiz möglich gewesen, und dazu hatten ihre Mittel nicht ausgereicht. Gemeinsam hatten sie begonnen, nach einer Universität zu suchen, an der Mina ihren Plan verwirklichen konnte. Sie hatten bereits etliche Briefe geschrieben und nur Absagen bekommen, bis vor drei Wochen die Universität in Berlin geantwortet hatte, dass nach eingehender Prüfung unter gegebenen Umständen auch Frauen zum Medizin- oder Pharmaziestudium zugelassen würden.

Mina holte tief Luft und ließ sie ganz langsam wieder aus der Lunge entweichen. Sie konnte das Gespräch mit Vater nicht länger aufschieben. Das Schwierigste würde sein, ganz ruhig und sachlich zu bleiben. Sie musste ihm alle Gründe aufzählen, die für ein Studium sprachen, und alle Gegenargumente ausräumen. Mit Betteln oder Flehen würde sie rein gar nichts erreichen – im Gegenteil. Sie musste so taktisch vorgehen wie ein guter Kaufmann, ihm ihren Wunsch verkaufen wie ein Makler seine Kaffeeladung. Verhandeln auf Augenhöhe, wie Vater das nannte. Nicht gleich mit der Tür ins Haus fallen, und um Gottes willen nicht unter Preis verkaufen.

An der Fährstation der Alsterschifffahrt an der Rabenstraße wartete eine Gruppe jüngerer Mädchen in Schuluniform auf den nächsten Dampfer. Unter ihnen erkannte Mina ihre Schwester Agnes, die sich mit ihren Freundinnen unterhielt und lachend den Kopf in den Nacken warf. Eine Sekunde lang war Mina versucht kehrtzumachen, doch dann ging sie entschlossen zum Fähranleger hinüber. Ein paar Schritte von den Mädchen entfernt blieb sie stehen und räusperte sich, doch weder Agnes noch ihre Freundinnen schienen sie zu bemerken.

»Agnes, kommst du bitte mal?«, sagte Mina mit erhobener Stimme.

Die ganze Gruppe drehte sich zu ihr um. Agnes' Freundinnen musterten sie abschätzig von oben bis unten, während Minas Schwester genervt die Augen verdrehte.

»Was willst du denn?«, fragte sie gereizt.

»Nur kurz was besprechen.«

»Das können doch alle hören«, erwiderte Agnes und sah ihr herausfordernd ins Gesicht.

Mina spürte Ärger in sich aufsteigen. Wenn Agnes Publikum von ihren zahlreichen Freundinnen hatte, war sie noch unausstehlicher als sonst.

»Komm einfach her!«, sagte sie scharf.

Agnes seufzte theatralisch und schlenderte mit deutlichem Widerwillen zu ihr herüber. »Also? Was gibt es so Geheimes?«, fragte sie.

»Könntest du bitte Großmutter ausrichten, ich sei zum Mittagessen bei Astrid Meyer eingeladen?«

»Bei Astrid? Die kannst du doch nicht leiden.« Skeptisch zog Agnes die Augenbrauen zusammen. »Wo willst du denn in Wirklichkeit hin?«

»In die Speicherstadt. Ich muss dringend was mit Vater besprechen.«

Agnes' grüne Augen blitzten amüsiert, dann schüttelte sie langsam den Kopf. »Du willst, dass ich für dich schwindle?«

»Nur eine harmlose kleine Notlüge«, erwiderte Mina. »Sonst hält mir Großmutter nachher eine stundenlange Predigt darüber, was alles Schreckliches passieren kann, wenn ich mit der Straßenbahn bis zu den Landungsbrücken fahre.«

»Das stimmt allerdings.« Jetzt grinste Agnes. »Und was kriege ich dafür, wenn ich für dich lüge?«

»Meinen Nachtisch heute und morgen.«

Energisch schüttelte Agnes den Kopf. »Nichts da. Deinen Nachtisch für die ganze kommende Woche. Das ist das Mindeste.«

Das war eine unverschämte Forderung, aber Mina hatte keine Zeit, zu verhandeln. »Abgemacht«, sagte sie und streckte ihrer Schwester die Hand entgegen.

Agnes schlug ein. »Immer wieder eine Freude, mit dir Geschäfte zu machen!«, erwiderte sie mit einem breiten Grinsen und imitierte dabei, so gut sie konnte, den Tonfall ihres Vaters. »Du solltest die Beine in die Hand nehmen, sonst fährt dir die Bahn vor der Nase weg«, fügte sie hinzu und deutete auf die Haltestelle ein Stückchen die Straße hinunter.

In der Ferne war das Klingeln des herannahenden Zugs zu hören.

»Oh Mist!«, entfuhr es Mina. Sie machte auf dem Absatz

kehrt, klemmte ihre Schultasche fester unter den Arm und begann zu rennen, wobei sie den Rock ein Stückchen hochzog, um besser ausschreiten zu können.

Gut, dass Großmutter das nicht sieht, dachte sie. *Die würde vielleicht ein Donnerwetter loslassen!* Mina konnte förmlich Hiltruds scharfe Stimme hören, während sie den Bürgersteig entlanghastete: *Eine Dame rennt nicht. Niemals und unter gar keinen Umständen*. Sie erreichte die Haltestelle gleichzeitig mit der Straßenbahn und kletterte flink die steilen Stufen hinauf.

»Das war aber mal knapp, Fräuleinchen«, sagte der Schaffner an der Tür. »Wo wollen wir denn so eilig hin?«

»Einmal bis zu den Landungsbrücken bitte«, keuchte Mina atemlos. Der Waggon setzte sich ratternd in Bewegung, und sie musste sich an einer der Haltestangen festhalten, um nicht das Gleichgewicht zu verlieren.

»Das macht zwanzig Pfennige«, sagte der Schaffner, riss einen Fahrschein ab und hielt ihn ihr hin.

Mina nestelte in der Manteltasche nach dem Portemonnaie, bezahlte und nahm den Fahrschein entgegen. Dann ließ sie sich auf die nächste freie Holzbank fallen und atmete tief durch, um ihren Herzschlag wieder unter Kontrolle zu bekommen.

Draußen sah sie Agnes und ihre Freundinnen am Fähranleger stehen. Agnes hob den Arm und winkte. Mina winkte zurück.

»Hoffentlich klappt das mit der Notlüge«, murmelte sie. »Gib dir bloß Mühe, Agnes! Sonst bekomme ich mindestens zwei Wochen Hausarrest.«

Früher waren die Schwestern trotz des Altersunterschiedes von sechs Jahren ein Herz und eine Seele gewesen. Stundenlang hatten sie zusammen auf dem Teppich in der guten

Stube gesessen und mit Puppen gespielt, oder Mina hatte Agnes Märchen vorgelesen. Aber spätestens seit sie in die Villa der Großmutter gezogen waren, war es mit der schwesterlichen Eintracht vorbei. Das lag zum einen daran, dass Agnes inzwischen im »schwierigen Alter« war und nicht länger bewundernd zu Mina aufschaute. Zum anderen war Agnes Großmutter Hiltruds erklärter Liebling und wurde von dieser immer als leuchtendes Beispiel für gute Manieren und anmutiges Auftreten dargestellt.

Auch wenn Mina ihrer Großmutter distanziert gegenüberstand, diese deutliche Bevorzugung tat weh. Aber es war nicht Agnes' Schuld, und wenn Mina ehrlich war, konnte sie Hiltrud sogar verstehen. Denn je älter Agnes wurde, desto mehr ähnelte sie ihrer Mutter, deren Porträtfoto in einem silbernen Rahmen auf dem Flügel im Salon stand. Kein Wunder, dass Großmutter ihre jüngere Enkelin, die sie so sehr an ihre verstorbene Tochter erinnerte, über alles liebte.

Die Bahn bog um die Ecke, und der Fähranleger verschwand aus Minas Sicht. Sie rutschte auf der Holzbank ans Fenster und ließ den Blick über die großzügigen Kaufmannsvillen schweifen, die sich hier in der Nähe der Alster aneinanderreihten wie Perlen auf einer Schnur. Hamburg war eine reiche Stadt. Die Kaufleute, Bankiers und Reeder zeigten durch ihre Häuser, dass sie erfolgreich waren, aber sie protzten nicht mit ihrem Reichtum. Das galt unter den ehrbaren hanseatischen Kaufleuten als unschicklich.

»Geld hat man, aber man spricht nicht darüber«, pflegte Minas Vater zu sagen. »Nicht dass ihr beide auf die irrige Idee kommt, wir könnten etwa reich sein.«

Nicht einmal die eigene Familie wusste bei einem hanseatischen Kaufmann, wie es um die Finanzen der Firma bestellt war. Der Import von Kaffee sei ein heikles Geschäft mit vielen Unwägbarkeiten, das betonte Karl Deharde immer wieder. Eine einzige Missernte könne den Gewinn von einem ganzen Jahrzehnt im Nu zunichtemachen. Das sei alles schon vorgekommen, mehr als einmal seien erfolgreiche Importfirmen ohne eigenes Verschulden »überkopp« gegangen, wie er das ausdrückte. Ein kluger Kaufmann, der dann nicht das Geld der Firma für teuren Firlefanz ausgegeben hatte. Alles, was man besitze, müsse man zusammenhalten, um es im Notfall in die Firma stecken zu können.

Das bekamen Mina und Agnes immer wieder zu hören, wenn sie ihn um etwas baten. Ob es neue Kleider, eine Woche Sommerfrische an der Ostsee oder auch nur ein sonntäglicher Besuch auf der Rennbahn war: Wenn es nicht der Firma nützte, war es in Vaters Augen überflüssig.

Ein Medizinstudium ist nicht von Vorteil für die Firma, schoss es Mina durch den Kopf. Nachdenklich biss sie sich auf die Unterlippe. Sie konnte höchstens argumentieren, dass sie niemandem auf der Tasche liegen würde, wenn sie erst einmal als Ärztin arbeiten und ihr eigenes Geld verdienen würde.

Wäre sie nicht als Wilhelmina, sondern, wie von den Eltern ersehnt, als Wilhelm zur Welt gekommen, dann wäre ihr Lebensweg klar vorgezeichnet gewesen. Ein Sohn hätte das Kaffeegeschäft von der Pike auf gelernt, indem er im Kontor eine Lehre gemacht hätte. Später hätte er eine mehrmonatige Reise in den »Ursprung« unternommen, wie die Länder, aus denen der Rohkaffee kam, genannt wurden. Wilhelm Deharde hätte Brasilien, Kolumbien, Guatemala, Äthiopien oder Kenia besucht. Dort hätte er die bestehenden Kontakte zu Plantagenbesitzern und Händlern weiter ausgebaut und wäre als weltgewandter Kaufmann zurückgekommen. Danach hätte er für einige Jahre als Juniorchef gearbeitet, um irgendwann den Senior abzulösen. So war es seit jeher Tradition, und die war den hanseatischen Kaufleuten heilig.

Allein der Gedanke, diesen Weg auch als Mädchen einschlagen zu können, kam Mina selbst völlig absurd vor, egal was sie vorhin Astrid und Betty an den Kopf geworfen hatte. Es war nun einmal ein ehernes Gesetz, an dem nicht gerüttelt wurde: Unter den Hamburger Kaffeehändlern hatten Frauen nichts zu suchen.

ZWEI

An jeder Haltestelle stiegen weitere Passagiere zu, und als sie den Bahnhof am Dammtor erreichten, war der Waggon so voll, dass Mina den Schaffner nur noch hören, aber nicht mehr sehen konnte. »Kaiserbahnhof«, rief er aus voller Lunge.

Jetzt waren es nur noch wenige Stationen bis zum Rathausmarkt, wo Mina umsteigen musste. Sie lächelte der jungen Frau neben sich zu und bat sie, sie durchzulassen. Die Frau, offenbar ein Dienstmädchen auf dem Weg zum Einkaufen, rückte nur ein paar Zentimeter zur Seite, vermutlich aus Sorge, sonst ihren Sitzplatz zu verlieren. Mühsam schob sich Mina zwischen den Fahrgästen hindurch und hielt sich an einer der Haltestangen neben der Tür fest, bis der Schaffner »Rathausmarkt« rief.

Draußen atmete sie erleichtert durch. Sie war alles andere als ein zartes Pflänzchen, aber wenn die Bahn überfüllt war und die Menschen von allen Seiten auf sie eindrängten, wurde ihr immer ein wenig schwummrig.

Zum Glück war die Straßenbahn in Richtung Hafen nicht so voll, und so stieg Mina eine Viertelstunde später gut gelaunt an den Landungsbrücken aus, von wo aus sie den Rest des Weges zu Fuß zurücklegte. Während es in der Stadt vergleichsweise warm gewesen war, blies hier ein kühler Wind über das Hafenbecken, der den Geruch von Schlick, Salz und Rauch mit sich brachte. Mina atmete tief ein und lächelte. Immer hatte es etwas von Nachhausekommen, wenn sie zu den Schiffen hinübersah, die an den tief in den Hafenschlick gerammten Eichenpfosten festgemacht waren und darauf warteten, von den Schuten entladen zu werden. Und immer keimte eine diffuse Sehnsucht in ihr, die Orte zu sehen, zu denen diese Schiffe mit neuer Fracht aufbrechen würden.

Wie immer herrschte auf den Straßen zum Freihafen reger Verkehr. Schwere Kaltblüter zogen Fuhrwerke, deren Räder über das grobe Kopfsteinpflaster rumpelten. Die Wagen, die in Richtung Niederbaumbrücke fuhren, waren leer, während diejenigen, die von dort kamen, mit Kisten, Fässern oder Säcken hoch beladen waren.

An der Zollstation wurden die Fuhrwerke von schwarz gekleideten Zöllnern kontrolliert. Von Zeit zu Zeit winkten die Beamten auch einen der Fußgänger zu sich, um einen Blick in die Taschen zu werfen und sich die Papiere zeigen zu lassen.

»Die Speicherstadt ist wie ein eigenes Land«, sagte Vater immer. »Du musst dir das vorstellen wie einen kleinen Staat im Staat. Die Grenze verläuft am Zollkanal, und alles dahinter ist sozusagen Ausland. Erst wenn die Waren diese Grenze überschreiten, fällt Zoll an. Darum wird jeder, der die Brücken zur Speicherstadt passiert, kontrolliert. Es muss ja alles seine Richtigkeit haben.«

Einer der Zöllner, ein junger Bursche von vielleicht zwanzig Jahren, lächelte Mina zu und tippte sich an die Mütze, ehe er sich der Würde seines Amtes wieder bewusst wurde, sich räusperte und sie mit ernstem Gesicht durchwinkte. Mina lächelte freundlich und wünschte den Zöllnern im Vorbeigehen einen schönen Tag.

Während sie die Brücke überquerte, warf sie einen Blick über das Geländer. Auf dem Wasser drängten sich die Schuten, die die Waren von den großen Schiffen zu den hoch aufragenden Speichergebäuden brachten oder von dort abholten. Für gewöhnlich blieb Mina an dieser Stelle eine Weile stehen, um zuzuschauen, aber heute hatte sie es eilig und lief schnell weiter in Richtung Sandtorkai. In der Ferne erblickte sie den Turm des Kaiserspeichers, dem einzigen Speicher, an dem auch Schiffe mit größerem Tiefgang anlegen konnten. Ganz oben am Turm glänzte die goldene Zeitgeberkugel weithin sichtbar in der Sonne, wie der Reichsapfel des Kaisers. Gerade, als Minas Blick darauf fiel, sackte die Kugel ein Stück hinunter, verharrte kurz und wurde dann langsam wieder hochgezogen. Für die Schiffe, die in Sichtweite des Gebäudes festgemacht hatten, war das die Gelegenheit, die Uhrzeit abzugleichen.

»Zwölf Uhr«, murmelte Mina. Wenn sie sich beeilte, konnte sie ihren Vater noch vor dem Mittagessen abpassen.

Bestimmt war er nicht damit einverstanden, dass Großmutter sie wegschicken wollte. Und wenn sie es geschickt anstellte, würde sie ihn davon überzeugen, was für eine gute Idee ein Studium wäre. Sie war doch sein Mädchen, seine Mina. Wenn sie etwas wirklich von ganzem Herzen gewollt hatte und es gute Gründe dafür gab, dann hatte er ihr den Wunsch nie abgeschlagen.

Entschieden schob Mina sich durch das Gedränge auf dem Bürgersteig, der an den hoch aufragenden Klinkerfassaden der Speicherhäuser entlangführte. Offenbar war gerade die Schicht der Kaffeemädchen vorbei. Ein ganzer Schwall junger Frauen strömte aus einer zweiflügligen Tür und blieb lachend und schwatzend auf dem Bürgersteig stehen.

Mina erinnerte sich noch gut daran, wie Vater sie vor Jahren einmal mitgenommen hatte, als er zusammen mit dem Quartiermeister eine Sortiererei inspiziert hatte, die für *Kopmann & Deharde* arbeitete. Sie hatte mucksmäuschenstill neben den Männern gestanden und verstohlene Blicke auf die »Kaffeemiedjes« geworfen, die die schlechten Bohnen aus dem Rohkaffee klaubten. Säckeweise lag er auf den langen Tischen, an denen die Mädchen dicht aneinandergedrängt auf Holzbänken saßen. Ein paar von ihnen waren kaum älter als sie selbst gewesen, und sie hatte sich gefragt, ob sie bei dem herrlichen Sommerwetter nicht lieber draußen gespielt hätten. Die Sortiererei befand sich im obersten Stockwerk eines der Speicherhäuser, und die Sonne brannte durch die Oberlichter auf die Tische hinunter und heizte die staubige Luft unerträglich auf. Mina hatte ihren Vater später gefragt, ob man die Sortiererei nicht in einem anderen Stockwerk unterbringen könnte, wo es nicht so heiß sei. Sie erinnerte sich noch an den erstaunten Blick, den er ihr zugeworfen hatte. Sortierereien seien immer ganz oben in den Speichergebäuden, wo das Licht am besten sei, hatte er ihr erklärt. Die Arbeit müsse sehr sorgfältig gemacht werden, denn eine einzige faule Bohne könne einen ganzen Sack Kaffee unbrauchbar machen.

Dann hatte Vater stolz gelächelt und ihr über den Kopf gestrichen. »Schön, dass du ein so gutes Herz hast und an die anderen denkst«, hatte er gesagt und versprochen, beim Quartiermeister anzuregen, den Mädchen bei so heißem Wetter wenigstens eine zusätzliche Pause zu gönnen.

Mina wich auf die Straße aus, um die Menschentraube zu umgehen, und wäre um ein Haar mit einem Arbeiter zusammengestoßen, der einen zweirädrigen Handkarren voller Säcke hinter sich herzog.

»Pass doch op!«, rief er gereizt, als er seinen Wagen mit Mühe zum Stehen gebracht hatte. »Dumme Deern!«

Mina sprang erschrocken auf den Bürgersteig zurück. »Pass du doch op!«, gab sie im gleichen Tonfall zurück.

Der Arbeiter hatte sie sicher für eins der Kaffeemädchen gehalten. Die Tochter des Kaffeeimporteurs Karl Deharde hätte er bestimmt anders behandelt. Da sie ihren Vater schon oft im Kontor besucht hatte, kannte Mina etliche der Speicherarbeiter vom Sehen. Dieser bärtige junge Kerl mit den leuchtend roten Haaren, die unter seiner Schiffermütze hervorlugten, war ihr aber noch nicht untergekommen. Eine Sekunde lang funkelten sie sich wütend an, dann schüttelte der Arbeiter den Kopf, packte die Griffe seiner Handkarre und zog sie weiter.

»Unverschämtheit«, murmelte Mina, während sie ihm hinterhersah. Dann riss sie sich los und lief die wenigen Schritte bis zur Nummer 36, wo neben der Eingangstür das Schild mit der Aufschrift *Kopmann & Deharde – Import und Export* angebracht war.

Die Hand auf die Klinke gelegt, holte sie tief Luft und betrachtete ihr Spiegelbild in der vergitterten Scheibe der Tür. Die Anspannung war ihr deutlich anzusehen. Ihr Mund wirkte verkniffen, und zwischen den Augenbrauen stand eine Sorgenfalte. Außerdem waren ihre Wangen vom schnellen Laufen gerötet, und aus dem Haarknoten hatten sich einmal mehr ein paar Locken gelöst.

Kein Wunder, dass der Arbeiter dich für eine dumme Deern gehalten hat, dachte sie. *Du siehst aus wie ein Backofenbesen.*

Den Ausdruck hatte Frau Kruse, die Köchin, früher immer benutzt, wenn Mina wieder einmal verbotenerweise mit den Straßenkindern gespielt hatte und ihre Haare wie eine zottige Löwenmähne vom Kopf abstanden. Dann war sie durch die Küche ins Haus geschlichen, damit niemand sie bemerkte, aber Frau Kruse hatte sie jedes Mal erwischt. Nach einer gehörigen Standpauke – Fräulein Mina solle sich von den Straßengören fernhalten, die seien kein Umgang für die Tochter eines Hamburger Kaufmanns – hatte Frau Kruse ihr liebevoll über den Scheitel gestrichen, gefragt, ob sie denn tüchtig Spaß gehabt habe, und ihr einen Zuckerzwieback gemacht. Beim Gedanken daran musste Mina ein Lachen unterdrücken. Sofort verschwand der angespannte Blick, und ihre blauen Augen strahlten.

»Na bitte! Es geht doch«, murmelte sie. »Niemals zeigen, dass man sich Sorgen macht, sonst wird man übervorteilt. Also, auf in den Kampf.«

Sie nickte ihrem lächelnden Spiegelbild zu, drückte die Klinke hinunter und trat ein. Eine halbe Treppe hoch zur Linken befanden sich die Kontorräume von *Kopmann & Deharde.* Durch die schmucklose Eingangstür betrat sie das schlauchförmige Vorzimmer, in dem der Lehrling und die beiden Schreiber ihren Arbeitsplatz hatten. Zwischen den Aktenregalen, die bis zur drei Meter hohen Decke hinaufreichten und mit schweren Kontobüchern, Aktenordnern und altertümlichen Folianten vollgestellt waren, wirkten die dunklen Schreibtische geradezu winzig. Heute war nur der jüngere der Kontorschreiber anwesend.

»Moin, Herr Blumenthal«, sagte Mina lächelnd.

Der junge Mann sah auf und lächelte zurück.

»Nanu, Fräulein Mina«, sagte er erstaunt. Er legte den Federhalter zur Seite, erhob sich und trat auf sie zu, um ihr die Hand zu geben. »Was führt Sie denn heute her? Es ist doch Samstag, und Ihr Vater sagt immer, das sei ein Familientag.«

»Darum bin ich ja geflüchtet.« Mina musste grinsen. »Alles ist besser, als bei meiner Großmutter herumzusitzen.«

Ein breites Lächeln erhellte die Gesichtszüge des jungen Mannes.

Mina kannte Edo Blumenthal schon, seit er vor fünf Jahren seine Lehre bei *Kopmann & Deharde* angefangen hatte. An seinem ersten Tag hatte Vater sie nachmittags mit ins Kontor genommen, wie er es von Zeit zu Zeit tat. Sie erinnerte sich noch gut an den schlaksigen Jungen mit den braunen Locken und den dunklen Augen, der ein bisschen verloren im Vorraum zum Chefbüro gestanden hatte und nicht recht zu wissen schien, was er da sollte. Nervös hatte er an den zu kurzen Ärmeln seines abgetragenen Anzugs gezupft, während er neben Herrn Becker, dem damaligen Kontorschreiber, gestanden und seinen Erklärungen zugehört hatte. Immer wieder hatte er Mina neugierige Blicke zugeworfen. Sie hatte dem Jungen aufmunternd zugelächelt, und er hatte ihr seinerseits ein strahlendes Lächeln geschenkt. Und schon war das Eis zwischen ihnen gebrochen.

Nicht nur Mina war von dem neuen Mitarbeiter begeistert gewesen. Edo sei blitzgescheit, betonte ihr Vater immer, wenn er von ihm sprach, und das tat er oft. Der Junge würde es mal sehr weit bringen. Er sei der beste Lehrling, den *Kopmann & Deharde* je gehabt habe, ehrgeizig, fleißig und mit einer schnellen Auffassungsgabe gesegnet. Dabei hatte Minas Großvater zunächst nichts davon wissen wollen, den Burschen einzustellen, weil er weder aus Hamburg stammte noch eine Familie vorweisen konnte. Wie gut, dass Karl Deharde auf sein Bauchgefühl gehört und Edos Einstellung durchgesetzt hatte.

In den folgenden Jahren entwickelte sich so etwas wie eine

heimliche Freundschaft zwischen Mina und Edo Blumenthal. Damals verbrachte sie viel Zeit im Kontor. Immer wenn ihr Vater zum Mittagessen nach Hause kam, bettelte sie darum, ihn am Nachmittag begleiten zu dürfen. Ihr Großvater, der Seniorchef, war nicht begeistert davon. Die Speicherstadt sei doch kein Platz für ein junges Mädchen. Weil Mina sich aber mucksmäuschenstill im Hintergrund hielt und niemanden bei der Arbeit störte, duldete der alte Herr ihre Anwesenheit im Kontor und ließ schließlich zu, dass sie sich dort nützlich machte.

Mina saß dabei, wenn die Kaffeemakler ihre Proben vorstellten, stand neben ihrem Vater, wenn er die Kaffeebohnen röstete, und durfte danach die duftenden dunkelbraunen Bohnen in der Handmühle mahlen. Immer ließ Karl sie als Erste an dem Aufguss schnuppern und fragte sie, welche Duftnuancen sie erkennen könne. Bei ihrer Antwort lächelte er jedes Mal zufrieden und lobte ihre feine Nase. Probieren durfte sie den Kaffee damals noch nicht, das war ausschließlich den Erwachsenen vorbehalten.

Nur wenn Vater am Nachmittag in die Kaffeebörse hinüberging, musste Mina im Kontor zurückbleiben. »Frauen haben dort nun mal keinen Zutritt, bedaure«, sagte er in solchen Fällen augenzwinkernd und ließ seine Tochter in Edos Obhut zurück.

Mina liebte diese Stunden mit Edo. Er räumte dann für sie ein Eckchen an seinem Schreibtisch frei, wo sie ihre Hausaufgaben erledigte. Manchmal half er ihr dabei – bei Geometrie oder Mathematik zum Beispiel –, oder er hörte sie englische und französische Vokabeln ab. Wenn sie fertig war, zeigte er ihr, was er selbst gerade gelernt hatte, zum Beispiel, wie die Eintragungen im Kontobuch gemacht werden mussten und worauf dabei zu achten war. Wenn Edo Botengänge erledigte, begleitete Mina ihn. Von dem Geld, das Minas Vater ihm fürs Aufpassen zusteckte, kaufte Edo immer ein paar Butterstullen oder Franzbrötchen und für jeden eine Flasche Zitronenbrause. Damit schlenderten sie bei gutem Wetter bis zum Kaiserspeicher hinunter und sahen zu, wie die Schiffe entladen wurden, während sie am Kai saßen und ihre Stullen verdrückten.

Mina dachte mit Wehmut an diese Nachmittage mit Edo zurück. Er war fast wie ein großer Bruder für sie gewesen, mit dem sie über alles reden konnte und der für vieles Verständnis aufbrachte. Das letzte Mal, dass er auf sie »aufgepasst« hatte, war schon über ein Jahr her. Seit er seine Lehre abgeschlossen und die Stelle als Kontorschreiber angetreten hatte, war Schluss damit. Zudem bestand Minas Vater darauf, dass die beiden sich siezten und sie Edo mit Nachnamen anredete. Ihr fiel das noch immer schwer, aber ihr Vater meinte, es sei ungehörig, einen Angestellten allzu vertraulich anzusprechen. Die Distanz müsse nun einmal gewahrt bleiben.

Das heißt aber nicht, dass ich ihn von oben herab behandeln muss, dachte Mina und erwiderte das Lächeln des jungen Mannes herzlich.

»Ich hätte da etwas mit meinem Vater zu besprechen«, sagte sie. »Ist er im Büro?« Damit deutete sie auf die Tür zum Chefzimmer.

»Schon, aber soweit ich weiß, hat er gleich einen Termin in der Börse.«

»Es wird nicht lange dauern«, erwiderte Mina und ging zur Tür hinüber. Sie klopfte einmal kurz und öffnete die Tür, ohne eine Antwort abzuwarten.

Obwohl Karl Deharde mit seinen fast zwei Metern Größe

und seiner schlohweißen Haarmähne eine imposante Erscheinung war, verschwand er beinahe hinter dem gewaltigen alten Schreibtisch aus geschnitztem Nussbaumholz, auf dem wie üblich mehrere Aktenstapel unterschiedlicher Höhe auf ihre Bearbeitung warteten. Als Mina eintrat, hob er den Kopf.

»Nanu, Mina. Was willst du denn hier?«, fragte er erstaunt. »Waren wir verabredet?«

»Hallo, Vater«, erwiderte sie. Trotz des flauen Gefühls, das sich auf einmal in ihrem Magen breitmachte, bemühte sie sich, besonders fröhlich zu klingen. Sie setzte sich auf die Kante des lederbezogenen Stuhls, der vor dem Schreibtisch ihres Vaters stand. »Nein, das waren wir nicht. Aber als ich vorhin aus der Schule kam, dachte ich, bei dem wunderschönen Wetter könnte ich dich vielleicht zu einer kleinen Spritztour mit dem Automobil überreden. Wir könnten nach Blankenese hinausfahren und ein Stück spazieren gehen, nur du und ich.«

Die Idee mit dem Ausflug war ihr ganz plötzlich durch den Kopf geschossen. Das Auto war das neueste Steckenpferd ihres Vaters. Er hatte es erst vor ein paar Wochen geliefert bekommen und ließ keine Gelegenheit verstreichen, damit herumzufahren.

»Eigentlich eine gute Idee«, sagte er. »Allerdings muss ich …« Er zog umständlich seine Uhr aus der Westentasche, ließ den Deckel aufspringen und verzog das Gesicht. »Ich bin in zwanzig Minuten mit Senator Hullmann in der Börse zum Essen verabredet. Keine Ahnung, wie lange das dauern wird, aber bestimmt bis mindestens drei Uhr. Du kennst doch den alten Hullmann. Wenn der erst mal mit dem Reden anfängt, hört er so schnell nicht wieder auf. Vielleicht hinterher, wenn du hier warten möchtest. Allerdings wird es dann nur ein kurzer Spaziergang, weil es schon früh dunkel wird.« Karl Deharde lächelte seine Tochter an. »Aber wenn sich das Wetter hält, können wir morgen Nachmittag einen Ausflug machen. Dann können auch Agnes und deine Großmutter mitfahren.«

Alles, nur das nicht!, wäre Mina beinahe herausgerutscht. Sie presste die Lippen aufeinander und versuchte, ihre Enttäuschung nicht zu zeigen, doch ihrem Vater war so leicht nichts vorzumachen. Er musterte sie einen Augenblick lang durchdringend, dann überflog erneut ein Lächeln sein Gesicht.

»Wir können morgen natürlich auch zu zweit fahren, wenn du lieber mit deinem alten Herrn allein spazieren gehen möchtest«, sagte er.

»Heute wäre mir lieber«, antwortete Mina. »Ich würde gern etwas mit dir besprechen.«

»Und das kann nicht bis morgen warten? Dann muss es aber wirklich wichtig sein.« Karls Augen blitzten amüsiert.

Mina schluckte einen Anflug von Ärger hinunter. Dass Vater sie einfach nicht für voll nehmen konnte!

»Für mich schon«, sagte sie, und es klang viel schnippischer, als sie beabsichtigt hatte. »Entschuldige bitte«, fügte sie hinzu, als sie die hochgezogenen Augenbrauen ihres Vaters sah. Sein Lächeln war verschwunden.

Nervös räusperte sie sich, um ihre Stimme wieder in den Griff zu bekommen. »Es geht darum, was ich machen soll, wenn ich im nächsten Jahr mit der Schule fertig bin. Ich möchte dann gern nach Berlin gehen.«

So, nun war es heraus. Mina holte Luft und hielt den Atem an, während sie ihren Vater ängstlich ansah.

»Nach Berlin möchtest du?«, fragte er verwundert. »Das ist gar keine schlechte Idee. Noch ein bisschen was von der Welt sehen, ehe …« Er stockte und schürzte die Lippen, wie er es immer tat, wenn er angestrengt über etwas nachdachte. »Du könntest sicher bei Hertha wohnen. Du erinnerst dich doch an deine Tante Hertha, nicht wahr? Mutters Cousine, die nach Berlin geheiratet hat. Sie wird sich bestimmt freuen, wenn sie dich ein paar Tage nach Strich und Faden verwöhnen kann. Sie hat ja keine eigenen Kinder. Du könntest mit der Bahn hinfahren, gemeinsam mit Fräulein Brinkmann, damit alles seinen Schick hat.« Karl lehnte sich zurück und lächelte breit. »Das dürfte Hertha gefallen, dich durch alle Museen und Kunstausstellungen zu schleppen und abends mit dir ins Konzert oder die Oper zu gehen. Was meinst du?«

Mina nickte nur. Sie suchte nach den passenden Worten, um ihrem Vater möglichst diplomatisch beizubringen, dass sie keinen Verwandtschaftsbesuch machen, sondern in Berlin studieren wollte.

Doch noch ehe sie etwas sagen konnte, fuhr ihr Vater fort: »Aber das geht natürlich erst, wenn du aus dem Pensionat zurück bist.«

Mina erstarrte. Ihr ganzer Körper fühlte sich auf einmal taub an. »Was?«

»Es sollte eigentlich eine Überraschung werden, aber ich kann es dir ja genauso gut jetzt schon erzählen. Ich habe dich für ein Jahr in einem sehr guten Pensionat in der Eifel angemeldet. Ein paar von deinen Schulfreundinnen werden wohl auch dort sein. Nach Ostern geht es los. Wird mich eine schöne Stange Geld kosten, aber was tut man nicht alles für seine Töchter!«

»Aber …«, stieß Mina hervor.

Ihr Vater lachte leise. »Du scheinst ja ganz überwältigt zu sein. Großmutter sagte schon, dass du dich bestimmt furchtbar freuen würdest, wo doch deine Freundinnen auch hinfahren.« Wieder zog Karl seine Uhr aus der Tasche. »Verflixt! Jetzt muss ich mich aber beeilen. Der alte Hullmann kann es nicht leiden, wenn man zu spät kommt.« Er klappte den Aktendeckel vor sich zu und erhob sich. »Willst du auf mich warten und mit mir nach Hause fahren, oder nimmst du die Straßenbahn zurück?«, fragte er, während er Mantel und Hut aus dem Schrank holte. »Na ja, das werde ich ja sehen, wenn ich aus der Börse zurückkomme.« Er küsste sie flüchtig auf den Haaransatz. »Wir reden heute Abend weiter. Bis nachher, min Deern!«

Damit zog er sich den Mantel über und verließ das Chefbüro, den Hut in der Hand.

Wie versteinert blieb Minas Blick an der Tür hängen, die hinter ihm zugefallen war.

Ich habe dich für ein Jahr in einem sehr guten Pensionat in der Eifel angemeldet. Der Satz ging ihr nicht mehr aus dem Kopf. Nicht ihre Großmutter, ihr Vater war es, der sie zu diesem Heiratsmarkt für dumme Gänse schicken wollte.

DREI

»Fräulein Mina? Ist alles in Ordnung?«

Der Klang ihres Namens ließ sie aus ihren Gedanken hochschrecken. Edo Blumenthal stand neben ihrem Stuhl und sah sie fragend an.

Eilig erhob sie sich und rang sich ein Lächeln ab. »Ja, sicher. Was sollte denn nicht in Ordnung sein?«

Edo musterte sie einen Augenblick mit gerunzelter Stirn. »Haben Sie etwa geweint?«

»Geweint? Ich? Blödsinn!« Sie sah sich suchend um. »Wo hab ich denn nur meine Tasche hingestellt?«

»Mina?«, sagte er leise und klang dabei so vertraut wie früher. Damals, als sie noch Freunde gewesen waren und niemand gesagt hatte, das schicke sich nicht.

Für eine Sekunde war die Sehnsucht nach dieser alten Vertrautheit so groß, dass Mina die Augen schließen musste. Sie spürte, wie eine Träne ihre Wange hinunterlief, und wischte sie hastig weg.

Dann hatte sie sich wieder im Griff und sah Edo an. »Nein, mir ist nur etwas ins Auge geraten.«

Ein schmales Lächeln umspielte seine Lippen, und die dunklen Augen hinter der Nickelbrille blitzten spöttisch. »Eine Wimper vielleicht? Soll ich mal nachsehen?«

Mina straffte die Schultern. »Das wird nicht nötig sein. Es geht schon wieder«, sagte sie fest. »Ich werde jetzt mal besser zusehen, dass ich nach Hause komme. Heute Nachmittag habe ich noch eine Verabredung, und da sollte ich pünktlich sein.«

Sie drehte sich um und wollte zur Tür, als sie plötzlich Edos Hand auf ihrem Arm spürte. Die leichte Berührung traf sie wie ein Schlag. Wie angewurzelt blieb sie stehen und schaute ihn verblüfft an. So etwas war noch nie vorgekommen. Nicht einmal, als sie noch jünger gewesen waren, hatte er sich je eine solche Vertrautheit ihr gegenüber herausgenommen.

Als ihre Blicke sich trafen, ließ Edo sie los.

»Mina«, sagte er eindringlich. »Komm schon, erzähl mir, was passiert ist.«

In seinen dunkelbraunen Augen lag so viel ehrliche Zuneigung, dass Minas Widerstand dahinschmolz wie Wachs in der Sonne. Ihre mühsam aufrechterhaltene Selbstbeherrschung war dahin.

»Er schickt mich weg, Edo! Mein eigener Vater schickt mich fort, stell dir das vor! Für ein ganzes Jahr soll ich in so ein blödes Mädchenpensionat irgendwo in Süddeutschland«, sprudelte es aus ihr heraus. »Ich dachte, meine Großmutter hätte das eingefädelt, aber eben hat Vater gesagt, dass *er* mich angemeldet hat. Obwohl … sie wird ihm das eingeredet haben. Sie sagt ja immer, dass ich schlecht erzogen bin, zu altklug und nicht hübsch genug, um je einen Mann abzubekommen.«

Sie spürte, wie sie vor Enttäuschung und Wut über die Ungerechtigkeit zu zittern begann, und musste erneut gegen die Tränen ankämpfen.

Wieder fühlte sie die Berührung von Edos Hand. Diesmal

lag sie beruhigend auf ihrer Schulter. »Ach, Mina«, sagte er leise.

Einen Moment lang glaubte sie, Edo würde seinen Arm um sie legen oder sie gar an sich ziehen. Doch er tat es nicht. Er blieb einfach neben ihr stehen, seine Hand auf ihrer Schulter. Sie genoss die Wärme, die davon ausging, und wagte kaum zu atmen, aus Angst, er könnte die Hand wieder herunternehmen.

Schließlich räusperte er sich, und die tröstend warme Hand verschwand. »Entschuldigen Sie, Fräulein Mina«, sagte er, trat einen halben Schritt zurück und lächelte ein wenig verlegen.

Mina fühlte, wie ihr das Blut in die Wangen schoss. »Kein Grund, sich zu entschuldigen. Ich bin wohl eher diejenige, die sich unangemessen benommen hat«, sagte sie hastig. »Es tut mir leid.«

Für einen Augenblick war es so still, dass man die Kaminuhr auf dem Aktenschrank ticken hören konnte, dann streckte Mina Edo ihre Rechte entgegen.

»Freunde?«, fragte sie. »Ich meine, wir waren früher mal sehr gute Freunde, und ich würde mich freuen, wenn wir es wieder sein könnten.«

Sein Lächeln brachte die dunklen Augen hinter der Nickelbrille zum Leuchten. »Sehr gern, Fräulein Mina.« Er griff nach ihrer Hand und hielt sie eine Sekunde lang fest.

»Ach bitte, sag doch wieder Mina zu mir! Jedenfalls, solange wir unter uns sind und Vater uns nicht hören kann.«

Edo lachte. »Einverstanden. Aber nur, wenn du dich von mir auf ein Franzbrötchen und eine Zitronenbrause einladen lässt, so wie früher. Ich wollte sowieso gerade Mittagspause machen.«

Eine halbe Stunde später saßen sie nebeneinander auf einer der einfachen Holzbänke an der Kehrwiederspitze in der Sonne, die sich im Wasser des Hafenbeckens spiegelte.

»Musst du nicht langsam wieder zurück ins Kontor?«, fragte Mina und faltete das Pergamentpapier, in dem das süße Gebäck eingewickelt gewesen war, sorgfältig zusammen.

Edo schüttelte den Kopf. »Für heute hat sich niemand mehr angemeldet. Der Chef ist vor drei Uhr nicht aus der Börse zurück, und ich habe erledigt, was zu erledigen war. Ich habe es also nicht eilig.«

Er griff nach der Brauseflasche, die neben ihm auf der Bank stand, ließ den Bügelverschluss aufschnappen und trank einen Schluck. Während sie gegessen hatten, hatte Mina ihm alles erzählt, und Edo hatte zugehört, ohne sie auch nur einmal zu unterbrechen.

»Du willst also studieren, wenn du dein Reifezeugnis in der Tasche hast.« Es klang nicht wie eine Frage, eher wie eine Feststellung.

»Das ist mein Plan, ja.«

»Und was, wenn ich fragen darf?«

»So genau weiß ich das noch nicht, ich habe ja noch bis zum Abitur Zeit, mir das zu überlegen. Ich hatte an Medizin oder Pharmazie gedacht.« Mina zuckte mit den Schultern. »Das hängt auch davon ab, in welchem Studiengang ich zugelassen werde.«

Edo wandte sich zu ihr um und musterte sie einen Augenblick lang. »Darf ich ganz offen sein?«, fragte er schließlich.

»Natürlich, ich bitte darum.«

»Kann es sein, dass du da einer Wunschvorstellung hinterherläufst? Einer Idee, die mit dir und deinem Leben so gar nichts zu tun hat?«

Wieder kochte Ärger in Mina hoch. Von Edo hätte sie am wenigsten erwartet, dass er ihr das Studium ausreden wollte. »Aber …«, begann sie.

»Lass mich bitte ausreden, Mina!«, unterbrach er sie. »Als Frau Medizin zu studieren ist unglaublich schwierig, und dir würden alle möglichen Steine in den Weg gelegt. Zum einen sind Medizin und Pharmazie immer noch reine Männerdomänen. Stell es dir so ähnlich vor wie die Kaffeebörse. Ich weiß, einige Universitäten lassen inzwischen Frauen zum Studium zu, aber die müssen dann doppelt und dreifach so gut sein wie die Männer und mit jeder Faser ihres Herzens Ärztin werden wollen, um ihr Ziel zu erreichen. Ist das bei dir so?«

»Schon, aber …«

»Schon, aber? Das reicht nicht«, sagte Edo mit Nachdruck. »Du musst dir ganz sicher sein. Es darf für dich nichts Wichtigeres im Leben geben, als Ärztin zu werden, und du musst bereit sein, alles dafür zu geben. Außerdem musst du ein sehr dickes Fell haben, denn sie werden alles daransetzen, dir das Leben schwer zu machen. Sie werden wollen, dass du scheiterst. Hast du so viel Durchhaltevermögen?«

»Ja, das habe ich«, erwiderte Mina fest.

»Gut.« Edo lächelte. »Das glaube ich auch. Du warst noch nie eine Bangbüx. Aber damit ist es noch lange nicht getan. Wie willst du dein Studium denn finanzieren? Ich glaube nicht, dass dein Vater dir das Geld geben wird. Dafür kenne ich ihn gut genug.«

Mina senkte den Kopf und starrte hinunter auf das Pergamentpapier in ihrer Hand. »Da ist das Geld für meine Mitgift, das mir zusteht«, sagte sie zögernd. »Außerdem habe ich ein paar Schmuckstücke von meiner Mutter geerbt. Die könnte ich vielleicht verkaufen.«

»Nein, kannst du nicht, jedenfalls jetzt noch nicht. Frühestens, wenn du einundzwanzig bist, und es ist gut möglich, dass dein Vater auch dann seine Zustimmung geben muss. Und deine Mitgift wird er dir ganz sicher nicht auszahlen. Die gehört zum Firmenvermögen, darauf möchte ich wetten. Aber selbst wenn es dir wider Erwarten gelingt, das Geld zu beschaffen, und du dich durch das Studium beißt, was kommt danach? Wo willst du als Ärztin arbeiten? Welches Krankenhaus wird eine Frau einstellen? Welche Patienten werden zu einer Ärztin in die Praxis kommen? Hast du darüber schon mal nachgedacht?«

Mina ballte wütend die Fäuste und war im Begriff aufzuspringen. »Du meinst also, ich soll die Idee aufgeben und lieber gehorsam das tun, was meine Großmutter und mein Vater für mich vorgesehen haben? Statt weiter zum Lyceum zu gehen und Abitur zu machen, lieber brav ins Pensionat fahren, damit sie wenigstens eine kleine Hoffnung haben, mich zu verheiraten? Jede Chance aufgeben, irgendwann auf eigenen Füßen zu stehen?« Sie kochte vor Zorn. »Lieber springe ich ins Hafenbecken!«

»Das wird hoffentlich nicht nötig sein.« Edo zwinkerte ihr zu. »Ich möchte mir nicht meinen einzigen guten Anzug ruinieren beim Versuch, dich aus der Elbe zu ziehen.« Er schob seine Brille hoch und wurde gleich wieder ernst. »Nein, ich meine nur, dass du klug und besonnen vorgehen solltest, statt dich in einen Wunschtraum zu verrennen. Du musst dir zuerst mal selbst darüber klar werden, was du im Leben erreichen willst. Und wenn du dein Ziel gefunden hast, solltest du alles tun, um es zu erreichen. Ich werde dich auf jeden Fall dabei unterstützen, so gut …«

Edo hielt inne und kniff die Augen zusammen. »Nanu?

Das ist doch …«, murmelte er, sprang auf und winkte einem jungen Mann zu, der gerade einen leeren Handkarren in Richtung der Schuppen am Sandtorkai schob.

»Heiko! He, Heiko, du oller Füerkopp!«, rief Edo, steckte Daumen und Zeigefinger der rechten Hand zwischen die Lippen und stieß einen schrillen Pfiff aus.

Mina zuckte zusammen.

Der junge Mann mit der Handkarre blieb bei dem durchdringenden Geräusch stehen und sah sich um. Als er Edo entdeckte, winkte er zurück. Eilig wendete er seine Karre und kam auf sie zu.

Er war klein und stämmig gebaut, mit breiten Schultern, die in einer dicken, wollenen Arbeitsjacke steckten. Auf dem Kopf trug er eine dunkelblaue Schiffermütze, die ein wenig schief auf den fuchsroten Locken saß. Ein flammend roter Bart bedeckte sein Kinn, was ihm zusammen mit den strahlend blauen Augen das verwegene Aussehen eines Wikingers verlieh.

»Na, du bist mir der Richtige!«, rief er lachend und stellte seine Karre neben der Bank ab. »Pause machen, schön mit einem Mädchen am Hafen in der Sonne sitzen und Brause trinken! Wenn es wenigstens Bier wäre.«

»Ich muss ja noch rechnen können, da kann ich mir kein Bier erlauben«, erwiderte Edo grinsend. Zu Minas Überraschung zog er den jungen Hafenarbeiter kurz an sich, ehe er sich, den Arm noch immer um seine Schulter gelegt, zu ihr umwandte. »Mina, darf ich dir Heiko Peters vorstellen? Ich bin bei seiner Familie aufgewachsen. Ich glaube, ich habe dir schon mal von ihm erzählt.«

Natürlich erinnerte sie sich daran. Die Geschichte hatte sie lange beschäftigt.

Edos Vater war nach Hamburg gekommen, um eines der Auswandererschiffe nach Amerika zu nehmen, hatte sich aber, während er auf eine Passage warten musste, in eine junge Hamburgerin verliebt. Er hatte sie geheiratet und war geblieben. Edo war gerade ein Jahr alt gewesen, als die große Cholera-Epidemie vor zwanzig Jahren innerhalb weniger Tage beide Eltern dahinraffte. Die beste Freundin seiner Mutter hatte es nicht übers Herz gebracht, den Jungen einem Waisenhaus zu überlassen, sondern ihren Mann überredet, Edo bei sich aufzunehmen und gemeinsam mit ihrem eigenen Sohn aufzuziehen.

Mina stand auf und streckte Edos Ziehbruder die Rechte entgegen. »Freut mich, Herr Peters! Schön, dass ich Edos Bruder auch einmal kennenlernen darf.«

Heiko Peters machte ein verblüfftes Gesicht. »Wo hast du denn die Deern aufgegabelt?«, fragte er an Edo gewandt. »Die spricht so geschraubt.«

»Das ist Mina – Wilhelmina Deharde«, gab Edo zurück. »Die Tochter vom Chef. Ich hab dir doch von ihr erzählt.«

»Die Lütte, auf die du immer aufpassen musst, damit sie im Kontor keinen Blödsinn macht?«

»Das ist lange her. Inzwischen ist sie tüchtig gewachsen und sehr vernünftig geworden.« Edo grinste.

Statt die ausgestreckte Hand zu ergreifen, tippte Heiko sich an die Mütze und vergrub dann seine Hände in den Hosentaschen. »Moin«, sagte er. »Sie müssen schon entschuldigen, ich hab es nicht so mit gehobenen Umgangsformen. Halte ich für überflüssig.« Er musterte Mina mit gerunzelter Stirn. »Sind Sie nicht die dumme Deern, die mich vorhin fast umgerannt hat?«

Jetzt ging Mina auf, warum ihr der rothaarige Kerl so bekannt vorgekommen war. »Genau die bin ich«, sagte sie grinsend.

Edo schlug seinem Bruder auf den Rücken und lachte. »Du nun wieder! Legst dich mit der Tochter von Karl Deharde an. Aber glaub mir, Mina ist ein kluges Mädchen mit modernen Ansichten. Gerade hat sie gesagt, dass sie lieber ins Hafenbecken springen würde, als sich von ihrem Vater in ein Mädchenpensionat schicken zu lassen. Stell dir vor, sie will mal studieren.«

»Wirklich?« Jetzt warf Heiko Mina einen anerkennenden Blick zu. »Klar, warum auch nicht? Kluge Köpfe sollten studieren können, ganz gleich, ob Mann, Frau, arm oder reich.« Seine Augen blitzten. »Der Zugang zu Bildung sollte nicht vom Geschlecht oder vom Geldbeutel abhängig sein. Wir Sozialdemokraten …«

»Nun lass doch mal die Politik, Heiko!«, unterbrach ihn Edo. »Bis die Sozis ans Ruder kommen, sind wir alle längst alte Leute. Manchmal muss man sich nach der Decke strecken und das Beste aus seiner Lage machen, Klippen geschickt umschiffen, um ans Ziel zu kommen. Das ist das, was ich auch Mina geraten habe.«

»Da kämen wir ja nie voran! Das Beste aus seiner Lage machen, pfft. Dann würde ich noch für meinen Alten arbeiten und müsste mich von ihm durch die Gegend scheuchen lassen.« Heiko winkte ab. »Nee, ich bin lieber mein eigener Herr.«

»Und schleppst die Kaffeesäcke selbst, statt die anderen schleppen zu lassen?«, fragte Edo.

»Na und? Ehrliche Arbeit schändet nicht.« Heikos blaue Augen blitzten.

Edo lachte. »Danke, nichts für mich. Ich krieg ja kaum die

dicken Kontobücher getragen. Deshalb arbeite ich auch lieber mit dem Kopf als mit den Händen. Du warst immer der Stärkere von uns.« Er drehte sich zu Mina um. »Heiko hat mich schon in der Schule immer rausgehauen, wenn die anderen Jungs mich verdreschen wollten. Dabei ist er jünger als ich.«

»Die paar Monate«, sagte Heiko und winkte ab. »Ich konnte es doch nicht durchgehen lassen, dass diese kleinen Satansbraten dich ständig auf dem Kieker hatten. Außerdem sind die Kurzgewachsenen beim Prügeln im Vorteil. Wir sind fixer und wendiger, darum können wir besser ausweichen. Und wir schlagen in die Magengrube, weil wir nicht bis ans Kinn kommen.« Er grinste breit. »Wo wir gerade von den alten Zeiten sprechen: Vergiss bloß nicht, nächste Woche zu Mamas Geburtstag vorbeizukommen, sonst wird sie fühnsch. Sie beklagt sich sowieso schon immer, dass du dich so selten blicken lässt.«

Edo nickte und versprach, daran zu denken. »Und, wie geht's dem alten Herrn?«, fügte er hinzu. »Seit ich bei euch ausgezogen bin, sehe ich ihn fast nur noch, wenn er dienstlich im Kontor vorbeischaut.«

»Wie soll es ihm gehen?«, meinte Heiko schulterzuckend. »Beklagt sich bei Muttern über die schlechten Zeiten und seinen Ischias. Mit mir redet er ja nicht viel, seit ich ihm die Arbeit vor die Füße geschmissen habe.«

»Dass ihr euch aber auch immer wegen der Politik in die Haare kriegen müsst.«

»Watt mutt, datt mutt. Wir sind nun mal beide olle Krittköppe. Jedenfalls sagt Mama das immer.«

Verstohlen schaute Mina von einem zum anderen. So gegensätzliche Brüder wie diese beiden hatte sie noch nie zu Gesicht bekommen. Edo überragte Heiko fast um einen ganzen

Kopf, dabei war er so schlank, dass er geradezu hager wirkte. Dunkelbraunes, welliges Haar fiel in sein schmales Gesicht mit den klugen braunen Augen hinter der Nickelbrille und der etwas schiefen Nase. In seinem Gesicht passte nichts wirklich zueinander, aber wenn er lächelte, so wie jetzt, war er geradezu unverschämt gutaussehend.

Heiko dagegen war auf den ersten Blick nicht sehr attraktiv. Sommersprossen überzogen sein Gesicht so dicht, dass sie beinahe eine durchgehende Fläche bildeten, und sein Kopf schien ohne nennenswerten Halsansatz direkt aus den breiten Schultern herauszuwachsen. Die Augenbrauen und Wimpern waren vom gleichen Fuchsrot wie der Bart, der nach Minas Meinung dringend gestutzt gehörte. Das runde Gesicht mochte im ersten Moment dümmlich wirken, doch wenn die blauen Augen dann spöttisch aufblitzten und sich Fältchen in den Augenwinkeln bildeten, war ein wacher Verstand zu erahnen. Ganz sicher durfte man Heiko Peters keinesfalls unterschätzen.

»Ich wollte gerade Feierabend machen«, sagte er. »Wie sieht es aus? Wollen wir ein Bier trinken gehen? Wir müssen uns ja nicht hier draußen die Beine in den Bauch stehen, wenn wir auch gemütlich in der Kneipe sitzen können.«

»Meinetwegen gern, ich habe noch etwas Zeit, bis ich ins Kontor zurückmuss«, sagte Edo und wandte sich an Mina. »Kommst du mit uns?«

»Besser nicht«, sagte sie zögernd.

»Es muss ja nicht unbedingt Bier sein«, meinte Heiko. »Wenn du lieber eine Tasse Kaffee möchtest?«

»Das ist es nicht«, erwiderte sie. »Meine Großmutter ist sowieso schon dagegen, dass ich allein in die Speicherstadt fahre. Wenn durch einen dummen Zufall rauskommt, dass ich in einer Hafenkneipe war, bekomme ich Hausarrest bis mindestens Weihnachten.«

Die beiden jungen Männer lachten.

»Nein, wirklich, danke für das Angebot, aber ich sollte jetzt nach Hause fahren.«

»Dann vielleicht ein anderes Mal«, sagte Heiko. »Die Einladung steht.«

»Ein anderes Mal, wenn sich die Gelegenheit ergibt.« Mina lächelte ihm unverbindlich zu und streckte ihm erneut die Hand hin. »Hat mich gefreut, Sie kennenzulernen, Herr Peters.«

»Heiko, bitte!« Diesmal ergriff der junge Mann ihre Hand und drückte sie so fest, als wäre sie einer seiner Kollegen. »Herr Peters ist mein Vater.«

Mina erwiderte den kräftigen Händedruck und sah ihm direkt in die durchdringenden blauen Augen, ohne zu zwinkern oder dem Druck nachzugeben. Es war ein Test, das fühlte sie. Und sie hatte nicht vor, zu versagen. »Also gut, Heiko«, sagte sie. »Es hat mich sehr gefreut, *dich* kennenzulernen!«

»Schon besser«, sagte Heiko mit einem Augenzwinkern und ließ ihre Hand los. »Die Deern gefällt mir, Edo. Patent und nicht auf den Mund gefallen.«

Edo nickte. »Sag ich doch!«

Heiko schob die Hände in die Hosentaschen. »Hör mal, Mina«, sagte er. »Ich finde es gut, dass du was aus dir machen willst. Es sollte viel mehr Mädchen geben, die sich das zutrauen. Besonders in euren Kreisen.« Er runzelte die Stirn und schürzte die Lippen, wobei sein Schnauzbart sich sträubte wie eine Bürste. »Und wenn es irgendwas gibt, womit wir beide dir helfen können, dein Ziel zu erreichen, dann werden wir das tun, nicht wahr, Edo?«

»Klar«, sagte Edo. »Die Welt, wie sie ist, können wir zwar nicht verändern, aber …«

»Das bleibt abzuwarten.« Heiko lachte und schlug seinem Bruder auf die Schulter. »Tschüss, Mina! Bis die Tage.« Er tippte sich noch einmal an die Mütze und ging zu seinem Handkarren hinüber. »Nun komm schon, Edo, lass uns losgehen. Ich hab ordentlichen Durst.«

»Ich komm sofort nach«, rief Edo ihm zu. »Vielleicht sollte ich mich für meinen Bruder entschuldigen«, sagte er leise zu Mina. »Er ist manchmal etwas …«

»Er ist nett«, erwiderte Mina und meinte es genau so. »Ich verstehe, warum du so an ihm hängst. Ich glaube, er kann ein guter Freund sein.«

»Der beste! Wie schön, dass du ihm seine Art nicht krummnimmst.« Edos Augen strahlten. »Mach's gut, Mina! Kommst du nächste Woche ins Kontor?«

»Ganz sicher!«

»Schön! Dann musst du mir haarklein berichten, was dein Vater zu deinen Plänen gesagt hat.«

Mina versprach es. Edo gab ihr die Hand und lief dann hinter Heiko her.

Eine warme Leichtigkeit durchströmte Mina, als sie den beiden jungen Männern nachsah, die nebeneinander den Kai entlanggingen. Alles fügte sich in diesem Augenblick zu einem perfekten Ganzen zusammen: Die Sonne, die auf dem Wasser glitzerte. Der Wind, der den Geruch des Meeres mit sich trug und ihre Wange liebkoste. Das Gefühl, Freunde gefunden zu haben.

VIER

Es ging bereits auf halb vier Uhr, als Mina vor der Villa ihrer Familie ankam. Sie öffnete das Tor in der Mauer, die das Grundstück umgab, und schlüpfte hindurch. Statt den breiten Kiesweg zu nehmen, der zum säulengeschmückten Haupteingang führte, lief sie über den Rasen zur Auffahrt hinüber, die um das Haus herum zu den Nebengebäuden führte. Auf der von der Straße abgewandten Seite des Hauses befand sich die Hintertür, die normalerweise nur von den Dienstboten und Lieferanten benutzt wurde. Mina spähte durch die eingelassene Glasscheibe in den schmalen Flur, von dem die Wirtschaftsräume abgingen. Kein Mensch war zu sehen. Sie seufzte erleichtert und betrat das Haus.

Zwar kam es nur selten vor, dass Großmutter Hiltrud das Hinterhaus aufsuchte, aber Mina wollte auf keinen Fall dabei erwischt werden, dass sie verbotenerweise durch die Küche ins Haus kam. Großmutter war der Meinung, es schicke sich nicht für eine Tochter des Hauses, sich mit den Dienstboten abzugeben und ein allzu vertrauliches Verhältnis zu Köchin oder den Dienstmädchen zu unterhalten.

Ohne anzuklopfen betrat Mina die Küche. Frau Kruse, die Köchin, saß in ihrem angestammten Lehnstuhl neben dem Herd und hielt ihr Nickerchen. Den Kopf hatte sie ans Polster gelehnt, das weiße Häubchen war leicht verrutscht, die Hände lagen gefaltet in ihrem Schoß. Immer wenn sie einatmete, bildete sich ein leises Grunzen in ihrer Kehle, und wenn sie ausatmete, machten ihre Lippen ein deutlich vernehmbares »Pffffh«. Auf dem Beistelltischchen neben dem Sessel stand eine leere Kaffeetasse, auf deren Untertasse ein angebissener Keks lag.

Mina presste die Lippen zusammen und unterdrückte ein Lachen. Auch früher, als sie noch in der Isestraße gewohnt hatten, hatte Frau Kruse gelegentlich ein Mittagsschläfchen in eben diesem Sessel gehalten, wenn die Arbeit erledigt und sie ganz allein in der Küche war. Sie hatte sich eine Tasse Kaffee gekocht und nach dem Genuss für ein paar Minuten »die Augen ausgeruht«, wie sie es nannte, aber dies war das erste Mal, dass Mina Frau Kruse hier in der Villa dabei ertappte.

Leise ging sie zu der Köchin, beugte sich zu ihr hinunter und berührte ihre Hände. »Frau Kruse? Schlafen Sie etwa?«, fragte sie leise.

Die Angesprochene zuckte zusammen und öffnete die Augen. »Gott, Kindchen, haben Sie mich aber erschreckt!«, keuchte sie. »Ich dachte schon, mein Herz bleibt stehen. Was müssen Sie denn so herumschleichen, Fräulein Mina?«

»Ich bin nicht geschlichen«, erwiderte Mina schmunzelnd. »Tut mir leid, dass ich Sie geweckt habe.«

»Ach was, geweckt«, sagte Frau Kruse kopfschüttelnd. »Ich wollte nur einen Augenblick von den Füßen runter und die Augen ausruhen, jetzt wo ich endlich allein in der Küche bin. Die Deerns servieren gerade den Tee im Salon. Das Gesabbel von den beiden den ganzen Tag über ist ja nicht auszuhalten.«

Mit den Deerns meinte sie die beiden Dienstmädchen im Haus, Frieda und Lotte. Während Frieda schon seit etlichen Jahren bei Großmutter als Zimmermädchen angestellt war, war Lotte zusammen mit Frau Kruse und Fräulein Brinkmann von der Isestraße in die Villa gewechselt. Die beiden Dienstmädchen waren ungefähr gleich alt, stammten aus der gleichen Gegend Mecklenburgs und hatten sich auf Anhieb hervorragend verstanden. Auch wenn Frieda eigentlich als Zimmermädchen und Zofe der gnädigen Frau im Rang über Lotte stand, gab es zwischen den beiden nie Reibereien, die in anderen Haushalten an der Tagesordnung waren, sondern sie erledigten die anstehenden Arbeiten immer gemeinsam mit viel Getuschel, Gekicher und – wenn sie dachten, niemand könne sie hören – zweistimmigem Gesang.

Auch wenn Frau Kruse schimpfte, die Mädchen würden auf diese Art doch nie mit ihrer Arbeit fertig werden und sie könne bei ihrem Geschnatter keinen einzigen klaren Gedanken fassen, so machte sie doch keinen Hehl daraus, wie sehr sie die beiden mochte. Die Mädchen waren so etwas wie die Töchter, die die alte Köchin nie hatte haben können, und sie nannte sie gern *ihre Deerns*.

Frau Kruse stemmte sich aus dem Sessel hoch, presste die Hände in die Seite und verzog das Gesicht, während sie das Kreuz durchdrückte. »Dieses verdammte Rheuma«, brummte sie. »Altwerden ist nix für Jammerlappen. Lassen Sie sich das gesagt sein, Fräulein Mina.«

»Ich werde es mir merken«, sagte Mina breit lächelnd.

Die Köchin lachte glucksend. »Lotte und Frieda haben erzählt, Sie waren zum Mittagessen bei den Meyers. Haben Sie wenigstens was Ordentliches zu essen bekommen?«, fragte sie dann. »Die Köchin von denen taugt doch nichts, jedenfalls erzählt man sich das unter den Dienstboten. Immer nur so ein neumodischer Kram, den sie auf den Teller bringt. Französisch, dass ich nicht lache. Da steht man doch hungrig wieder vom Tisch auf. Sind Sie satt geworden oder möchten Sie noch einen Teller Schnippelbohnen, Fräulein Mina? Ich hab extra was für Sie warmgestellt.«

»Nein, danke, Frau Kruse, ich bin nicht hungrig«, erwiderte Mina. »Ich habe keinen Hunger mehr. Auch wenn das Essen bei Meyers nicht so gut war wie Ihr Schnippelbohneneintopf, werde ich bestimmt bis zum Abend durchhalten.«

»Dann sollten Sie vielleicht doch noch einen Teller Bohnensuppe essen. Heute Abend gibt es doch kein großes Abendessen mehr. Ich mache nur ein paar Schnittchen, die Sie essen können, bevor Sie losfahren.«

»Losfahren?«

»Nun sagen Sie bloß, Sie haben vergessen, dass Sie heute Abend in die Oper gehen? Das hab ja sogar ich mir aufgeschrieben.« Sie zeigte zur Schiefertafel an der Wand, auf der die Köchin in ihrer peniblen Schrift notierte, wann sie was zu servieren beabsichtigte. »Sehen Sie?«

»Ach, das ist ja heute, stimmt!«

Großmutter Hiltrud, Vater und sie würden heute das Stadt-Theater an der Dammtorstraße besuchen und Wagners »Walküre« sehen. Seit Wochen freute sich Mina auf diesen Opernbesuch. Sie hatte sich sogar bei ihrem Klavierlehrer einen Klavierauszug und das Textbuch geborgt, um auf den Abend vorbereitet zu sein, und jetzt hatte sie durch die ganze Aufregung die Opernvorstellung ganz vergessen. Auch wenn sie selbst zu ihrem Leidwesen keinen geraden Ton zustande brachte, liebte Mina es, in die Oper zu gehen. Meist begleitete sie ihre Großmutter, aber da Vater eine heimliche Leidenschaft für die Werke Richard Wagners hatte, die er aber nie zugeben würde, hatte er sich erboten, Hiltrud und Mina nicht nur mit dem Automobil zu fahren, sondern ebenfalls die Vorstellung zu besuchen.

»Ja, das ist heute«, sagte Frau Kruse und tippte mit dem Zeigefinger auf den Termin. »Darum hat die Gnädige sich auch wohl sehr gewundert, dass sie heute nicht pünktlich zum Essen wieder hier waren. Sie hat die Deerns angewiesen, dass sie Sie zu ihr schicken sollen, sobald Sie wieder zu Hause sind. Aber nicht, ehe Sie nicht was Ordentliches im Magen haben ...«, fügte Frau Kruse hinzu. Sie strich eine graumelierte Strähne zurück, die sich aus dem Haarknoten in ihrem Nacken gelöst hatte, und zupfte ihr Häubchen zurecht, während sie zum Herd ging und den Deckel von dem gusseisernen Topf hob, der zum Warmhalten ganz am Rand der Herdplatte stand. Sie schnupperte am Inhalt, griff nach einer Kelle und rührte noch einmal um. »Leckere Schnippelbohnensuppe mit Speck und Kochwurst, so wie Ihr Herr Vater sie am liebsten hat«, sagte sie so schmeichelnd, wie sie es früher getan hatte, als Mina und ihre Schwester noch klein gewesen waren und zumindest Agnes Eintöpfe nicht hatte ausstehen können. Dabei schaute sie Mina erwartungsvoll an.

»Ein bisschen später vielleicht«, sagte Mina ausweichend. »Ich hab vorher noch etwas mit Fräulein Brinkmann zu besprechen. Wegen der Schule ...«, fügte sie eilig hinzu. »Hat sie schon ihren Tee bekommen?«

»Nein, Lotte wollte zu ihr hinaufgehen, sobald Fräulein Agnes und die Gnädigste mit ihrem Tee durch sind. Das fertige Tablett steht dort drüben.« Sie machte eine Kopfbewegung zu dem langen Holztisch hin, auf dem ein Tablett mit Teekännchen auf einem Stövchen, Tasse und Gebäckteller stand. »Ich würde es ja selbst tun, aber meine Knie machen mir heute zu schaffen, dann kann ich immer so schlecht die Treppen rauf und runter.«

»Ich könnte Fräulein Brinkmann den Tee doch bringen, wenn ich eh schon auf dem Weg zu ihr bin.«

Frau Kruse strahlte. »Das würden Sie tun, Fräulein Mina? Das ist lieb von Ihnen.« Sie ging steifbeinig zum Küchentisch hinüber, griff nach dem Tablett und drückte es Mina in die Hand. »Hier, bitte. Und passen Sie bloß auf, dass niemand sieht, dass Sie das machen. Sie wissen doch, die Gnädige hat sowas nicht gern.«

»Ich werde ganz leise sein, wenn ich nach oben gehe. Niemand wird was merken, Frau Kruse.« Mina zwinkerte ihr zu. »Und hinterher komme ich wieder und esse eine große Portion Schnippelbohnen.«

Frau Kruse hielt ihr die Tür zum Flur auf, der in den herrschaftlichen Bereich der Villa führte. Mina schlich auf Zehenspitzen durch die Eingangshalle auf die Treppe zu, die in die oberen Stockwerke führte. Gerade in dem Moment, als sie am Salon vorbeiging, öffnete sich die Tür. Lotte trat heraus und hielt die Tür weit für Frieda auf, die ein großes Serviertablett mit Teegeschirr hinaustrug. Beide Mädchen deuteten einen Knicks an, als sie Mina sahen. In der Hoffnung, niemand im Salon habe sie bemerkt, machte Mina einen Schritt in Richtung des Treppenaufgangs, als sie die scharfe Stimme ihrer Großmutter hörte.

»Wilhelmina?«

Ihr Tonfall war eisig. Mina erstarrte mitten in der Bewegung. Widerstrebend drehte sie sich zur geöffneten Salontür um.

Ihre Großmutter saß kerzengrade auf dem Sessel im Erker, den Rücken nicht ans Polster angelehnt, und musterte ihre

Enkeltochter von oben bis unten. »Was, in Gottes Namen, tust du da?«

Sie legte das Magazin, das sie in der Hand gehalten hatte, auf den Tisch vor sich und zog missbilligend die Augenbrauen zusammen. »Wo willst du mit dem Tablett hin?«

»Ich wollte gerade den Tee für Fräulein Brinkmann …«

»Komm bitte herein, Kind. Es gibt keinen Grund, durch die offene Tür zu rufen. Wir sind schließlich nicht bei den Hottentotten. Agnes, Kind, lässt du uns bitte einen Augenblick allein?«

Minas Schwester, die der Großmutter gegenübergesessen hatte, erhob sich. »Ich wollte sowieso gerade auf mein Zimmer gehen. Ich habe noch Hausaufgaben zu erledigen«, sagte sie, beugte sich zu Hiltrud hinunter und gab ihre einen flüchtigen Kuss auf die Wange, ehe sie sich anschickte, den Salon zu verlassen.

»Von mir weiß sie nichts«, hauchte sie, als sie an Mina vorüberging, und warf ihr ein schiefes Lächeln zu.

Mina nickte unmerklich und ging, das Tablett mit dem Tee für Fräulein Brinkmann noch immer in den Händen, in den Raum, um herausfordernd direkt vor Großmutters Sessel stehen zu bleiben.

Hiltrud kräuselte die Lippen, als hätte sie gerade auf eine Zitrone gebissen. »Lotte, nehmen Sie meiner Enkelin das alberne Tablett ab und bringen Sie es der Erzieherin nach oben«, sagte sie, ohne den Blick von Mina zu wenden. Erst als die Angesprochene Hiltruds Anweisung gefolgt war und die Tür hinter sich geschlossen hatte, seufzte Minas Großmutter vernehmlich.

»Auf welche Ideen kommst du nur immer?«, sagte sie kopfschüttelnd. »Der Erzieherin den Tee ins Zimmer zu bringen. Das wäre ja noch schöner!«

»Ich wollte nur Frau Kruse einen Gefallen tun.«

»Der Köchin einen Gefallen tun? Was kommt als Nächstes? Dass du dich zu den Dienstboten in die Küche setzt, um Kartoffeln zu schälen?«

Mina biss sich auf die Unterlippe, um zu verhindern, dass ihr eine Antwort herausrutschte, die sie später bereuen würde.

»Ich begreife dich nicht, Wilhelmina. Wir zahlen unseren Dienstboten einen angemessenen Lohn, damit sie ihre Arbeit erledigen. Dazu gehört eine gewisse Distanz, und die ist für beide Seiten wichtig. Nicht nur für sie, auch für uns. Sich mit ihnen zu verbrüdern wäre der Anfang vom Ende. Sie haben nun einmal ihre Welt, und wir haben die unsere. Man sollte meinen, dass du das inzwischen begriffen hättest. Du wohnst doch schon eine Weile in diesem Haus, und ich hätte gedacht, dass du diese Unarten inzwischen abgelegt hast.«

»Unarten?«

Vorbei war es mit Minas Selbstbeherrschung. Sie fühlte, wie die Wut in ihr hochkochte, und ballte unwillkürlich die Fäuste. »Wie kann es denn eine Unart sein, wenn ich jemandem, der von der vielen Arbeit steife Knie bekommen hat, einen Weg abnehme? Ich würde sagen, das fällt in den Bereich der christlichen Nächstenliebe, von der du immer so gern sprichst. Aber die gilt offenbar nicht für die Dienstboten.«

Hiltrud warf ihrer Enkelin einen entsetzten Blick zu. »Wie redest du eigentlich mit mir?«, rief sie entrüstet. »Solche Unverschämtheiten muss ich mir wahrhaftig nicht bieten lassen.« Sie drückte das Kinn nach unten, sodass der enge Stehkragen ihres hochgeschlossenen schwarzen Kleides spannte. Mit zusammengepressten Lippen atmete sie ein paarmal deutlich vernehmbar durch die Nase ein und aus, um sich wieder in den Griff zu bekommen, ehe sie weitersprach. »Ich habe es deinem Vater wieder und wieder gesagt, dass er euch Mädchen zu viel durchgehen lässt. Besonders dir, Wilhelmina. Du brauchst eine strenge Hand, damit du endlich lernst, dich so zu benehmen, wie man es von einer Tochter aus gutem Hause erwarten kann.«

»Wenn du damit meinst, dass ich stumm in einer Ecke zu sitzen und Monogramme in meine Aussteuer zu sticken habe, während ich darauf warte, dass mir jemand den Hof macht, der nur auf meine Mitgift aus ist, nein, danke!« Mina fühlte, dass ihre Wangen zu glühen begannen. »Ich habe vor, aus meinem Leben etwas zu machen. Ich will selbst etwas sein; nicht nur die Ehefrau von jemandem, der auf meine Mitgift und Vaters Sitz in der Börse aus ist. Ich werde studieren und eines Tages selbst mein Geld verdienen, du wirst schon sehen!«

»Selbst Geld verdienen? Was ist denn das für ein abstruser Gedanke?« Hiltrud schüttelte den Kopf. »Du, Kind, wirst heiraten und dafür sorgen, dass die Firma einen Erben bekommt. Das ist seit jeher der natürliche Lauf der Dinge in dieser Familie. Andere Mädchen wären froh, wenn ihr Lebensweg so klar vorgezeichnet wäre. Du jagst Hirngespinsten hinterher, Wilhelmina. Mal ganz abgesehen davon, dass du eine Verpflichtung der Firma gegenüber hast, wie willst du denn deinen Lebensunterhalt bestreiten? Willst du etwa Hauslehrerin werden wie dieses Fräulein Brinkmann?« Hiltruds dunkle Augen wurden schmal. »Diesen ganzen Unfug hat sie dir doch ins Ohr gesetzt, nicht wahr? Diese impertinente Person! Wenn es nach mir gegangen wäre, hätte sie nie einen Fuß in dieses Haus setzen dürfen. Ich war von Anfang an dagegen, dass sie …«

»Es geht aber nicht nach dir!«, unterbrach Mina ihre Großmutter so schrill, dass ihre Stimme sich überschlug. Ihre geballten Fäuste zitterten vor Wut. »Vater ist derjenige, der zu bestimmen hat. Er ist jetzt der Herr des Hauses, und er wollte, dass Fräulein Brinkmann bei Agnes und mir bleibt.«

Hiltruds Blick wurde eisig. »Das ist richtig«, sagte sie. »Jetzt ist dein Vater der Herr des Hauses und er hat die Entscheidungen für die Familie zu treffen. Und jetzt endlich hat er sich entschieden und ist meinem Ratschlag gefolgt. Schon vor Monaten habe ich darauf gedrängt, dass du in ein Pensionat geschickt werden solltest, um den letzten Schliff zu erhalten. Er wollte dir selbst mitteilen, dass er dich in Eifelhof angemeldet hat, aber letztlich ist einerlei, durch wen du es erfährst. Nach den Osterferien wirst du fahren.« Ein triumphierendes Lächeln umspielte die Mundwinkel der alten Frau. »Die Institutsleiterin ist mir schon seit etlichen Jahren bekannt. Wir werden ja sehen, ob sie es fertigbringt, dir ein paar Manieren beizubringen.«

Mina öffnete den Mund, aber noch ehe sie ein Wort herausbrachte, schnitt ihre Großmutter ihr das Wort ab. »Apropos Manieren …«, sagte Hiltrud mit erhobener Stimme. »Nach diesem Auftritt von dir halte ich es für unangebracht, dass du mich und deinen Vater heute Abend in die Oper begleitest. Du wirst jetzt auf dein Zimmer gehen und über dein Benehmen mir gegenüber nachdenken. Wenn du dich in angemessener Form entschuldigt hast, werde ich vielleicht in Erwägung ziehen, deinem Vater gegenüber nichts zu erwähnen. Ansonsten …«

Sie ließ den Satz in der Luft hängen und musterte Mina mit so viel Widerwillen von oben bis unten, als habe sie eine Distel zwischen ihren heißgeliebten englischen Rosen entdeckt, die der Gärtner übersehen hatte. Dann wandte sie sich ab, griff nach dem Magazin, das aufgeschlagen auf dem Tisch lag, und begann zu lesen. Offenbar war für sie das Thema damit erledigt.

Mina spürte, dass ihre Augen zu brennen begannen. Sie blinzelte gegen die aufsteigenden Tränen an und schluckte. Den Triumph, sie weinen zu sehen, wollte sie ihrer Großmutter auf gar keinen Fall gönnen, also machte sie auf dem Absatz kehrt und lief aus dem Salon. Dass ihr der Griff beim Schließen aus der Hand rutschte, war nicht einmal Absicht, aber der laute Knall, mit dem die Tür hinter ihr ins Schloss fiel, freute sie in ihrer Wut.

Sie stürmte die Treppe hinauf und wäre oben am Absatz beinahe mit Agnes zusammengestoßen, die hinter dem Geländer kauerte, um zu lauschen. Auf den fragenden Blick ihrer Schwester antwortete Mina nur mit einem Kopfschütteln und flüchtete wortlos in ihr Zimmer. Erst als sie die Tür hinter sich abgeschlossen hatte, warf sie sich bäuchlings aufs Bett, vergrub das Gesicht im Kissen und ließ den Tränen freien Lauf.

Dieses Gefühl des Ausgeliefertseins, der Machtlosigkeit war unerträglich. Mina hasste es, dass alle anderen über sie und ihren weiteren Lebensweg zu bestimmen hatten. Dass alles schon vorgezeichnet war und niemand sich auch nur die Mühe machte, sie zu fragen, was sie – Mina – davon hielt, ob sie sich etwas anderes wünschte. Am schlimmsten war ihre Großmutter, der sie sowieso nie etwas recht machen konnte. In ihren Augen war Mina aufsässig, zu dick und hässlich, hatte schlechte Manieren und würde niemals einen Mann bekommen, der für den ach so wichtigen Firmenerben sorgen konnte.

Wenn sie nur ein Junge geworden wäre, dann gäbe es all diese Probleme nicht! Dann wäre sie selbst der Nachfolger für *Kopmann & Deharde*. Niemand käme auf den Gedanken, sie in ein Pensionat zu schicken. Nach der Schule würde sie in die Firma eintreten, um von der Pike auf zu lernen, und nach Brasilien oder Guatemala reisen, um dort die Plantagen zu besuchen, von denen die Kaffeebohnen stammten, mit denen sie handelten. Nach ihrer Heimkehr würde sie als Juniorchef an der Börse eingeführt werden und irgendwann hinter dem Schreibtisch ihres Vaters sitzen und mit den Maklern einen Schnaps auf einen guten Abschluss trinken. Fremde Länder sehen, neue Menschen kennenlernen … all die Bilder, all die Erfahrungen. Mina fühlte ein sehnsüchtiges Stechen in der Brust. Die Enttäuschung, nichts von alledem erleben zu dürfen, hinterließ einen bitteren Geschmack in ihrem Mund.

Niemand würde sich herausnehmen, über ihr Leben bestimmen zu wollen, wenn sie ein Junge geworden wäre. Dann würde nicht einmal Großmutter Hiltrud es wagen, sie zu bevormunden. Warum, zum Teufel, war sie nur ein Mädchen?

Mina hasste die ganze Welt, und am meisten hasste sie sich selbst. Ihre Trauer um das, was hätte sein können, hüllte sie ein wie eine warme Decke, und mit den Tränen floss all ihre Kraft, sich aufzulehnen, aus ihr heraus. Es hatte ja doch keinen Zweck! Nicht einmal weglaufen konnte sie. Wo sollte sie auch hin? Sie hatte keine Freunde, niemand würde ihr helfen, und sie hatte nicht einmal Geld. Edo hatte es klar erkannt. Das Studium und die Möglichkeit, irgendwann selbst für sich zu sorgen, waren nichts als Hirngespinste. Ihr blieb keine andere Möglichkeit, als sich zu fügen.

Zitternd sog sie Luft ein, während sich das Gefühl von Hilflosigkeit immer mehr in ihr ausbreitete. Ihre Glieder wurden schwer, sie rollte sich auf die Seite, schloss die Augen und weinte sich in den Schlaf.

Es dauerte einen Moment, bis Mina begriff, dass das leise Klopfen nicht in ihren Traum gehörte, in dem sie in der Probenküche des Kontors stand und von ihrem Vater zurechtgewiesen wurde, weil sie eine Kaffeeprobe im Röstofen vergessen und verbrannt hatte. Mit Mühe öffnete sie die Augen und hob den Kopf.

In ihrem Zimmer war es dämmrig, durch das Fenster fiel nur noch schwaches Licht herein. Vater und Großmutter Hiltrud waren sicher bereits in die Oper aufgebrochen. Sie hatte sich wirklich sehr auf diesen Abend gefreut, aber nach den Ereignissen des Tages war Mina geradezu erleichtert, dass es ihr erspart blieb, heute zwischen den beiden sitzen zu müssen.

Wieder klopfte es an der Tür, diesmal ein wenig lauter.

»Geh weg! Lass mich einfach in Ruhe, Agnes!«, sagte Mina matt. Sie hatte keine Lust, ihrer neugierigen Schwester auseinanderzusetzen, was passiert war und warum Vater und Großmutter sie zu Hause gelassen hatten.

Die Klinke wurde heruntergedrückt, dann ertönte ein erneutes, energischeres Klopfen. »Ich bin es, Mina. Mach bitte auf«, sagte eine weiche, dunkle Frauenstimme.

Mina sprang aus dem Bett, strich sich die widerspenstigen Locken aus dem Gesicht, während sie zur Tür hinüberlief und öffnete.

Fräulein Brinkmann stand vor ihr, wie immer angetan mit einem schlichten dunkelgrauen Kleid mit hohem Stehkragen, an dem eine silberne Brosche befestigt war. Sie war, wie Mina wusste, noch nicht einmal vierzig Jahre alt, aber schon durchzogen weiße Fäden ihr dunkelbraunes Haar, das sie nach hinten gebürstet in einem festen Knoten trug. Die Frisur ließ sie älter erscheinen, als sie in Wirklichkeit war. Die Lehrerin legte den Kopf schräg und musterte Mina mit hochgezogenen Augenbrauen von oben bis unten. »Nanu? Du bist noch gar nicht fertig?«

»Fertig?«

»Ja, für die Oper natürlich.« Ein Lächeln huschte über

Fräulein Brinkmanns schmales Gesicht. »Ich hatte vermutet, du hast über dem Textbuch die Zeit vergessen, darum wollte ich dafür sorgen, dass du pünktlich unten bist, wenn dein Vater kommt, um dich abzuholen.«

Mina seufzte. Sie ließ die Tür los, ging zu ihrem Bett zurück und ließ sich auf den Rand sinken. »Ich gehe nicht mit«, sagte sie dumpf. »Großmutter hat es verboten, weil ich mit ihr gestritten habe.«

»Papperlapapp!« Fräulein Brinkmann trat ins Zimmer und schloss die Tür hinter sich. »Da bist du nicht auf dem neuesten Stand, liebe Mina! Vorhin kam ein Telefongespräch. Dein Vater rief aus dem Kontor an, um mitzuteilen, dass er erst kurz vor sechs hier sein kann, um euch abzuholen. Ich hatte noch nicht aufgelegt, als die Gnädigste dazukam und mir den Hörer aus der Hand nahm.« Die Hauslehrerin lächelte. »Ich konnte nicht verhindern, Zeuge ihres Streitgesprächs zu werden, dazu war es zu laut. Langer Rede kurzer Sinn: Dein Vater bestand darauf, dass du mitgehen sollst, worauf deine Großmutter ohne Gruß den Hörer aufhängte und sich mit Migräne auf ihr Zimmer zurückzog. Sie wird euch also nicht begleiten.« Fräulein Brinkmann rieb sich die Hände und ging zu Minas Kleiderschrank hinüber. »Aber jetzt solltest du dich beeilen, damit du fertig bist, wenn dein Vater kommt. Also? Das blaue oder das rosafarbene Kleid?« Sie zog die beiden infrage kommenden Roben aus dem Schrank und hielt sie vor sich.

»Das blaue, bitte … Das Rosafarbene ist in den Schultern zu eng.« Mina schüttelte verdutzt den Kopf. »Aber ich verstehe das alles nicht.«

Geschäftig hängte Fräulein Brinkmann das helle Kleid zurück in den Schrank und legte die nachtblaue Robe vorsichtig auf das Bett. »Was verstehst du nicht, Kind?«

»Ich verstehe nicht, warum ich jetzt doch mitdarf.«

Fräulein Brinkmann warf Mina einen vielsagenden Blick zu. »Glaubst du nicht, dass sich dein Vater auch sehr auf diesen Abend gefreut hat? Noch einmal mit der hübschen großen Tochter in die Oper zu gehen, bevor sie das Haus verlässt?«

Mina, die gerade begonnen hatte, sich die Bluse aufzuknöpfen, verharrte in der Bewegung und starrte Fräulein Brinkmann mit offenem Mund an. »Sie wussten es?«, stieß sie hervor und ließ sich auf die Stuhlkante sinken.

»Ja, Mina, ich wusste es. Seit ein paar Tagen schon. Und glaub mir, das ist nicht der Weltuntergang, dass du für eine Weile ein Pensionat besuchen sollst. Im Gegenteil: Ich halte es für eine gute Idee, und ich freue mich für dich!« Sie griff nach Minas Händen und drückte sie. »Du bist noch so jung und du solltest dieses Jahr nutzen, um darüber nachzudenken, was du wirklich mit deinem Leben anstellen willst. Du verlierst doch nichts dadurch. Wenn du nach dem Pensionat immer noch entschlossen bist, dich an einer Universität zum Studium einzuschreiben, kannst du die Oberprima auch dann noch besuchen und Abitur machen. Sieh mal, ich habe als junges Mädchen auch ein paar Monate in einem Pensionat verbracht und habe dort gute Freundinnen gefunden. Freundinnen fürs Leben, wie man so sagt. Das wünsche ich dir auch von ganzem Herzen!«

Sie zog Mina in ihre Arme und drückte sie kurz an sich. Mina war viel zu verblüfft über diese ungewohnte Gefühlsanwandlung ihrer sonst so auf Distanz bedachten Hauslehrerin, um die Umarmung zu erwidern. Fräulein Brinkmann schob sie hastig von sich weg und räusperte sich. »Wir reden morgen in Ruhe über alles. Versprochen. Aber jetzt zieh dich rasch um. Ich hole Lotte, damit sie dir die Haare hochsteckt. Du willst doch deinen Vater nicht warten lassen!«

Minas Vater stand bereits in Hut und Mantel in der Eingangshalle, als Mina, angetan mit ihrem blauseidenen Abendkleid, eine halbe Stunde später die Treppe herunterschritt. Ein wohlwollendes Lächeln überflog sein Gesicht, als er seine Tochter begutachtete. »Wie die Königin der Nacht!«, sagte er mit Bewunderung in der Stimme, griff nach ihrer Rechten und deutete einen Handkuss an. »Wollen wir dann, Majestät?«, fragte er und reichte ihr den Arm, um sie zur Tür hinauszugeleiten. Mina nickte nur, legte die Hand auf seinen Arm, schritt neben ihm hinaus in die Frühlingsnacht.

Während Lotte ihr Haar gebürstet und Strähne für Strähne hochgesteckt hatte, hatte Mina für sich beschlossen, diesen Opernabend zu genießen, komme, was da wolle. Es war Vaters Geschenk an sie. Nur sie zwei zusammen, allein mit dieser Musik, die sie beide liebten. Was machte es da, dass ihre Korsage so eng war, dass ihr das Atmen schwerfiel, dass die Haarnadeln drückten und piekten und dass sie seit einer halben Ewigkeit nichts gegessen hatte und ihr schon ganz flau im Magen war? Heute Abend würde sie einfach alles wunderbar finden und alles, was sie bedrückte, auf morgen verschieben.

Alles war perfekt: Die Fahrt im offenen Wagen durch die ungewöhnlich laue Frühlingsnacht durch Straßen, die von sanftem Licht der Bogenlaternen erleuchtet waren … Das Foyer des Theaters mit seinen Kristallleuchtern und den festlich gekleideten Menschen, die hin und her flanierten und miteinander plauderten … Der Moment, in dem die Tür zu ihrer Loge sich vor ihnen öffnete und den Blick auf den Saal freigab, in dem die Musiker sich bereits einspielten … Die samtbezogenen Sessel, in denen sie nebeneinander Platz nahmen … Papa, der sich zu ihr hinüberbeugte und sie lächelnd fragte, ob sie glücklich sei, und das leichte, weite Gefühl in ihrer Brust, als sie nickte und antwortete: »Ja, sehr glücklich, Papa!«

Der Saal wurde dunkel, und sobald die Musik aus dem Orchestergraben aufbrandete, wurde Mina in das Geschehen auf der Bühne hineingezogen. Sie fieberte mit dem Geschwisterpaar Siegmund und Sieglinde um die Erfüllung ihrer unmöglichen Liebe, litt mit Wotan, der sich in den Fallstricken seiner eigenen Verträge verfangen hatte und von seiner Frau Fricka vorgeführt wurde, doch am meisten schlug ihr Herz für Wotans Tochter und engste Vertraute Brünnhilde, die in bester Absicht seine Befehle missachtete und dafür verbannt wurde. Als Wotan sie in Schlaf versetzte und von ihr Abschied nahm, um sie auf einem Felsen zurückzulassen, wo sie von einem undurchdringlichen Feuer geschützt auf Siegfried warten sollte, dem Wotan die Herrschaft über die Welt überlassen würde, da griff Mina nach der Hand ihres Vaters und hielt sie fest umklammert, wie sie es nicht mehr getan hatte, seit sie ein kleines Mädchen gewesen war.

Auf dem Weg aus dem Theater und während der ganzen Rückfahrt schwieg Mina. Noch immer hallte die Musik in ihr nach, und sie fürchtete, den Klang der Harfen zu verlieren, mit dem die Oper verklungen war und den sie noch immer im Ohr hatte, wenn sie durch eine Konversation abgelenkt wurde.

Erst als sie zu Hause angekommen waren und Lotte ihnen in der Halle die Mäntel abgenommen und sich zurückgezogen hatte, konnte sie sich überwinden, das Wort an ihren Vater zu richten, der lächelnd vor ihr stand.

»Vielen Dank, dass ich doch mitkommen durfte, Vater«, sagte sie und streckte ihm die Rechte entgegen. »Es war wirklich ein wunderschöner Abend. Gute Nacht!«

Erstaunt zog Karl die Augenbrauen in die Höhe. »Du willst gleich ins Bett? Bist du schon so müde?«

»Nein, eigentlich nicht. Ein bisschen vielleicht, aber auf der anderen Seite bin ich so aufgekratzt, dass ich bestimmt noch eine ganze Weile brauchen werde, ehe ich schlafen kann.«

»Das geht mir genauso.« Karl klopfte sich auf die Innentasche seines Fracks, wo er sein Zigarrenetui aufzubewahren pflegte. »Ich denke, ich werde mich noch einen Moment in den Salon setzen, eine Zigarre rauchen und ein Glas Sherry dazu trinken. Deine Mutter und ich haben das immer getan, wenn wir aus dem Theater gekommen sind, und ich habe mich gefragt, ob du mir vielleicht heute Gesellschaft leisten magst.«

Ihre Blicke trafen sich, und Minas Herz schien für ein paar Schläge lang zu groß für ihre Brust zu werden. »Wenn ich darf?« Sie wunderte sich selbst, wie heiser ihre Stimme klang.

»Hätte ich sonst gefragt?« Karl lachte und zwinkerte ihr zu, als er die Salontür öffnete und sie eintreten ließ. Er deutete auf die rotseidenen Lehnsessel, die ein wenig abseits der anderen Möbel im Erker standen und die sie beim Umzug aus der Isestraße mit in die Villa gebracht hatten. »Setz dich doch!« Er ging zum Vitrinenschrank und füllte zwei Gläser mit einer goldfarbenen Flüssigkeit, von denen er eines Mina reichte, ehe er sich ihr gegenüber in den zweiten Sessel sinken ließ. Er zog ein Etui heraus, entnahm ihm eine Zigarre und entzündete sie mit einem Streichholz. Zufrieden seufzend sah er der ersten Rauchwolke nach, die zur Zimmerdecke emporschwebte.

»Haben wir es nicht gut, wir zwei?«, fragte er. »Wie schön, wenn die Kinder so groß werden, dass man lange vermisste Traditionen wiederaufleben lassen kann.« Damit hob er sein Glas in Minas Richtung. »Auf dein Wohl, Liebes.«

Mina wusste nichts zu erwidern. Sie lächelte ein wenig verlegen und nippte an ihrem Sherry.

Da war sie, die Gelegenheit, auf die sie gewartet hatte, endlich allein und ungestört mit Vater sprechen zu können, aber jetzt wollte ihr nicht einfallen, wie und wo sie beginnen sollte. Vor allem wollte sie diesen wunderschönen Abend nicht noch im letzten Moment durch einen Streit mit ihm verderben. Unschlüssig drehte sie das Glas in ihren Fingern und betrachtete die Flüssigkeit darin, ohne sie wirklich zu sehen.

»Schmeckt dir der Sherry nicht? Möchtest du etwas anderes?«, fragte Karl in die entstandene Stille hinein.

»Nein, er ist wunderbar«, beeilte sich Mina zu versichern.

»Was ist denn los? Du bist so still.«

»Ich …« Sie holte tief Luft, aber noch immer fiel ihr nicht ein, wie sie das Gespräch in die gewünschte Richtung lenken konnte. »Ich habe mich nur gerade gefragt, worüber du dich an solchen Abenden mit Mutter unterhalten hast.«

Karl runzelte die Stirn und nahm einen weiteren Zug von seiner Zigarre, ehe er antwortete. »Meist wohl über die Oper, die wir gerade besucht hatten. Ob die Sänger sie beeindruckt hatten, ob das Orchester gut gewesen war oder welche Aufführung sie als Nächstes gern sehen würde. Sie hatte so viel mehr Musikverstand als ich«, sagte er. »Dann hat sie mir davon erzählt, was ihr den Tag über angestellt hattet. Ihr zwei wart ja noch so klein, damals. Und wir haben über das Geschäft gesprochen. Ich habe mir oft Rat bei ihr geholt, wenn es um wichtige Entscheidungen ging.«

Mina machte große Augen. »Wirklich?«

Karl lächelte. »Ja, wirklich!«, sagte er. »Elise hatte auch eine gute Nase für den Kaffee, ganz genauso wie du. Du bist ihr in vielem sehr ähnlich, Mina.«

»Ich?«, fragte Mina erstaunt. »Ich dachte immer Agnes …«

»Ich meine nicht das Äußere. Vom Wesen her kommst du sehr nach ihr, Mina.« Er schwieg und sprach nicht weiter.

Sie räusperte sich, um ihn aus seinen Gedanken zu reißen. »Leider kann ich mich kaum noch an sie erinnern. Und du sprichst so gut wie nie von ihr.«

Ein Ausdruck des Schmerzes flog über Karls Gesicht, und er wich Minas Blick aus. »Nein. Da hast du recht.« Er richtete sich ein wenig auf und stellte sein Glas auf das Tischchen neben dem Sessel. »Lange Zeit habe ich es nicht über mich gebracht, von ihr zu erzählen. Es tat zu weh, und es schien leichter, die Erinnerung an sie nicht zu dicht an mich herankommen zu lassen. Und dann … dann hatte es sich irgendwie verselbstständigt. Das Thema wurde einfach immer weiter ausgespart. Heute denke ich, dass das ein Fehler war und euch gegenüber ungerecht. Ich habe euch um die Erinnerung an eure Mutter betrogen, das war nicht richtig von mir. Deine Mutter war ein ganz besonderer Mensch …« Er schwieg erneut und starrte auf die Glut der Zigarre hinunter.

»Vermisst du sie?«, fragte Mina leise. »Ich meine, nach so vielen Jahren …«

Karl sah auf, und ihre Blicke trafen sich. »Jeden Tag«, sagte er leise, und dann lächelte er. »Und jeden Tag bin ich froh, dass ich meine Töchter um mich habe, die mich an sie erinnern.«

»Aber wenn das so ist, wenn du froh bist, dass Agnes und ich da sind, warum schickst du mich dann weg? Warum soll ich für ein ganzes Jahr ins Pensionat?« Der Satz war Mina einfach herausgerutscht und klang viel vorwurfsvoller und ängstlicher, als sie beabsichtigt hatte.

Ihr Vater sah sie überrascht an. »Da liegt also der Hase im

Pfeffer«, sagte er dann. »Du möchtest hierbleiben. Und ich hatte gedacht, du wärest ganz froh, für eine Zeit aus Großmutter Hiltruds Zugriff und der Enge der Villa herauszukommen.«

»Das schon, aber …« Sie brach ab.

»Aber, was?« Seine Frage klang nicht gereizt, lediglich interessiert, und so fasste Mina den Mut, ihm ihr Herz auszuschütten.

»Ich möchte nicht in ein Pensionat gesteckt werden, wo ich – wie Großmutter es auszudrücken pflegt – den ›letzten Schliff‹ bekommen soll.« Sie deutete mit erhobenen Händen die Gänsefüßchen an. »Damit man mir dort Manieren beibringt und ich tauglich für den Heiratsmarkt werde. Sonst, so sagt sie, wird sich nie jemand für mich finden, der mich zu heiraten bereit ist.«

»Was spricht dagegen, zu heiraten und eine gute Ehefrau zu werden?«

»Nichts. Jedenfalls nicht, wenn es so ist wie bei Mutter und dir. Wenn beide sich lieben und beide füreinander da sind.« Hilflos zog Mina die Schultern hoch. »Aber wenn es darauf hinausläuft, dass ich mit dem Erstbesten verheiratet werde, um für einen Firmenerben zu sorgen, nein, das will ich nicht.«

»Glaubst du wirklich, ich würde dich dem Erstbesten zur Frau geben?« Karl runzelte die Stirn. »So etwas traust du mir zu?«

»Nein, natürlich nicht. So habe ich es auch nicht gemeint, Vater. Ich möchte einfach selbst bestimmen, wen ich heirate. Ob ich überhaupt heirate! Aber um das zu entscheiden, muss ich selbständig sein, nicht abhängig von irgendjemandem oder der Firma. Ich muss mein eigenes Geld verdienen. Deswegen will ich Medizin studieren und Ärztin werden.« Angespannt sah sie zu ihrem Vater hinüber, versuchte, in seiner Mine zu lesen, was er von ihrer Idee hielt.

»Medizin studieren? Wie kommst du denn auf so eine verrückte Idee?«, fragte er stirnrunzelnd. »Das schlag dir besser gleich aus dem Kopf.«

»Aber warum …«

»Weil es selbstsüchtig ist«, unterbrach Karl sie. »Du hast keine Sekunde lang an die Firma gedacht und an die, die von ihrem Fortbestand abhängig sind. Alles, was du im Sinn hast, bist nur du selbst. Aber hier geht es um viel mehr als dich. Die Angestellten vom Bürovorsteher bis hinunter zum Lehrling, die Quartiersleute, mit denen wir Geschäfte machen, und natürlich auch deine ganze Familie – ihrer aller Wohlergehen hängt davon ab, dass die Firma erfolgreich weiterbesteht. Du kannst diese Menschen nicht einfach im Stich lassen, um zu tun, was du für richtig hältst. Du hast eine Verantwortung ihnen gegenüber – und mir gegenüber auch. Einem Sohn hätte ich niemals ein Studium erlaubt, da wäre klar gewesen, dass er in meine Fußstapfen tritt.«

Einen Moment lang starrte Mina ihren Vater bestürzt an, dann erhob sie sich. »Es ist besser, wenn ich jetzt zu Bett gehe. Ich bin müde«, sagte sie so gefasst, wie sie es nur fertigbrachte. »Es tut mir leid, dass ich eine solche Enttäuschung für dich bin, Vater«, fügte sie mit gepresster Stimme hinzu. »Glaub mir, ich wäre auch lieber der Sohn, den du dir gewünscht hast.«

Sie wollte sich zum Gehen wenden, doch Karl griff nach ihrer Hand.

»Warte, Mina«, sagte er warm. Er erhob sich ebenfalls und nahm ihr Gesicht in beide Hände, sodass sie ihm in die Augen sehen musste. »Meine Mina! Es tut mir leid, dass du das so verstanden hast, aber eine Sache musst du mir einfach glauben: Du bist keine Enttäuschung für mich – das warst du nie. Von dem Augenblick an, als deine Mutter mir dich als kleines Bündel in den Arm gelegt hat und du vor Entrüstung gebrüllt hast wie am Spieß, warst du mein ganzer Stolz. Weißt du nicht mehr, wie ich dich früher immer genannt habe? Mina, mein Wunschmädchen. Genau wie Wotan in der Walküre Brünnhilde seine Wunschmaid nennt. Wir zwei, du und ich, wir sind vom gleichen Schlag, sind Kampfgefährten und Vertraute. Du, mein Mädchen, hast einen klugen Kopf auf deinen Schultern und hast Mut und Durchsetzungsvermögen. Und ebenso wie deine Mutter und ich hast du das Gespür für Kaffee im Blut. Wenn ich etwas zu bedauern habe, dann nur, dass du es so viel schwerer haben wirst, deinen Weg zu gehen, eben weil du eine Frau bist. Gäbe es eine Möglichkeit, dass du eines Tages die Firma übernimmst, dann würde ich Himmel und Hölle in Bewegung setzen, um dir den Weg zu ebnen. Aber du weißt selbst, wie es ist. Als Frau kannst du nicht an der Börse handeln, und ohne den Börsenhandel kann die Firma nicht existieren. Es bleibt nur der Weg, den auch deine Mutter gegangen ist – jemanden als Ehemann zu finden, der das Geschäft führen kann, und zu hoffen, dass aus einem Zweckbündnis Liebe wird.«

Mina griff nach den Händen ihres Vaters, entschlossen, seinem Blick nicht auszuweichen. »Die Zeiten ändern sich, Vater. Dinge, die vor ein paar Jahren unmöglich waren, sind jetzt machbar.«

»Mag sein. Vielleicht. Vielleicht ändern sich die Zeiten wirklich. Also gut, dann lass uns einfach ein bisschen Zeit, bis wir irgendwelche Entscheidungen treffen. Fahr in dieses Pensionat und genieße das Jahr dort. Deine Mutter hat stets geschwärmt, wie schön es dort ist. Sie hat mir das feste Versprechen abgenommen, dass Agnes und du auch Eifelhof besuchen sollt, weil sie dort sehr glücklich war.« Er lächelte und in seinen Augen lag so viel Liebe, dass Mina einen dicken Kloß in ihrer Kehle spürte. »Und wenn du wiederkommst, mein Wunschmädchen«, fuhr er fort, »dann können wir nochmal über die Idee mit dem Studium sprechen.«

Mina erwiderte sein Lächeln und zog ihn an sich. »Oder vielleicht doch eher, dass ich in der Firma anfange und von dir lerne, wie man mit Kaffee handelt.«

FÜNF

Am nächsten Morgen war Mina schon um sieben Uhr wach, doch statt sich wie üblich am Sonntag noch einmal für ein Stündchen umzudrehen, sprang sie aus dem Bett und zog sich hastig an. Mit etwas Glück waren Agnes und Großmutter noch nicht beim Frühstück, und sie hatte Gelegenheit, allein mit Vater zu sprechen.

In aller Eile lief sie die Treppe hinunter und betrat das Esszimmer, wo ihr Vater tatsächlich allein am Tisch saß und frühstückte, während er seine Zeitung las.

Durch die drei hohen, halbrunden Fenster fiel helle Morgensonne herein und brachte die Kristalle am Kronleuchter in der Mitte des Raumes dazu, kleine Regenbögen auf die weiße Tischdecke darunter zu zaubern. Wäre Großmutter Hiltrud schon unten, hätte sie dafür gesorgt, dass die schweren dunkelroten Samtvorhänge geschlossen worden wären. Sie konnte es nicht ausstehen, beim Essen geblendet zu werden. Mina hingegen liebte es, morgens von ihrem Platz aus in den Garten hinausschauen zu können.

»Guten Morgen, Vater«, sagte sie gut gelaunt, zog ihren Stuhl zurück und nahm auf dem roten Samtpolster Platz.

»Guten Morgen, Kind.« Karl ließ die Zeitung ein Stück sinken und musterte seine Älteste erstaunt. »Nanu, was treibt dich so früh aus den Federn? Ich hätte vermutet, dass du heute lieber ausschlafen würdest. Immerhin ist Sonntag, und gestern ist es spät geworden.«

»Ich bin gar nicht müde.« Mina zwinkerte ihrem Vater zu. »Nur hungrig.«

»Dann nimm dir ein Brot und lass mich diesen Artikel zu Ende lesen.« Er trank einen Schluck aus seiner Kaffeetasse und verschwand wieder hinter seiner Zeitung.

Mina nahm sich eine Scheibe Schwarzbrot und bestrich sie mit Butter. Während sie kaute, ließ sie ihren Blick durch das Zimmer gleiten. Jetzt, im hellen Sonnenlicht, war der Raum längst nicht so bedrückend wie sonst. Die beiden Anrichten neben der Tür wirkten nicht so wuchtig, die rotbraune Seidenbespannung der Wände nicht so düster. Das Musikzimmer nebenan hatte dieselbe Wandbespannung und ebenfalls einen Kronleuchter. Durch eine große Flügeltür konnten die beiden Räume verbunden werden und dienten dann bei großen Gesellschaften als Speisesaal für die Gäste. Großmutter wurde nicht müde, den guten alten Zeiten nachzutrauern, als es im Hause Kopmann mindestens alle drei Monate ein großes Diner gegeben hatte. Die erste Gesellschaft Hamburgs sei zu Gast gewesen. Dass man an diese Tradition nach dem Trauerjahr für Minas Großvater nicht angeknüpft hatte, sei ihr einfach unverständlich, boten diese Diners unter den Kaufleuten und Bankiers der Stadt doch die Gelegenheit, Kontakte zu den besten Familien der Stadt zu knüpfen. Aber für so etwas habe Minas Vater nun mal leider keinen Sinn.

Karl ließ die Zeitung ein Stück sinken und schenkte sich noch einmal Kaffee nach. Mina legte ihr Besteck auf den mit einem schmalen Goldrand verzierten Teller vor ihr. Jetzt war die Gelegenheit, auf die sie gehofft hatte. »Ich meinte es gestern ganz ernst, als ich sagte, ich würde gern in der Firma mitarbeiten.«

»Das dachte ich mir schon«, brummte ihr Vater hinter seiner Zeitung hervor.

»Ich habe mir so überlegt, eigentlich könnte ich doch sofort damit anfangen, statt zu warten, bis ich aus dem Pensionat zurück bin. Dann weiß ich gleich, was mich in einem Jahr erwartet.«

Karl senkte die Zeitung ein wenig und warf Mina über den Rand hinweg einen fragenden Blick zu. »Und was ist mit der Schule?«

Auf diese Frage war Mina vorbereitet. »Ich fahre von der Schule aus mit der Straßenbahn direkt ins Kontor und abends mit dir wieder zurück nach Hause. Und sobald Ferien sind, kann ich gleich morgens mit dir mitfahren.«

»Und die ganzen Reisevorbereitungen?«

»Die überlassen wir Großmutter«, erwiderte Mina wie aus der Pistole geschossen. »Sie wird so froh sein, dass ich doch fahren will, dass sie sich gern um meine Garderobe kümmert, glaub mir.«

Als sich in Karls Augenwinkeln kleine Fältchen bildeten, wusste Mina, dass er lächelte, auch wenn sie seinen Mund nicht sehen konnte. »Da könntest du recht haben«, sagte er. Dann räusperte er sich und wurde ernst. »Also gut, ich erwarte dich morgen Nachmittag zu deinem ersten Unterrichtstag im Kontor.«

Die folgenden Wochen waren so ausgefüllt, dass Mina kaum dazu kam, so etwas wie Nervosität wegen ihrer bevorstehenden Abreise zu verspüren. Einige ihrer Lehrer schienen entschlossen, vor den abschließenden schriftlichen Arbeiten zum

Ende des Schuljahres noch einmal das Pensum des gesamten Jahres zu wiederholen. Und statt wie sonst ihre Zeit in ihrem Zimmer zu verbringen, um zu lernen, fuhr Mina jeden Nachmittag direkt von der Schule aus ins Kontor, um sich von ihrem Vater in die hohe Kunst des Kaffeehandels einweisen zu lassen.

Vater schien es Spaß zu machen, auch wenn sie sicher war, dass er ihren Lerneifer für eine kurzfristige Marotte hielt und beabsichtigte, ihr Durchhaltevermögen auf eine Probe zu stellen. Stundenlang erklärte er ihr die Abläufe im Kontor, wo er welche Kaffeesorte zu beziehen pflegte, welche Makler die besten Preise machten und bei welchen man aufpassen müsse, damit die einen nicht über den Tisch zögen. Weil Mina eine regelmäßige und klare Handschrift besaß, ließ er sie Rechnungen und Anweisungen schreiben, und so saß sie stundenlang an dem kleinen Schreibtisch, den er ihr in das Chefbüro hatte stellen lassen, kopierte, fertigte Anweisungen für die Quartiersleute aus und suchte Belege für die Rechnungen zusammen.

Egal was ihr Vater auch dachte, die Arbeit machte ihr mehr und mehr Spaß. Endlich hatte sie das Gefühl, etwas Sinnvolles zu tun. Sinnvoller jedenfalls, als die ostpreußischen Flüsse auswendig zu lernen.

Und natürlich war im Kontor auch noch Edo. Zwar konnte sie nicht so viel Zeit mit ihm verbringen, wie es ihr lieb gewesen wäre, doch sie genoss jede Minute mit ihm.

Immer, wenn ihr Vater zur Börse hinüberging, wohin sie ihn nicht begleiten konnte, verließ sie ihren Schreibtisch und suchte Edo auf.

»Na, Fräulein Mina? Haben Sie Hunger? Wollen wir los?«, frage er dann. Aus Rücksicht auf den Bürovorsteher siezte er sie im Kontor weiterhin.

»Ja, sehr!«, war jedes Mal ihre Antwort, und gemeinsam machten sie sich auf, um am Hafen ein Rundstück oder ein Franzbrötchen zu essen und in der Sonne zu sitzen. Meist dauerte es nicht lange, dass Heiko sich zu ihnen gesellte und seine in Pergamentpapier eingewickelte Stulle aus der Tasche holte. So saßen sie dann zu dritt auf einer Bank beim Kaiserspeicher, blinzelten in die helle Frühlingssonne und beobachteten die Ewerleute, die die großen Schiffe entluden und die Fracht zu den Speichern herüberbrachten. Der Wind trug, je nach Gezeitenstand und Richtung, die unterschiedlichsten Gerüche mit sich. Mal roch es nach Schlick, der in der Sonne zu trocknen begann, mal nach blühenden Wiesen, wenn der Wind aus Süden kam, manchmal auch nach Fisch oder nach heißem Metall, wenn man von den Werften her hören konnte, wie die Nieten geschlagen wurden.

Wäre es nach Mina gegangen, hätte alles immer so weitergehen können, aber sie wusste, dass ihr noch wenige Wochen blieben, ehe Ostern kam und damit die Zeit ihrer Abreise.

Als sie den beiden davon erzählte, dass sie nun doch für ein Jahr ins Pensionat gehen würde, runzelte Heiko die Stirn. »Also hast du doch klein beigegeben.« Er klang vorwurfsvoll.

»Nein, gar nicht«, wehrte Mina sich. »Ich habe einen Handel mit meinem Vater abgeschlossen. Ich werde das Jahr Pensionat hinter mich bringen und danach …«

»Irgendeinen Schnösel aus der Kaufmannschaft heiraten, der die Firma übernehmen soll«, ergänzte Heiko mit finsterem Gesicht.

»Blödmann.« Mina versetzte ihm einen Stoß mit dem Ellenbogen. »Danach werde ich fest in die Firma eintreten und von der Pike auf lernen, damit ich das Kontor eines Tages leiten kann.«

»Das glaubst du doch selber nicht.« Heiko schnaubte durch die Nase. »Edo, nun sag doch auch mal was dazu! Mina ist reingelegt worden, darauf möchte ich wetten. Ausgetrickst haben sie sie.«

Edo kaute am letzten Bissen seines Brötchens und schluckte. »Wieso? Wenn ihr Vater das gesagt hat, dann wird es wohl auch seine Richtigkeit haben.«

Heiko schnaubte durch die Nase. »Das sagst du doch nur, weil du auch glaubst, dass er dich wirklich nach Amerika schickt.«

Edos Augen wurden schmal, als er seinem Ziehbruder einen langen Blick zuwarf. »Der alte Deharde ist ein ehrbarer Hamburger Kaufmann. Wenn er etwas zusagt, kann man sich auf sein Wort verlassen. Wenn er mir verspricht, mich nach Amerika zu schicken, dann wird er das auch tun.«

»Ach ja? Und wann geht dein Schiff? Ist die Passage schon gebucht?« Heiko knüllte das leere Pergamentpapier zusammen und stopfte es in seine Jackentasche. »Der trickst dich genauso aus wie Mina. Der alte Deharde will nur verhindern, dass du die Firma wechselst. Der weiß genau, was er an dir hat, und will dich nicht an die Konkurrenz verlieren. So sieht es doch aus!«

»So sieht es ganz und gar nicht aus.« Im Gegensatz zu Heiko, dessen Gesichtsfarbe inzwischen beinahe so flammend war wie sein Haarschopf, blieb Edo ganz ruhig. »Wenn du es genau wissen willst, ich fahre Mitte November. So, jetzt ist es raus. Eigentlich wollte ich noch damit warten, es zu erzählen, weil ich mir schon gedacht habe, wie du reagieren würdest. Wenn der Chef nach New York fährt, um mit den Banken die Konditionen neu zu verhandeln, werde ich ihn begleiten und dann für eine Weile bei *Speyer & Co.* arbeiten, um das Bankgeschäft kennenzulernen.«

Mina spürte, wie ihr Mund trocken wurde. Sie mochte sich gar nicht vorstellen, wie es wohl wäre, wenn sie ihn nicht mehr im Kontor sehen würde. »Für eine Weile?«, fragte sie mit schwacher Stimme. »Wie lange wirst du wegbleiben?«

»Voraussichtlich ein Jahr, aber …« Edo hielt inne.

»Aber?«, fragte sie in die entstandene Stille hinein. Edo starrte aufs Wasser hinaus und antwortete nicht.

»Das heißt, dass er in Amerika bleiben will. Und das für immer! Es stimmt doch, nicht wahr?« Heiko funkelte Edo wütend an. »Davon redet er schon seit Jahren. Als ob es hier nun so schlimm wäre. Du bist doch keiner von den Hungerleidern, die keine Möglichkeit haben, auf die Füße zu kommen. Was willst du denn nur da drüben? Glaub doch nicht, dass diese Märchen stimmen, dass da jeder Tellerwäscher zum Millionär wird und die gebratenen Tauben nur so in der Luft herumfliegen.«

»Das ist es ja gar nicht!«, gab Edo zurück und hob in einer hilflosen Geste die Arme. »Aber du weißt, dass ich sehr wahrscheinlich noch Verwandte in Amerika habe, und die würde ich nun mal gern suchen. Ich hab doch sonst niemanden.«

»Niemanden?«, Heiko sprang auf und stemmte die Arme in die Hüften. »Sind wir etwa niemand? Was denkst du denn, was Mama sagen wird, wenn du nach Amerika verschwindest, weil du irgendeiner fixen Idee hinterherläufst.«

»So meine ich das nicht, das weißt du ganz genau, aber …!« Auch Edo hatte sich erhoben. Mina beobachtete, wie sich seine Hände zu Fäusten ballten.

»Jungs!« Beschwichtigend die Hände hebend, stellte Mina sich zwischen die beiden. »Nun fangt bitte nicht an zu streiten.« Beide jungen Männer sahen sie verblüfft an. »Was meinst du damit, dass du wahrscheinlich noch Verwandte in Amerika hast?«, fragte sie Edo. Erleichtert sah sie, dass er seine geballten Fäuste wieder öffnete.

»Der ältere Bruder meines Vaters ist ausgewandert und hatte meinem Vater einen Brief geschrieben, in dem er ihn bat, zu ihm zu kommen. Aber dazu ist es nicht mehr gekommen, weil meine Eltern an der Cholera gestorben sind. Es ist doch gut möglich, dass mein Onkel noch lebt. Vielleicht habe ich da drüben sogar noch Vettern oder Cousinen.«

»Vettern und Cousinen!« Heiko lachte spöttisch und tippte sich gegen die Stirn. »Und du glaubst, die verzehren sich vor Sehnsucht nach dir, was? Die werden gerade auf dich gewartet haben! Hast du überhaupt eine Vorstellung davon, wie groß das Land ist? Wie willst du die denn finden?«

»Da gibt es noch die Adresse, die auf dem Brief stand, den mein Onkel geschrieben hat.«

»Vor über zwanzig Jahren …«, brauste Heiko auf.

Edo ignorierte ihn. »Damals wohnte er in Toledo, einer kleinen Stadt im Staat Ohio. Ich will wenigstens dorthin fahren und nachforschen, ob es die Familie noch gibt. Es könnte doch durchaus sein, dass sie sich freuen, mich zu sehen.«

»Und wenn nicht?«, fragte Heiko und streckte herausfordernd das bärtige Kinn vor.

»Dann komm ich zurück.« Edo wich Minas forschendem Blick aus. »Falls aber doch, bleibe ich vielleicht da und versuche in Amerika mein Glück.«

»Fein. Dann fahr doch. Fahr nach Amerika. Bleib da und lass die Leute im Stich, die dich aufgezogen haben wie ihren eigenen Sohn. Meinen Segen hast du. Glaub bloß nicht, dass ich dir auch nur eine Träne nachweine.« Heikos Augen sprühten vor Wut, und für den Bruchteil einer Sekunde glaubte

Mina, er würde Edo schlagen. Ohne darüber nachzudenken, stellte sie sich vor Edo. Heiko starrte sie an, dann machte er auf dem Absatz kehrt, stapfte auf seinen Handkarren zu, den er ein Stückchen abseits der Bank abgestellt hatte, und verschwand um die nächste Straßenecke.

»Willst du ihm nicht nachgehen und ihm erklären, warum das für dich so wichtig ist?« Mina drehte sich zu Edo um und sah den Schmerz in seinen Augen. Er zuckte mit den Schultern. »Der beruhigt sich schon wieder«, sagte er. »Wir haben schon öfter darüber gesprochen, und jedes Mal ist sein Temperament mit ihm durchgegangen, wenn ich davon gesprochen habe, dass ich meine Verwandten suchen möchte.« Er drehte sich zu Mina um und sah sie fragend an. »Aber du verstehst, warum das so wichtig für mich ist, oder?«

Sie zögerte. Tat sie das? »Ich glaube schon«, antwortete sie dann. »Es ist ein klein wenig so wie bei mir. Ich kann mich an meine Mutter so gut wie gar nicht erinnern und habe schon oft gedacht, was ich darum geben würde, in die Vergangenheit reisen zu können, um sie kennenzulernen. Und du kennst gar keinen deiner Verwandten. Kein Wunder, dass du wissen willst, wer sie sind.«

Edo griff nach ihrer Hand und drückte sie. Ein dankbares Lächeln erschien auf seinem Gesicht und brachte seine schönen dunklen Augen zum Leuchten. »Ich bin froh, dass du so denkst«, sagte er. Dann beugte er sich vor und küsste sie auf die Wange.

Mina klopfte das Herz bis zum Hals. Ein merkwürdiges Ziehen breitete sich in ihrem Inneren aus und machte es schwer, Luft zu holen. Es hatte sein Zentrum an der Stelle, wo seine Hand die ihre berührte.

»Weißt du, eigentlich sollte ich ja nichts davon sagen, weil dein Vater dich wohl überraschen will«, sagte Edo. »Aber als ich die Passagen nach New York gebucht habe, hat dein Vater mich gebeten, drei Personen anzumelden. Du wirst mit uns nach Amerika fahren, Mina!«

In den nächsten Tagen gab sich Mina alle Mühe, sich ihre Vorfreude auf die Reise nach Amerika nicht anmerken zu lassen. Einmal hätte sie sich fast Fräulein Brinkmann gegenüber verplappert, als diese über einen Zeitungsartikel sprach, in dem es um die Überlebenden des Titanic-Unglücks ging, die in New York an Land gebracht worden waren. Doch Mina presste die Lippen fest zusammen und wechselte rasch das Thema. Zu Hause durfte niemand erfahren, dass sie von den Plänen ihres Vaters wusste, jedenfalls nicht, solange er es nicht offiziell verkündet hatte.

So blieb nur Edo, mit dem sie darüber reden konnte, was diese Aussicht für sie bedeutete. Zum einen hieß es, dass sie nicht, wie geplant, ein ganzes Jahr im Pensionat bleiben würde, sondern nur bis November. Denn er konnte unmöglich vorhaben, sie nach der Amerikareise wieder zurückzuschicken. Zum anderen meinte Vater es wirklich ernst damit, sie in die Arbeit im Kontor einzuführen. Sie sah sich bereits neben ihm, wenn er in New York die Verhandlungen mit den Banken führte, und ärgerte sich, dass sie nur so wenig Englisch in der Schule gehabt hatte und sich stattdessen mit französischer Konversation hatte abplagen müssen.

»Du hast ja noch ein bisschen Zeit bis zum November«, meinte Edo lächelnd. »Vielleicht gibt es ja im Pensionat einen guten Englischlehrer, bei dem du deine Lücken schließen kannst.«

»Meinst du? Möglich wäre es natürlich. In jedem Fall will ich die Zeit dort sinnvoller verbringen als mit Monogramm-Stickerei und Tanzunterricht.«

Er lachte. »Besseres als das findet sich sicher, keine Sorge.«

Tag für Tag saßen sie in Edos Mittagspause nun allein auf der Bank beim Kaiserspeicher. Von Heiko hatte Edo seit dem Streit nichts mehr gehört.

»Es wird doch wohl nichts passiert sein?«, meinte Mina besorgt. »Hoffentlich hatte er keinen Unfall. Du weißt doch, wie schnell im Hafen etwas passiert.«

Edo winkte ab. »Davon hätte ich bestimmt gehört. Dafür hätten die alten Peters schon gesorgt.« Er biss in seine Stulle und redete mit vollem Mund weiter. »Nein, Heiko ist nur einfach ein Sturschädel und will im Moment nicht mit mir reden. So war das früher schon immer, wenn wir uns gestritten haben. Wie ich schon sagte, ich bin davon überzeugt, er beruhigt sich wieder. Das braucht nur seine Zeit.«

Und dann, eines Montags, beinahe zwei Wochen nach dem Streit zwischen den beiden Freunden, tauchte Heiko wieder am Kaiserspeicher auf, zog sein Brot aus der Tasche und ließ sich auf der Bank nieder, so als wäre nichts vorgefallen.

»Moinmoin!«, sagte er. »Schönes Wetter haben wir heute, oder?« Er beschirmte seine Augen mit der Rechten und sah zum Hafen hinüber. »Da liegen heute aber ein paar ganz schön große Pötte, was?«

»Sag mal, du hast vielleicht Nerven!«, rief Mina entrüstet. »Wo warst du denn die ganze Zeit?«

»Wieso? Hast du mich vermisst?« Heiko grinste. »Ich dachte, mit Edo zusammen hast du genug Ablenkung.«

»Hast du nicht daran gedacht, dass wir uns vielleicht Sorgen machen? Ich habe schon geglaubt, dir sei beim Laden ein

Fass auf den Schädel gefallen, oder du wärest aus einer Speicherluke gefallen.«

»Ich? Blödsinn! Heiko Peters kann auf sich aufpassen, das glaub mal!« Damit wickelte er sein Butterbrot aus dem Pergamentpapier, hob eine der Brotscheiben ein Stück an und machte ein langes Gesicht. »Schon wieder Leberwurst … Muttern nun wieder …«, sagte er seufzend, ehe er hineinbiss. »Nee, ich war ziemlich beschäftigt in letzter Zeit«, fuhr er kauend fort. »Du wirst es nicht glauben, Edo, aber ich hab mich mit unserm alten Herrn ausgesprochen und arbeite seit einer Woche wieder bei ihm im Speicher. Mal schauen, wie lange der Burgfrieden anhält. Er hat mir einen langen Vortrag gehalten, dass ich um Gottes willen seine Arbeiter mit meinen Ideen nicht rebellisch machen soll. Aber ob ich mich da ganz zurückhalten kann, weiß ich noch nicht.«

Edo lachte. »Eher friert die Hölle ein«, sagte er, dann wurde er wieder ernst. »Finde ich gut, dass du dich endlich überwunden hast. Woher kommt der plötzliche Sinneswandel?«

Heiko legte das angebissene Brot zur Seite und drehte sich zu Edo um. »Daran bist du nicht ganz unschuldig.« Er grinste frech. »Vattern hat Mama erzählt, er wolle dich fragen, ob du vielleicht als Consorte in die Quartiermeisterei eintreten wolltest, wenn ich nicht bald endlich zu Verstand komme. Und da du ja dauerhaft ausfällst, konnte ich ihn schlecht im Stich lassen. Blut ist nun mal dicker als Wasser, und ich will mir nicht nachsagen lassen, ich lasse die Familie im Stich.« Heikos Augen funkelten bei seinem letzten Satz, und für einen Moment dachte Mina, der Streit zwischen den Freunden würde wieder aufflackern. Aber Edo schien nicht böse – eher erleichtert. Seine Augen glänzten, als er lächelte.

»Da fällt mir ein Stein vom Herzen, dass du über deinen eigenen Schatten gesprungen bist. Ich kann mir vorstellen, wie schwer dir das gefallen sein muss.«

»Wenn du das mal weißt!«, sagte Heiko. »Und alles nur, damit du dich mit ruhigem Gewissen aus dem Staub machen kannst. Dafür schuldest du mir was.«

»Ich werde es nicht vergessen!« Edo streckte seine Rechte über Minas Schoß hinaus aus, und Heiko ergriff sie.

Mina sah von einem zum anderen und ein warmes Gefühl der Genugtuung weitete ihr Herz. Sie lächelte und legte ihre Hand über die der beiden jungen Männer.

»Und nachdem wir jetzt alle wieder ein Herz und eine Seele sind, sollten wir das begießen«, sagte sie zufrieden. »Und weil wir alle noch zu arbeiten haben, gebe ich für uns alle eine Limonade aus.«

Am folgenden Wochenende war Ostern und für den darauffolgenden Dienstag war Minas Abreise ins Pensionat geplant. Minas Großmutter protestierte dagegen, dass Mina noch bis zum Gründonnerstag ins Kontor gehen wollte, sie müsse sich doch auf die Zugfahrt vorbereiten und ihre Koffer packen. Aber als Mina sagte, sie brauche die Ablenkung, sonst würde sie schon vor der Fahrt reisekrank, und die Koffer zu packen sei mit Großmutters Hilfe nur eine Sache von einer halben Stunde, gab sie, wenn auch widerwillig, nach.

Am Gründonnerstag blies ein eisiger Wind dunkle Regenwolken von der Nordsee die Elbe hoch und beendete das klare Frühlingswetter der letzten Tage. So gab es für die drei Freunde keine Gelegenheit, noch einmal zusammen am Hafen auf der Bank am Kaiserspeicher zu sitzen, bevor Mina Hamburg verließ. Wegen des Regens, der an die Scheiben der Fenster schlug wie grobkörniger Sand, schlug Edo vor, lieber im Kontor zu bleiben, zumal der Bürovorsteher sich freigenommen hatte und sie allein waren. Mina brühte Kaffee auf, stellte das Tablett mit den beiden Tassen auf seinen Schreibtisch und zog ihren Stuhl neben seinen. Schweigend tranken sie ihren Kaffee und sahen dem Regen zu, der in dicken Tropfen an die Scheiben schlug, die sich dann zu kleinen Rinnsalen vereinigten. Graues Licht fiel durch die Fenster in den schmalen Raum, in dem die beiden elektrischen Schreibtischlampen helle Inseln bildeten. Die hohen Regale schienen sich über die beiden jungen Menschen zu beugen, wie um zu lauschen, ob nicht einer von ihnen endlich reden würde.

»Ich werde das sehr vermissen, weißt du?«, sagte Edo schließlich in die drückende Stille hinein.

»Was wirst du vermissen?«

»Dass du hier im Kontor bist. Alles ist so viel heller und freundlicher, seit du hier arbeitest. Dein Vater hat gute Laune, Herr Becker ist nicht mehr mürrisch, sondern manchmal sogar zu einem Scherz aufgelegt. Du hast sowas wie einen frischen Wind hier hereingebracht.« Er drehte sich zu ihr um, und für einen Moment versank sie in seinen dunkelbraunen Augen. »Und mit dir zu reden, werde ich am meisten vermissen.«

»Aber ich bin ja nicht für lange weg. Und wenn ich wiederkomme, fahren wir zusammen nach New York und dann …«

Edo seufzte. »Und dann sehen wir uns sehr lange nicht mehr.«

»So weit will ich gar nicht denken.«

»Nein, ich auch nicht.«

»Eigentlich will ich nicht einmal bis morgen denken.« Mina schluckte und versuchte, die aufsteigenden Tränen zurückzuhalten. »Ich weiß gar nicht, wie ich das aushalten soll, ganz allein in diesem blöden Pensionat. Keine Freunde, niemand, mit dem man vernünftig reden kann.« Sie presste die Lippen fest aufeinander und senkte den Kopf. Eine Träne rollte ihre Wange hinab und fiel auf den dunkelblauen Stoff ihres Rockes.

»Ach, Mina …«

Da war sie wieder, die tröstende Hand auf ihrem Arm, genau wie damals an dem Nachmittag, als sie allein in Vaters Büro gewesen waren. Edo legte den Arm um ihre Schulter und zog sie ein Stück an sich heran. Für einen Moment lang wollte sie sich zusammenreißen, aber dann legte sie den Kopf auf seine Schulter und ließ ihren Tränen freien Lauf, während seine Hand ihren Oberarm streichelte.

Endlich, nach einer kleinen Ewigkeit, versiegten ihre Tränen und machten einer bleiernen Müdigkeit Platz. Den Kopf zu heben schien unendlich schwer zu sein, und doch nahm sie sich zusammen und löste sich aus seiner Umarmung.

»Tut mir leid, Edo. Ich hatte mir fest vorgenommen, dir nichts vorzuheulen. Und jetzt sieh dich nur an. Ich habe deinen Anzug ganz nass gemacht.«

»Das ist doch egal.« Er hob die Hand und wischte ihr die Tränen von den Wangen. »Dazu sind Freunde doch da.« Dann nahm er ihr Gesicht in seine Hände und küsste sie sehr zart und vorsichtig auf den Mund.

Minas Herz schlug auf einmal einen Trommelwirbel in ihrer Brust. Ihr allererster Kuss. Jede Einzelheit wollte sie sich merken. Wie weich seine Lippen waren! Wie Seide fühlten sie sich an. Ihr Kopf begann sich zu drehen, und sie hatte das Gefühl, keine Luft mehr zu bekommen. Der Kuss schien eine halbe Ewigkeit anzudauern, und doch war er viel zu schnell wieder vorbei.

»Ach, Mina«, sagte er leise. »Ich wollte das nicht. Ich wollte mich nicht in dich verlieben. Aber so ist das nun einmal. Je mehr man sich wehrt, desto eher passiert es.«

Sie sah ihn mit großen Augen an. »Du hast dich verliebt? In mich?«

Sein Gesicht war ihrem so nahe, dass sie nur an den kleinen Falten in seinen Augenwinkeln sehen konnte, dass er lächelte. »Ja«, sagte er. »Aber warum klingst du so verwundert?«

»Weil ich nicht gedacht hätte, dass …«

Dass sich jemals jemand in mich verliebt, hatte sie sagen wollen. Ihr Herz wurde auf einmal so weit, dass es nicht genug Platz in ihrer Brust zu haben schien. »Ach Edo, ich glaube, ich liebe dich auch.« Damit schlang sie die Arme um ihn, und diesmal war sie es, die ihn küsste. Alles war so neu und fremd und doch auf merkwürdige Weise vertraut. Wieder war da das Trommeln in ihrer Brust, der Druck seiner Lippen war nun fester, und seine Hände glitten ihren Rücken hinauf und hinunter, und wo sie entlangstrichen, setzten sie Minas Haut in Flammen. Ihre Brust wurde so eng, dass sie tief Luft holen musste, als er sich von ihr löste.

»Und ausgerechnet jetzt, wo wir uns trennen müssen, fällt uns das auf.«

»Wir werden uns schreiben. Versprichst du das? Jeden Tag erzählst du mir, was du im Pensionat gemacht hast, und ich schreibe dir, was hier im Kontor vorgeht. Dann ist es so, als wärest du noch immer hier. Und für dich ist es, als sei ich nur ein paar Schritte entfernt. Du wirst sehen, dann vergeht die Zeit wie im Flug, bis November ist und du wiederkommst.«

Mina nickte und küsste ihn erneut. Alles um sie herum drehte sich, und die Zeit verlor jede Bedeutung. Die ganze Welt bestand nur noch aus ihr und Edo, dessen Arme um sie lagen, dessen Lippen sie auf ihren fühlte, und alles, was sie hörte, war das Prasseln des Regens gegen das Fenster.

Ein Räuspern hinter ihr riss sie jäh in die Wirklichkeit zurück.

Hastig ließ Edo sie los, und beide drehten sich um. In der geöffneten Tür stand Heiko, die Klinke noch in der Hand. Seine Augen blitzten im Schein der elektrischen Lampen, die Lippen waren zusammengepresst, und in seiner Wange zuckte ein Muskel. Dann entspannte sich sein Gesicht, und er grinste, aber Mina fiel auf, dass das Lächeln seine Augen nicht erreichte.

»Na, das sind mir ja schöne Neuigkeiten«, sagte er. »Hättet ihr mich nicht wenigstens vorwarnen können, dann wäre ich nicht so in euer Techtelmechtel hineingeplatzt.«

Edo sprang auf. »Da gab es nichts vorzuwarnen«, sagte er. »Ich … wir …«

»Es hat sich gerade erst ergeben«, ergänzte Mina, die sich ebenfalls erhoben hatte. Sie griff nach Edos Hand, während Heiko zu ihnen trat. »Als wir auf Wiedersehen gesagt haben, weil ich doch am Dienstag wegfahre.«

»Ach ja, das war nächste Woche. Stimmt ja!«, sagte Heiko leichthin und streckte ihr die Hand entgegen. »Dann wünsche ich dir alles Gute in diesem Etablissement und lass dir die Zeit dort nicht zu lang werden, ganz ohne uns.«

Mina erwiderte seinen warmen und festen Händedruck. »Danke, Heiko. Ich werde mir Mühe geben.«

Er zwinkerte ihr zu, und jetzt lag ein Ausdruck in seinen Augen, den sie nicht zu deuten wusste. »Und wenn ich darf, werde ich dir auch schreiben, wenn auch nicht jeden Tag, so wie Edo. Und ich würde mich freuen wie ein Schneekönig, wenn du vielleicht mal die Zeit findest, einem armen Hafenarbeiter zu antworten.«

Damit presste er ihre Hand so fest zusammen, dass es schon wehtat, und Mina schoss die Frage durch den Kopf, wie lange Edos Ziehbruder schon in der Tür gestanden haben mochte und warum er sich nicht eher bemerkbar gemacht hatte.

SECHS

»Mina, wach auf, wir sind gleich da!«

Fräulein Brinkmanns dunkle Stimme riss Mina aus ihrem unruhigen Schlaf. Widerwillig öffnete sie die Augen und wurde prompt von der schon tiefstehenden Sonne geblendet, die durch das Abteilfenster schien. Rasch kniff sie die Augen wieder zu und drehte sich vom Fenster weg, an dessen Rahmen gelehnt sie eingenickt war.

»Wie du so überhaupt schlafen konntest, ist mir ein Rätsel«, sagte Betty Rüther, die ihr gegenübersaß, kopfschüttelnd. »Dieses Geratter macht doch einen derartigen Lärm und dann das Geschaukel die ganze Zeit. Also ich könnte hier kein Auge zutun.«

»Wenn man müde genug ist, kann man überall schlafen«, gab Mina zurück und gähnte herzhaft. Sie streckte die Arme nach oben und reckte sich undamenhaft.

Fräulein Brinkmann verdrehte missbilligend die Augen. »Mina, bitte!«, zischte sie leise, ehe sie in normaler Lautstärke fortfuhr: »Der Schaffner war gerade im Abteil und sagte, dass wir Bonn in einer Viertelstunde erreichen. Zeit, die Mäntel wieder anzuziehen und unser Handgepäck an uns zu nehmen.«

Das Abteil der ersten Klasse, in dem sie sich befanden, war

mit sechs Personen vollbesetzt. Außer Betty und Astrid waren noch zwei weitere Mädchen aus Hamburg dabei, die Mina jedoch nicht kannte, weil sie zu einer anderen Schule gegangen waren. Auch wenn Mina es für übertrieben hielt, war Fräulein Brinkmann als Anstandsdame mitgefahren, um sie zum Pensionat zu begleiten. Vermutlich hatten die Familien der anderen Mädchen darauf bestanden, die Gruppe nicht allein von Hamburg nach Bonn fahren zu lassen. Als ob auf einer Bahnfahrt Schlimmes passieren könnte!

Mina erhob sich und griff nach ihrem Mantel, während sie aus dem Fenster deutete, wo jetzt statt des ruhig dahinfließenden Rheins eine Reihe stattlicher Bürgerhäuser zu sehen war. »Ist das schon Bonn?«, fragte sie.

Fräulein Brinkmann bejahte und drängte die fünf Mädchen erneut, sich zu beeilen.

»Hoffentlich holt uns wenigstens jemand vom Bahnhof ab«, seufzte Astrid. »Stellt euch mal vor, die vergessen, dass wir kommen.«

»Das werden sie ganz sicher nicht. Es ist mit euren Eltern abgesprochen, dass ein Wagen auf uns wartet, um uns nach Eifelhof zu bringen.« Fräulein Brinkmann hob das Handgepäck von der Hutablage und reichte es den Besitzerinnen weiter.

»Aber Sie kommen doch mit uns, nicht wahr, Fräulein Brinkmann?«, fragte Betty besorgt. »Oder bleiben Sie heute in Bonn im Hotel? Ich meine, Sie fahren doch erst morgen wieder zurück nach Hamburg, da könnten Sie doch auch …«

Fräulein Brinkmann seufzte. »Keine Angst, Betty. Natürlich begleite ich euch bis zum Pensionat. Aber jetzt hopp, hopp, Mädchen. Ich habe keine Lust, bis nach Rüdesheim fahren zu müssen.« Damit scheuchte sie ihre Schutzbefohlenen aus dem Abteil.

Der Bahnhof von Bonn war – verglichen mit den Hamburger Bahnhöfen, die sie kannte – sehr provinziell, fand Mina. Selbst der Harburger Bahnhof war deutlich imposanter als dieses schlichte, eher kleine Gebäude, das sie durchquerten, um zum Vorplatz zu kommen, wo der versprochene Wagen warten sollte. Mina hatte eher mit einer Droschke gerechnet, aber zu ihrer Überraschung stand dort ein Omnibus, dessen Fahrer, der neben dem Fahrzeug stand und sich suchend umsah, ein Schild mit der Aufschrift »Eifelhof« in Händen hielt.

So hinter dem Mond schien man hier gar nicht zu sein. »Der ist wohl für uns«, rief sie und deutete auf den Bus. Der Fahrer hatte die Mädchen und Fräulein Brinkmann ebenfalls bemerkt und kam näher.

»Guten Abend, die Damen!«, sagte er. »Sie müssen die jungen Damen aus Hamburg sein. Dann mal rein in die gute Stube, ein halbes Stündchen Fahrt haben wir noch vor uns, und es wäre schön, wenn wir ankämen, ehe es ganz dunkel wird.« Er öffnete ihnen die Tür und ließ sie einsteigen.

»Was ist denn mit unseren Koffern?«, fragte Betty besorgt, als sie sich auf den Platz neben Astrid setzte. »Ich meine, die können wir doch schlecht hier am Bahnhof lassen. Da sind unsere ganzen Sachen drin, und wie sollen wir denn…«

»Sind längst im Kofferraum!«, unterbrach sie der Fahrer beruhigend. »Die Koffer werden immer zuerst ausgeladen.« Knatternd sprang der Motor des Gefährtes an, und der Bus setzte sich in Bewegung.

Das Pensionat Eifelhof befand sich nicht, wie der Name vermuten ließ, in der Eifel sondern nur etwa dreißig Kilometer von Bonn entfernt in der Nähe einer kleinen Stadt namens Meckenheim. Das Schlösschen lag ein wenig versteckt, aber sehr idyllisch inmitten blühender Obstbäume am Waldrand.

»Schön ist es hier, nicht wahr?«, fragte Fräulein Brinkmann versonnen lächelnd, als der Bus die Allee, die zum Schlösschen führte, entlangrumpelte. »Und es hat sich nichts verändert.«

Mina warf der Hauslehrerin, die neben ihr saß, einen erstaunten Blick zu. »Waren Sie schon mal hier?«, fragte sie neugierig.

Fräulein Brinkmann nickte. »Ich habe doch erzählt, dass ich als junges Mädchen ein paar Monate in einem Pensionat war. Das war hier in Eifelhof.«

»Das haben Sie nicht erzählt.«

»Nicht? Ich dachte, ich hätte es erwähnt.« Damit wandte sie sich wieder dem Fenster zu und schien den Anblick des langgestreckten Gebäudes, das sich trotz der Dämmerung noch deutlich von dem Wald dahinter abhob, förmlich in sich aufzusaugen.

Ehe Mina die Frage stellen konnte, warum Fräulein Brinkmann die Tatsache, dass sie früher auch hier gewesen war, verschwiegen hatte, hupte der Bus und hielt vor der zweiflügligen Eingangstür.

Es dauerte nicht lang, da wurde die Tür aufgerissen und eine ganze Schar Mädchen in hellgrauer Schulkleidung strömte heraus, um die Neuankömmlinge zu begutachten. Nach ihnen traten fünf in Schwarz gekleidete Frauen nach draußen, worauf die Mädchen sich in einer Reihe aufstellten und das Geschnatter sich zu leisem Getuschel dämpfte. Das mussten die Lehrerinnen sein, dachte Mina und betrachtete sie unter gesenkten Augenlidern hervor, um nicht zu neugierig zu wirken. Die Lehrerinnen sahen so aus, wie auch Minas Lehrerinnen in Hamburg aussahen: Zwischen dreißig und vierzig, die Haare streng nach hinten frisiert und ein bisschen verhärmt. Vier der fünf hätte man für Schwestern halten können. Eine jedoch war wesentlich älter als die anderen, sie musste mindestens siebzig sein und wirkte wie eine freundliche Großmutter: klein, rundlich, das silbergraue Haar zu einem geflochtenen Knoten im Nacken zurückgenommen. Die Direktorin, dachte Mina. Die klugen blauen Augen hinter der Nickelbrille richteten sich auf die Mädchenschar, und sofort herrschte Stille. Das war jemand, der es nicht nötig hatte, die Stimme zu erheben, um sich Respekt zu verschaffen, da war Mina sich sicher.

Fräulein Brinkmanns Lächeln vertiefte sich. »Wirklich. Es hat sich gar nichts verändert.«

Nachdem die Hamburger Mädchen aus dem Bus geklettert waren, blieben sie ein wenig unschlüssig daneben stehen und harrten der Dinge, die geschehen würden. Mina fühlte, wie sie rot wurde. Ihr war es unangenehm, auf dem Präsentierteller zu stehen und von so vielen Augenpaaren taxiert zu werden. Als Letzte verließ Fräulein Brinkmann den Bus, ging auf die Direktorin zu und knickste vor ihr.

»Sophie Brinkmann! Was für eine Freude, Sie wiederzusehen, liebes Kind.« Damit zog die Direktorin Minas Hauslehrerin an sich und küsste sie auf beide Wangen.

»Liebes Kind?«, murmelte Mina irritiert. Dass jemand Fräulein Brinkmann als »liebes Kind« bezeichnete, war ihr noch nie untergekommen.

»Die Freude ist ganz auf meiner Seite, Frau von Aldenburg!«, erwiderte Fräulein Brinkmann herzlich und winkte die Mädchen aus Hamburg heran. »Hier bringe ich Ihnen meine Schutzbefohlenen.«

Nacheinander wurden Mina und die anderen vorgestellt und von Frau von Aldenburg freundlich begrüßt, nachdem sie vor ihr geknickst hatten, als wäre die alte Dame die Königinmutter. Mina war als Letzte an der Reihe. »Und das hier ist Wilhelmina Deharde, die älteste Tochter von Elise Kopmann. Sie erinnern sich vielleicht noch an sie.«

Ein Schatten flog über das Gesicht der alten Frau. »Ja, natürlich, nur zu gut. Was für ein Jammer, dass sie schon so früh abberufen wurde. Und was für ein Glück, dass Sie zur Stelle waren, um ihre Töchter ins Leben zu begleiten. Immerhin waren Sie beide damals doch unzertrennliche Freundinnen.« Sie zwinkerte Fräulein Brinkmann zu. »Und Sie hatten nichts als Unfug im Kopf.«

Mit offenem Mund starrte Mina ihre Hauslehrerin an, deren sonst so blasses Gesicht sich rötete. »So schlimm waren wir nun auch nicht, Frau von Aldenburg.«

Die Direktorin lachte glucksend und zwinkerte Mina zu. »Lassen Sie sich gesagt sein, Wilhelmina, die zwei haben das ganze Pensionat auf Trab gehalten, und das ist nicht übertrieben.« Sie reichte Mina die Hand. »Dann wollen wir doch mal sehen, ob wir für Sie nicht auch so eine treue Freundin finden können.«

Damit klatschte Frau von Aldenburg in die Hände. »Und nun, Mädchen, kommt herein und stärkt euch erst einmal, ehe wir euch auf die Zimmer verteilen. Wir waren gerade dabei, zu Abend zu essen, als der Bus kam. Jetzt wird die Suppe kalt, und unsere Köchin sagt, kalte Suppe ist eine Sünde.«

Mina hatte eigentlich damit gerechnet, dass die Schülerinnen in Pensionaten immer in Schlafsälen untergebracht wurden, und gehofft, dass die Neuankömmlinge aus Hamburg wenigstens zusammen in einem Saal wohnen würden. Auf Eifelhof traf das aber nicht zu. Hier teilten sich immer zwei Mädchen ein Zimmer. Betty und Astrid und die beiden anderen Hamburger Mädchen bekamen jeweils zusammen einen Raum zugeteilt, während Mina sich ein Zimmer mit einem der »älteren« Mädchen teilen würde.

»Wilhelmina, Sie kommen in den dritten Stock zu Irma von Gusnar. Sie hat Zimmer Nummer drei«, hatte Frau von Aldenburg nach dem Abendessen gesagt. »Irma wird sich sicher freuen, eine nette Zimmergenossin zu bekommen. Sie hat in den drei Monaten, seit sie hier ist, noch nicht recht Kontakt gefunden. Heute ist sie dem Abendessen ferngeblieben, weil sie sich nicht wohlfühlt.«

Mit einem flauen Gefühl in der Magengegend stieg Mina mit ihrem Koffer in der Hand langsam die Treppen hinauf bis in das Dachgeschoss, in dem in früheren, glanzvolleren Zeiten des Schlösschens vermutlich die Gesindezimmer gewesen waren. Ganz am Ende des schmucklosen Flures fand sie schließlich die Tür, an der eine geschwungene Drei aus Messing hing. Einen Moment lang blieb sie unschlüssig stehen, ehe sie sich ein Herz fasste und klopfte.

»Herein!«, rief eine helle Stimme. Mina holte tief Luft, ehe sie die Klinke herunterdrückte und die Tür öffnete.

Das Zimmer war lang und schmal und symmetrisch in zwei Hälften aufgeteilt. Für jedes Mädchen gab es einen Schrank, eine Kommode mit Waschschüssel und Krug, ein Bett und einen Schreibtisch unter den schmalen Fenstern in einer Dachgaube. Während die rechte Hälfte des Zimmers bis auf das Bett, auf dem einige Kleidungsstücke lagen, unbenutzt war, herrschte links heilloses Durcheinander. Auf dem Stuhl vor dem Schreibtisch saß die Verursacherin des Chaos und beäugte Mina neugierig.

Jetzt erhob sie sich, kam auf sie zu und streckte ihr die Rechte entgegen.

»Hallo! Ich bin Irma!«, stellte sie sich vor. »Irma von Gusnar. Den Rest der Titel erspare ich dir lieber, sonst sind wir übermorgen noch nicht fertig!« Sie lachte. »Denn eigentlich heiße ich Irma Eulalie Donata Auguste, Comtesse von Grottburg und Gusnar, Freiin von Milow. Aber wer will das schon alles wissen! Ostpreußischer Landadel eben. Wie ist denn dein Name?«

»Mina. Eigentlich Wilhelmina Deharde. Aus Hamburg«, stotterte Mina, ein wenig überwältigt von Irmas Wortschwall.

Irma war klein, stämmig und ständig in Bewegung. Das wellige, rotbraune Haar trug sie in einem Zopf, den sie wie eine Krone oben auf dem Kopf festgesteckt hatte. Hübsch war sie eigentlich nicht, mit ihrem dreieckigen Gesicht, in dem die lange Nase dominierte, die von einer Unzahl von Sommersprossen bedeckt war. In ihren blauen Augen, die sie mit freundlichem Interesse betrachteten, blitzte der Schalk, sodass Mina nicht verstehen konnte, warum sie bislang noch keinen Anschluss unter den anderen Mädchen gefunden hatte. »Gott sei Dank, nicht adelig. Sei bloß froh, Mina! Immer glauben die Leute wunders, was es für Vorteile bringt, wenn man adlig ist, dabei ist es eigentlich nur lästig. Jedenfalls, wenn es so ist, wie bei uns. Denn eigentlich sind wir eher einfache Bauern. Wir haben ein Gut in Ostpreußen und noch nicht einmal ein besonders großes, aber wenn du eine Comtesse bist, glaubt gleich jeder, du kannst ihm beim Kaiser eine Audienz verschaffen. Und ganz ernsthaft, wer will das schon! Ich jedenfalls kann mir was Schöneres vorstellen, als mir in Berlin bei Hofe die Beine in den Bauch zu stehen. Setz dich doch! Warte mal, da muss ich wohl erstmal ein bisschen was wegräumen, damit du überhaupt einen Platz findest, was?«

Irma begann, die Kleidungsstücke, die auf dem rechten Bett verstreut lagen, aufzuheben und in ihren Schrank zu werfen. »Tut mir wirklich leid, dass es hier so aussieht, aber ich bin schon seit Tagen nicht mehr zum Aufräumen gekommen. Ich muss diese vermaledeite Buchführungsaufgabe zu Ende machen und kriege jedes Mal was anderes heraus. Vor allem, nie dasselbe auf beiden Seiten der Bilanz. Schrecklich. Kennst du dich vielleicht mit sowas aus? Ach, was frage ich denn! Wer außer mir muss sich denn hier im Pensionat mit Buchführung herumschlagen?«

Mina merkte, dass sie immer noch den Koffer in der Hand hielt, und stellte ihn ab, um auf dem freien Bett Platz zu nehmen. Von dort aus sah sie zu, wie Irma in ihrer Zimmerhälfte mehr schlecht als recht Ordnung schaffte und dabei munter mit blitzenden Augen, wild gestikulierend weiterredete. »Weißt du, ich bin ja eigentlich hier, damit ich von Frau von Aldenburg Buchführung lerne. Ich kann ja schlecht eine Berufsschule für Kaufleute besuchen, obwohl … Vielleicht wäre das ganz lustig so unter lauter jungen Männern. Aber andererseits, ich glaube nicht, dass meine Mutter damit einverstanden wäre. Und lernen muss ich das, weil ich doch eines Tages das Gut bewirtschaften muss. Ich habe nämlich keine Geschwister, weißt du? Und meine Mutter möchte verhindern, dass irgendjemand mich heiratet, weil ich einen Titel habe und das Gut mit in die Ehe bringe. Und nachher bringt der das Geld durch, alles ist futsch und wir beide haben nichts mehr. Mama meint, uns soll es auf alle Fälle nicht so gehen. Da gibt es etliche aus der entfernten Verwandtschaft, die nur zu gern an das Gut möchten, weil sie meinen, das stünde Mama und mir gar nicht zu, aber … Ach, das erzähl ich dir ein anderes Mal. Jedenfalls hat Mama mit Frau von Aldenburg abgemacht, dass ich Einzelunterricht bei ihr in Buchhaltung bekomme, allerdings stelle ich mich offenbar furchtbar dämlich dabei an. Wie ist es mit dir? Weshalb bist du hier?«

»Ich? Ich denke, aus demselben Grund, aus dem die meisten Mädchen hier sind. Meine Großmutter meint, ich brauche Unterricht in Manieren, um heiratsfähig zu werden.«

»Großmütter! Hör mir bloß auf mit denen!« Irma winkte ab. »Meine hat bis zu ihrem Tod kein Wort mit meiner Mutter gewechselt, und mich wollte sie gar nicht erst sehen. Meinte, mein Vater wäre eine Mesalliance eingegangen, weil er meine Mutter geheiratet hat. Mama hätte ihm nur ein Balg andrehen wollen, um Gräfin zu werden und an das Gut zu kommen. Und das alles nur, weil sie bürgerlich ist – eine Bauerstochter aus dem Nachbarort. Jedenfalls sitze ich deshalb zwischen allen Stühlen. Sogar hier!« Irmas Miene verdüsterte sich. »Die adligen Mädchen wollen nichts mit mir zu tun haben, weil ich unter ihrer Würde bin, und die bürgerlichen glauben, ich bin eine eingebildete Kuh, weil ich einen Titel habe.« Irma machte ein bekümmertes Gesicht. Dann aber zwinkerte sie Mina zu. »Reden wir lieber von dir. Willst du denn überhaupt heiratsfähig werden? Gibt es schon einen Kandidaten, der infrage käme?«

»Nein ... äh, ich meine ...« Mina brach ab. Irmas Neugier ging ihr entschieden zu weit. »Vielleicht sollte ich erstmal meine Sachen auspacken.« Sie stand auf, hob ihren Koffer aufs Bett und öffnete ihn. Seufzend nahm sie ein paar Blusen heraus und trug sie zum Schrank hinüber.

Aber so schnell ließ sich Irma nicht abwimmeln. »Ernsthaft?«, fragte sie. »Da gibt es schon jemanden? Du hast einen Liebsten? Na, komm schon, erzähl!«

Alles in Mina sträubte sich. Sie hatte während der letzten

paar Tage jeden Gedanken an Edo weit von sich geschoben, damit sie es überhaupt fertigbrachte, das Versprechen, das sie ihrem Vater gegeben hatte, halten zu können. Und jetzt war die Erinnerung an den Kuss im Kontor wieder so frisch und deutlich, als sei es gerade eben erst passiert, und die Sehnsucht nach Edo schnürte ihr die Kehle zu. Sie biss sich auf die Lippen und hängte die Blusen nacheinander auf die Bügel im Schrank.

»Was heißt schon einen Liebsten?«, sagte sie leise. »Ich habe einen sehr guten Freund in Hamburg, dem ich versprochen habe, jeden Tag zu schreiben. Eigentlich ist er eher sowas wie ein großer Bruder für mich. Außerdem könnte nie was aus uns werden, er arbeitet im Kontor der Kaffeeimportfirma meines Vaters.«

»Und wieso könnte nichts daraus werden?«

Mina zuckte mit den Schultern. »Das ist nun mal so.«

»Verstehe ich nicht.«

»Das ist genauso wie beim Adel. Kaufleute heiraten immer nur unter sich. Und Edo gehört eben nicht dazu.«

Irma rutschte auf ihrem Bett nach hinten, bis sie mit dem Rücken an die Wand gelehnt saß, und zog die Knie an. »Was für ein Riesenbockmist!«, sagte sie aus tiefstem Herzen.

»Ja. Riesenbockmist trifft es wohl.« Obwohl ihr eigentlich nicht danach war, musste Mina lachen. Irma mochte zwar eine Comtesse sein, aber sie benahm sich nicht so. Auch wenn Fräulein Brinkmann von Irmas Ausdrucksweise entsetzt gewesen wäre, Mina gefiel das Mädchen. Frau von Aldenburg schien ein Händchen dafür zu haben, wen man zusammen in ein Zimmer stecken konnte.

»Mal ganz ehrlich«, sagte Irma. »Wir leben doch jetzt im zwanzigsten Jahrhundert. Viele Frauen arbeiten, manche studieren, einige führen sogar Geschäfte. Nimm nur mal meine Mutter: Als mein Vater starb, war sie gerade mal fünfundzwanzig und ich war drei Jahre alt. Das Gut war total heruntergewirtschaftet und hoch verschuldet, als sie es übernommen hat. Und jetzt? Die Schulden sind abbezahlt, die Landwirtschaft wirft ordentlich was ab, und sie hat gerade einen Vertrag mit dem Militär abgeschlossen, das wir mit Pferden aus dem Gestüt beliefern. Und alles ohne Hilfe. Zeig mir einen Mann, der was Ähnliches auf die Füße gestellt hätte.«

»Deine Mutter leitet das Gut?«, fragte Mina verblüfft. »Ganz allein?«

»Sicher!«, sagte Irma. »Zuerst hatte sie kein Geld, einen Geschäftsführer einzustellen, und später hatten sich alle daran gewöhnt, dass sie sagt, wo es langgeht. Sie meint immer, früher sei es oft nicht einfach gewesen, aber inzwischen wird sie ernst genommen.«

»Deine Mutter muss eine bemerkenswerte Frau sein, dass ihr das gelungen ist.«

Irma strahlte. »Doch, das ist sie wirklich«, sagte sie, und in ihrer Stimme schwang Bewunderung und Liebe mit. »Und wie ist deine Mutter so?«

»Als sie starb, war ich noch ziemlich klein. Ich kann mich kaum an sie erinnern. Aber mein Vater erzählt, sie hätte auch Sinn fürs Geschäft gehabt. Kaffee im Blut, nennt er das, und er sagt, ich habe das auch. Wir handeln mit Rohkaffee, Im- und Export«, fügte Mina hinzu, als sie Irmas fragenden Blick sah. »Ich habe schon oft im Kontor bei der Arbeit geholfen, und wenn ich wieder nach Hause fahre, werde ich ganz in die Firma eintreten und mit meinem Vater zusammenarbeiten. Und eines Tages werde ich dann die Firma als Chefin übernehmen.«

Auch wenn der letzte Satz selbst in Minas eigenen Ohren ungewohnt und anmaßend klang, es tat gut, ihn ausgesprochen zu haben. Es hatte so etwas Endgültiges. Ein hochfliegender Plan, dessen Ausführung zwar schwierig, aber keineswegs unmöglich war. Sollten sie doch kommen und ihr Steine in den Weg werfen. Sie, Mina Deharde, würde es allen zeigen. Sie würde die Hindernisse aus dem Weg räumen und eines Tages hinter Vaters Schreibtisch Platz nehmen und die Geschicke von *Kopmann & Deharde* leiten. Immerhin hatte sie Kaffee im Blut, das war nicht zu leugnen.

»Das klingt nach einem Plan!« Irma sprang aus ihrem Bett und lief zu ihrem Schreibtisch hinüber. »Aber sag mal, wenn du schon bei euch im Kontor geholfen hast, hast du dann nicht auch ein bisschen Ahnung von Kontobüchern? Vielleicht kannst du mir ja bei dieser vermaledeiten Buchungsaufgabe helfen.«

Es war schon spät, als die Mädchen endlich zusammen die Aufgabe gelöst hatten und zu Bett gingen. Als Mina an Irmas regelmäßigen Atemzügen hörte, dass sie fest schlief, stand sie noch einmal auf, um Edo wie versprochen einen Brief zu schreiben. Sie war aber so müde, dass es nur noch eine kurze Nachricht wurde, in der sie ihm mitteilte, dass sie gut angekommen sei, dass es hier gar nicht so schlimm zu sein schien und dass sie mit einem Mädchen das Zimmer teilte, das zwar eine leibhaftige Comtesse, aber keine blöde Pute sei. Nachdem sie sich erkundigt hatte, was es Neues gäbe und wie es Heiko ginge, kaute sie einen Moment auf ihrem Federhalter herum, ehe sie schrieb:

»Ich sende dir einen Kuss. Deine Mina«

Eilig, ohne den Satz noch einmal zu lesen, klappte sie den Brief zu und steckte ihn in den Umschlag, den sie sorgfältig zuklebte und unter ihrem Kopfkissen verstaute. Als sie die Augen schloss, sah sie Edos schmales Gesicht vor sich und fühlte wieder seine Arme, die sie umschlangen.

»Gute Nacht, Edo. Schlaf schön!«, murmelte sie und schloss die Augen.

SIEBEN

Leider ergab sich vor Fräulein Brinkmanns Abreise keine Gelegenheit mehr, allein mit ihr zu sprechen, und so konnte Mina die Fragen nicht stellen, die ihr auf der Seele brannten. Warum hatte Fräulein Brinkmann nie auch nur mit einem Wort erwähnt, dass sie und Minas Mutter gute Freundinnen gewesen waren? Warum hatte sie ihr und Agnes nichts von ihrer gemeinsamen Zeit erzählt?

Auch als Fräulein Brinkmann sich am nächsten Morgen verabschiedete, standen die Lehrerinnen und Pensionärinnen erneut Spalier, und so winkte Mina bloß und nahm sich vor, ihr zu schreiben.

Jetzt aber setzte sie sich in ihrer neuen hellgrauen Schuluniform auf den freien Platz neben ihre Zimmergenossin Irma, um zu frühstücken.

»Weißt du schon, was du für Unterricht hast?«, fragte Irma, die schon eine Scheibe Brot mit Käse belegte, als Mina sich setzte.

»Nein«, gab Mina zurück. »Vermutlich das Übliche. Konversation, Sprachen, Benimm und feine Stickarbeiten.« Sie nahm den Brotkorb entgegen, den Irma ihr reichte, und legte sich eine Scheibe Graubrot auf den Teller.

»Soll ich Frau von Aldenburg fragen, ob du vielleicht auch

am Buchhaltungsunterricht teilnehmen darfst, den sie mir gibt?«, fragte Irma kauend. »Wenn du mir gestern nicht geholfen hättest, säße ich immer noch an der Aufgabe. Und wo du doch auch das Geschäft deines Vaters übernehmen wirst?«

»Wie war das? Du willst die Firma deines Vaters übernehmen?« Betty, die den beiden Mädchen schräg gegenübersaß, beugte sich vor. »Hast du diese verrückte Idee immer noch nicht aufgegeben?«

»Wieso ist das verrückt?« Irma funkelte Betty herausfordernd an. »Dagegen spricht doch nichts. Schon gar nicht, wenn sie Talent dafür hat.«

»Weil das nun mal nicht geht«, sagte Betty.

»Geht nicht, gibt's nicht. Das sagt meine Mutter immer, und die muss es wissen. Die führt auch ein Geschäft.«

Betty verdrehte die Augen und strafte Mina und Irma mit Nichtachtung, indem sie sich Astrid zuwandte, die neben ihr saß.

»Lass die zwei«, sagte Mina leise zu Irma. »Die sind der Mühe nicht wert.«

»Das würde ich auch so sehen.« Irma zwinkerte ihr grinsend zu. »Also abgemacht. Ich frage Frau von Aldenburg. Die Stunden bei ihr habe ich immer, wenn die anderen handarbeiten. Dazu habe ich eh überhaupt kein Geschick. Ich glaube nicht, dass Frau von Aldenburg etwas dagegen hat. Aber natürlich nur, wenn du Lust dazu hast.«

»Jedenfalls mehr als zum Socken stricken oder Monogramme sticken.«

»Wunderbar. Ich freue mich schon! Was meinst du, wie viel Spaß wir beide haben werden.« Irma warf einen Blick auf die Uhr, die sie als Brosche an der Bluse trug. »Auweia, so spät ist es schon? Iss schnell auf, sonst kommen wir nicht pünktlich zum Deutschunterricht, und da kennt Fräulein Meyer kein Pardon.« Irma drückte das Kreuz durch und presste ihr Kinn gegen die Brust, als würde sie über eine Brille hinwegsehen. »Pünktlichkeit ist die wichtigste deutsche Tugend, lassen Sie sich das gesagt sein, meine Damen!«, grollte sie mit tiefer Stimme. »Wie können Sie etwas von ihren Dienstboten erwarten, das sie selbst nicht zu leisten imstande sind?«

Mina lachte prustend und blickte dann verstohlen zum Tisch der Lehrkräfte hinüber. Irmas Imitation war so perfekt, dass sie Fräulein Meyer sofort erkannte. Die Lehrerin saß kerzengrade am Tischende und warf Mina und Irma nun mit gesenktem Kinn einen missbilligenden Blick über die Brille hinweg zu.

»Pssst, nicht so laut, sonst hat sie dich gleich auf dem Kieker«, flüsterte Irma und stieß Mina mit dem Ellbogen an. »Sie hat Haare auf den Zähnen, also beeilen wir uns lieber.«

Die Mädchen verließen den Speisesaal, Irma hakte sich bei Mina unter, und sie schafften es gerade noch rechtzeitig vor Fräulein Meyer, ihr Klassenzimmer zu erreichen. Erstaunt stellte Mina fest, dass man hier im Deutschunterricht nicht Goethes Dramen sondern die Kunst, formvollendet eine Einladung abzusagen, behandelte.

»Sag mal, wo kann ich denn hier einen Brief aufgeben?«, flüsterte Mina Irma zu, als Fräulein Meyer den Brief einer der anderen Schülerinnen vorlas.

»Gib ihn Frau von Aldenburg. Allerdings ist nicht ausgeschlossen, dass sie liest, was du geschrieben hast. Manchmal macht sie das, besonders bei neuen Schülerinnen.«

»Alles, nur das nicht!«

Irma zwinkerte Mina zu. »Oh, ein privater Brief«, wisperte sie mit einem vorsichtigen Blick zu Fräulein Meyer. »Dann sollten wir heute Nachmittag einen Spaziergang zum Dorf machen und den Brief bei der Post aufgeben.«

»Geht denn das? Ich meine, können wir denn hier raus?«

»Natürlich können wir raus. Das ist ein Pensionat, kein Gefängnis. Wir müssen nur Bescheid geben, wohin wir gehen und wann wir wieder zurück sind.«

In diesem Moment sauste ein Stück Kreide direkt über Irmas Kopf hinweg und landete hinter ihr auf dem Boden des Klassenzimmers.

»Was gibt es denn da zu schwatzen, Comtesse?«, dröhnte Fräulein Meyers tiefe Stimme. »Wenn Sie die literarischen Ergüsse Ihrer Mitschülerinnen so uninteressant finden, sollten Sie uns vielleicht mit den Ihren beglücken.«

Die nächsten Unterrichtsstunden verliefen ohne weitere Zwischenfälle. Die Lehrerinnen waren nett und der Unterrichtsstoff viel einfacher als an ihrer vorigen Schule, wie Mina erleichtert feststellte. Weder der Stoff in Musik noch Französisch oder Mathematik bereiteten ihr Probleme. Zu ihrer Freude gab es auch Englischunterricht bei einer jungen Waliserin namens Miss Jordan, die ausschließlich in ihrer Muttersprache mit den Schülerinnen sprach. Mina konnte sie aber wegen ihres Akzents nur schlecht verstehen. Sie beschloss, Frau von Aldenburg zu fragen, ob sie bei Miss Jordan Einzelunterricht bekommen könnte, um ihre Englischkenntnisse zu verbessern, ehe sie nach New York reiste.

Nach dem Essen wurde von den jungen Damen erwartet, eine Stunde Mittagsruhe zu halten, deshalb zogen sich Mina und Irma auf ihr Zimmer zurück.

»Also, wann können wir zur Post gehen?«, fragte Mina ihre neue Freundin.

»Nur nicht so ungeduldig.« Irma lachte. »Dein Liebster

kriegt seinen Brief schon noch.« Sie ließ sich aufs Bett fallen und verschränkte die Arme hinter dem Kopf. »Erzähl doch mal. Wie heißt er und wie sieht er aus?«

Mina fühlte, wie sie errötete, aber dann begann sie – zuerst stockend, dann immer freier – von Edo zu erzählen.

»Klingt nett!«, meinte Irma, als sie geendet hatte. »Hat er vielleicht auch noch einen Bruder?«

Mina lächelte. »Keinen leiblichen, aber einen Ziehbruder namens Heiko. Ich glaube, mit dem würdest du dich gut verstehen!« Und ehe sie sich versah, beschrieb sie Heiko Peters in allen Details.

»Ein wilder Wikinger mit einem Herz für die Arbeiterschaft.« Irma nickte. »Doch, ich glaube, der könnte mir gefallen!« Sie sah auf ihre Uhr. »Schon halb drei«, stellte sie fest. »Die anderen haben in einer Stunde Stickunterricht, und ich muss um vier zu Frau von Aldenburg. Wenn wir noch zum Dorf wollen, sollten wir jetzt losgehen.«

»Und wem sagen wir, dass wir weg sind?«

»Wir melden uns immer bei Frau von Aldenburg ab. Sie ist um diese Zeit eigentlich immer in ihrem Büro. Komm mit, dann können wir auch gleich wegen des Buchhaltungsunterrichts fragen.«

Irma stand auf und holte aus ihrem Schrank einen runden Strohhut hervor, den sie vor dem Spiegel auf ihrem Haarkranz befestigte. »Na komm schon, Mina. Ohne Hut geht eine Dame nicht vor die Tür.« Damit griff sie Minas Hut vom Haken und reichte ihn ihr.

Frau von Aldenburgs Büro lag im hinteren Bereich des Gebäudes. Als Irma an der Tür klopfte, ertönte von drinnen ein leises »Herein!« und die beiden Mädchen traten ein.

Neugierig sah Mina sich um. Sie entdeckte lange, gut gefüllte Bücherregale, einen schlichten Schrank – beides, genau wie der Schreibtisch, aus hellem Birkenholz – und eine kleine, gemütliche Sitzgruppe aus einem runden, tiefen Tisch, einem schmalen Sofa und einem dazu passenden Sessel unter den beiden Fenstern, die zum Gemüsegarten und dem dahinterliegenden Wald hinausführten. Alles wirkte praktisch, aber auch einladend.

»Nanu, Comtesse Irma, Fräulein Wilhelmina?« Die Direktorin sah erstaunt von einem Stapel Papiere auf. »Was führt Sie beide zu mir?«

»Wir wollten …«, begann Mina, aber Irma unterbrach sie.

»Ich möchte Mina gern ein bisschen die Gegend zeigen«, sagte sie. »Wir wollten um Erlaubnis bitten, ins Dorf gehen zu dürfen.«

»Sicher, warum nicht?«, sagte Frau von Aldenburg freundlich. »Schön zu sehen, dass Sie beide sich auf Anhieb so gut verstehen. Aber, Comtesse, denken Sie bitte daran, dass wir heute Nachmittag noch einen Termin haben.«

»Natürlich, Frau von Aldenburg. Da hätte ich auch gleich eine Bitte: Könnte Mina nicht auch kommen? Sie wird eines Tages die Firma von ihrem Vater übernehmen, und da läge es doch nahe, dass sie auch kaufmännisch zu rechnen lernt. Minas Vater handelt mit Rohkaffee.«

Ein amüsiertes Lächeln kräuselte die Lippen der alten Frau. »Ob Sie es glauben oder nicht, Comtesse, das wusste ich bereits!« Sie wandte den Blick Mina zu. »Wenn Sie möchten, können Sie gern dazustoßen, Fräulein Wilhelmina.«

»Mina, bitte! Ja, sehr gern, wenn es Ihnen keine Umstände macht.«

»Also gut, Fräulein Mina. Nein, es macht keine Umstände, ganz im Gegenteil. Ich erinnere mich, dass Ihre Mutter ein Talent für Mathematik hatte, und ich freue mich schon darauf, zu sehen, ob Sie ihre Begabung geerbt haben. Also dann sehen wir uns pünktlich um vier wieder hier in diesem Raum. Und jetzt viel Vergnügen bei Ihrem Spaziergang bei diesem schönen Wetter.«

Beide Mädchen knicksten und verließen das Büro.

»Komisch«, sagte Mina, als sie das Schlösschen verlassen hatten und durch den strahlenden Sonnenschein den Weg zum Dorf entlangschlenderten.

»Was ist komisch?«, fragte Irma.

»Jeder hier scheint meine Mutter besser gekannt zu haben als ich.«

»Gar nicht komisch, wenn man bedenkt, dass du noch klein warst, als sie starb.« Irma hakte sich bei Mina unter. »Aber ist es nicht ein schönes Gefühl, dass jeder sie gemocht zu haben scheint?«

Mina nickte, und die Mädchen schwiegen für eine Weile. Eifelhof lag auf einer Anhöhe, vielleicht zwei Kilometer von der nächsten Ortschaft entfernt, die Mina im Tal vor sich liegen sah. Sie ließ den Blick über die Landschaft links und rechts des Feldwegs schweifen. Auf den Feldern, an denen die Mädchen entlangliefen, schob sich bereits das Getreide durch die Erde. Die sanften Hügel in der Ferne bedeckte ein hellgrüner Teppich, durchbrochen von gelben Streifen aus üppig wucherndem Löwenzahn. Sie querten eine Brücke, unter der ein Bach über ein felsiges Bett plätscherte. In den blühenden Weiden, die sein Ufer begrenzten, summten bereits die Bienen.

»Da ist das Dorf«, sagte Irma und wies mit der Hand auf ein paar Häuser, die hinter den Weiden zu erkennen waren.

Den kleinen Flecken ein Dorf zu nennen war beinahe etwas anmaßend, dachte Mina. Ein paar Gehöfte drängten sich eng aneinander um eine winzige Kapelle herum. Im Gegensatz zu den Bauernhäusern, die Mina von ihren Ausflügen ins Umland von Hamburg kannte, waren hier die Stallungen von den Häusern getrennt. Die Fachwerkhäuser waren meist zweistöckig, mit braun gestrichenen Balken und weiß verputzten Fächern dazwischen. Es gab auch eine Gastwirtschaft, einen Laden und daneben eine Poststelle mit einem mürrischen Postbeamten darin, der Mina argwöhnisch von oben bis unten betrachtete, als sie die Briefmarke für ihren Brief an Edo kaufte.

»Wann ist der Brief denn in Hamburg?«, fragte sie.

»Mal überlegen.« Der Postbeamte, dessen dunkelblauer Uniformrock mit den goldenen Knöpfen und dem roten Streifen am Kragen von einem deutlich kleineren Vorgänger zu stammen schien, kratzte sich am Kopf. »Heute ist Mittwoch. Sollte bis Freitag wohl in Hamburg eingehen. Wenn es schneller gehen soll, müssten Sie einen Eilbrief schicken. Oder ein Telegramm, vielleicht?«

»Nein, nein. So eilig ist es nicht«, sagte Mina. »Ich wollte es nur wissen.«

»Aber wenn Sie es mal eilig haben, Telegramme können wir auch versenden.« Er deutete nach hinten in sein Büro, wo ein altertümliches Morsegerät stand, und warf ihr einen hoffnungsvollen Blick zu.

»Gut zu wissen!« Mina biss sich auf die Lippen, um nicht zu lachen. »Einen schönen Tag wünsche ich Ihnen.«

»Ebenso«, erwiderte der Postbeamte enttäuscht und schlurfte wieder in sein Büro zurück.

»Wozu willst du ein Telegramm verschicken?«, fragte Irma, als sie wieder vor der Tür standen.

»Man weiß doch nie, wann man sowas mal braucht«, erwiderte Mina. »Und jetzt lass uns die Beine in die Hand nehmen, damit wir nicht zu spät bei Frau von Aldenburg sind.«

Die nächsten Tage vergingen wie im Flug. Vormittags Unterricht, nachmittags ein Spaziergang zur Dorfpost, dann wieder Unterricht und abends Hausaufgaben und die vielen Briefe, die Mina zu schreiben hatte. Zuerst schrieb sie immer an Edo, aber auch Fräulein Brinkmann und ihre Familie bekamen regelmäßig Post von ihr.

Wie versprochen lag jeden Morgen ein Brief von Edo neben ihrem Frühstücksgeschirr. Meist waren sie nicht besonders lang und sehr unverfänglich. Mina hatte ihn darum gebeten, weil sie nicht sicher sein konnte, dass niemand ihre Post las, bevor sie sie erreichte. Auch Heiko schrieb mindestens einmal in der Woche. Von ihm kamen meist Ansichtskarten mit Hamburg-Motiven und der Aufforderung, ja nicht zu vergessen, wo sie zuhause war. Großmutter Hiltrud schickte lange Episteln mit Ermahnungen und guten Ratschlägen, und von Vater bekam Mina gelegentlich eine knappe Mitteilung darüber, wie das Geschäft lief und dass er sein Wunschmädchen vermisse.

So kam und verging der Mai. Die von Bienen umschwärmten Apfelbäume verloren ihre Blüten und setzten Früchte an, das Gras auf den Wiesen stand kniehoch und im Gemüsegarten des Eifelhofs reiften die Erdbeeren. Was sonst in der Welt vor sich ging, davon bekamen die Mädchen unter der Obhut von Frau von Aldenburg nicht viel mit. Es gab keine Zeitung im Schlösschen, und die Schülerinnen hätten sich auch nicht wirklich für das interessiert, was außerhalb dieser Idylle passierte. Ihnen war wichtiger, wer über wen getratscht hatte, dass eines der Mädchen sich verbotenerweise mit ihrem Tanzpartner im Dorf getroffen und spazieren gegangen war und dass Betty und Astrid den Erdbeervorrat der Köchin geplündert hatten und ertappt worden waren.

Mina hatte mit den anderen Mädchen nicht viel im Sinn, sie war froh und glücklich, in Irma eine Freundin gefunden zu haben, mit der sie Geheimnisse teilen, lachen und ein wenig über die anderen lästern konnte. Die beiden schmiedeten bereits Pläne, sich gegenseitig im kommenden Sommer, wenn beider Zeit im Pensionat vorüber war, zu Hause zu besuchen.

»Dann gehen wir in Hamburg zusammen in die Oper«, schlug Mina vor. »Das wird dir gefallen, wo du doch so musikalisch bist. Und meine Großmutter wird bestimmt begeistert sein, wenn eine leibhaftige Comtesse bei uns im Hause wohnt.«

»Das glaub ich gern! Vielleicht macht sie sogar einen Hofknicks vor mir.« Irma lüpfte ihren Rock ein Stückchen und sank theatralisch in einen tiefen Knicks. »Und wenn du uns besuchen kommst, bringst du meiner Mutter ein Kilo importierten Kaffee mit. Aber den guten, nicht von dem Zeug für die Gäste.«

Mina lachte und versprach, daran zu denken.

Eines Mittags im Hochsommer lag ein ganzer Stapel Briefe neben Minas Teller auf dem Mittagstisch. Den obersten mit Edos geschwungener Schrift steckte sie eilig in ihre Rocktasche. Den würde sie später, wenn sie allein war, lesen. Dann blätterte sie schnell den Rest der Post durch. Ein Brief war von Großmutter, einer von Vater, ein kleinerer Umschlag kam von Agnes und auf dem letzten stand als Absender Fräulein Sophie Brinkmann.

Ihr Herz klopfte, als sie den Umschlag herauszog und Irma zeigte, die gerade ihren Nachtisch löffelte.

»Lass uns schnell aufs Zimmer gehen und dann machst du ihn auf«, nuschelte sie mit vollem Mund. »Du hast so lange darauf gewartet.«

Mina nickte. Als ihr Geschirr abgeräumt war, liefen die Mädchen in den dritten Stock hinauf und setzten sich nebeneinander auf Irmas Bett. Mit zitternden Fingern riss Mina den Brief auf.

Meine liebe Mina,

ich habe lange Zeit hinausgezögert, dir diesen Brief zu schreiben, immer habe ich wieder neue Entschuldigungen gefunden, neue Ausreden, warum ich gerade keine Zeit hätte, dir zu antworten. Dabei hast du mir in deinem Brief doch eine berechtigte Frage gestellt: Warum habe ich dir und deiner Schwester nie erzählt, dass eure Mutter und ich gute Freundinnen waren? Ich muss etwas ausholen, um die Frage zu beantworten.

Ich war gerade siebzehn Jahre geworden, als ich nach Eifelhof kam. Meine Eltern waren ein paar Wochen zuvor kurz nacheinander gestorben. Mein Vormund, ein entfernter Onkel, der auch mein Vermögen verwaltete, hatte mir einen Platz beschafft. Er war der Meinung, es sei wichtiger, dass ich eine Ausbildung erhielt und eines Tages selbst für mich sorgen könnte, als dass ich mit meiner bescheidenen Mitgift auf einen Ehemann wartete, der vermutlich nie kommen würde. Er bestimmte, ich sollte Lehrerin werden, und ich war zunächst kreuzunglücklich darüber, weil ich lieber Medizin studiert hätte, aber dafür hätte mein Erbe nie ausgereicht. Stell dir vor, wie es mir ging. Ich kannte in Eifelhof keine Menschenseele und wollte auch niemanden kennenlernen. Nichts

konnte mich über den Verlust meiner Eltern hinwegtrösten. Doch dann, eines Tages, stand eure Mutter mit ihrem Koffer in der Hand in der Eingangshalle, und mir schien, als ginge zum ersten Mal seit langem die Sonne wieder auf.
Wir bezogen zusammen ein Zimmer und wurden die besten Freundinnen, die man sich vorstellen kann. Elise war hübsch und so begabt. Alles schien ihr leicht von der Hand zu gehen, und von all den Mädchen im Pensionat wählte sie ausgerechnet mich hässliches Entlein zur Freundin aus. Wir blieben beide ein Jahr, dann trennten sich unsere Wege wieder. Elise fuhr zu ihren Eltern nach Hamburg zurück, und ich ging ins Lehrerinnenseminar nach Hannover. Aber wir blieben in Kontakt. Briefe wurden hin- und hergeschickt, und als sie heiratete, lud sie mich zum Empfang ein. Ich wäre ihrer Einladung gern nachgekommen, aber ich hatte das Gefühl, dass es nicht passend gewesen wäre, wenn ich nach Hamburg gefahren wäre. Ich wäre bei einem so eleganten Fest fehl am Platz gewesen. Außerdem stand ich damals kurz vor meinen Prüfungen, darum sagte ich ab.
Jahre vergingen, ihr wurdet geboren, ich trat meine erste Stelle an, und die Briefe zwischen Elise und mir wurden seltener. Aber diese Verbundenheit zwischen uns blieb trotzdem bestehen. Dann, eines Tages, kam eine Nachricht deines Vaters, dass Elise im Kindbett verstorben sei, und er fragte mich, ob ich herkommen und für ein paar Wochen für euch Mädchen sorgen könnte. Natürlich sagte ich zu, ich hatte das Gefühl, es ihr schuldig zu sein. Ohne zu zögern kündigte ich meine Stellung und fuhr nach Hamburg zu euch. Ich werde nie vergessen, wie ich dort ankam. Es war der Tag vor der Beerdigung eurer Mutter, und es schien, als sei sie noch immer dort in der Wohnung an der Isestraße. Jedes Möbelstück, jedes Bild an der

Wand hatte sie ausgesucht, auf ihrem Schreibtisch lag noch ein angefangener Brief in ihrer Schrift.

Karl wirkte ganz verloren. Er zog sich in sich zurück und wollte und konnte nicht über Elises Verlust reden und auch nicht darüber hinwegkommen. Also bot ich nach wenigen Tagen an, als Gouvernante im Haus zu bleiben. Karl nahm das Angebot dankbar an, doch er stellte die Bedingung, dass ich die professionelle Distanz zu euch Kindern wahren und nicht versuchen sollte, euch die Mutter zu ersetzen. Und da er nicht wollte, dass ich von Elise spreche, tat ich es nicht, auch wenn es mir, besonders als ihr noch klein wart, sehr bitter geworden ist.

Heute glaube ich, dass es nicht richtig war, aber es entsprach dem Wunsche deines Vaters. Ich habe immer versucht, euch so zu erziehen, dass eure Mutter, die ich sehr geliebt habe, stolz auf euch wäre. Wenn es mir gelungen ist, ist das mein größtes Verdienst.

Es umarmt dich von Herzen und freut sich auf ein baldiges Wiedersehen mit dir, liebes Kind,

Deine Lehrerin, Sophie Brinkmann

Wortlos reichte Mina den Brief an Irma weiter. Die überflog ihn und warf ihrer Freundin einen überraschten Blick zu.

»Irgendwas ist da sehr merkwürdig«, sagte sie. »Wieso wollte dein Vater nicht, dass Fräulein Brinkmann euch von deiner Mutter erzählte, wenn die beiden doch beste Freundinnen waren?«

»Ich weiß es nicht. Vater sagte mir einmal, er habe den Schmerz nicht ertragen, wenn von Mama gesprochen wurde.«

»Aber Fräulein Brinkmann hätte es ja nicht vor ihm tun

müssen. Und warum sollte sie nicht versuchen, euch die Mutter zu ersetzen? Das wäre doch eigentlich die natürlichste Sache der Welt gewesen. Und dann noch eines: Warum nennt sie ihn in dem Brief beim Vornamen?«

»Keine Ahnung. Ich habe nie gehört, dass sie ihn anders genannt hätte als Herr Deharde.«

»Hm.« Irma runzelte die Stirn und schüttelte den Kopf. »Halt mich für verrückt, aber irgendwas ist an der Sache faul.«

»Vor allem frage ich mich, wieso sie schreibt, meine Mutter sei im Kindbett gestorben.«

»Woran ist sie denn gestorben?«

»Ganz ehrlich, ich weiß es nicht einmal genau. Ich weiß nur noch, dass sie plötzlich sehr krank geworden ist und dass Vater mich eines Morgens geweckt hat und sagte, sie sei zu den Engeln gegangen. Ich wäre später nie auf die Idee gekommen, mit meinem Vater oder gar meiner Großmutter über Mutters Tod zu sprechen. Von einem weiteren Kind außer Agnes und mir, habe ich nie gehört.«

»Dann solltest du Fräulein Brinkmann danach fragen, wenn du wieder in Hamburg bist. Sie scheint mehr zu wissen, als sie zugibt.«

Mina nickte abwesend, legte den Brief von Großmutter neben sich auf die Bettdecke und zog den ihres Vaters hervor. Sie überflog ihn und entschied sich dann, Irma den Inhalt leise vorzulesen.

Meine liebe Mina,

ich muss mich entschuldigen, dass ich mich über eine ganze Woche nicht bei dir zurückgemeldet habe, aber mich hatte eine heftige Magengrippe erwischt, die mich ein paar Tage

ans Bett gefesselt hat. Ich war nicht einmal in der Lage, ins Kontor zu gehen, aber jetzt ist alles wieder gut und Herr Becker und der junge Blumenthal haben mich würdig vertreten, wie mir gesagt wurde. Gute Männer muss man eben haben, auf die man sich blind verlassen kann.
Vor ein paar Tagen hat mich ein Brief von Frau von Aldenburg erreicht, in dem sie schreibt, wie sehr sie sich freut, dir Unterricht in Buchhaltung und kaufmännischem Rechnen zu geben. Sie betont extra, dass sie kaum je ein Mädchen unter ihren Zöglingen hatte, die solch wachen Verstand und eine so schnelle Auffassungsgabe hatte, wie du sie besitzt. Ich muss zugeben, dass mich ihr Schreiben mit großem väterlichem Stolz erfüllt hat und ich versucht war, es bei den Kollegen in der Börse herumzuzeigen. Frau von Aldenburg beschwört mich geradezu, auf dem angedachten Weg, dich mit in die Firma zu nehmen und dich später als Erbin einzusetzen, fortzufahren, und ich erwäge ernstlich, ihrem Rat zu folgen. Wir werden in aller Ruhe darüber reden, wenn du zum Weihnachtsfest nach Hause kommst. Ich freue mich schon sehr darauf, dich dann wieder in meine Arme schließen zu können, mein Wunschmädchen. Jetzt aber muss ich mich den liegengebliebenen Akten widmen.

Es grüßt dich von Herzen
Dein dich liebender Vater

»Na, toll«, sagte Irma mit einem schiefen Grinsen. »Ich wette mit dir, meine Mutter hat noch nie so eine Lobeshymne von Frau von Aldenburg über mich erhalten. Eher im Gegenteil: ›Verehrte Gräfin, leider muss ich Ihnen mitteilen, dass Ihre Tochter ohne jedes mathematische Talent und ein hoffnungsloser Fall ist. Vermutlich wird sie das Gut innerhalb kürzester Zeit in den Bankrott führen.‹«

»Ach Blödsinn«, Mina knuffte sie spielerisch gegen den Ellenbogen. »Du schaffst das schon. Du kannst alles schaffen, was du willst.«

Irma strahlte sie dankbar an. »Wenn du das sagst?«

»Dann habe ich auch recht«, ergänzte Mina und öffnete den Brief ihrer Schwester. Nach der allwöchentlichen Moralpredigt ihrer Großmutter stand ihr nicht der Sinn. Wieder las sie vor.

Liebe Mina,

ich hatte dir ja versprochen, dir zu schreiben, wenn etwas Besonderes oder Ungewöhnliches zu Hause passiert, das dir weder Großmutter noch Vater schreiben würden, um dich nicht zu beunruhigen, weil du doch so weit weg bist.
Zuerst etwas zum sich wundern: Stell dir vor, Mina, wir haben seit zwei Tagen einen Hausgast, der gleich für ein paar Monate bei uns wohnen soll. Er heißt Frederik Lohmeyer und kommt gebürtig aus Guatemala, ist aber eigentlich Deutscher. Herr Lohmeyer ist der jüngere Sohn von einem Freund von Vater, der nach Guatemala ausgewandert ist und dort eine Kaffeeplantage besitzt. Bis vor einer Woche hat er als Offizier in der Armee gedient und soll jetzt noch eine Weile im Kontor arbeiten, um die Arbeit beim Import kennenzulernen, ehe er wieder zurück nach Hause fährt. Er ist ziemlich groß und blond und sieht recht gut aus, aber er ist schon fast dreißig und behandelt mich wie ein Kleinkind. Du weißt, wie sehr ich das hasse! Ich mag ihn nicht, aber Großmutter ist von ihm begeistert, weil er die ganze Zeit um sie herumscharwenzelt,

um sich lieb Kind bei ihr zu machen. Ich höre von ihr immer nur »Leutnant Lohmeyer hat gesagt, Leutnant Lohmeyer meint, Leutnant Lohmeyer hier und Leutnant Lohmeyer dort.« Wenn du mich fragst, ist Lohmeyer ein richtiger Lackaffe. Aber natürlich fragt mich keiner nach meiner Meinung.
Aber jetzt noch etwas, das mir Sorgen macht: Ich glaube, Vater ist krank. Er hat ja früher auch schon gelegentlich über seinen Magen geklagt, aber in den letzten Wochen ist es viel, viel schlimmer geworden. Er scheint immer wieder starke Schmerzen zu haben, doch wenn Großmutter ihn fragt, streitet er es ab. Letzte Woche hat er drei Tage das Bett nicht verlassen, und sogar der Arzt musste kommen. Als der sich wieder verabschiedete, haben alle ein besorgtes Gesicht gemacht. Ich habe versucht, Großmutter ein wenig auszuhorchen. Du weißt, meistens gelingt es mir, aber jetzt habe ich auf Granit gebissen. Sie schaute mich nur mit einem Gesichtsausdruck an, der deutlich sagte: »Das geht dich nichts an, Kind!« und schüttelte den Kopf.
Ich kann mich nicht erinnern, dass es schon einmal vorgekommen ist, dass Vater zu krank war, um ins Kontor zu gehen, darum dachte ich, ich schreibe dir lieber. Jetzt scheint es ihm wieder besser zu gehen, aber er ist immer noch sehr blass. Frau Kruse bereitet Schonkost für ihn zu, und trotzdem mag er kaum etwas essen. Er ist richtig dünn geworden. So sehr, dass alle seine Anzüge zu weit werden und beginnen, um ihn herumzuschlottern.
Zu blöd, dass du nicht hier bist. Ich würde gern wissen, was du über diesen Leutnant Lohmeyer denkst. Aber vor allem mache ich mir große Sorgen um Vater und brauche jemanden, der mich beruhigt. Ich halte dich auf dem Laufenden. Versprochen ist versprochen!

Wenn du mir zurückschreibst, richte den Brief am besten an Frau Kruse, die wird ihn an mich weiterleiten, ohne dass Großmutter ihn in die Finger bekommt. Ich soll dich von Frau Kruse im Übrigen herzlich grüßen.

Schreib mir bald!
Liebe Grüße von deiner Agnes

»Oh, das klingt nicht gut«, sagte Irma leise.

»Nein«, erwiderte Mina, die fühlte, wie die Angst um ihren Vater in ihrem Magen zu flattern begann. »Ich wollte vorhin schon etwas sagen, als ich den Brief von meinem Vater gelesen habe. Es stimmt, was Agnes schreibt. Dass Vater nicht ins Kontor gegangen ist, ist noch nie dagewesen. Und dass der Arzt im Haus war, um ihn zu untersuchen? Es muss ihm wirklich sehr schlecht gegangen sein, wenn er das zugelassen hat. Ganz ehrlich, ich sollte meinen Koffer packen und nach Hause fahren.«

»Nach Hause? Wie stellst du dir das vor? Du kannst nicht so einfach ganz allein nach Hause fahren.«

»Man kann alles, wenn man will und wenn man muss«, sagte Mina entschlossen. »Und ich muss nach Hause. Was, wenn meinem Vater etwas …« Mina brachte den Satz nicht heraus und biss sich auf die Lippen. Ein paar Mal holte sie tief Luft, während sie versuchte, die aufsteigende Panik in den Griff zu bekommen. »Verstehst du, Irma, mein Vater und ich, wir stehen uns wirklich sehr nahe. Stell dir vor, deine Mutter wäre sehr krank, dann würdest du auch sofort zu ihr wollen. Ich werde mit Frau von Aldenburg sprechen. Sie muss mich einfach nach Hause fahren lassen.«

ACHT

»Es tut mir leid, Fräulein Mina, aber das kommt überhaupt nicht in Frage.«

Frau von Aldenburg legte ihre gefalteten Hände vor sich auf ihren Schreibtisch und schaute Mina über den Rand ihrer Brille hinweg in die Augen. »Sie sind noch nicht volljährig und ihr Vater hat mir die Verantwortung für Sie übertragen, solange Sie hier bei uns sind. Ich kann Sie unmöglich allein mit der Bahn nach Hause fahren lassen.«

»Aber was ist denn, wenn ich mit ihr nach Hamburg fahre?«, fragte Irma, die neben Mina vor dem Schreibtisch der Direktorin stand. »Ich bin immerhin schon neunzehn, und wenn wir zu zweit sind …«

»Für Sie gilt genau dasselbe, Comtesse. Das eine Jahr, das sie älter sind, macht keinerlei Unterschied. Ihre Mutter hat Sie mir anvertraut, und es wäre ein unerhörter Vertrauensbruch, wenn ich Ihnen erlaubte, Mina zu begleiten.«

»Aber es muss sein!«, rief Mina aufgebracht.

»Ich sehe die Notwendigkeit nicht, dass Sie nach Hause fahren müssten. In dem Brief Ihrer Schwester steht zwar, Ihr Vater sei nicht wohlauf, aber er selbst schreibt doch, dass alles wieder in Ordnung sei. Es gibt also überhaupt keinen Grund, in Panik zu verfallen.«

»Sie verstehen nicht, Frau von Aldenburg«, versuchte Irma zu vermitteln. »Minas Vater würde ihr nie schreiben, dass er krank ist und dass Mina zu ihm kommen soll. Er will sie nicht beunruhigen. Dabei wird sie beinahe verrückt vor Sorge um ihn.«

»Das alles glaube ich gern. Aber ohne Erlaubnis Ihrer Familie und ohne eine erwachsene Begleitperson müssen Sie nun einmal hierbleiben, Mina«, gab die Direktorin zurück. »Vielleicht können Sie jemanden anschreiben, der weiterhelfen kann. Ihre Großmutter vielleicht?«

»Die würde nie erlauben, dass ich nach Hause komme«, sagte Mina finster. »Schon gar nicht allein.«

»Und sie hat ganz recht damit«, sagte Frau von Aldenburg. »In gar keinem Fall fahren Sie allein oder in Begleitung von Comtesse Gusnar. So wie ich die Angelegenheit einschätze, gibt es überhaupt keinen Grund, heute völlig überstürzt nach Hamburg zu fahren. Am besten, Sie erkundigen sich bei Ihrer Großmutter, wie es um die Gesundheit Ihres Herrn Vaters bestellt ist. Wenn ihre Antwort da ist, können wir …«

»Aber wenn es dann zu spät ist?«, rief Mina händeringend. »Ich habe doch nur noch meinen Vater.« Irma legte ihr tröstend den Arm um die Schultern und bedachte die Direktorin mit einem vorwurfsvollen Blick.

»Nun malen Sie nicht den Teufel an die Wand, Mina. Und vor allem versuchen Sie sich ein bisschen zu beruhigen.« Frau von Aldenburg erhob sich, ging um ihren Schreibtisch herum und griff nach Minas Hand. »Gehen Sie mit der Comtesse auf Ihr Zimmer und tun Sie, was ich Ihnen geraten habe. Höchstwahrscheinlich ist Ihre Besorgnis aber gänzlich unbegründet. Wäre Ihr Vater wirklich ernstlich erkrankt, hätte ich es vermutlich schon längst erfahren. Schlechte Nachrichten verbreiten sich in Windeseile, wie man so sagt.«

Mina spürte, wie die Direktorin ihre Hand tätschelte. »Vor allem müssen Sie mir versprechen, dass Sie sich nicht zu Dummheiten hinreißen lassen. Auf gar keinen Fall steigen Sie auf eigene Faust in den Zug.«

Mina sah zu der kleinen alten Frau hinunter, die sie freundlich anlächelte, und nickte schließlich.

»Gut. Ich möchte wirklich nicht in die missliche Lage geraten, Ihrem Vater mitteilen zu müssen, dass Sie vor lauter Sorge um ihn auf und davon sind. Und das höchstwahrscheinlich wegen nichts und wieder nichts.« Dann wandte sich die Direktorin an Irma. »Und Sie sorgen dafür, dass Fräulein Deharde sich wieder ein bisschen fasst, nicht wahr?«

Irma nickte, umfasste Mina nun an der Taille und zog sie aus Frau von Aldenburgs Büro.

»Vielleicht ist es ja wirklich nicht so ernst, wie deine Schwester es dargestellt hat«, sagte Irma leise, während sie durch den Flur gingen, auf dem die Unterrichtsräume lagen. Leises Gemurmel drang durch eine der Türen. Die anderen Mädchen hatten Handarbeitsunterricht, und dabei war es gestattet, dass die Schülerinnen sich leise miteinander unterhielten. »Vielleicht kann Agnes die Lage nicht richtig einschätzen, oder sie übertreibt ein bisschen. In jedem Fall solltest du noch jemanden nach seiner Meinung fragen, der deinen Vater gut kennt. Da hat Frau von Aldenburg ganz recht. Was schreibt Edo denn?«

»Was es Neues gibt und dass er mich sehr vermisst. So was eben, aber kein Wort über meinen Vater.« Abrupt blieb Mina stehen. »Seinen letzten Brief habe ich noch gar nicht gelesen.« Sie zog den Umschlag hervor, den sie vorhin eilig in die Tasche ihres Rockes gesteckt hatte, öffnete ihn und überflog den Inhalt. »Er schreibt, dass es in den letzten Tagen sehr warm in Hamburg war, dass sie im Kontor viel zu tun haben und dass er am Sonntag Heikos Eltern besuchen will. Ich sage doch, kein Wort über meinen Vater. Nicht einmal, dass er krank gewesen ist.«

»Aber hast du da nicht deine Antwort? Edo würde dir doch nichts verheimlichen. Deinem Vater geht es sicher wieder gut.«

Mina hob in einer hilflosen Geste die Arme hoch und ließ sie wieder sinken. »Mein Gefühl sagt mir etwas anderes, Irma. Ich muss nach Hause zu meinem Vater.«

»Du hast Frau von Aldenburg versprochen, dass du nicht auf eigene Faust fährst. Wir würden alle großen Ärger bekommen, wenn du es trotzdem tust. Du natürlich in erster Linie, dann ich, weil ich es nicht verhindert habe, und vor allem auch Frau von Aldenburg, weil sie nun einmal die Verantwortung für dich hat.« Irma legte den Kopf ein wenig schief und sah Mina in die Augen. »Ich kenne dich gut genug, um zu wissen, dass du nicht wollen würdest, dass jemand deinetwegen in Schwierigkeiten gerät.« Sie griff nach Minas Arm und hakte sich unter, wie sie es immer tat. »Na, komm, wir gehen jetzt nach oben in unser Zimmer, dann schreibst du an deinen Edo und deine Großmutter, und die Briefe bringen wir heute noch zur Post.«

»Als ob mir jemand die Wahrheit schreiben würde …«

»Vertraust du Edo nicht?«

»Schon, aber vielleicht will er mich nur nicht beunruhigen.«

»Glaubst du etwa, er würde dich anlügen?«

»Das nicht, aber …«

»Aber?«

»Zwischen Lüge und Wahrheit ist ein weites Feld, auf dem lauter gute Absichten wachsen.«

Als Mina und Irma am frühen Abend zum Dorf hinuntergingen, hatte Mina gleich mehrere Briefumschläge in der Hand und dazu einen Zettel, auf den sie den Text für ein Telegramm geschrieben hatte.

Für das Schreiben an ihren Vater hatte sie ganze zwei Stunden gebraucht und dabei etliche Briefbögen zerknüllt, bevor sie schließlich glaubte, die richtigen Worte gefunden zu haben.

Lieber Vater,

es tut mir sehr leid zu hören, dass du krank warst und das Bett hüten musstest. Geht es dir denn jetzt wirklich wieder besser, und bist du vollständig genesen? Ich mache mir große Sorgen und würde am liebsten für ein paar Tage nach Hause kommen und dich besuchen. Während des Sommers fahren viele der Mädchen nach Hause, sodass ich kaum Unterricht verpassen würde. Mit Frau von Aldenburg habe ich schon diesbezüglich gesprochen. Sie hat nichts einzuwenden, wenn du die Erlaubnis gibst und mich jemand auf der Fahrt begleitet. Vielleicht könnte Fräulein Brinkmann noch einmal die Fahrt hierher auf sich nehmen? Ich möchte nicht bis Weihnachten warten, um euch alle wieder in die Arme schließen zu dürfen.

Es grüßt dich von Herzen
Dein Wunschmädchen Mina

Als die Mädchen beim Postamt ankamen, war der Beamte gerade dabei, abzuschließen. Doch als sie sagte, sie habe auch ein Telegramm aufzugeben, war er schnell bereit, eine Ausnahme zu machen und noch einmal zu öffnen.

»An wen soll das Telegramm denn gehen?«, fragte er eifrig, nachdem er Bleistift und Papier geholt hatte.

»An Herrn Edo Blumenthal, Peterskamp 12, Hamburg.«

Der Postbeamte notierte sorgfältig Edos Adresse, dann sah er hoch. »Und was soll als Text verschickt werden?«

»Agnes schreibt, Vater sehr krank. Mache mir Sorgen. Wie schlimm ist es? Gruß Mina.«

Umständlich zählte er die Worte. »Das macht dann zwei Mark zwanzig.«

Mina erschrak. »So teuer? Ich habe nur noch zwei Mark!« Der Beamte zog eine Augenbraue hoch. »Aber es ist wirklich wichtig!«, sagte sie.

»Tut mir leid, aber wenn Sie das Geld nicht haben, dann wird wohl nichts daraus werden, junge Dame.« Er klappte den Block zu und wollte sich abwenden.

»Ich habe die zwanzig Pfennig!«, rief Irma. Sie kramte in ihrer Tasche, zog ein paar Münzen heraus und hielt sie triumphierend in die Höhe.

Der Postbeamte zog mürrisch die Nase hoch und nickte. Er nahm das Geld, legte es in die Kasse und stellte Mina eine Quittung aus, ehe er die beiden Mädchen zur Tür brachte. Kaum standen sie auf der Straße, schloss er hinter ihnen ab. Durch das Fenster sah Mina, wie er ins Hinterzimmer ging, wohl, um das Telegramm durchzugeben.

»Hoffentlich meldet sich Edo bald«, murmelte Mina.

»Das wird er schon, ganz bestimmt!«, sagte Irma und legte tröstend den Arm um Mina. »Du wirst sehen, wahrscheinlich hat Frau von Aldenburg recht, dass du dir ganz umsonst Sorgen gemacht hast.«

In dieser Nacht schlief Mina kaum. Immer wieder schrak sie aus wirren Träumen auf, in denen sie ihren kranken, abgemagerten Vater sah, der ihr versicherte, es sei alles in Ordnung. Am Morgen fühlte sie sich wie gerädert und konnte dem Unterricht kaum folgen. Sie war froh, als endlich der Gong ertönte, der zum Essen rief, denn mittags wurde die Post verteilt.

Neben ihrem Teller lag heute nur ein einziger Brief von Edo. Diesmal wartete sie nicht, bis sie allein war, sondern riss den Umschlag mit zitternden Händen auf. Hastig überflog sie die Nachricht, aber es stand kein Wort über den Zustand ihres Vaters darin.

»Und?«, fragte Irma. »Was schreibt Edo?«

»Nur, dass es seit gestern einen neuen Mitarbeiter gibt. Diesen Leutnant Lohmeyer, von dem Agnes schon geschrieben hat. Kein Wort über meinen Vater.«

»Das ist doch auch noch gar nicht möglich.« Irma deutete auf das Datum, das über der Anrede stand. »Er hat den Brief vorgestern geschrieben, siehst du? Das Telegramm kann er erst gestern Abend bekommen haben. Ich fürchte, du wirst dich noch bis morgen oder übermorgen gedulden müssen.«

»Ja, ich weiß. Es ist zum Verrücktwerden.« Mina seufzte.

Irma lächelte und schob Mina ihr Schälchen mit Vanillepudding zu. »Hier, nimm meinen Nachtisch. Du musst nur noch ein bisschen Geduld haben. Lass dich ablenken und grüble nicht so viel.«

»Das ist lieb, aber ich möchte nichts. Ich habe überhaupt keinen Hunger.«

Irma zog erstaunt die Augenbrauen hoch. »Wenn du keinen Hunger hast, dann steht aber wirklich die Welt am Abgrund. Na, komm schon, ich bestehe darauf.«

Damit reichte sie Mina den Löffel und setzte einen strengen Blick auf, bis diese ihn endlich in die Creme tauchte.

Am Nachmittag hatte Mina Englischunterricht bei Miss Jordan, als es an der Tür klopfte. Frau von Aldenburg trat ein, einen großen Umschlag in den Händen, und bat Mina, mit ihr auf den Flur zu kommen. Sie habe kurz etwas mit ihr zu bereden. Die Gesichter von Emma und Paula, der beiden anderen Mädchen, die so wie Mina zusätzlichen Englischunterricht erhielten, wandten sich ihr zu.

Mina fühlte, wie alles Blut aus ihrem Gesicht wich, und hörte ihr Herz wie einen wilden Trommelwirbel in den Ohren, während sie der Direktorin auf den Flur folgte. Aus dem Umschlag zog Frau von Aldenburg nun ein Blatt, auf das weiße Papierstreifen geklebt waren.

»Dieses Telegramm ist für Sie gekommen, Fräulein Mina«, sagte sie ruhig und reichte das Blatt an Mina weiter.

»Deinem Vater geht es besser. Keine Sorgen bitte. Melde mich ausführlich. Gruß Edo«, las sie.

»Könnten Sie mir erklären, was das zu bedeuten hat?«, fragte die Direktorin ruhig. »Und wer ist dieser Edo?«

Mina spürte, wie eine zentnerschwere Last von ihr abfiel. Sie schluckte und nahm die Hand, die das Blatt hielt, hinter den Rücken, um das Zittern ihrer Finger zu verbergen. »Edo, ich meine Herr Blumenthal, ist einer der Kontoristen meines Vaters. Ich habe ihm gestern ein Telegramm geschickt und um Auskunft gebeten.«

»Ich kann ja verstehen, dass Sie sich sorgen, liebes Kind, aber dass sie einen Mitarbeiter in diese Sache mit hineinziehen, ist völlig übertrieben und auch ein bisschen ungehörig, finden Sie nicht?«

»Ich …«, begann Mina und brach ab. Sie fühlte, wie ihr die Tränen in die Augen stiegen, und senkte den Kopf. »Ich kenne Herrn Blumenthal schon seit vielen Jahren, und er ist mehr ein Freund für mich denn ein Angestellter. Ich wollte eine unabhängige Meinung hören.«

»Also gut. Die haben Sie ja jetzt erhalten, und ich hoffe sehr, dass damit dieses Tohuwabohu endlich ein Ende findet.«

»Ja, Frau von Aldenburg. Es tut mir leid, Ihnen Ungelegenheiten gemacht zu haben, Frau von Aldenburg.«

Die Direktorin lächelte. »Das ist schon in Ordnung, Kind. Seien Sie froh, dass Sie so ein mitfühlendes Herz haben. Das sollten Sie sich bewahren.«

Tags darauf lagen wieder zwei Eilbriefe neben ihrem Teller, obenauf einer von ihrem Vater, den sie sofort öffnete.

Meine liebe Mina,

es gibt wirklich keinen Grund, dass du dir solche Sorgen um mich machst. Inzwischen bin ich wieder ganz wohlauf und gehe jeden Tag ins Kontor. Auf Anraten des Arztes lasse ich es jetzt allerdings alles etwas gemächlicher angehen und verzichte, wenn auch ungern, auf meine Zigarren und den Schnaps nach Abschluss eines Geschäftes. Deine Großmutter wundert sich schon über meinen soliden Lebenswandel. Es besteht also kein Grund, den Aufenthalt in Eifelhof zu unterbrechen. Natürlich wäre es schön, dich wieder hier zu haben, aber ich werde mich noch bis Weihnachten gedulden können. Da Fräulein Brinkmann für eine Woche nach Kiel gefahren ist, um eine Studienfreundin zu besuchen, wäre im Moment nicht einmal jemand verfügbar, der dich auf der Fahrt begleiten könnte. Du musst also wohl oder übel noch etwas Geduld haben, bis wir uns wiedersehen, mein Wunschmädchen.

Es umarmt dich aus der Ferne
Dein dich liebender Vater

Mina war so erleichtert, dass ihr beinahe erneut die Tränen kamen, als sie den Brief an Irma weiterreichte.

»Na, siehst du«, sagte diese, als sie den Brief überflogen hatte. »Da hast du dir wohl wirklich ganz umsonst Sorgen gemacht.«

Mina antwortete nicht. Sie war bereits in den nächsten Brief vertieft.

Liebe Mina,

du hast mir mit dem Telegramm einen Riesenschrecken eingejagt, das muss ich zugeben. Ich kenne deinen Vater nun schon seit einigen Jahren, und wenn man jemanden jeden Tag sieht, entgehen einem womöglich schleichende Veränderungen. Dein Telegramm hat mir aber die Augen geöffnet, dass es deinem Vater schon seit einiger Zeit nicht gut geht. Er ist dünn geworden und oft müde und manchmal geradezu grau im Gesicht. Ich habe mir nichts dabei gedacht und es auf die viele Arbeit im Kontor geschoben. Ich bin kein Arzt und möchte mir darum kein Urteil über seinen Zustand erlauben, aber vielleicht hat deine Schwester recht, und er ist wirklich krank. Jetzt kommt er zwar wieder jeden Tag ins Kontor, aber die Arbeit erschöpft ihn. Das ist deutlich sichtbar. Herr Becker und ich nehmen ihm so viel wie möglich ab, was er wortlos hinnimmt. Du kennst ihn und weißt, dass er das früher nie zugelassen hätte. Ich weiß, dass es dir schwerfällt, dort im Pensionat zu sitzen und nicht herkommen zu können. Sei aber versichert, dass wir uns um alles kümmern werden und hoffen, dass es ihm bald wieder besser geht. Ich vermisse dich sehr und freue mich schon auf unser Wiedersehen und unsere Reise nach New York.

Es grüßt dich von Herzen
Dein Freund Edo

»Nun, Edos Brief klingt nicht so ermutigend«, sagte Mina und reichte auch diesen an Irma weiter. »Irgendwie muss ich einen Weg finden, nach Hause zu kommen. Ich kann nicht einfach hier herumsitzen und so tun, als sei alles in Ordnung. Ich muss mir selbst ein Bild machen, wie es Vater geht, und das nicht erst im November, sondern so rasch wie möglich.«

»Den Gedanken, auf eigene Faust nach Hamburg zu fahren, hast du aber doch hoffentlich aufgegeben?«, fragte Irma im Flüsterton. »Du weißt doch, was Frau von Aldenburg gesagt hat.«

»Es ist mir völlig egal, was Frau von Aldenburg sagt. Ich will nach Hause. Notfalls fahre ich eben allein.«

»Psssst«, machte Irma und warf ihr einen warnenden Blick zu. »Leise. Die Mädchen am anderen Tisch gucken schon zu uns rüber.«

Es stimmte. Emma und Paula, die das Zimmer neben Irma und Mina bewohnten, beäugten sie neugierig und tuschelten miteinander.

»Die beiden von Zimmer zwei sind Tratschtanten, das weißt du doch«, flüsterte Irma. »Willst du etwa, dass sofort herumgetragen wird, dass du darüber nachdenkst, auszureißen? Du würdest nicht einmal bis nach Bonn kommen. Nein. Wir müssen uns etwas anderes ausdenken. Jemand aus deiner Familie muss dir die Erlaubnis erteilen, nach Hause fahren zu dürfen. Was ist denn, wenn du deine Großmutter fragst?«

»Mir würde sie die Erlaubnis nicht geben. Sie würde glauben, dass ich nur Heimweh habe, und das ist für sie kein Grund, mich nach Hause fahren zu lassen. Wahrscheinlich würde sie mir einen Vortrag darüber halten, dass man die Zähne zusammenbeißen und durchhalten muss. Nein, was wir brauchen, ist jemand, der sie dazu überredet, mich fahren zu lassen. Sowas wie einen Komplizen in Hamburg, sozusagen. Da ist niemand besser geeignet als meine Schwester Agnes.«

Während der Mittagsruhe steckten Mina und Irma die Köpfe zusammen und überlegten eine Strategie, die Mina ihrer Schwester in einem ausführlichen Brief darlegte.

In den drei Tagen, in denen Mina voller Ungeduld auf Agnes' Antwort wartete, war sie im Unterricht so wenig bei der Sache, dass sogar die Lehrer sie darauf ansprachen.

»Was für ein Jammer, dass es in Eifelhof kein Telefon gibt«, sagte sie seufzend. »Dann hätte ich Agnes' Antwort sofort. Die Warterei macht mich noch ganz verrückt.«

Dann lag endlich ein Brief von Agnes auf ihrem Platz. Hastig riss sie ihn auf und begann zu lesen.

Liebe Mina,

ich melde Erfolg auf ganzer Linie. Großmutter hat die Idee, einen Empfang zu Vaters Geburtstag zu geben, begeistert aufgegriffen und sofort mit der Planung begonnen. Heute habe ich gesehen, dass sie bereits Einladungslisten zusammenstellt

und über Tischordnungen brütet. Sie ist ganz in ihrem Element und treibt die arme Frau Kruse schon jetzt zur Weißglut. Als ich Großmutter beiläufig fragte, ob sie schon das Pensionat informiert hätte, dass du zum Empfang nach Hause kommst, hat sie sich gleich eine Notiz gemacht. Um diesen Punkt brauchst du dir also keine Gedanken mehr zu machen.
Was die Begleitperson angeht, habe ich eine bessere Idee als Fräulein Brinkmann. Wenn sie kurz vor seinem Geburtstag für zwei Tage wegfährt, wird Vater den Braten möglicherweise riechen, und es soll doch eine Überraschung für ihn werden. Ich war so frei und habe Leutnant Lohmeyer in die ganze Angelegenheit eingeweiht, und er hat vorgeschlagen, dich mit dem Automobil abzuholen. Vater wird er erzählen, dass er Anfang September einen Regimentskameraden besuchen will, und um ein paar Tage Urlaub bitten, und Großmutter weiß ebenfalls Bescheid und ist einverstanden. Ich weiß, ich habe zuletzt geschrieben, der Leutnant sei ein Lackaffe, aber wenn man ihn etwas besser kennt, ist er eigentlich ganz nett. Er behauptet zwar, er freut sich auf die Gelegenheit, sein neues Automobil einfahren zu können, aber ich glaube eher, er ist erpicht darauf, dich kennenzulernen. Immer wieder versucht er, mich nach dir auszuhorchen.
Vater scheint es etwas besser zu gehen, aber dass er ständig müde ist, macht mir Sorgen. Ich bin froh, dass du kommst und hoffentlich mehr als nur zwei oder drei Tage bleibst. Er wird sich sicher sehr freuen, dich zu sehen.
Großmutter wird sich in den nächsten Tagen mit dem Pensionat in Verbindung setzen, um alles für deine Reise zu regeln. Ich werde sie für alle Fälle morgen noch einmal daran erinnern.

Auch wenn ich große Schwestern schon des Öfteren als lästig empfunden habe, gebe ich jetzt zu, ich freue mich sehr darauf, dass du in zwei Wochen wieder da bist.

Herzliche Grüße von deiner Agnes

Mina ließ den Brief sinken und holte tief Luft. »Agnes hat es geschafft«, sagte sie. »Bald bin ich zu Hause bei meinem Vater. Hoffentlich geht bis dahin alles gut.«

NEUN

Unter den anderen Pensionsschülerinnen sprach sich schnell herum, dass Mina mitten im Schuljahr nach Hause fuhr. Irma, die vermutete, dass Emma und Paula aus dem Nachbarzimmer die Gerüchteküche in Gang gesetzt hatten, erzählte Mina, dass immer wieder Mädchen auf sie zukämen, die sonst kaum je ein Wort mit ihr redeten, um herauszufinden, welches der Gerüchte denn nun der Wahrheit entsprach.

»Die meisten wollten wissen, ob es stimmt, dass du nicht wiederkommst. Andere haben gehört, deine Großmutter sei gestorben, und du müsstest zur Beerdigung.« Irma schüttelte den Kopf. »Stell dir vor, es macht sogar die Runde, du würdest von deinem Verlobten mit dem Automobil abgeholt, um zu heiraten!« Sie lachte, und Mina stimmte ein.

»Und was antwortest du?«, fragte Mina.

»Dass ich nichts Genaues weiß und dass sie am besten dich fragen sollen. Aber das trauen sie sich nicht.«

»Nein, mich hat noch niemand gefragt. Ich wusste gar nicht, dass ich so furchteinflößend wirke.«

»Doch, offenbar schon«, gab Irma grinsend zurück. »Was soll ich denn jetzt sagen, falls ich noch einmal gefragt werde?«

Mina zuckte mit den Schultern. »Die Wahrheit, würde ich vorschlagen. Dass ich für eine Woche nach Hause fahre, weil mein Vater seinen fünfzigsten Geburtstag feiert und dass ein Freund der Familie mich abholt. Da ist doch eigentlich nichts dabei. Ich weiß gar nicht, warum so viel Aufhebens darum gemacht wird.«

Irma versprach, es genauso weiterzugeben, aber es blieb dabei, dass die anderen Mädchen tuschelten und sofort verstummten, sobald Mina und Irma in die Nähe kamen. Erst am Tag vor Minas Abreise fasste sich Betty ein Herz und sprach Mina am Frühstückstisch an.

»Du fährst wirklich mit dem Automobil bis nach Hamburg? Nur zur Geburtstagsfeier deines Vaters? Ist das nicht etwas zu viel des Aufwands?«

»Wieso?«, fragte Irma. »Wenn dein Vater fünfzig wird, willst du doch bestimmt auch bei der Feier dabei sein, oder?«

»Ich sage ja nur, dass es eine ziemlich weite Strecke ist und es angenehmer wäre, mit der Eisenbahn zu fahren. Außerdem wird Mina den Abschlussball verpassen.«

Mina zuckte mit den Schultern. »Aus der Tanzerei mache ich mir nicht viel, das weißt du doch. Und was spricht gegen eine lange Autofahrt, wenn man in netter Gesellschaft ist?«

»Ist er denn nett, dein Chauffeur?«, fragte Betty mit leuchtenden Augen. Ganz offensichtlich platzte sie fast vor Neugier.

»Keine Ahnung, ich kenne Leutnant Lohmeyer nicht persönlich. Aber offenbar hat meine Großmutter keine Bedenken, mich mit ihm fahren zu lassen.«

»Irma sagte doch, er sei ein Freund der Familie. Wie kannst du ihn da nicht kennen?«, erkundigte sich Astrid, die neben Betty saß.

»Mein Vater und seiner sind seit ihrer Kindheit befreundet. Der alte Lohmeyer betreibt in Guatemala eine Kaffeeplantage, von der wir Arabicabohnen beziehen. Frederik ist der jüngere

Sohn und soll bei uns in der Firma den Kaffeehandel kennenlernen.«

»Oh!«, sagte Betty zuckersüß. »Bahnt sich da vielleicht etwas an?«

»Blödsinn!«, gab Mina zurück. »Was soll sich anbahnen, wenn ich ihn doch noch nicht einmal kenne?«

»Ich meine ja nur. Der Erbe einer Kaffeeplantage und die Tochter eines Importeurs? Das liegt doch nahe!« Betty stieß Astrid mit dem Ellbogen an. »Wenn er sich traut, es mit dir aufzunehmen, Mina?«

»Heiland, wirf Hirn vom Himmel!«, rief Irma aufgebracht. »Dieser Herr Lohmeyer holt Mina doch nur ab. Er wird sie sicher nicht gleich zum Altar schleppen. Und was soll das heißen: ›Wenn er sich traut, es mit Mina aufzunehmen‹? Wenigstens hätte er dann eine Verlobte, die mehr im Kopf hat als Stroh. Anders jedenfalls als so manche Anwesende.« Irma sprang auf und warf die Serviette auf ihren Teller. »Na komm, Mina, wir gehen nach oben!«

Mit hoch erhobenem Kopf marschierte Irma aus dem Saal. Mina sah ihr einen Moment lang wie vom Donner gerührt nach, dann folgte sie ihrer Freundin hinaus auf den Flur.

Irma lehnte an der Wand neben der Tür und schüttelte sich vor Lachen. »Hast du ihr Gesicht gesehen?« Keuchend hielt sie sich die Seite. »Du meine Güte. Wenn Blödheit Schmerzen verursachen würde, würde Betty immerzu weinen.«

»In jedem Fall hast du es ihr ordentlich gegeben, Irma. Und das vor allen Leuten.« Mina zog Irma mit sich in Richtung Treppe. »Das wird für dich nicht einfach werden, wenn ich weg bin. Astrid und Betty werden sich Verbündete suchen und versuchen, es dir heimzuzahlen.«

»Sollen sie doch! Das war es mir wert!« Irma wischte sich

die Lachtränen von der Wange. »Außerdem bist du doch nur für eine Woche in Hamburg.«

»Ja. Ja, natürlich, ich bin in ein paar Tagen wieder hier«, beeilte sich Mina zu versichern.

Sie hatte Irma nichts davon gesagt, dass sie entschlossen war, ihren Besuch zu Hause so lang wie nur möglich auszudehnen. Sie hoffte, ihren Vater überreden zu können, sie, wenn überhaupt, dann erst nach der New York Reise nach Eifelhof zurückzuschicken. Erst einmal musste sie sehen, wie die Lage zu Hause war, solange brauchte Irma nichts davon wissen, dass es eventuell ein Abschied für lange Zeit war.

Sie warf ihrer Freundin, die neben ihr die Treppe hochstieg, einen Blick zu und versuchte, sich jede Einzelheit einzuprägen: die Sommersprossen auf ihrer Nase, den rotbraunen Haarkranz, die kleinen, flinken Hände, die immer in Bewegung schienen, die blauen Augen, die auf die Treppenstufen gerichtet waren. Mina hatte das Gefühl, Irma schon jetzt zu vermissen, obwohl sie noch nicht einmal abgereist war.

»Hilfst du mir, meinen Koffer zu packen?«, fragte Mina. »Ich will die Sommersachen schon mitnehmen, dann muss ich sie nicht per Bahn nach Hause schicken.«

»Meinst du nicht, dass das noch zu früh ist? Was, wenn es Ende September nochmal warm wird und du hast nur noch Wollsachen und Pelzkragen?« Irma zwinkerte ihr zu.

»Dann habe ich eben Pech. Mein Abendkleid nehme ich auf alle Fälle schon mit. Das brauche ich ja hier nicht mehr.«

»Du Glückliche. Mir graut schon vor diesem blöden Ball. Wenn ich nur an Amalie von Atens und ihre adlige Clique denke, wird mir ganz übel. Ich sehe sie förmlich vor mir, wie sie in einer Ecke zusammenstehen und über die Bauerncomtesse lästern. Und dann werden sie alles brühwarm den jungen

Herren erzählen, sodass niemand mit mir tanzen will. Und alles, weil ich allein ohne dich hingehen muss.«

»Ach, Unfug!« Mina blieb stehen und griff nach Irmas Hand. »Du wirst den ganzen Abend tanzen und jede Menge Spaß haben, versprichst du mir das?«

»Spaß haben? Das dürfte schwer werden.« Irma machte ein skeptisches Gesicht. »Ich werde wahrscheinlich mein Dasein als armes Mauerblümchen bei den Lehrerinnen fristen und bedauern, dass ich niemanden neben mir habe, mit dem ich über Amalie von Atens oder Emma und Paula tratschen kann.«

»Dann machst du dir Notizen in deine Tanzkarte und schreibst mir abends noch einen langen Brief, damit ich auch was von dem Ball habe.« Mina fühlte ganz plötzlich einen Kloß im Hals und zog ihre Freundin ganz fest an sich. »Versprochen?«

»Ja, versprochen.« Irma schob Mina auf Armeslänge von sich und schaute ihr einen Augenblick lang forschend in die Augen. »Ist irgendwas, Mina?«

Mina schüttelte den Kopf. »Ich mach mir nur Sorgen, was ich zu Hause vorfinden werde«, log sie. »Und nun lass uns zusehen, dass wir meinen Koffer packen, damit alles fertig ist, wenn ich morgen früh abgeholt werde.«

Da Großmutter geschrieben hatte, der Leutnant werde sie gleich am frühen Morgen abholen, stellte Mina ihren Wecker auf kurz vor sechs Uhr. Beim ersten Klingeln war sie hellwach, setzte sich auf und sah zu Irma hinüber. Doch ihre Freundin murmelte bloß etwas Unverständliches, drehte sich auf die andere Seite und zog die Bettdecke bis über die Ohren.

Mina lächelte und stand auf, um noch einmal einen – vielleicht letzten – Blick aus dem Fenster zu werfen, ehe sie sich anzog. Es versprach ein schöner Spätsommertag zu werden. Ein tiefblauer Himmel wölbte sich über dem Land, nur im Osten, wo in Kürze die Sonne aufgehen würde, hingen ein paar goldene Wolkenbänder, die sich vermutlich bald auflösten. Ideales Wetter für eine Landpartie, dachte Mina.

Als Irmas Wecker eine halbe Stunde später klingelte, war Mina bereits angezogen und packte die letzten Sachen in eine kleine Tasche. Hut und Mantel lagen griffbereit auf ihrem Bett.

»Guten Morgen, du Schlafmütze«, sagte sie lächelnd.

»Guten Morgen«, nuschelte Irma und gähnte. »Konntest du nicht schlafen oder warum bist du schon gestriegelt und gespornt?«

»Ich will nur abreisebereit sein, wenn der Leutnant kommt.«

Irma setzte sich auf und ließ die Beine über die Bettkante baumeln. »Meine Güte, du hast es aber eilig, nach Hause zu kommen!«

»Damit könntest du allerdings recht haben.« Mina griff nach ihrem Hut und setzte ihn auf. »Ich geh schon mal runter in die Halle.«

»Aber nicht, dass du es wagst, wegzufahren, bevor wir uns verabschiedet haben!« Irma setzte sich auf und bedachte sie mit einem warnenden Blick.

»Was traust du mir zu? Sowas würde ich doch niemals tun!« Mina lachte. »Es sei denn, du trödelst hier noch eine Ewigkeit herum.«

Sie nahm ihren Koffer, das Handgepäck und den Mantel und sah sich noch einmal im Zimmer um. Fast ein halbes Jahr war dies ihr Zuhause gewesen. An Irma blieb ihr Blick hängen, und ein Gefühl von Wehmut stieg in ihr auf.

»Hast du etwas vergessen?«, fragte Irma, die sie neugierig musterte.

»Nein. Und selbst wenn, kannst du es mir ja nachschicken.«

»Wozu soll ich dir was nachschicken? Das würde sich wohl kaum lohnen, weil du ja nächste Woche schon zurückkommst.« Irma stand auf und kam ein paar Schritte näher.

»Stimmt. Nächste Woche bin ich ja schon wieder da«, sagte Mina hastig. »Ich gehe dann jetzt mal runter. Bis gleich.« Ehe Irma etwas erwidern konnte, war Mina schon zur Tür hinausgegangen.

Wenn ich wieder zu Hause bin, werde ich Irma schreiben und mich bei ihr entschuldigen, dachte Mina. *Und, wer weiß, vielleicht bin ich ja wirklich nächste Woche schon wieder hier.*

Unten in der Halle stellte sie ihr Gepäck ab und setzte sich auf einen der beiden unbequemen Gobelin-Stühle, die neben der Tür zum Speisesaal standen, und begann zu warten.

Die Standuhr in der Halle, ein Ungetüm aus schwarzem Holz mit gedrechselten Säulen links und rechts der Glastür, durch deren Facetten man das Messingpendel erahnen konnte, schlug sieben Uhr. Gegen halb acht liefen die ersten Mädchen an ihr vorbei in den Speisesaal, betrachteten Mina neugierig, tuschelten und kicherten. Als Irma herunterkam und sie fragte, ob sie nicht auch etwas frühstücken wolle, schüttelte Mina den Kopf und erwiderte, sie wolle lieber in der Halle bleiben, außerdem sei sie nicht hungrig.

Immer wieder schaute Mina zur Standuhr hinüber, deren Zeiger sich heute nur im Schneckentempo vorwärts zu bewegen schienen. Endlich sirrte das Schlagwerk und der Gong ertönte acht Mal, woraufhin sich die Türen des Speisesaals öffneten und die Schülerinnen in Richtung der Unterrichtsräume strömten.

»Oh je, die arme Mina«, hörte sie Paulas Stimme in gespielt mitleidigem Ton sagen. »Ihr Leutnant scheint sie versetzt zu haben.« Darauf folgte Gekicher von wenigstens drei anderen Mädchen. Mina spürte Ärger in sich aufsteigen, aber bevor sie etwas erwidern konnte, ertönte vom Hof her eine Autohupe. Mina sprang auf die Füße, schlüpfte in ihren Mantel und riss die schwere Eingangstür auf.

Auf dem gepflasterten Hof, genau da, wo damals der Bus gestanden hatte, der die Hamburger Mädchen hergebracht hatte, hielt ein rotglänzendes Cabriolet, dem ein hochgewachsener Mann in Ledermantel, Schirmmütze und Fahrerbrille entstieg. Er streifte die Brille und seine Handschuhe ab und warf sie auf den Fahrersitz, ehe er sich zu Mina umdrehte.

»Ist das hier das Pensionat Eifelhof?«, rief er.

»Ja, ist es«, antwortete Mina ebenso.

»Na, Gott sei Dank, endlich!« Der Mann kam auf sie zu und streckte ihr seine Rechte entgegen. Er war sehr groß, bestimmt um die zwei Meter, dabei muskulös und breitschultrig. Jetzt beugte er sich ein wenig tiefer, bis ihre Augen auf einer Höhe waren, und lächelte.

»Guten Morgen, Fräulein ...?«

»Mina Deharde«, sagte Mina und wunderte sich, wie heiser ihre Stimme auf einmal klang.

»Dachte ich's mir doch! Sie sehen Ihrem Herrn Vater sehr ähnlich.« Sein Lächeln wurde breiter und brachte seine grauen Augen zum Leuchten. »Ich bin hier, um Sie abzuholen. Mein Name ist Frederik Lohmeyer.«

Für einen Moment blieb Mina vom Blick seiner graublauen Augen gefangen. Noch nie in ihrem Leben hatte sie einen so schönen Mann gesehen. Frederik Lohmeyer sah aus wie die lebendig gewordene Statue eines griechischen Athleten.

Dunkelblondes Haar umrahmte in perfekten Wellen sein braungebranntes, kantiges Gesicht. Die Nase war lang, gerade und von römischem Schnitt, die geschwungenen Lippen gaben den Blick auf perfekt geformte weiße Zähne frei. In seinen Augen lag ein Ausdruck von Selbstbewusstsein. Oder war es Selbstgefälligkeit?

Inzwischen hatte sich eine ganze Traube von kichernden und schwatzenden Schülerinnen hinter Mina durch die Tür gedrängt, um den Fahrer des Wagens besser begutachten zu können. Erst als Frau von Aldenburg sich einen Weg durch die Schar bahnte, wurde es leiser und ruhiger.

»Guten Morgen! Leutnant Lohmeyer, nehme ich an?« Sie reichte ihm formvollendet die Hand. »Ich bin die Direktorin der Schule. Von Aldenburg ist mein Name.«

»Sehr erfreut, gnädige Frau.« Frederik Lohmeyer schlug die Hacken zusammen und verbeugte sich. »Bitte entschuldigen Sie, dass ich mich verspäte. Ich bin offenbar irgendwo falsch abgebogen und musste mich mehrfach nach dem Weg erkundigen.«

»Kommen Sie auf direktem Wege aus Hamburg?«, fragte Frau von Aldenburg erstaunt. »Sie sind doch nicht etwa die ganze Nacht durchgefahren?«

»Nein, Gott bewahre!« Er winkte ab. »Ich habe in Köln übernachtet und bin heute in aller Frühe von dort losgefahren, weil ich Fräulein Dehardes Großmutter versprochen habe, dass ihre Enkeltochter heute pünktlich zum Abendessen zu Hause ist. Ich soll Ihnen übrigens sowohl von Frau Kopmann wie auch von Fräulein Brinkmann die herzlichsten Grüße bestellen.« Wieder deutete er eine Verbeugung an.

»Vielen Dank, das ist reizend. Bitte grüßen Sie zurück.« Frau von Aldenburg lächelte. »Aber kommen Sie doch herein und stärken Sie sich erst einmal. Sie haben noch eine lange Fahrt vor sich.«

»Ja, das ist richtig. Deshalb muss ich Ihr freundliches Angebot auch ablehnen, so verführerisch es klingt. Aber wenn ich Fräulein Deharde zur verabredeten Zeit bei ihrer Familie abliefern will, sollten wir uns besser gleich auf den Weg machen.«

»Ganz, wie Sie meinen, Leutnant Lohmeyer.« Frau von Aldenburg drehte sich zu Mina um. »Fräulein Mina? Haben Sie Ihr Gepäck?«

»Das ist in der Halle. Ich hole es rasch«, sagte Mina und wollte an den anderen Schülerinnen vorbei hineingehen, aber Leutnant Lohmeyer hielt sie auf. »Lassen Sie mich gehen«, sagte er.

Die Traube von Mädchen teilte sich unter leisem Getuschel vor ihm, als er in die Halle ging und Sekunden später mit Minas Koffer und ihrer Tasche in der Hand zurückkam.

»Das ist alles?«, fragte er. Mina nickte.

Er brachte das Gepäck zum Wagen und verstaute es im Kofferraum. »Was meinen Sie, wollen wir es dann wagen?«, fragte er und öffnete die Beifahrertür für sie. Mina ging zu Frau von Aldenburg und knickste vor ihr, ehe sie die ausgestreckte Hand der Direktorin ergriff.

»Bis bald, liebes Kind!«, sagte die alte Dame herzlich. Sie drückte fest Minas Hand. »Bewahren Sie sich Ihre Entschlossenheit, die wird Sie weit bringen.« Sie lockerte ihren Griff. »Und bestellen Sie Ihrem Herrn Vater die herzlichsten Glückwünsche.«

»Das werde ich tun«, erwiderte Mina. Dann drehte sie sich

um und ging schnellen Schrittes zum Cabriolet. Doch als sie sah, dass sich aus der Gruppe der Mädchen vor der Tür eine kleine rothaarige Gestalt löste, blieb sie noch einmal stehen. Es war Irma, ein kleines Päckchen in der Hand, das in eine Serviette eingeschlagen war.

»Hier, ich habe dir beim Frühstück ein paar Brote geschmiert«, sagte sie. »Du hast doch heute noch gar nichts gegessen.«

»Ich …« Weiter kam Mina nicht, weil Irma sie stürmisch umarmte.

»Mach es gut in Hamburg!« Ihre Augen schimmerten verdächtig. »Und vergiss mich nicht ganz.«

»Aber Irma, wir sehen uns doch bald wieder.« Mina drückte die Freundin an sich.

Irmas Versuch zu lächeln misslang. »Selbst eine einzige Woche kann verflixt lang werden«, sagte sie. »Und wer weiß schon, wie viele Wochen es werden, bis wir uns wiedersehen.« Mit einer schnellen Bewegung wischte sie sich die Tränen von den Wangen. »Du schreibst mir aber, versprichst du das?«

Mina nickte. »Sofort, sobald ich in Hamburg bin.«

»Dann ist es ja gut. Und jetzt, ab mit dir, der Leutnant wartet schon.« Irma drückte Mina das Brotpäckchen in die Hand, dann drehte sie sich hastig um und lief zu den anderen Schülerinnen zurück. Mina stand da wie vom Donner gerührt. Irma war wirklich nicht leicht hinters Licht zu führen.

Bevor sie ins Auto einstieg, schaute Mina sich noch einmal um und versuchte, so viele Eindrücke des Schlösschens wie nur möglich in sich aufzunehmen. Sie war über sich selbst erstaunt, wie schwer ihr der Abschied von Eifelhof fiel. Die Zeit hier war viel schöner gewesen, als sie es für möglich gehalten hätte, und vor allem hatte sie in Irma eine wahre Freundin gefunden. Mina sah sie bei den anderen Mädchen stehen, sie wirkte allein und verloren. Mina hob die Hand und winkte ihr zu, dann riss sie sich los und ließ sich auf den Sitz fallen.

Frederik schloss die Tür, ging um das Auto herum und nahm auf dem Fahrersitz Platz.

»Bereit?«, fragte er lächelnd und startete den Motor.

»Ja«, erwiderte sie. »Bringen Sie mich nach Hause.«

Er startete den Motor, und langsam rollte das Cabriolet die Auffahrt hinunter. Mit einem Hupen bog er in die Straße zum Dorf ab. Mina blickte über die Schulter zurück, bis das Schlösschen aus ihrem Blick verschwand. Erst dann ließ sie sich in den Ledersitz zurücksinken.

»Was glauben Sie, wie lange wir brauchen, bis wir in Hamburg sind, Herr Lohmeyer?«, fragte sie.

»Das hängt ganz davon ab, wie schnell Sie mich fahren lassen, wie viel Verkehr auf den Straßen ist und wie viele Pausen wir machen.« Er blickte zu Mina herüber. »Und bitte nennen Sie mich Frederik. Herr Lohmeyer ist mein Vater.«

»Wenn Sie es wünschen. Also, wie lange werden wir brauchen, Frederik?«

»Ich würde sagen, mit zwei Pausen sollten wir etwa in acht Stunden ankommen. Sie haben doch keine Angst davor, wenn ich den Wagen etwas kitzle, oder?«

»Nein, gar nicht, mein Vater fährt auch gern schnell.«

»Wunderbar!« Lachend zeigte er seine makellosen Zähne und deutete auf die Klappe vor Mina. »Da im Handschuhfach liegt noch ein zweites Paar Schutzgläser und eine Lederkappe.«

Als Mina ihren Hut abgenommen und die enge Lederkappe und die Brille aufgesetzt hatte, gab Frederik Gas, und die Landschaft begann förmlich, an ihnen vorbeizufliegen.

Zu Anfang sprachen sie nicht viel miteinander. Frederik schien damit beschäftigt, den Weg zu finden, und Mina wollte ihn nicht ablenken. Aus dem Seitenfenster betrachtete sie die Felder, Wiesen, Wälder und Dörfer, die in schneller Folge an ihr vorbeizogen. Dann wurden die Straßen breiter, aus Dörfern wurde kleine und große Städte, und immer mehr Automobile waren unterwegs.

Gegen Mittag machten sie Rast in einem gutbesuchten Gasthaus, wo Frederik nach dem Essen eine Straßenkarte auf dem Tisch ausbreitete, um Mina zu zeigen, wo sie sich gerade befanden.

»Sehen Sie, jetzt haben wir das Rheinland schon so gut wie hinter uns gelassen, Fräulein Wilhelmina«, sagte er. »Wir kommen wirklich gut voran. Wenn es so weitergeht, sind wir am frühen Abend in Hamburg.« Er faltete die Karte zusammen, schob sie zur Seite und lehnte sich in seinem Stuhl zurück, während er Mina lächelnd betrachtete. »Sie freuen sich sicher schon sehr auf zu Hause, nehme ich an?«

»Sicher«, erwiderte Mina. »Ich war seit ungefähr einem halben Jahr nicht mehr dort. Selbstverständlich freue ich mich darauf, meine Familie wiederzusehen.«

»Nur die Familie?« Frederik zog ein Zigarettenetui und ein Feuerzeug aus seiner Tasche, entzündete eine Zigarette und blies den Rauch nach oben, ohne dabei Mina aus den Augen zu lassen. »Sonst niemanden?«

In Mina begann eine Alarmglocke zu läuten. Frederik arbeitete ebenfalls im Kontor. Was mochte er über sie und Edo wissen? Sie zwang sich ruhig zu bleiben und schaffte es, seinem Blick standzuhalten. »Meine Freunde habe ich natürlich auch vermisst. Ich hoffe, während meines Aufenthalts ein paar Besuche machen zu können«, sagte sie.

Frederik lächelte, aber sein Blick blieb so durchdringend wie zuvor. »Wenn Sie dafür einen Chauffeur benötigen, stehe ich gern zur Verfügung.«

»Vielen Dank. Ich werde bei Bedarf darauf zurückkommen«, erwiderte sie kühl.

Frederik nahm einen weiteren tiefen Zug aus seiner Zigarette und schwieg für einen Moment. »Erzählen Sie doch ein bisschen von sich, Fräulein Wilhelmina«, sagte er dann.

Mina zog die Augenbrauen hoch. »Da gibt es nicht viel zu erzählen. Jedenfalls nichts Interessantes«, sagte sie mit einem Schulterzucken. »Ich bin achtzehn Jahre alt und bis auf die Zeit im Pensionat bin ich kaum je über die Grenzen Hamburgs hinausgekommen.«

»Trotzdem glaube ich, Sie schon ganz gut zu kennen.«

»Wie das?«

»Ihre Familie spricht viel über Sie, besonders Ihr Herr Vater.«

»Was sagt er denn?« Mina griff nach ihrem halbleeren Wasserglas und drehte es zwischen den Fingern hin und her. Ein warmes Gefühl von Vorfreude, Vater wiederzusehen, füllte sie aus.

»Er sagt, wie klug und hübsch Sie sind.«

»Wirklich?« Mina sah auf, und ihre Blicke trafen sich. »Das sagt er?«, fragte sie zweifelnd.

»Ja. Und er erzählt, wie stolz er auf Sie ist, weil Sie nicht so sind wie die anderen Kaufmannstöchter. Weil Sie sich fürs Geschäft interessieren und im Kontor helfen wollen. Er sagt, Sie hätten Kaffee im Blut.«

Mina lachte leise. »Das klingt schon eher nach ihm, als dass er sagt, wie hübsch ich bin.«

»Wieso? Er hat doch recht! Sie sind hübsch.«

Mina trank den letzten Schluck aus ihrem Glas und lehnte sich zurück. »Versuchen Sie etwa, mir Honig um den Bart zu schmieren, Frederik?«

Frederik lächelte, und diesmal reichte das Lächeln bis zu seinen grauen Augen hinauf. »Wieso sollte ich, wenn es doch der Wahrheit entspricht, Fräulein Wilhelmina.«

»Mina, bitte. Außer meiner Großmutter nennt mich niemand Wilhelmina.«

»Also gut, dann nenne ich Sie ebenfalls Mina.« Er beugte sich vor und griff nach ihrer Hand. »Sie sind wirklich schön, Mina, auf Ihre ganz eigene Art. Lassen Sie sich von niemandem etwas anderes einreden. Von niemandem, hören Sie. Sie müssen es selbst glauben, dann werden es auch alle anderen sehen.«

ZEHN

Hinter Bremen trübte sich der Himmel allmählich ein, und der typische norddeutsche Landregen begann auf das Verdeck zu fallen, das Frederik bei ihrer letzten Rast geschlossen hatte.

»Wenn Engel reisen, weint der Himmel«, sagte Frederik, und Mina lachte.

Die Zeit verflog schneller, als Mina es für möglich gehalten hätte. Frederik erzählte ihr von Guatemala, dem Land, in das seine Eltern ausgewandert waren und wo sie nun eine Kaffeeplantage betrieben, die nach dem Tod des Vaters Frederiks älterer Bruder Jakob erben würde. Die Plantage lag im Süden des Landes, im Hochland der Sierra Madre de Chiapas, am Hang eines erloschenen Vulkans. Nichts sei so fruchtbar wie Vulkanboden, sagte Frederik, und nirgends sei der Boden so gut wie bei ihnen zu Hause. Sein Vater sei inzwischen schon beinahe sechzig und nach dem Tod der Mutter gesundheitlich angeschlagen, sodass er Jakob die Verwaltung der Plantage übertragen habe. Jakob und Frederik hätten leider nicht das beste Verhältnis, es habe schon mal Streit zwischen den Brüdern gegeben, daher habe der Vater es für besser gehalten, wenn Frederik für eine Weile in die alte Heimat ginge. Das sei ihm ganz gelegen gekommen, meinte Frederik, er habe sich immer mehr als Deutscher gefühlt, denn als Südamerikaner.

Es sei ihm ein Anliegen gewesen, zum Militär zu gehen und seinem Heimatland als Offizier zu dienen. Aber jetzt sei sein Militärdienst vorbei, deshalb habe sein Vater Minas Vater geschrieben und ihn gebeten, seinem Jüngsten einen Einblick in den Kaffeehandel zu verschaffen.

»So bin ich nach Hamburg gekommen«, schloss Frederik seinen Bericht. »Mal sehen, wie lange ich bleibe, ehe mich wieder einmal die Wanderlust packt oder ich mich auf den Weg zurück nach Hause mache. Guatemala ist wunderschön. Sie sollten es sehen, Mina. Es gibt dort Bergketten, die bis in den Himmel zu reichen scheinen, riesige Regenwälder, in denen Kolibris um duftende Orchideen schwirren und man in der Dämmerung die Brüllaffen hört. Es würde Ihnen bestimmt dort gefallen.« Er warf ihr einen Blick von der Seite zu. »Vielleicht hätten Sie Lust mich zu begleiten? Ich würde Ihnen all das gern zeigen.«

»Eines Tages vielleicht«, antwortete sie ausweichend. Was bildete sich dieser Mann ein, ihr so etwas vorzuschlagen. Sie konnte doch unmöglich mit ihm auf eine Reise nach Guatemala gehen. »Jetzt freue ich mich erst einmal auf mein eigenes Zuhause, selbst wenn es hier das übliche Hamburger Schmuddelwetter gibt.«

Es begann bereits zu dämmern, als Frederik das Cabrio über die neue Elbbrücke lenkte und auf die Hamburger Innenstadt zusteuerte. Nach und nach flammten an den Straßen und Plätzen die Bogenlampen auf und tauchten die Stadt in ein warmes Licht.

»Jetzt sind es nur noch wenige Minuten«, sagte Frederik. »Die Fahrt hat doch etwas länger gedauert als erwartet.«

»Wenigstens ist der Regen jetzt vorbei«, erwiderte Mina und deutete aus dem Fenster auf die Alster, auf deren spiegelglatter Wasserfläche sich die Lichtpunkte der Laternen spiegelten. Sie holte tief Luft und lächelte. »Gott, wie ich diesen Anblick vermisst habe!«

Die Villa an der Heilwigstraße war hell erleuchtet, als sie in die Auffahrt einbogen. Frederik stellte den Wagen vor dem Haupteingang ab, stieg aus und ging zur Beifahrertür, aber Mina war bereits ausgestiegen, ohne darauf zu warten, dass er die Tür für sie öffnete.

»Ich gebe zu, ich bin ein bisschen nervös«, sagte sie.

»Warum denn?«, fragte Frederik. »Sie waren doch nur ein paar Monate weg.«

»Schon, aber …« In einer hilflosen Geste hob sie die Arme und sah zum Haus hinüber. »Es waren lange Monate, und wer weiß, was ich vorfinden werde.«

Durch die schmalen Fenster neben der Eingangstür fiel ein heller Schein auf die beiden Marmorsäulen neben der Treppe. Mina lief die Stufen hinauf und betätigte die Klingel. Sie stellte sich vor, wie Frau Kruse in der Küche aus ihrem Sessel hochschrak und schimpfte, wer um alles in der Welt denn um diese Zeit noch wagte, am Haupteingang zu klingeln. Dann würde sie nach Lotte oder Frieda rufen und eine der beiden zur Tür schicken, um den Eindringling zu verscheuchen. Bei diesem Gedanken musste Mina lächeln.

Sie spähte durch die Facetten im Glasfenster neben der Tür und sah, dass sich jemand der Tür näherte. Sie trat ein wenig zurück, und die Tür schwang auf. Zu Minas Überraschung war es weder eines der beiden Dienstmädchen noch Frau Kruse, sondern ihre Schwester.

Agnes legte einen Finger an die Lippen. »Pssst!«, machte sie. »Vater weiß nichts davon, dass du kommst. Stell dir vor, niemand hat die Überraschung verdorben, ist das nicht toll?«

»Wer ist denn da, Kind?« Das war die Stimme der Großmutter, die aus dem Salon drang.

Agnes drehte sich um. »Nur jemand, der nach dem Weg fragt«, rief sie.

»Um diese Uhrzeit? Also wirklich!« Hiltrud klang entrüstet.

»Großmutter weiß aber doch, dass ich komme«, flüsterte Mina ihrer Schwester zu.

»Natürlich weiß sie es! Du unterschätzt sie immer. Sie kann wirklich bemerkenswert gut schauspielern.«

Mina biss sich auf die Unterlippe, um nicht aufzulachen.

»Komm herein!« Agnes griff nach Minas Hand und zog sie ins Haus. »Schön, dass du endlich da bist. Vater wird sich so freuen!« Frederik, der den beiden gefolgt war, schloss die Eingangstür leise hinter sich.

Ohne Minas Hand loszulassen, eilte Agnes voran in den Salon. Großmutter, die wie immer hochaufgerichtet in ihrem Sessel am Rauchtisch saß, hob den Kopf, ohne ein Wort zu sagen. Ein schmales Lächeln umspielte ihre Lippen. Minas Vater wandte der Tür den Rücken zu und schien in ein Buch vertieft, sodass die Mädchen eintreten konnten, ohne dass er es gleich bemerkte.

»Vater, ich habe dir jemanden mitgebracht«, sagte Agnes und zog Mina neben sich. »Schau mal, wer da ist.«

Karl Deharde drehte sich um, und Mina fühlte, wie sich bei seinem Anblick plötzlich ein eiskalter Knoten in ihrem Magen bildete.

Ihr Vater war nie stämmig oder gar dick gewesen, aber doch ein stattlicher Mann von beinahe zwei Metern Größe. Jetzt hingegen wirkte er fragil und kraftlos. Er hatte abgenommen. Der hohe, gestärkte Kragen war zu weit für seinen Hals, das Jackett schien ihm zu groß zu sein und hing über seine

Schultern. Die Wangen eingefallen, die Haut grau, dunkle Schatten unter den müden Augen: Karl sah aus, als würde er am morgigen Tag siebzig und nicht fünfzig Jahre werden. Als er Mina erkannte, blitzte jedoch ein wenig der alten Lebenskraft in seinen Augen auf.

»Mina!«, rief er. Es kostete ihn Anstrengung, sich aus dem Sessel hochzustemmen, und es versetzte Mina einen Stich, dabei zuzusehen. Das Buch, in dem er gelesen hatte, fiel zu Boden, und er breitete die Arme aus, so wie er es getan hatte, als Mina noch ein kleines Mädchen gewesen war. »Meine Mina!«

Im nächsten Moment war sie bei ihm, schlang die Arme um ihn, und beide hielten sich aneinander fest. Mina lachte und weinte gleichzeitig. »Oh, Papa!«, stieß sie hervor.

»Was machst du denn hier, mein Wunschmädchen?«, fragte er und schob sie auf Armeslänge von sich, um sie besser ansehen zu können. »Wie kommst du hierher?«

»Wenn mein Vater Geburtstag hat, dann sollte ich doch wohl dabei sein, oder?«, sagte sie lachend, obwohl sie mit den Tränen kämpfte. »Großmutter hat Frau von Aldenburg die Erlaubnis geschickt, dass ich nach Hause fahren darf, und Leutnant Lohmeyer hat mich vom Pensionat abgeholt.«

Karl sah von einem zum anderen. Unglaube stand ihm ins Gesicht geschrieben. »Das ist ja das reinste Komplott«, sagte er. »Und all der Umstand nur, weil ich Geburtstag habe? Das wäre doch wirklich nicht nötig gewesen.«

»Wenn die Überraschung gelungen ist, dann war es der Mühe wert.« Hiltrud streckte Mina die Hand entgegen. »Willst du mich nicht begrüßen, Kind?«

Widerstrebend ließ Mina ihren Vater los, ging zu ihrer Großmutter hinüber und knickste vor ihr. »Guten Abend,

Großmutter.« Sie beugte sich zu Hiltrud hinunter und küsste sie auf die dargereichte Wange. An ihrem zufriedenen Lächeln sah Mina, dass das genau das war, was Hiltrud von ihr erwartet hatte. »Schön, dass du hier bist, mein Kind.« Hiltrud wandte sich Frederik zu. »Und schön, dass Sie sie uns hergebracht haben, lieber Leutnant.«

»Das war keine Mühe, gnädige Frau«, erwiderte Frederik und verbeugte sich knapp in ihre Richtung. »Es war mir ein Vergnügen. So hatte ich endlich die Gelegenheit, auch Fräulein Mina kennenzulernen.«

Karl schüttelte Frederik die Hand. »Vielen Dank, mein Junge«, sagte er. »Und ich habe mich schon gewundert, warum Sie darauf bestanden haben, ausgerechnet jetzt drei Tage frei haben zu müssen, um Kameraden zu besuchen.«

»Ich hoffe, Sie verzeihen den kleinen Schwindel, aber als Fräulein Agnes mich bat, für Fräulein Mina den Chauffeur zu geben, war das die beste Ausrede, die mir eingefallen ist.«

»So, du steckst also dahinter?« Karl drohte seiner Jüngsten mit dem Finger und zwinkerte ihr zu. »Ich hätte es mir denken können.«

»Bist du mir etwa böse, Vater?« Doch so recht schien Agnes nicht daran zu glauben, denn sie lachte triumphierend.

»Nein, die Überraschung ist dir wirklich gelungen«, sagte er. »Und nun sei so gut und gib in der Küche Bescheid, dass Frau Kruse für die beiden Reisenden noch etwas zu Essen herrichtet. Sie müssen ja sterben vor Hunger.«

Erst gegen elf Uhr kam Mina dazu, sich in ihrem Zimmer an den Schreibtisch zu setzen und an Irma zu schreiben, wie sie es versprochen hatte. Frau Kruse, die in Minas Kommen eingeweiht gewesen war, hatte schon am Nachmittag ein paar kalte Platten vorbereitet. Fräulein Brinkmann war heruntergekommen, um Mina zu begrüßen, und war auf Einladung Karls auf ein Glas Wein geblieben und hatte mit der Familie »ein bisschen vorgefeiert«, wie Karl es ausdrückte. Mit Besorgnis hatte Mina beobachtet, wie ihr Vater immer stiller wurde und sich schließlich gegen zehn Uhr mit dem Hinweis zurückzog, morgen müsse er wieder ins Kontor und es werde gewiss ein anstrengender Tag werden.

Nein, dachte Mina, es geht ihm wirklich nicht gut, wenn er als einer der Ersten eine Feier verlässt.

Sie hatte gerade die ersten Sätze des Briefes geschrieben, als es leise an ihre Tür klopfte und Agnes ihren Kopf hereinsteckte.

»Oh, da bist du«, sagte sie, als sie Mina am Schreibtisch entdeckt hatte. »Ich dachte, du bist gleich zu Bett gegangen.«

»Nein, ich wollte schnell noch meiner Freundin im Internat schreiben, aber das kann ich ebenso gut auch morgen früh noch erledigen. Komm rein, Agnes.«

»Wenn ich dich nicht störe?« Agnes, die bereits im Nachthemd war, setzte sich im Schneidersitz auf Minas Bett.

Mina musste sich ein Lächeln verkneifen. Es war eine Ewigkeit her, dass Agnes sich des Nachts zu ihr geschlichen hatte, um »Kriegsrat« zu halten, wie sie es damals genannt hatten. Auch sie setzte sich aufs Bett, lehnte sich mit dem Rücken gegen das Fußteil und schlug die Füße übereinander.

»Es war richtig, dass du mich wegen Vater benachrichtigt hast«, sagte Mina fest. »Habe ich mich eigentlich schon dafür bedankt? Und natürlich auch dafür, dass du Großmutter überredet hast, mich herkommen zu lassen?«

»Das ist nicht nötig. Großmutter brauchte gar nicht viel Überredung. Sie sagt zwar nichts, aber ich habe das Gefühl, dass sie sich ebenfalls Sorgen um Vater macht.« Agnes warf

Mina einen fragenden Blick zu. »Ich bilde es mir nicht ein, oder? Vater ist wirklich krank.«

»Er sieht jedenfalls aus, als sei er nicht gesund. Hast du ihn mal darauf angesprochen?«

Agnes stieß ein bitteres Lachen durch die Nase. »Du weißt doch, wie er ist. Er würde nie Schwäche zeigen. Mit mir redet er doch ohnehin nie über etwas Wichtiges, weil ich in seinen Augen immer noch ein Kleinkind bin. Ich bin so froh, dass du jetzt da bist, Mina.« Agnes beugte sich vor, um die Beine vor sich auszustrecken. »Weißt du schon, wie lange du bleiben kannst? Ich meine, du fährst doch nicht gleich nächste Woche wieder zurück ins Pensionat, oder?«

»Nicht, wenn ich es irgendwie verhindern kann.« Mina versuchte, zuversichtlicher zu klingen, als sie sich fühlte. Wenn Vater sie zurückschickte, dann würde sie Folge leisten müssen, daran war nicht zu rütteln, aber darüber wollte sie nicht einmal nachdenken, geschweige denn reden. »Wenn es nach mir geht, dann bleibe ich ganz hier und fahre überhaupt nicht wieder zurück nach Eifelhof.«

»Das ist gut!«, sagte Agnes. »Du kommst sicher besser an Vater heran. Mit dir wird er hoffentlich reden. Vielleicht kannst du ihn sogar überzeugen, zum Arzt zu gehen. Zu mir sagt er nur, das sei nicht nötig, es gehe ihm gut.«

»Du hast mir doch geschrieben, dass ein Arzt hier war.«

»Dr. Küper, ja, aber das ist Wochen her. Zugegeben, so schlecht wie damals geht es Vater nicht mehr, aber gesund geworden ist er eben auch nicht. Wie soll er auch, wenn er sich nicht behandeln lässt?« In Agnes' grünen Augen stand Verzweiflung. »Ich mache mir wirklich Sorgen, Mina. Was soll denn aus uns allen werden, wenn Vater etwas zustößt?«

Alles, was Mina als Antwort einfiel, waren leere Worthülsen, wie »Rede es nicht herbei« oder »Mal doch nicht gleich den Teufel an die Wand«. Auch wenn Agnes erst dreizehn Jahre alt war, so hatte sie doch in den letzten Wochen bewiesen, dass Mina sich auf sie verlassen konnte. Sie jetzt mit einer Floskel abzuspeisen, hatte sie nicht verdient.

»Hab keine Angst, Agnes«, sagte Mina. »Egal was auch immer passieren wird, ich werde mich um alles kümmern. Du hast mein Ehrenwort.« Sie sah ihrer Schwester fest in die Augen, und nach einer gefühlten Ewigkeit nickte Agnes.

»Ich weiß«, erwiderte sie. »Und ich weiß auch, dass du hältst, was du versprichst. Ich konnte mich immer auf dein Wort verlassen.«

»Danke, Agnes.« Ein warmes Gefühl der Zusammengehörigkeit stieg in Mina auf, wie sie es seit Jahren nicht für ihre Schwester empfunden hatte. Es schien ihr, dass Agnes im Verlauf weniger Monate, in denen Mina im Pensionat war, weit über ihr Alter hinausgewachsen war.

»Sobald ich die Gelegenheit habe, werde ich mit Vater über alles reden«, fuhr Mina fort. »Nur nicht gerade morgen an seinem Geburtstag. Ich fürchte, da werden wir alle kaum zum Luftholen kommen.«

Agnes lächelte schief. »Da könntest du recht haben«, sagte sie. »Der Empfang, den Großmutter für morgen Abend plant, wird riesig. Beinahe alle Kaffeehändler der Speicherstadt kommen, mitsamt ihren Frauen. Die arme Frau Kruse steht schon seit gestern kurz vor einem Nervenzusammenbruch und jammert, dass sie nicht weiß, wie sie es schaffen soll, das Menü rechtzeitig fertigzubekommen. Zum Glück hat Großmutter für morgen noch einen Beikoch und Servierhilfen engagiert. Ich bin schon gespannt, was Vater zu dem ganzen Zirkus sagen wird.«

»Er wird brummeln, so viel Aufwand sei doch übertrieben. Aber ich hoffe, er wird sich trotzdem über das Fest freuen.« Mina seufzte. »Damit wir zwei morgen nicht zu müde sind, sollten wir jetzt endlich schlafen gehen. Es ist schon spät, und zumindest für mich war heute ein langer Tag.«

Als Mina am nächsten Morgen in aller Herrgottsfrühe erwachte, brauchte sie einen Moment, bis sie wusste, wo sie sich befand. Dann sprang sie aus dem Bett, setzte sich noch im Nachthemd an den Schreibtisch und schrieb ein paar kurze Zeilen an Irma, damit diese sich nicht beunruhigte.

Eilig kleidete sie sich für die Arbeit im Kontor in einen schlichten dunkelblauen Rock und eine hochgeschlossene weiße Bluse, bürstete ihr störrisches Haar und bändigte es zu einem festen Knoten im Nacken, ehe sie die Treppe hinuntereilte, um zu frühstücken. Im Speisezimmer saßen bereits Frederik und ihr Vater, die in die Zeitung vertieft waren. Beide waren schon mit den dunklen Anzügen bekleidet, die für die Kaufleute der Speicherstadt eine Art Dienstkleidung darstellten.

»Guten Morgen«, sagte sie beim Eintreten, dann ging sie zu ihrem Vater, gab ihm einen Kuss auf die Wange und gratulierte ihm zu seinem Geburtstag, ehe sie sich setzte.

»Nanu, Mina, was treibt dich denn schon so früh aus dem Bett?«, fragte Karl und reichte ihr den Brotkorb, aus dem sie sich bediente.

»Ich dachte, ich werde heute wieder mal mit dir ins Kontor fahren«, erwiderte Mina. »Ich freue mich schon so darauf, die Speicherstadt wiederzusehen. Außerdem habt ihr dort heute bestimmt eine Menge Arbeit, und ich könnte helfen.«

Sie bemühte sich, so beiläufig wie nur möglich zu klingen, dabei klopfte ihr das Herz bis zum Hals. Wenn sie Vater begleitete, würde es bedeuten, endlich Edo wiederzusehen, wieder mit ihm zu reden und vielleicht sogar, wieder von ihm umarmt und geküsst zu werden.

Aus den Augenwinkeln sah sie, dass Frederik ihr einen erstaunten Blick zuwarf. »Vermutlich werden eine ganze Menge Leute zum Gratulieren vorbeikommen«, setzte sie hinzu.

»Ich glaube, das ist nicht nötig«, sagte ihr Vater. »Meine Männer haben sicher alles im Griff. Es sind ja nicht nur Becker, der junge Blumenthal und der Lehrling, jetzt ist ja auch noch Leutnant Lohmeyer da.«

Frederik öffnete den Mund, aber Mina kam ihm zuvor. »Aber keiner deiner Männer hat eine weibliche Hand«, sagte sie honigsüß. »Ich würde euch so gern begleiten, Vater. Du sagst doch immer, es macht niemand einen so guten Mokka wie ich.«

Karl lachte und sah für einen Moment lang beinahe wieder aus wie früher. »Na, da kann ich ja wohl schwerlich etwas dagegen sagen, mein Wunschmädchen. Dann beeil dich, damit wir pünktlich loskönnen. Leutnant Lohmeyer wird uns heute fahren.«

Während sie aß, fiel Minas Blick auf Vaters Teller, auf dem eine Scheibe Weißbrot lag, von der er nur zweimal abgebissen hatte. Morgen werde ich darauf achten, dass er mehr isst, dachte sie.

Eine halbe Stunde später lenkte Frederik sein Cabrio über das grobe Kopfsteinpflaster der Speicherstadt. Mina, die im Fond Platz genommen hatte, schaute aus dem Seitenfenster und sog alle Eindrücke begierig in sich auf. Wie immer am frühen Morgen herrschte auch jetzt dichtes Gedränge auf der Straße vor den Speicherhäusern. Hochbeladene Pferdefuhrwerke und Handkarren rumpelten über das Pflaster, Hafenarbeiter riefen sich kehlige Grüße zu und Quartiersmannsgehilfen in der typischen weißen Schürze und mit ihren schwarzen Schiffermützen waren auf dem Weg von der Fähre zu ihrem Arbeitsplatz in den Speichern.

Hier hat sich in den letzten Monaten nichts verändert, dachte Mina.

In der Nähe des Kontors am Sandtorkai stellte Frederik den Wagen ab, den Rest des Weges legten die drei dann zu Fuß zurück. Ein Stück vor ihnen auf dem Bürgersteig lief mit federnden Schritten ein hochgewachsener junger Mann im dunklen Anzug. Sein dunkelbraunes, lockiges Haar war ein wenig zu lang, und als er den Kopf drehte, sah Mina, wie er seine Nickelbrille die Nase hochschob. Ihr Herz machte einen Sprung.

»Edo!«, flüsterte sie. Beinahe hätte sie ihn laut beim Namen gerufen, konnte sich aber gerade noch zurückhalten. Schließlich ging ihr Vater neben ihr. Sie beobachtete, wie Edo ein Schlüsselbund aus der Tasche zog, mit der anderen Hand die Tür zum Haus Nummer 36 aufdrückte und im Eingang verschwand.

»Ich wusste gar nicht, dass Blumenthal einen Schlüssel fürs Kontor besitzt«, sagte Frederik. »So ein junger Bursche und schon so eine Vertrauensstellung?« Irgendetwas schwang in seiner Stimme mit, das Mina nicht gefiel. Es sollte vermutlich wohlwollende Besorgnis sein, aber für Mina klang es nach Neid.

»Edo Blumenthal ist einer der besten und zuverlässigsten Mitarbeiter, die ich je im Kontor hatte. Warum also sollte er keinen Schlüssel bekommen?«, fragte Karl erstaunt. »Er besitzt mein vollstes Vertrauen, und ich bin überzeugt, er hat glänzende berufliche Aussichten. Im November wird er für ein Jahr zu *Speyer & Co.* nach New York gehen. Gerade für uns

Importeure ist es wichtig, gute Kontakte zu den Banken zu haben, und ich bin sicher, er wird seine Sache dort hervorragend machen.«

»Für ein Jahr nach New York. So, so …«, murmelte Frederik und sah Edo nachdenklich hinterher, bis er bemerkte, dass Karl ihn mit gerunzelter Stirn musterte. »Ich meine, ein fremdes Land, eine neue Stadt, andere Sitten und Gebräuche, eine unbekannte Sprache – das wird sicher sehr interessant und lehrreich für den jungen Blumenthal«, fuhr er hastig fort.

»Ganz sicher wird es das«, sagte Karl. »Reisen bildet. Das müssten Sie doch am besten wissen, Leutnant.«

»Ja, natürlich.« Frederik drückte die Tür zum Kontor auf und hielt sie für Karl und Mina offen, ehe er selbst eintrat. Durch die hohen Fenster des Vorzimmers zum Chefbüro, das den Schreibern als Arbeitsplatz diente, warf die Morgensonne ihr Licht auf die bis zur Decke reichenden Regale, in denen die Akten der Firma vor sich hin staubten.

»Guten Morgen, meine Herren!«, rief Karl seinen Angestellten zu, die im Halbkreis den Schreibtisch von Herrn Becker umstanden, um wie jeden Morgen von ihm die Anweisungen für die Tagesarbeit zu erhalten. Vom ältesten Kontorschreiber bis hin zum jüngsten Lehrling trugen alle dunkle Anzüge, was ihnen von hinten das Aussehen von dienstfertigen Pinguinen verlieh. »Blumenthal, nun sehen Sie mal, wen ich heute mitgebracht habe!«

Edo, der gerade eines der Kontobücher ins Regal geschoben hatte, drehte sich um, und seine Augen strahlten auf. »Fräulein Deharde!«, rief er. »Was für eine Überraschung! Schön, dass Sie uns auch wieder einmal besuchen.«

Karl legte den Kopf schief und musterte Edo skeptisch. »Geben Sie es zu, Blumenthal, Sie waren doch auch in das

Komplott eingeweiht, dass meine Tochter zu meinem Geburtstag herkommt, oder?«

Edo begann zu lachen. »Ihnen kann man leider nichts vormachen, Herr Deharde.«

»Wenn Sie das mal wissen!« Minas Vater lachte und rieb sich zufrieden die Hände. »Dann wollen wir mal loslegen mit der Arbeit. Was war denn heute in der Post?«

Edo nahm einen Stapel Briefumschläge vom Tisch und reichte ihn an Karl weiter. »Da sind etliche Telegramme mit Gratulationen gekommen, die habe ich nach oben gelegt. Sonst nur die üblichen Abrechnungen und die Bestätigung der Order von Senator Hullmann.« Edo trat einen Schritt zurück und legte die Hände hinter dem Rücken zusammen. »Von uns hier im Kontor ebenfalls die herzlichsten Glückwünsche zum Geburtstag, Herr Deharde«, sagte er förmlich.

Karl winkte ab. »Ach Papperlapapp. Als ob das nun so etwas Besonderes ist, wenn man Geburtstag hat«, sagte er. Dann aber zog er seine Geldbörse aus der Tasche und gab Edo einen Geldschein in die Hand. »Hier«, sagte er mit einem Augenzwinkern. »Schicken Sie den Lehrling los, er soll für jeden ein ordentliches Stück Kuchen holen. Nicht, dass es noch heißt, der alte Deharde wüsste nicht, was er seinen Leuten schuldig ist.«

Den ganzen Tag über gaben sich Makler, Kaffeeagenten, Kaufleute aus der Nachbarschaft und auch der eine oder andere Quartiersmeister, der für *Kopmann & Deharde* tätig war, die Klinke in die Hand. Mina brühte Kaffee auf, servierte im Chefbüro, trug die Tassen hinaus, begrüßte die Gratulanten, unterhielt sich im Vorzimmer mit denen, die darauf warteten, dass sie in Vaters Büro vorgelassen wurden, lächelte zuvorkommend und war dankbar, im Pensionat in die hohe Kunst der gepflegten Konversation eingeführt worden zu sein.

Bis zum Nachmittag hatte sich keine Gelegenheit ergeben, auch nur zwei Worte allein mit Edo zu wechseln. Erst gegen halb vier wurde es ruhiger. Mina stellte ein Tablett mit Kaffeetassen und Schnapsgläsern in der Probenküche auf den Spülstein, als Edo zur Tür hereinschlüpfte.

»So, die Luft ist rein«, sagte er leise. »Dein Vater und Leutnant Lohmeyer sind kurz zur Börse hinübergegangen und Herr Becker sitzt an den Lieferscheinen, da hört und sieht er nichts.«

Edo zog sie ganz fest in seine Arme und flüsterte in ihr Ohr: »Oh, Mina, ich hab dich so sehr vermisst!« Seine Lippen streiften ihre Wange, ihren Hals und fanden schließlich ihren Mund. Für einen Moment hatte sie das Gefühl, ihre Knie würden unter ihr nachgeben. Sie hielt sich an seinen Schultern fest und erwiderte den Kuss voller Leidenschaft.

Erst als der Schwindel ein wenig nachließ, setzte auch ihre Vernunft wieder ein. »Wir dürfen das nicht tun, Edo«, flüsterte sie. »Nicht hier. Wenn mein Vater jetzt …«

»Ich weiß«, sagte er. Er lehnte seine Stirn gegen ihre und strich mit den Händen ihre Arme hinunter bis er ihre Hände fasste. »Ich weiß, Mina. Nicht hier und eigentlich gar nicht.«

»Gar nicht?«, fragte sie erschrocken. »Was meinst du mit ›gar nicht‹?«

»Ich habe in den letzten Wochen sehr viel nachgedacht, Mina. Die ganze Zeit über, in der du weg warst. Vielleicht wäre es das Beste, einen Schlussstrich zu ziehen. Es spricht so viel dagegen, dass wir uns lieben. Aber dann, als du heute früh vorn im Kontor neben deinem Vater standst, da hatte ich alles wieder vergessen, und ich konnte nur noch denken: Das ist sie. Das ist die Frau, die ich von ganzem Herzen liebe, die ich heiraten will, mit der ich alt werden möchte, egal was die anderen denken. Egal dass sie dagegen sein werden. Ich will dich zur Frau, Mina, nur dich. Weil du klug bist und mitfühlend und ich dich meine Freundin nennen darf. Ich liebe dich, Mina, und ich kann mir nicht vorstellen, dass sich das je ändern wird.« Er hielt noch immer ihre Hände fest und drückte sie. »Und was ist mit dir? Was denkst du?«

Mina brachte kein Wort heraus. Gedanken und Gefühle schwirrten wild durcheinander, ergänzten sich, widersprachen sich. Mit allem hatte sie gerechnet, aber dass Edo ihr eine Liebeserklärung, ja, einen Heiratsantrag machte, das hätte sie nie zu träumen gewagt. Warum jetzt? Warum so überhastet? Sie hatten sich doch erst ein paarmal geküsst. Wie sollte sie da eine Entscheidung über ihr ganzes weiteres Leben treffen können?

Edo ließ sie los und nahm ihr Gesicht in seine Hände. »Liebst du mich auch, Mina?«, fragte er.

»Ja, natürlich«, hörte sie sich selbst sagen. »Ich liebe dich auch, Edo. Aber …« Sie brach ab und versank in der Tiefe seiner braunen Augen.

»Hier in Hamburg haben wir beide keine Zukunft, das ist mir klar, Mina. Du bist die Tochter eines Kaufmanns und ich bin nichts weiter als ein kleiner Angestellter deines Vaters. Er würde niemals seine Zustimmung geben, dass wir zusammenkommen. Aber in Amerika, Mina, da sind wir beide gleich. Da gibt es diese Unterschiede nicht. Dort kann ich arbeiten und für dich sorgen. Oder wenn du es immer noch willst, kannst du studieren und Ärztin werden, oder was auch immer du werden willst. Das ist ein freies Land, in dem wir beide frei sein werden. Wenn wir im November nach New York fahren, dann bleib mit mir dort und heirate mich.« Er küsste sie sanft auf den Mund. »Was sagst du dazu? Willst du meine Frau werden?«

In diesem Moment hörte Mina, wie im Vorzimmer nebenan eine Tür zuklappte und Stimmen durcheinanderredeten. Eine davon war die ihres Vaters.

Hastig machte sie sich von Edo los und schob ihn ein Stück von sich weg.

»Sie sind wieder da!«, stieß sie heiser hervor. »Du musst mir etwas Zeit zum Nachdenken lassen, Edo. Bitte. Ich …«

Die Tür zur Probenküche öffnete sich, und Frederik trat ein. Er musterte Mina und Edo mit gerunzelter Stirn. »Senator Hullmann ist da. Ihr Vater lässt fragen, ob Sie noch einmal Mocca machen könnten, Fräulein Mina.«

Frederik machte keinerlei Anstalten, die Probenküche gleich wieder zu verlassen, sondern lehnte sich mit verschränkten Armen gegen einen der kleinen Öfen, in denen die Rohkaffeeproben geröstet wurden. Dabei warf er Edo einen finsteren Blick zu. »Ich glaube, Herr Becker sucht nach Ihnen, Blumenthal!«

Für einen Moment hielt Edo seinem Blick stand, dann schob er sich zwischen Mina und Frederik hindurch und ging hinaus.

ELF

»Fräulein Mina, hören Sie denn nicht?«

Mina schrak aus ihren Grübeleien hoch und sah in die fragenden Augen Frederik Lohmeyers, der ihr Tischherr war. »Wie bitte?«

»Senator Hullmann hat Ihnen eine Frage gestellt und Sie scheinen in Gedanken gerade meilenweit weg zu sein.«

Eilig wandte sie sich dem jovialen älteren Herrn zu, der ihr am Tisch gegenübersaß. »Tut mir leid, ich war wohl ein bisschen abgelenkt. Könntest du die Frage wiederholen, Onkel Henry?«

»Oh, ich wollte nur wissen, wie es dir im Pensionat gefällt, Deern.« Der glatzköpfige, wohlbeleibte Mann lächelte ihr zu.

Senator Henry Hullmann war ein langjähriger Freund der Familie. Inzwischen war er schon über sechzig Jahre alt, hatte seine Firma in der Nachbarschaft von *Kopmann & Deharde* vor ein paar Jahren an seinen Sohn übergeben und genoss den wohlverdienten Ruhestand, wie er es nannte. Trotzdem war er noch immer eine gewichtige Stimme im Verein der Kaffeehändler und an der Rohkaffeebörse, obwohl Kaffee nur einen Bruchteil seiner Handelsware ausgemacht hatte. Daneben importierte seine Firma Tee, handelte mit Erdnüssen und verschiedenen anderen Kolonialwaren. Mina kannte ihn schon, solange sie denken konnte. Da er bei ihrer Taufe Pate gestanden hatte, war es zwischen ihnen bei der vertraulichen Anrede »Onkel Henry« und dem Du geblieben.

»Sehr gut, Onkel Henry«, antwortete sie. »Ich habe eine nette Zimmergenossin, mit der ich Freundschaft geschlossen habe und mit der zusammen ich kaufmännisches Rechnen gelernt habe, stell dir das vor.«

Henry Hullmann lachte, dass sein umfangreicher Bauch auf und ab schaukelte. »Ja, davon habe ich schon gehört. Dein Vater hat von der Direktorin einen Brief bekommen, den er mir ganz stolz gezeigt hat. Was das Rechnen mit spitzer Feder angeht, hast du scheinbar sein Talent geerbt. Karl hat schon manchen Handel abgeschlossen, bei dem seinem Gegenüber fast die Tränen gekommen sind.«

Obwohl Mina eigentlich nicht danach zumute war, stimmte sie in sein Lachen ein. »Das mag wohl sein.«

»Aber mal im Ernst, Deern, warum quälst du dich denn mit so etwas Trockenem herum wie kaufmännischem Rechnen und Buchhaltung? Das ist doch eigentlich nichts, was junge Damen interessiert. Tanzen solltest du lernen und ein bisschen Haushaltsführung vielleicht. Oder wie man ein Abendessen für dreißig Personen plant. Sowas eben! Guck dir deine Großmutter an. Das hat sie nicht verlernt in all den Jahren.«

Er hob sein gefülltes Weinglas und prostete Hiltrud zu, die einige Plätze weiter am Kopf der mit feinstem Leinen, Tafelsilber und funkelnden Kristallgläsern festlich gedeckten Tafel saß. Sie hob ebenfalls das Glas und nickte huldvoll in Henrys Richtung.

»Ja, Hiltrud Kopmann weiß, wie man ein gelungenes Geburtstagsfest veranstaltet«, sagte Henry, nachdem er sein Glas in einem Zug geleert hatte. Sofort stand einer der Bedienste-ten, die Großmutter für heute Abend engagiert hatte, neben ihm und füllte nach. »Da nimm dir mal besser ein Beispiel dran, statt Gewinnmargen zu berechnen und Bilanzen zu schreiben.«

Mina spürte Ärger in sich aufsteigen und presste kurz die Lippen zusammen, um sich zu beherrschen. »Ich möchte eben für alle Fälle gerüstet sein, Onkel Henry. Wer weiß, was die Zukunft bringt. Wenn sich die Notwendigkeit ergibt, kann ich dank dieser Fähigkeiten mit in die Fima einsteigen. Ich habe im Frühling schon eine Zeitlang im Kontor mitgeholfen und würde das gern nach dem Pensionat fortsetzen.«

Nun verging Henry Hullmann das Lachen. Er machte ein ungläubiges Gesicht. »Aber wozu denn, Mina? Das ist doch völlig überflüssig. Du heiratest doch sowieso!«

Da war es wieder, dieses Wort, das ihr seit dem Nachmittag in der Probenküche nicht mehr aus dem Kopf ging. Heirat.

Erneut sah sie Edos Gesicht vor sich, als er sie gefragt hatte, ob sie ihn heiraten und zusammen mit ihm nach Amerika auswandern würde. Wieder fühlte sie seine Lippen auf den ihren und auch das merkwürdige Ziehen in ihrem Leib, das ihr abwechselnd heiße und kalte Schauer über den ganzen Körper jagte.

Edo heiraten. Mit ihm zusammen sein. Ohne Angst, dass jemand sie sehen und dem Ganzen ein Ende bereiten würde. Die Stimmen im Saal wurden auf einmal dumpf, und die Blumen auf dem Tisch verloren ihre Farbe. Kleine goldene Funken stoben auf ihre Augen zu. Kurz glaubte Mina, ohnmächtig zu werden, doch dann ließ das Gefühl so rasch wieder nach, wie es gekommen war. Lotte hatte Mina vermutlich vorhin einfach nur zu fest geschnürt, damit ihr Abendkleid passte. Sie strich über den dunkelblauen Seidenstoff an der Taille.

»Nanu, Fräulein Mina, Sie sind ja ganz blass geworden. Ist Ihnen nicht gut?« Frederik machte ein besorgtes Gesicht.

»Nein, nein, es geht schon wieder!«, beeilte sich Mina zu versichern. »Ich habe nur schon seit heute Nachmittag etwas Kopfweh. Vielleicht liegt ein Wetterwechsel in der Luft.«

Onkel Henry nickte mitfühlend und sagte, er merke das auch. Sein Rheumatismus mache ihn heute ganz steif in den Knien.

Mina nahm ihre Serviette vom Schoß und legte sie neben ihren kaum angerührten Teller.

»Bitte verzeihen Sie, Leutnant«, sagte sie zu Frederik gewandt. »Aber ich würde mich gern einen Moment zurückziehen. Könnten Sie so freundlich sein und meiner Großmutter Bescheid geben?«

Frederik versprach es, Mina erhob sich und verabschiedete sich mit einem angedeuteten Knicks von ihrem Patenonkel.

»Gute Besserung, Deern«, sagte Onkel Henry mitfühlend. »Komm doch in den nächsten Tagen zum Tee bei uns vorbei. Wir hatten so lange keine Gelegenheit, uns in Ruhe ein bisschen zu unterhalten.«

»Sehr gern, wenn ich es einrichten kann, Onkel Henry.« Sie knickste noch einmal und verließ so unauffällig sie konnte den Speisesaal.

Als sie die Tür leise hinter sich zugezogen hatte, schloss sie die Augen und atmete erleichtert aus. »Endlich«, flüsterte sie, dann begann sie mit bleischweren Beinen die Treppe hinaufzugehen.

Sie hatte sich so auf dieses Fest gefreut, war es doch das erste Abenddiner im Haus der Großmutter, an dem sie teilnehmen durfte.

Aber jetzt war alles anders. Wie schnell sich alles ändern

kann, dachte sie. Heute Morgen noch hatte ihr Leben klar vor ihr gelegen, nun fühlte sie sich verloren und hilflos, war hin- und hergerissen zwischen ihren widerstreitenden Gefühlen, zwischen ihrer Liebe zu Edo, der Sorge um ihren Vater und der Verpflichtung, die sie ihrer Familie und der Firma gegenüber empfand.

Und an all dem ist Edo schuld, dachte sie.

Mühsam setzte sie einen Fuß vor den anderen. Eine Treppenstufe, noch eine und wieder eine. Ihre Hand zog ihren Körper wie mechanisch am Geländer immer weiter nach oben.

Wenn ich nur jemanden hätte, der mir einen Rat geben könnte, dachte sie. Vielleicht würde ich dann klarer sehen.

Sie hatte die Tür zu ihrem Zimmer schon beinahe erreicht, als sie hinter sich die dunkle Stimme ihrer Hauslehrerin vernahm.

»Nanu, Mina, was machst du denn hier oben?«, fragte Fräulein Brinkmann erstaunt. Mina drehte sich zu ihr um.

Die Lehrerin hatte ein leeres Glas in der Hand, in dem ein Löffel stand, und war offenbar im Begriff, es nach unten in die Küche zu tragen. Sie trank abends meist eine warme Milch mit Honig, um besser einschlafen zu können. »Ist alles in Ordnung?«, fragte sie.

»Ja, natürlich. Ich habe nur ein bisschen Kopfschmerzen und wollte mich einen kleinen Moment hinlegen. Hoffentlich wird es dann besser.«

Fräulein Brinkmann musterte Mina mit diesem besonderen durchdringenden Blick, den Agnes gern als ihren »Röntgenblick« bezeichnete und der jedem, der damit bedacht wurde, zu verstehen gab, dass die Lehrerin kein Wort von dem glaubte, was man ihr vormachen wollte.

»Du bist kreidebleich«, stellte Fräulein Brinkmann fest.

»Wirst du vielleicht krank?« Sie stellte das Glas auf ein Ziertischchen neben der Tür und kam einen Schritt näher. »Oder hast du etwa Kummer?«

»Ich … nein«, stammelte Mina. »Ich sagte doch, ich habe nur Kopfschmerzen.« Sie drehte sich weg und griff nach der Türklinke, aber Fräulein Brinkmann hielt sie zurück, ehe sie in ihr Zimmer schlüpfen konnte.

»Mina, ich kenne dich schon dein ganzes Leben«, sagte Fräulein Brinkmann weich. »Und ich weiß genau, wenn du etwas auf dem Herzen hast. Also? Was ist los?«

Die Versuchung, ihrer Hauslehrerin ihr Herz auszuschütten, war auf einmal riesengroß. Mina spürte einen dicken Kloß im Hals, und ihr Blick verschwamm, doch dann siegte die Vernunft. Nein, es war unmöglich, Fräulein Brinkmann zu erzählen, was sie wirklich bewegte. Dass Edo sie in der Probenküche geküsst und sie gebeten hatte, mit ihm in Amerika ein neues Leben anzufangen, war so unerhört, so außerhalb jedes Vorstellungsvermögens, sie konnte es niemandem sagen. Mühsam riss Mina sich zusammen, holte tief Luft und straffte die Schultern.

»Es ist nur, dass …«, begann sie stockend, während sie fieberhaft überlegte, was sie Fräulein Brinkmann als Grund für ihr Unwohlsein angeben konnte, damit sie nicht weiter nachbohrte. Sie biss sich auf die Unterlippe.

»Ist es wegen deines Vaters?«, fragte Fräulein Brinkmann leise.

Mina senkte den Kopf und nickte, froh, dass ihr eine Antwort erspart blieb.

Fräulein Brinkmann legte tröstend einen Arm um Mina. »Ach, Mina, ich verstehe dich ja. Du musst dich sehr erschrocken haben, als du ihn gesehen hast. Ich gebe zu, er ist sehr verändert, aber glaub mir, so langsam ist er auf dem Weg der

Besserung. Es scheint eben nur eine Weile zu dauern, bis er wieder vollständig genesen ist.«

»Meinen Sie, er wird wieder ganz gesund?«

»Natürlich wird er das.« Fräulein Brinkmann tätschelte aufmunternd Minas Schulter. »Du musst ganz fest daran glauben, so wie ich. Außerdem bist du jetzt für ein paar Tage bei ihm, das wird ihm Auftrieb geben, und du wirst sehen, er ist bald wieder ganz der Alte.«

»Was macht Sie da so sicher?«

»Er hat es selbst zu mir gesagt«, erwiderte Fräulein Brinkmann. »Und er würde mich niemals anlügen.«

Forschend sah Mina der Hauslehrerin in die Augen und versuchte, die Bedeutung dieses Satzes zu erfassen, aber Fräulein Brinkmann wich ihrem Blick aus. Sie ließ Mina los und griff nach dem Milchglas auf dem Tischchen.

»Wenn Sie der Meinung sind, dass meine Anwesenheit meinem Vater guttut, sollte ich dann meine Rückreise nach Eifelhof nicht erst einmal verschieben?«, fragte Mina, als Fräulein Brinkmann die Treppe erreichte. »Bis Weihnachten sind es doch nur noch ein paar Wochen, und ich habe das Gefühl, es wäre wichtiger, dass ich bei ihm bin.«

Fräulein Brinkmann wandte sich um und zog eine Braue hoch. »Und was ist mit dem Unterricht und deinen Freunden dort?«

»Buchhaltung und Rechnen kann ich genauso gut im Kontor lernen. Und was meine Freundin Irma angeht, hatten Sie nicht in Ihrem Brief geschrieben, dass die Verbindung zwischen Ihnen und meiner Mutter durch ihre Briefe immer weiter bestehen blieb?«

»Das ist richtig, Mina. Aber es ist nicht an mir, zu entscheiden, ob du bis Weihnachten hierbleiben kannst.«

»Nein, aber Sie könnten ein gutes Wort für mich einlegen.«

Ein schmales Lächeln umspielte Fräulein Brinkmanns Mund. »Das will ich gern tun, aber mit deinem Vater musst du schon selbst reden, Mina.« Sie nahm die erste Stufe, blieb aber, die Hand auf das Geländer gelegt, noch einmal stehen. »Wenn du wirklich Kopfschmerzen hast, solltest du vielleicht eine Schmerztablette nehmen, damit du gut schlafen kannst.«

Mina schlief besser, als sie es für möglich gehalten hätte. Sie hatte vor dem Zubettgehen noch einen langen Brief an Irma geschrieben und ihr ausführlich das Dilemma geschildert, in dem sie sich befand. Als sie die sechs eng beschriebenen Seiten in den Umschlag schob und diesen verschloss, fühlte sie sich zwar wie erschlagen, aber das Gedankenkarussell in ihrem Kopf hatte aufgehört, sich zu drehen. Auch wenn ihre Probleme alle miteinander zusammenhingen, so konnte sie sie doch nur nacheinander angehen, das war ihr beim Schreiben klar geworden.

Am nächsten Morgen schlief sie so lange, dass sie die Letzte am Frühstückstisch war. Sowohl ihr Vater und Frederik wie auch Agnes hatten bereits das Haus verlassen, und Großmutter saß an ihrem Sekretär im Salon und beantwortete ihre Korrespondenz – eine Tätigkeit, der sie an jedem Vormittag nachging.

Mina bedauerte ein bisschen, nicht mit ihrem Vater ins Kontor gefahren zu sein, war aber auf der anderen Seite ganz froh, Edo noch nicht gleich eine Antwort auf seine Frage geben zu müssen. Sie frühstückte allein im Esszimmer, das bereits wieder im ursprünglichen Zustand war, und nutzte dann die Gelegenheit, sich zu Frau Kruse in die Küche zu schleichen.

Die Köchin umarmte sie herzlich und stellte kopfschüttelnd fest, wie furchtbar dünn Mina in der Zeit im Pensionat doch geworden sei. Das sei ja kein Zustand so. Ob es denn dort nichts Vernünftiges zu essen gegeben hätte? Dann kochte sie für Mina, ihre beiden *Deerns* und sich selbst eine große Kanne Tee und stellte die selbstgebackenen Hagelzuckerkekse auf den großen Küchentisch. Bis zum Mittagessen blieb Mina bei den drei Dienstboten sitzen und hörte sich geduldig an, was es in der Nachbarschaft bei Herrschaft und Dienstboten an Skandalen, Klatsch und Tratsch gegeben hatte, seit sie nach Eifelhof aufgebrochen war.

Den Nachmittag verbrachte Mina mit Fräulein Brinkmann und Agnes, die für eine Mathematikarbeit lernen musste und sich beklagte, gar nichts vom Stoff verstanden zu haben, da sie leider nicht über Minas mathematisches Talent verfüge.

Ungeduldig wartete Mina darauf, dass ihr Vater aus dem Kontor zurückkam, ihre Hoffnung, ihn abzupassen, um mit ihm allein sprechen zu können, wurde aber enttäuscht. Nach dem Abendessen zog er sich mit dem Hinweis, die letzten Tage seien anstrengend gewesen, zum Schlafen zurück. Mina blieb mit Agnes, Großmutter Hiltrud und Frederik im Salon zurück. Frederik, der zu Minas Missfallen bequem zurückgelehnt im Sessel ihres Vaters saß, blies den Rauch seiner Zigarette nach oben und erzählte Hiltrud in epischer Breite von der Kaffeeplantage seiner Eltern. Dabei sah er immer wieder zu Mina hinüber, wie um die Wirkung seiner Geschichten auf sie zu beurteilen.

»Sie wurden übrigens heute schmerzlich im Kontor vermisst«, wandte er sich schließlich an Mina. »Der junge Blumenthal hat sich nach Ihnen erkundigt. Er scheint ja beinahe vernarrt in Sie zu sein.«

»Wie kommen Sie denn darauf?«

»Als ich ihm sagte, Sie lägen mit Kopfschmerzen zu Bett und seien deshalb nicht mitgekommen, wurde er geradezu aufdringlich und wollte unbedingt wissen, wie schlimm es sei. Erst als ich ihm sagte, dass ihn das nun wahrlich nichts anginge, gab er Ruhe. Ziemlich unverschämt, der Bursche, finde ich.«

»Nanu?« Großmutter hob die Augenbrauen und warf Mina einen fragenden Blick zu. »Dabei spricht dein Vater immer in den höchsten Tönen von ihm. Er hat sich dir gegenüber doch wohl nicht unpassend benommen, hoffe ich«, sagte sie in einem scharfen Ton, in dem ein gerüttelt Maß an Entrüstung mitschwang.

Mina fühlte Ärger in sich hochkochen. »Herr Blumenthal war und ist in jeder Hinsicht ein Muster an gutem Benehmen«, sagte sie so ruhig sie konnte. »Wenn er sich nach mir erkundigt hat, dann ganz gewiss lediglich aus höflichem Interesse. Immerhin kennen wir uns schon seit Jahren.« Sie erhob sich, die geballten Fäuste in den Falten ihres Rockes verborgen. »Wenn ihr mich jetzt entschuldigen wollt, ich möchte morgen wieder Vater ins Kontor begleiten und werde deshalb jetzt schlafen gehen. Gute Nacht.« Sie deutete einen Knicks in Richtung ihrer Großmutter an und nickte Frederik knapp zu. Auch Agnes, die neben ihr auf dem Sofa gesessen hatte, stand auf, sagte gute Nacht und verließ mit ihr zusammen den Salon.

»Sag mal, was war das denn für ein Auftritt?«, fragte Agnes, als sie die Treppe hinaufgingen. »Du bist Großmutter ja geradezu über den Mund gefahren und das in einem Tonfall, als seist du die Königin von Saba. Wenn man sowas in deinem Pensionat lernt, will ich auch dahin!« Sie zwinkerte Mina zu.

»Es ist doch wahr«, schnaubte Mina. »Dieser Frederik meint ständig, Edo vor allen Leuten schlechtmachen zu müssen. Und natürlich nimmt Großmutter jedes Wort für bare Münze.«

»Er wickelt sie ganz schön um den Finger, das stimmt.«

»Geht das die ganze Zeit schon so?«

»Dass er Großmutter becirct, ja. Das mit Herrn Blumenthal ist mir bislang nicht aufgefallen.« Sie warf Mina einen fragenden Blick von der Seite zu. »Seit wann nennst du ihn denn Edo?«

Mina seufzte. »Jetzt fang du nicht auch noch an, Agnes. Ich kannte ihn schon, als er noch der Lehrling im Kontor war. Er ist so etwas wie ein Freund von mir.«

»Dann ist es ja kein Wunder, dass der Leutnant pikiert ist, Mina. Ich werde den Eindruck nicht los, dass er an dir interessiert ist.«

»Du bist doch wohl noch entschieden zu jung, um dir über so etwas eine Meinung zu bilden.«

Noch im Moment, als Mina diese Worte ausgesprochen hatte, bereute sie schon, Agnes so angefahren zu haben. In ihren grünen Augen lag Vorwurf, und es war deutlich zu sehen, dass sie verletzt war.

»Es tut mir leid, Agnes. Wirklich. Das ist mir einfach so herausgerutscht.« Mina griff nach Agnes' Hand und drückte sie kurz. »Ich habe ein paar verrückte Tage hinter mir und die, die vor mir liegen, werden sicher nicht viel besser. Ich brauche jeden Verbündeten, den ich bekommen kann, um Vater und Großmutter davon zu überzeugen, dass es gut ist, wenn ich nicht ins Pensionat zurückfahre. Ich wollte dich nicht vor den Kopf stoßen, Agnes. Deine Meinung ist mir wichtig. Ich hoffe, du glaubst mir.«

Agnes schaute ihr einen Moment lang in die Augen, dann lächelte sie. »Ist schon gut, Mina. Vergeben und vergessen.« Sie öffnete die Tür zu ihrem Zimmer. »Aber bitte, halt mir mein Alter nicht vor. Das tun alle anderen schon oft genug.«

Egal was sie auch tat, um am nächsten Tag ein paar Minuten mit Edo allein zu sein, es gelang ihr einfach nicht. Den ganzen Vormittag war das Kontor voller Menschen. Lieferanten, Kunden, Makler mit Rohkaffeeproben in der Hand, sie alle gaben sich die Klinke in die Hand. Als sie in der Probenküche stand, um ein paar Kaffeeproben zu rösten und zum Verkosten aufzubrühen, und Edo ihr nachkam, glaubte sie schon, nun sei der Moment endlich gekommen, doch nur Sekunden später stand Frederik neben ihnen und fragte nach irgendwelchen Verladescheinen, die er angeblich auf der Stelle brauchte. Es ist zum Verrücktwerden, dachte Mina ärgerlich. Dieser Kerl ist so anhänglich wie eine Klette.

Den ganzen Morgen ließ Frederik Mina auch nicht für fünf Minuten aus den argwöhnischen Augen. Doch sie hoffte, Edo wenigstens so wie sonst zur Pause begleiten zu können. Auf dem Weg zum Kaiserspeicher, wo sich vermutlich Heiko zu ihnen gesellen würde, wäre genug Zeit, um mit ihm zu reden. Ungeduldig wartete sie, bis ihr Vater und Frederik zur Börse aufbrachen, aber die beiden ließen sich ungewöhnlich viel Zeit.

Schließlich bat ihr Vater sie ins Chefbüro, wo Frederik sich auf einem der Gästesessel lümmelte und seine unvermeidliche Zigarette rauchte.

»Hast du nicht Lust, heute mit uns beiden in der Börse essen zu gehen, Mina?«, fragte Karl.

»In der Börse?« Mina glaubte, nicht richtig gehört zu haben.

»Im Foyer ist ein kleines Restaurant, da wird das mit dem Damenbesuch nicht ganz so genau genommen«, sagte ihr Vater mit einem Augenzwinkern. »Wie sieht es aus, willst du mitkommen?«

Mina zögerte, doch dann sah sie den erwartungsvollen Glanz in den Augen ihres Vaters und sagte zu. Mit Edo würde sie auch später noch reden können, tröstete sie sich.

»Sehr gut! Frederik wird dich später wieder zurückbegleiten, während ich im Börsensaal noch schnell nach den Kursen sehe.« Karl rieb sich die Hände. »Dann wollen wir mal los, bevor die besten Plätze im Restaurant besetzt sind.« Damit erhob er sich und öffnete die Tür zum Vorraum. »Wir gehen jetzt zur Börse hinüber«, sagte er zu Herrn Becker und Edo, die gerade allein im Vorzimmer waren. »Fräulein Mina geht mit uns essen. Sie halten solange die Stellung, nicht wahr, Blumenthal?«

»Selbstverständlich, Herr Deharde«, hörte Mina Edo sagen. Erst als sie durch die Tür ging, konnte sie ihn sehen. Er saß an seinem Platz, anscheinend emsig über einen Stapel Papiere gebeugt, aber der böse Blick, mit dem er Frederik aus den Augenwinkeln bedachte, entging ihr nicht.

»Wir sind gleich zurück.« Mina lächelte ihm unsicher zu, doch statt eine Antwort zu geben, nickte er nur knapp.

Die Kaffeebörse befand sich nur einen Steinwurf vom Kontor entfernt am anderen Ende des Sandtorkais. Für diese kurze Strecke machte sich niemand die Mühe, das Automobil zu bewegen, zur Börse ging man zu Fuß. Den Arm, den Frederik ihr anbot, ignorierte Mina geflissentlich und hakte sich stattdessen bei ihrem Vater unter.

Den Gedanken an Edo verdrängte sie, so gut es ging. Zu groß war ihre Freude darauf, die Börse nun endlich einmal von innen zu sehen. Obwohl Mina schon hunderte Male an dem beeindruckenden Gebäude vorbeigegangen war, hatte sie es doch nie betreten.

Nach wenigen Minuten hatten sie das Backsteingebäude mit den hellen Säulen neben der Eingangstür erreicht, über der in goldenen Lettern *Verein der am Caffeehandel betheiligten Firmen* prangte. Staunend blieb Mina stehen, als sie ins Foyer traten, und ließ den Blick über die Säulen aus hellem Stein bis hoch zu der stuckgeschmückten Decke wandern. Statt nach rechts zur zweiflügligen Tür, über der Börsensaal geschrieben stand, wandte Karl sich nach links, wo hinter einer Glastür eine ganze Anzahl eingedeckter Tische zu erkennen war. An einigen saßen schon Herren in dunklen Anzügen, wie auch ihr Vater sie stets im Kontor trug, aber etliche waren noch frei.

Neugierig sah Mina sich um und entdeckte tatsächlich an einem der Tische am anderen Ende des Restaurants einen Herrn, der in Begleitung einer Dame speiste.

»Wir haben Glück. Unser Tisch ist noch frei.« Karl steuerte einen Tisch in der Nähe der Fenster an, dann winkte er einen Kellner herbei. »Heute mal für drei, Anton.«

Der Kellner verbeugte sich und wieselte davon, um noch ein weiteres Gedeck zu holen. Frederik rückte Mina unterdessen einen Stuhl zurecht, und sie nahmen Platz.

Nachdem Karl für alle drei Finkenwerder Scholle mit Speckkartoffeln bestellt hatte, lehnte er sich in seinem Stuhl zurück und nickte Mina lächelnd zu. »Das hätte ich schon viel früher machen sollen«, sagte er. »Seit ein paar Jahren nehmen sie es einem nicht mehr so übel, wenn man Frauen mit ins Restaurant nimmt. Aber da muss erst so ein junger Bursche wie unser Frederik kommen und mich überreden, dass es sich sicher auch sehr angenehm in Begleitung meiner Tochter speisen lässt.«

Mina warf Frederik einen schnellen Blick zu und stellte fest, dass er so zufrieden aussah wie ein Kater in einem Milchgeschäft.

»Wichtiger wäre es, dass man Frauen auch zum Börsenhandel zulässt«, sagte sie ärgerlich, griff nach ihrem Weinglas und nahm einen großen Schluck.

»Nun mal langsam mit de jungen Peer! Rom wurde bekanntlich auch nicht an einem Tag erbaut.« Karl zwinkerte Mina zu. »Es gibt inzwischen schon ein paar Kaufleute im Verein, die fortschrittlicher denken als andere, aber ehe das so weit ist, muss sicher noch einiges Wasser die Elbe hinunterlaufen. Lass mal noch so zehn oder fünfzehn Jahre ins Land gehen, vielleicht ist es dann so weit, dass auch Frauen in den Börsensaal dürfen. Mina hat den Ehrgeiz, selbst im Kaffeehandel tätig zu werden«, fügte er an Frederik gewandt hinzu.

Erstaunt hob Frederik die Augenbrauen. »Ach, wirklich?«

»Ja, und sie wird damit Erfolg haben, davon bin ich fest überzeugt. Ihre Lehrerin im Pensionat hat mir geschrieben, dass sie großes Talent besitzt. In der Theorie könne ihr niemand etwas vormachen, nur die Praxis fehle ihr noch ein wenig.«

Für den Bruchteil einer Sekunde umspielte ein spöttisches Lächeln Frederiks Lippen, dann hatte er sich wieder im Griff und nickte Beifall heischend in Karls Richtung. »Und warum sollte sie auch keinen Erfolg haben? Wir leben immerhin in modernen Zeiten.«

Am liebsten hätte Mina ihm ihr Glas, das sie noch immer in der Hand hielt, in sein verlogenes Lächeln geworfen. Zum Glück kam gerade der Kellner, um ihr Essen zu servieren, und so wandte sie sich ihrem Teller zu.

»Apropos Pensionat«, sagte Karl nach einer Weile, in der sie schweigend gegessen hatten. »Leutnant Lohmeyer sagte, es sei ihm ein Vergnügen, dich nächste Woche wieder zurück nach Eifelhof zu fahren.«

»So schnell schon?«, fragte Mina erschrocken. »Ich bin doch erst ein paar Tage hier.«

»Ich dachte, es gefällt dir gut im Pensionat und du würdest deinen Unterricht bei Frau von Aldenburg so schnell wie möglich fortsetzen wollen.«

Mina schob mit der Gabel ein Stück Kartoffel auf ihrem Teller hin und her. Was nun? Sie überlegte fieberhaft und blickte dann auf. »Aber du hast doch selbst gesagt, dass Frau von Aldenburg geschrieben hat, ich bräuchte nur noch Praxis, weil ich so gut in der Theorie bin. Wo kann ich denn mehr Praxis bekommen als in unserem Kontor?« Mina warf ihrem Vater einen flehenden Blick zu. »Bitte lass mich doch hierbleiben. Wenigstens bis November, wenn wir nach ...« Über sich selbst erschrocken, brach sie mitten im Satz ab.

Karl runzelte die Stirn. Stille senkte sich über den Tisch. Mina hielt den Atem an. »Bis November?« Karl warf ihr einen forschenden Blick zu. »Hat etwa der junge Blumenthal etwas ausgeplaudert?«

Langsam atmete sie aus. Es war zwecklos, zu leugnen. »Ja, hat er, aber unabsichtlich. Und ich habe ihm versprechen müssen, dir die Überraschung nicht zu verderben. Es tut mir leid, Vater.«

Verständnislos sah Frederik von einem zum anderen. »Eine Überraschung?«

Karl nickte. »Im November fahren wir für zwei Wochen nach New York. Die Konditionsverhandlungen mit den Banken stehen an, und ich wollte Mina damit überraschen, dass ich sie diesmal mitnehme.« Er beugte sich ein wenig in Minas Richtung. »Und in die Oper werden wir beide auch gehen. In der Metropolitan wird die Walküre gegeben. Das ist unser beider Lieblingsoper«, fügte er an Frederik gerichtet hinzu. »Blumenthal fährt übrigens mit dem gleichen Schiff wie wir.«

»Stimmt ja, das erwähnten Sie. Wie schön für ihn!« Diesmal war das Lächeln auf Frederiks Gesicht echt. »So ein Auslandsaufenthalt ist außerordentlich lehrreich. Das kann ich aus eigener Erfahrung sagen.«

Mina hatte immer mehr den Eindruck, dass Agnes mit ihrer Einschätzung Frederik betreffend richtiglag.

»Also gut«, sagte Karl. Er schob den Teller, den er kaum angerührt hatte, ein Stück von sich weg. »Ich werde Frau von Aldenburg einen Brief schreiben und sie fragen, was sie davon hält, wenn du die acht Wochen bis zur Amerikareise hierbleibst. Wenn sie der Meinung ist, dass es deinen Studien nicht schadet, bin ich einverstanden. Aber unter einer Bedingung.«

Minas Herz machte vor Freude einen Hüpfer, aber ehe sie etwas erwidern konnte, hob Karl den Zeigefinger. »Praxis hin oder her, du wirst bitte nicht die gesamte Zeit im Kontor verbringen, sondern dir ein bisschen Zeit nehmen und unserem Gast …«, er deutete auf Frederik, »… zeigen, wie schön Hamburg ist.«

ZWÖLF

Liebe Mina,

eigentlich hatte ich vorgehabt, dir erst morgen, also nach dem Abschlussball zu schreiben, aber dein Brief von heute schien mir so dringend, dass ich diesen einen Tag nicht abwarten wollte.
Nimm es mir nicht übel, aber dass dein Edo dir einen Antrag gemacht hat, erzeugt in mir eher zwiespältige Gefühle statt helle Freude für dich. Ich finde, es ist sehr viel von dir verlangt, so schnell zu entscheiden, alle Brücken hinter dir abzubrechen und mit ihm nach Amerika auszuwandern. Zwischen deinen Zeilen glaube ich zu lesen, dass du selbst zweifelst, ob du dazu bereit bist. Du schreibst, du liebst ihn, aber ich weiß, wie sehr du auch an deiner Familie hängst. Bitte, liebe Mina, überstürze nichts, und lass dir Zeit mit dieser Entscheidung. Du bist gerade einmal achtzehn Jahre alt und hast keinen Grund, in Torschlusspanik zu verfallen. Außerdem hattest du so große Pläne für deine Zukunft, willst du die wirklich alle über Bord werfen?
Wie wäre es denn, wenn du Edo vorschlägst, mit der Entscheidung, wenigstens aber mit der Ehe zu warten, bis er aus New York wieder zurück ist? Dies eine Jahr gäbe euch beiden Zeit

festzustellen, ob eure Liebe wirklich stark genug ist, für ein ganzes Leben zu halten.
Jetzt sehe ich dich den Kopf schütteln und höre dich sagen, Irma gibt mir Ratschläge wie ein Großmütterchen aus einem Groschenroman. Ich gebe zu, es klingt ein wenig danach, aber ganz im Ernst gesprochen, ich habe mir einfach nur vorgestellt, was meine Mutter wohl in einem solchen Fall als Rat geben würde, und ich bin sicher, sie hätte genau das vorgeschlagen.
Also, liebe Freundin, sag deinem Edo, dass er sich noch gedulden muss, ehe er dich als Gattin heimführen kann.
Nun ist es höchste Zeit, dass ich diesen Brief zur Post bringe, damit ich nicht zu spät zum Ball komme. Immerhin muss ich mich noch in mein fliederfarbenes Ballkleid zwängen. Ich vermisse dich furchtbar, und mir graut jetzt schon vor diesem Abend voll Heiterkeit und Musik. Ich werde dir morgen schreiben, wie schlimm es wirklich war.

Es grüßt dich von Herzen
Deine Freundin Irma

Mina las den Brief noch einmal. Was für ein kluges Mädchen Irma doch ist, dachte sie. »Alle Brücken hinter dir abzubrechen«, murmelte sie, während sie mit dem Finger über diese Worte strich. Genau darauf würde es hinauslaufen, wenn sie mit Edo in Amerika ein neues Leben anfangen wollte. Ein reumütiges Zurück nach Hause würde es dann nicht mehr geben. Nie mehr.

Über diese Konsequenz hatte sie bislang noch nicht nachgedacht, und sie ließ ein flaues Gefühl in ihrem Magen aufkommen.

Mit einem Seufzen steckte sie den Brief in den Umschlag

zurück und verstaute ihn ganz unten in der Schublade ihres Nachtschrankes.

Morgen muss ich unbedingt eine Möglichkeit finden, mit Edo allein zu sprechen. Ich muss ihm sagen, dass er, wenn er mich wirklich liebt, noch Geduld haben muss, ehe wir heiraten, dachte sie, bevor sie die Nachttischlampe löschte.

Doch es dauerte beinahe eine ganze Woche, bis sich die Gelegenheit ergab, auf die Mina immer ungeduldiger wartete. In den letzten Tagen war es bereits zur Regel geworden, dass Mina ihren Vater und Frederik zum Essen zur Börse begleitete, aber dann kündigte ihr Vater an, Frederik im Börsensaal die Abläufe zeigen und ihn danach mit einigen anderen Kaffeehändlern bekannt machen zu wollen.

»Es tut mir leid«, sagte Karl, während er seinen Mantel überzog. »Du bist doch hoffentlich nicht böse?«

»Aber nein, gar nicht.« Sie deutete auf die Verladezettel und Lieferscheine, die in zwei Stapeln vor ihr auf dem kleinen Schreibtisch im Chefzimmer lagen. »Ich habe reichlich zu tun, wenn ich die Rechnungen bis zum Abend noch fertig haben will.«

»Sehr gut. Vielleicht gehst du einfach mit Herrn Blumenthal hinaus, um dir die Füße zu vertreten, wenn er eine Pause macht. Das habt ihr früher doch auch oft gemacht.«

»Wenn er nichts dagegen hat, sehr gern.« Mina wandte sich wieder den Rechnungen zu und senkte hastig den Kopf, in der Hoffnung, ihr Vater möge nicht bemerken, dass ihr das Blut in die Wangen gestiegen war.

Schnell war sie wieder in ihre Arbeit vertieft, sodass sie zusammenschrak, als es an der Tür klopfte und Edo den Kopf hereinstreckte.

»Kommen Sie, Fräulein Mina?«, fragte er förmlich. »Es ist schon ein Uhr vorbei.« Offenbar war Herr Becker in Hörweite, sodass er nicht wagte, sie zu duzen.

»Ich … Ja, natürlich.« Wie elektrisiert sprang sie auf die Füße, legte mit zitternden Fingern die Papiere zusammen und hätte sie um ein Haar mitsamt des Federhalters zu Boden gerissen.

Nimm dich gefälligst zusammen, Mina, dachte sie. Es gibt keinen Grund, so nervös zu sein. Aber das Flattern in ihrer Magengrube wollte nicht nachlassen.

Edo half ihr in den Mantel, hielt ihr die Kontortür auf, und schweigend gingen sie nebeneinander die Treppe zur Eingangstür hinunter. Erst als sie ein Stück den Bürgersteig entlanggegangen waren, traute Mina sich, Edo einen Seitenblick zuzuwerfen.

»Endlich«, sagte sie leise.

»Ja, endlich.« Er streckte seine Hand aus und berührte ihre Linke. »Seit dem Geburtstag deines Vaters konnten wir kein Wort allein miteinander reden. Immer war dieser Lohmeyer in deiner Nähe und hat mit Argusaugen aufgepasst.«

»Glaubst du etwa, mir gefällt das?« Ihr Tonfall war schärfer, als sie es beabsichtigt hatte. »Entschuldige bitte, Edo!« Sie nahm seine Hand und drückte sie für einen Moment, ehe sie sie wieder losließ, aus Sorge, jemand könnte sie beobachten. »Mein Vater hat scheinbar einen Narren an ihm gefressen und stellt ihn den anderen Kaffeehändlern vor.«

»Das wundert mich nicht. Möglicherweise sucht er schon nach Fürsprechern für ihn.«

»Fürsprecher?«

»Ja. Wenn man an der Börse handeln will, muss man Mitglied im Verein sein, und dafür braucht man zwei Fürsprecher unter den Kaufleuten. Herr Becker hat auch schon sowas angedeutet.«

»Was hat er angedeutet?«, fragte Mina verständnislos.

»Dass dein Vater offenbar Absichten mit Leutnant Lohmeyer hat. Vielleicht soll ja aus *Kopmann & Deharde* bald *Deharde & Lohmeyer* werden.«

»Das ist doch Unfug!«, rief Mina und hielt an. »Glaubst du wirklich, dass mein Vater mich diesem Lohmeyer zur Frau geben würde?«

Auch Edo war stehen geblieben. Er hob die Augenbrauen und sah sie zweifelnd an. »Du nicht?«

»Nein. Jedenfalls nicht, ohne mich vorher um meine Meinung gefragt zu haben.«

»Also gut. Wie ist deine Meinung zu diesem Lohmeyer?« Seine Stimme troff vor Verachtung, als er Frederiks Namen aussprach.

»Ich halte ihn für einen Aufschneider, der alles tut, um sich bei meiner Familie lieb Kind zu machen. Und ich mag ihn nicht. So, jetzt weißt du es!« Mina presste die Lippen zusammen, um zu verhindern, dass ihr vor Enttäuschung die Tränen kamen. So hatte sie sich dieses Gespräch wahrhaftig nicht vorgestellt. Sie wandte sich ab und ging ein paar Schritte in die andere Richtung.

Es dauerte nur eine Sekunde, bis sie Edos Hand auf ihrer Schulter fühlte.

»Entschuldige, Mina«, hörte sie ihn sagen. »Es ist nur weil ich ...« Er verstummte.

Sie fuhr herum und funkelte ihn an. »Weil du kein Vertrauen zu mir hast. Weil du eifersüchtig bist. Vielleicht deshalb, weil du denkst, dass ich es nicht ernst meine, wenn ich sage, dass ich dich liebe?«

Einen Moment lang sah er ihr stumm in die Augen, dann nickte er.

»Es ist mir aber ernst«, fuhr sie fort. »So ernst, wie noch nie etwas zuvor. Du musst mir einfach vertrauen, Edo. Hörst du? Ich liebe dich! Aber das heißt nicht, dass ich alles, was ich außer dir noch liebe, ohne nachzudenken über Bord werfen kann. Weder meine Familie noch die Verantwortung, die ich hier habe.«

Edo ließ sie los. »Was soll das heißen?«

»Das bedeutet, dass ich nicht mit dir fortlaufen werde, um in Amerika ein neues Leben anzufangen, sondern dass ich nach unserer Reise mit meinem Vater in dieses hier zurückkehren werde.« Sie ging zu ihm und griff nach seinen Händen. »Aber ...« Mina suchte seinen Blick und versuchte, zu lächeln. »Ja, es gibt ein ›aber‹. Es heißt auch, dass ich auf dich warten werde, bis du aus Amerika zurückkommst, und dann werde ich dich heiraten, wenn du mich noch willst.«

Sie schlang die Arme um Edo und küsste ihn. In diesem Moment war ihr egal, dass sie mitten auf dem Bürgersteig vor den Speicherhäusern am Sandtorkai standen, wo jeder sie sehen konnte. Die Welt um sie herum schrumpfte zusammen und verlor jede Bedeutung. Das Rumpeln der Pferdefuhrwerke verschmolz mit den Rufen der Quartiersleute an den Ladewinden hoch über ihr und den mürrischen Bemerkungen der Hafenarbeiter, denen Edo und sie den Weg versperrten. Nichts von alledem war noch wichtig. Alles was zählte, waren Edos Arme, die sie umfasst hielten und seine Lippen auf den ihren.

Als sie sich voneinander lösten, hielt Edo ihren Blick fest. Sein Atem ging schneller. Mina spürte, wie sich ein Lächeln auf ihrem Gesicht ausbreitete. Sie nahm seine Hand. »Komm«, sagte sie.

Statt wie sonst zum Kaiserspeicher zu gehen, wo vermutlich Heiko auf sie warten würde, führte Mina ihn zu den Landungsbrücken, weil sie dort in Ruhe miteinander sprechen konnten. Doch sie redeten kaum ein Wort, als sie dicht nebeneinander auf einer Bank am Kai saßen, ihre Hand mit seiner verschränkt, und über das Hafenwasser zu den großen Passagierschiffen hinüberschauten, die auf der anderen Seite des Hafens am Kai der HAPAG lagen.

»Noch sechs Wochen«, sagte Edo schließlich.

»Ja, nur noch sechs Wochen, dann sind wir auf einem von diesen Schiffen auf dem Weg nach Amerika.« Sie lehnte sich an ihn und legte den Kopf auf seine Schulter. »Ich freue mich schon so.«

Als Mina und Edo eine Stunde später wieder ins Kontor zurückkamen, sah ihnen Herr Becker schon vorwurfsvoll entgegen. »Na, Sie haben sich aber Zeit gelassen, Blumenthal. Herr Lohmeyer hat schon ein paar Mal nach Ihnen beiden gefragt.«

»Das ist meine Schuld, Herr Becker«, sagte Mina gut gelaunt. »Ich habe Herrn Blumenthal überredet, einen Spaziergang zu den Landungsbrücken zu machen. Ist mein Vater auch schon zurück?«

»Nein, aber er müsste gleich kommen. Herr Lohmeyer sagte, Herr Deharde habe ausrichten lassen, er werde gegen zwei Uhr wieder hier sein.« Er nahm einen Umschlag von seinem Schreibtisch und reichte ihn Mina. »Der Brief ist eben für ihn gekommen.«

»Ich nehme ihn mit und lege ihn auf seinen Schreibtisch.« Sie sah zu Edo hinüber und lächelte ihm zu. »Danke für den schönen Ausflug, Herr Blumenthal.«

Auf dem Weg ins Chefzimmer drehte sie den Umschlag

um, um nach dem Absender zu sehen. A. v. Aldenburg, Eifelhof stand dort zu lesen. Das musste die Antwort auf den Brief sein, den ihr Vater der Direktorin schicken wollte.

»Da sind Sie ja endlich!« Frederik sprang aus dem Sessel unter dem Fenster auf und kam auf sie zu, als sie eingetreten war. »Ich habe mir schon Sorgen gemacht, dass etwas passiert ist.«

Erstaunt zog Mina die Augenbrauen hoch. »Warum denn das?«

Sie legte den Brief von Frau von Aldenburg auf Karls Schreibtisch und setzte sich an ihren Platz, um weiterzuarbeiten.

»Es ist doch wohl verständlich, dass ich mir Gedanken mache. Eine junge Dame mutterseelenallein in der Speicherstadt unterwegs?«

Mina drehte sich auf ihrem Stuhl zu ihm um. »Seien Sie nicht albern. Dies ist die Speicherstadt, kein Sündenbabel wie St. Pauli. Hier passiert kaum je etwas Schlimmes, vermutlich weil überall die Zollbeamten patrouillieren. Außerdem war ich nicht allein. Herr Blumenthal hat mich begleitet.«

»Der junge Mann ist kaum eine angemessene Begleitung für Sie, geschweige denn ein Schutz.«

»Wie ich schon sagte, in der Speicherstadt fühle ich mich sicher, mir wird bestimmt nichts zustoßen. Ich bin hier schon als Kind überall herumgelaufen – manchmal sogar allein. Und was Herrn Blumenthal angeht, frage ich mich langsam wirklich, was Sie gegen ihn haben.«

Frederik zog ein Etui aus der Tasche und zündete sich eine Zigarette an. »Ich habe gar nichts gegen ihn. Lediglich sein Verhalten Ihnen gegenüber finde ich unangemessen. Es hat so etwas plump Vertrauliches.«

»Plump vertraulich?« Mina konnte nicht verhindern, dass ihre Stimme scharf wurde. »Was meinen Sie denn bitte damit?«

Bevor Frederik antworten konnte, öffnete sich die Tür zum Chefbüro, und Karl Deharde trat ein. Ein breites Lächeln stand auf seinem Gesicht, seine Augen glänzten und seine Wangen waren leicht gerötet. Er rieb sich zufrieden die Hände und sah so wohl aus wie seit Tagen nicht.

»Die Herren waren sehr angetan von Ihnen, mein Junge!«, sagte er und schlug Frederik auf die Schulter. »Meinen Freund Senator Hullmann haben Sie ja schon bei dem Diner in unserem Hause beeindruckt, aber auch die beiden anderen waren voll des Lobes für Sie und Ihre Ansichten.«

Stirnrunzelnd schaute Mina von einem zum anderen. »Was war denn los, Vater?«

»Hm?« Karl drehte sich zu Mina um. »Ach, ich habe dir doch erzählt, dass ich den Leutnant einigen Kaffeeimporteuren vorstellen wollte, weil er Interesse daran geäußert hat, sich gänzlich in Hamburg niederzulassen und im Handel tätig zu werden. Und wie du weißt, können gute Beziehungen da nicht schaden. Nanu, was ist das denn?« Er deutete auf den Brief, der auf seinem Schreibtisch lag.

»Der ist vorhin gebracht worden. Frau von Aldenburg hat geschrieben.« Mina versuchte, so beiläufig wie nur möglich zu klingen. Gespannt verfolgte sie das Mienenspiel auf dem Gesicht ihres Vaters, während er den Brief las. »Das wird dich freuen«, sagte er und lächelte zufrieden, als er das eng beschriebene Blatt an sie weiterreichte.

Verehrter Herr Deharde,

herzlichen Dank für Ihre freundlichen Zeilen. Gern komme ich Ihrer Bitte nach, Ihnen eine Einschätzung zu geben, wie eine längere Abwesenheit die Ausbildung Ihres Fräulein Tochter beeinflussen würde. Sicher wäre es gut, wenn Wilhelmina alsbald nach Eifelhof zurückkehren würde, aber meiner bescheidenen Meinung nach wird sie den Lehrstoff, den sie in dieser Zeit versäumen würde, rasch aufholen. Wie Sie schon betonten, kann sie in Ihrer Firma wertvolle Erfahrungen gewinnen, da Sie gewillt sind, Ihrer Tochter Einblick in die Abläufe des Kontors zu gewähren. Ergänzend wäre es aber hilfreich, wenn sie auch die Theorie nicht aus dem Blick verliert. Daher erlaube ich mir, Ihrer Hauslehrerin Fräulein Brinkmann die Aufgaben zuzusenden, die ich hier mit Comtesse Gusnar bearbeite, damit sie sie mit Fräulein Wilhelmina durchnimmt.
Ich darf meine Freude darüber zum Ausdruck bringen, dass es Ihnen, wie Sie schreiben, besser geht. Hoffend, dass Ihre Genesung weiter voranschreitet, verbleibe ich

mit hochachtungsvollen Grüßen
Amalie von Aldenburg, Direktorin

»Das heißt, ich kann zu Hause bleiben?«, fragte Mina, als sie zu Ende gelesen hatte. »Ich muss vorerst nicht nach Eifelhof zurück?«

»Bis nach Neujahr kannst du hierbleiben. Aber glaube ja nicht, du kannst dich hier auf die faule Haut legen«, sagte ihr Vater lächelnd.

Mina lief zu ihm, umarmte ihn und drückte ihn an sich.

»Danke, Vater!« Als sie sah, dass er kurz schmerzerfüllt das Gesicht verzog, ließ sie ihn sofort los und musterte ihn besorgt. »Ist alles in Ordnung?«

»Ja, natürlich. In bester Ordnung, min Deern.«

Doch seine plötzliche Blässe strafte ihn Lügen.

DREIZEHN

In den nächsten Wochen flog die Zeit nur so vorüber. Ehe Mina sich versah, war der September vorbei und hatte dem Oktober Platz gemacht. Nun hingen Nebelschwaden über dem Hafen, wenn sie morgens mit Frederik und Vater zur Speicherstadt hinausfuhr, und wenn sie abends wieder in die Villa zurückkehrten, war es bereits stockdunkel.

Je vertrauter Mina die Arbeit im Kontor wurde und je sicherer sie bei ihren Aufgaben war, desto mehr verliefen die Tage ineinander und verwischten sich zu einer Folge immer gleicher Abläufe. Kalkulation, Bestellungen, Verladescheine, Lieferungen, Rechnungsstellung, Buchhaltung, Warentermingeschäfte: In alle Bereiche des Geschäfts versuchte sie sich Einblick zu verschaffen, stellte Fragen und bot sich überall an zu helfen. Allmählich wurde ihre Anwesenheit ganz selbstverständlich, und sie wurde von allen als vollwertige Mitarbeiterin angesehen. Wenn ihr Vater die Angebote der Makler mit der Bitte übergab, diese doch bitte kurz für ihn durchzukalkulieren und ihm eine Aufstellung der Preise für verschiedene Abnahmemengen zu erstellen, prüfte er nur ihre ersten zwei Versuche nach, danach übernahm er ihre Berechnungen ohne einen weiteren Blick darauf. Das erstaunte Mina, denn alles, was er Frederik gab, kontrollierte er peinlich genau. Schließlich stellte sie fest, dass er Frederik mit immer weniger Aufgaben betraute. Gleichwohl nahm er den Leutnant nach wie vor jeden Tag in die Börse mit. Manchmal fragte ihr Vater sie, ob sie nicht zum Essen mitkommen wollte, aber wenn sie dann auf den Stapel Papiere auf ihrem Schreibtisch deutete und vorschob, zu viel zu tun zu haben, ließ er sie gewähren.

An solchen Tagen ging sie mit Edo zum Kaiserspeicher, wo sie sich mit Heiko trafen, um gemeinsam ihr Brot zu essen und auf ihrer Bank zu sitzen, achtete aber darauf, pünktlich wieder im Kontor zu sein, bevor Karl und Frederik von der Börse zurückkehrten.

Dieser Wochenablauf wurde nur durch den Sonntag unterbrochen. Vormittags saß sie dann mit Fräulein Brinkmann in ihrem Zimmer und bearbeitete die Theorieaufgaben, die Frau von Aldenburg geschickt hatte, und nachmittags machte sie mit Frederik Ausflüge, um ihm, wie sie es ihrem Vater versprochen hatte, »Hamburg und umzu« zu zeigen. Bei schönem Wetter fuhren sie mit dem Automobil nach Blankenese hinaus, um im dortigen Ausflugslokal Kaffee zu trinken und die Dampfschiffe und Segler auf der Elbe zu beobachten, und stiegen hinterher die vielen Treppen bis zum Elbstrand hinunter. Oder sie schlenderten durch Hagenbecks Tierpark in Stellingen, vor den Toren der Stadt, wo man die exotischen Tiere seit ein paar Jahren in großen Gehegen statt in engen Käfigen ausstellte. Wenn es regnete oder kalt war, besuchten sie eines der zahlreichen Museen wie das Museum für Hamburgische Geschichte oder bewunderten die Ausstellungen im Museum für Kunst und Gewerbe in der Nähe des Hauptbahnhofs.

Obwohl sie Frederik noch immer mit Misstrauen begegnete, musste Mina zugeben, dass er sich ihr gegenüber wie ein perfekter Gentleman benahm. Stets ausgesucht höflich und galant, versuchte er nie, sich ihr auch nur im Mindesten zu nähern, und war ein angenehmer Gesprächspartner. Während dieser Ausflüge sprachen sie nur selten über die Arbeit und nie über Edo Blumenthal, was Mina sehr recht war. Auch darüber, was er in Zukunft in Hamburg vorhatte, schwieg Frederik sich aus. Ihre Gespräche drehten sich meist um Kunst und die Oper, von der er erstaunlich viel verstand, weil er während seiner Militärzeit in Berlin etliche Vorstellungen der dortigen Häuser besucht hatte. Er sprach auch in aller Ausführlichkeit von den Schönheiten seiner Heimat Guatemala.

Mina hörte ihm zu, stellte manchmal eine Frage, besonders, wenn es um Kaffeeanbau ging, und ließ ihn ansonsten erzählen.

Der Gesundheitszustand ihres Vaters hatte sich zu Minas Erleichterung in den letzten Wochen ein wenig gebessert. Zwar verzichtete er weiterhin auf seine geliebten Zigarren und vermied es, Alkohol zu trinken, aber er hatte wieder mehr Appetit und sogar ein wenig zugenommen. Auch schien er nicht mehr so schnell zu ermüden und saß nach dem Abendessen noch eine Weile in seinem Arbeitszimmer, um zu lesen oder sich mit Frederik zu unterhalten, der sich häufig zu ihm gesellte.

Als sich auch der Oktober seinem Ende zuneigte, nahm die anstehende Reise nach New York immer mehr Raum in Minas Gedanken ein. Sie hatte sogar schon begonnen, die Kleider auszusuchen, die sie mitnehmen wollte. Der große Kleiderkoffer, der in der Ecke ihres Zimmers stand, füllte sich zusehends.

Großmutter Hiltrud passte es gar nicht, dass Mina und ihr Vater diese lange Reise mit dem Schiff nun tatsächlich antreten wollten. Noch war die Erinnerung an das Unglück der Titanic, die im April dieses Jahres über tausendfünfhundert Passagiere mit sich in die Tiefe gerissen hatte, sehr frisch. Immer wieder sprach Hiltrud darüber und warnte vor den Gefahren der großen, schnellen Passagierschiffe, die den Atlantik überquerten.

Karl versuchte, sie zu beruhigen, indem er ihr stets aufs Neue mit großer Geduld versicherte, der Untergang der Titanic sei ein einmaliges Ereignis gewesen, hervorgerufen durch eine Verkettung unglücklicher Umstände. Gerade die Schiffe der HAPAG seien sehr sicher und die Kapitäne äußerst erfahren, aber Hiltrud war nicht zu überzeugen und ließ nicht locker.

»Dass dein Vater nach New York muss, verstehe ich durchaus. Immerhin geht es um die Verhandlungen mit den Banken, aber warum du ihn unbedingt begleiten sollst, will mir nicht in den Kopf. Das eigene Kind so in Gefahr zu bringen.« Sie legte die Stirn in Sorgenfalten und schüttelte missbilligend den Kopf, ehe sie sich wieder ihrer Gobelinstickerei zuwandte.

Mina, die sah, dass sich Agnes neben ihr ein Lachen verkneifen musste, seufzte vernehmlich. »Vater wollte mich damit überraschen und mir eine Freude machen«, erklärte sie, wie es ihr schien, zum hundertsten Mal. »Es soll eine Entschädigung dafür sein, dass ich nicht nach Südamerika fahren kann, um die Kaffeeländer kennenzulernen, weil ich nun einmal eine Tochter und kein Sohn bin.«

»Aber natürlich könntest du! Leutnant Lohmeyer hat mir schon einige Male versichert, dass er dich gern nach Guatemala einladen würde, um dir die Kaffeeplantage seiner Familie zu zeigen.« Sie sah zu Frederik hinüber, der auf Vaters Platz saß und gerade sein Sherryglas auf dem Tischchen neben sich abstellte.

»Es wäre mir wie gesagt ein großes Vergnügen, gnädige Frau«, sagte er mit einem liebenswürdigen Lächeln zu Hiltrud.

»Es fragt sich nur, wie die beiden von Hamburg nach Guatemala kommen sollen?«, meinte Agnes unschuldig. »Wenn sie nicht mit dem Dampfer fahren können, weil das zu gefährlich ist, bleibt ja nur noch rudern.« Sie stieß Mina mit dem Ellenbogen an. Mina biss sich auf die Unterlippe, um zu verhindern, dass sie laut auflachte.

Hiltrud bedachte Agnes mit einem entrüsteten Blick. »Agnes, also wirklich!«

»Wieso? Es ist doch wahr!«, sagte Agnes vergnügt.

»Der Unterschied ist, dass es auf der Südamerikaroute keine Eisberge gibt, Kind«, sagte Hiltrud mit einem Anflug von Ärger in der Stimme.

»Da haben Sie allerdings recht, gnädige Frau«, sagte Frederik. »Guatemala liegt ja bekanntlich in den Tropen, auch wenn es dafür ein recht gemäßigtes Klima besitzt. Habe ich Ihnen schon erzählt …«

»Entschuldigt bitte, wenn ich mich schon zurückziehe«, unterbrach Mina ihn, die fürchtete, er werde mit einer der ausschweifenden Beschreibungen der Schönheiten seines Heimatlandes beginnen. »Ich muss noch den Brief meiner Freundin Irma beantworten. Gute Nacht.«

Ohne eine Antwort abzuwarten, verließ Mina den Salon. Sie hatte den Fuß der Treppe schon erreicht, als sie aus dem Arbeitszimmer ihres Vaters ein merkwürdiges Geräusch hörte. Besorgt machte sie kehrt und klopfte an die Tür. »Vater?«, fragte sie gedämpft.

Keine Antwort, aber wieder hörte sie etwas. Es klang wie ein Stöhnen.

»Vater? Ist alles in Ordnung?«

Jetzt klirrte etwas, als zerbräche ein Glas, gleich darauf ertönte ein dumpfer Schlag, als sei etwas Schweres zu Boden gefallen. Ohne weiter zu zögern, riss Mina die Tür auf.

Wie immer, wenn ihr Vater sich in sein Arbeitszimmer zurückzog, um die Abendzeitung zu lesen, hatte er nur die Stehlampe neben dem lederbezogenen Ohrensessel angeschaltet, sodass der Raum schwach erleuchtet war. Daher brauchte Mina einen Moment, ehe sie die Situation erfasste.

Karl lag zusammengekrümmt vor dem Sessel auf dem Boden. Mit den Armen hielt er seinen Bauch umklammert, er stöhnte leise. Offenbar hatte er sich übergeben, denn die Zeitung, die er hatte zu Boden fallen lassen, war voller rotbrauner Flecken. Jetzt würgte er wieder, und blutiger Schaum erschien in seinem Mundwinkel.

»Um Gottes willen, Vater!«, rief Mina und stürzte auf ihn zu. »Was ist denn passiert?«

Ein gurgelnder Laut war alles, was er herausbrachte. Er keuchte. Seine Augen rollten zurück, bis nur noch das Weiße sichtbar war.

Mina fiel neben ihm auf die Knie. Auf dem Boden um ihn herum lagen braune Glasscherben und kleine, weiße Pillen verstreut. Offenbar hatte er noch ein Medikament nehmen wollen, ehe er zusammengebrochen war und dabei das Fläschchen zerbrochen hatte.

Einen Moment lang glaubte Mina, von der Panik, die in ihr aufstieg, überwältigt zu werden, doch dann passierte etwas Merkwürdiges. Es war, als stünde sie plötzlich neben sich und sähe sich selbst zu, wie sie da neben ihrem bewusstlosen Vater auf dem Boden kniete.

»Reiß dich gefälligst zusammen!«, sagte eine feste Stimme in ihrem Kopf. »Wenn du jetzt hysterisch wirst, hilft das niemandem. Du musst Hilfe holen, jetzt sofort!« Obwohl noch immer die Angst in ihrem Magen flatterte, fühlte sie sich mit einem Mal ganz klar und wusste genau, was sie tun musste.

Sie sprang auf die Füße, rannte zum Salon hinüber und riss die Tür auf. Großmutter blickte erstaunt auf, aber Mina hatte nur Augen für den Leutnant.

»Frederik, Sie müssen sofort den Arzt holen!«, rief sie. »Mein Vater ist zusammengebrochen. Beeilen Sie sich, ich glaube, er ist bewusstlos.«

»Aber …«

»Keine Zeit für Erklärungen! Nehmen Sie Agnes mit, sie kennt den Weg. Schnell!«

Etwas musste in ihrer Stimme mitgeschwungen haben, das keinen Widerspruch duldete, denn sowohl Agnes wie auch Frederik sprangen gehorsam auf und liefen los. Nur Sekunden später klappte die Haustür zu.

Mina griff nach Großmutters wollenem Plaid, das wie immer in einem Korb neben ihr lag, und eilte zurück ins Arbeitszimmer. Vorsichtig breitete sie die Decke über ihrem Vater aus und legte ihm die Hand an die Stirn. Sie war schweißnass und klamm. Er schien immer noch nicht bei Bewusstsein zu sein.

»Hat er Fieber?«, hörte sie eine Stimme hinter sich und drehte sich um. Großmutter stand in der Tür, sehr aufrecht und gefasst, wie Mina sie kannte. Doch ihr Blick verriet Angst.

»Ich glaube nicht.«

»Das ist gut.« Hiltrud kam näher und beugte sich neben Mina zu ihrem Schwiegersohn hinunter. »Karl?«, fragte sie leise. »Hörst du mich?«

Flatternd öffneten sich seine Augenlider, und er gab ein Ächzen von sich.

»Hast du Schmerzen, Vater?«, fragte Mina.

Er versuchte, tief Luft zu holen, doch es bereitete ihm sichtlich Mühe. »Mein … Magen …«, keuchte er.

»Es wird alles wieder gut, hörst du? Der Doktor ist schon auf dem Weg.« Hiltrud tätschelte ihm beruhigend die Schulter, bevor sie sich an Mina wandte. »Bleib du hier bei ihm. Ich gehe in die Küche und hole Wasser und ein paar Handtücher, damit wir ihn etwas säubern können, bis der Arzt hier ist.« Mina nickte nur. Großmutter wandte sich zum Gehen, doch dann drehte sie sich noch einmal um und legte Mina tröstend die Hand auf die Schulter, ehe sie hinauseilte.

Als Mina in das aschfahle Gesicht ihres Vaters vor sich sah, der seine Augen wieder geschlossen hatte, schickte sie ein stummes Stoßgebet gen Himmel. »Lieber Gott, bitte lass ihn nicht sterben! Du hast doch schon meine Mutter genommen. Nicht auch noch Papa!« Kurz verschwamm alles vor ihren Augen, dann straffte sie die Schultern. Nicht jetzt! Dafür war später Zeit.

Hiltrud war gerade mit einer Wasserschüssel zurückgekommen und stellte sie auf dem Schreibtisch ab, als Mina auf dem Flur Frederiks Stimme hörte. »Hier entlang, Doktor.«

Die Tür wurde geöffnet, und jemand schaltete das Deckenlicht ein, in dem das Gesicht ihres Vaters noch fahler wirkte als vorher.

Dr. Küper, der Hausarzt der Familie, nickte den Anwesenden knapp zu. Er war schon um die sechzig und hatte schon Mina und Agnes auf die Welt geholt. »Was für ein Glück, dass seine Praxis gleich um die Ecke liegt«, dachte Mina dankbar.

»Wenn Sie mir bitte etwas Platz machen würden?«, sagte der Mediziner. »Am besten, Sie alle warten nebenan.«

»Ich würde lieber bei meinem Vater bleiben«, sagte Mina,

die noch immer auf dem Boden kniete. Ihre Stimme klang belegt.

»Na komm, Kind.« Hiltrud berührte Mina an der Schulter. »Wir sind hier nur im Weg.«

Wie betäubt erhob sich Mina. Sie ließ zu, dass ihre Großmutter ihr den Arm um die Taille legte und sie in den Salon führte, wo Agnes ihr entgegenrannte, die Arme um ihren Hals schlang und in Tränen ausbrach. »Schschsch«, machte Mina und strich ihr sacht über den Rücken. »Der Arzt kümmert sich um Vater. Hab keine Angst.« Sie löste sich von Agnes. »Komm, wir setzen uns.«

Es war so unwirklich. Sie alle saßen genauso da wie vor nicht einmal einer Stunde: Mina und Agnes nebeneinander auf dem Sofa, Frederik auf Vaters Sessel, Großmutter auf ihrem Platz – und doch war nichts mehr wie zuvor. Niemand sprach ein Wort, nur das leise Ticken der goldenen Kaminuhr war zu hören. Schließlich räusperte sich Frederik, nahm sich eine Zigarette und zündete sie an. »Was für ein Glück, dass der Doktor zu Hause war und gleich mitgekommen ist.«

Es war, als sei ein Bann gebrochen. Hiltrud griff nach ihrer Gobelinstickerei, die noch immer auf dem Tisch gelegen hatte, und begann zu sticken. Agnes schaute ihr entgeistert zu.

»Wie kannst du nur weitersticken, wo wir nicht wissen, ob ...« Sie brach ab und verbarg das Gesicht in den Händen. Mina legte den Arm um ihre Schultern und zog sie an sich.

»Weil es mir hilft, Haltung zu bewahren«, sagte Hiltrud ruhig. »Wir werden abwarten müssen, was der Arzt sagt, mein Kind. So lange werden wir ganz ruhig bleiben und uns nicht in eine Hysterie hineinsteigern. Nimm dir ein Beispiel an deiner Schwester, Agnes. Minas Haltung ist vorbildlich!«

Mina warf Hiltrud einen verwunderten Blick zu. Nicht nur, dass ihre Großmutter sie bei ihrem Kosenamen genannt hatte, sie konnte sich nicht erinnern, von ihr je solch ein Lob erhalten zu haben.

Ihre Blicke trafen sich, und Mina sah in Großmutters Augen so viel Stolz und liebevolle Anerkennung, dass ihr plötzlich ganz warm ums Herz wurde. Sie lächelte der alten Frau zu.

Es klopfte an der Tür, und ohne auf ein Herein zu warten, betrat Dr. Küper den Salon. Auf der hohen Stirn des Mediziners standen Sorgenfalten. »Herr Deharde hat Glück gehabt, dass er so schnell gefunden wurde«, sagte er. »Ich fürchte, er hat ein Magengeschwür, das geblutet hat. Ich hatte ihn vor einigen Wochen schon gewarnt, dass so etwas passieren könnte, und ihn gebeten, sich mehr Ruhe zu gönnen, aber diese Kaufleute … Nie hören sie auf das, was der Arzt ihnen sagt. Ich kenne das schon.« Er schüttelte seufzend den Kopf. »Nun, jetzt wird er sich die Ruhe nehmen müssen. Ich werde ihn ins Allgemeine Krankenhaus in Eppendorf bringen lassen. Dort ist er gut untergebracht, er wird die Pflege bekommen, die er braucht, und vor allem haben sie dort seit Kurzem eine Röntgenabteilung, sodass wir genau herausfinden können, was ihm fehlt.«

Hiltrud machte ein bestürztes Gesicht. »Ins Krankenhaus? So schlimm steht es?«

»Nur zur Vorsicht, gnädige Frau«, versuchte der Arzt, sie zu beruhigen. »Soweit ich weiß, besitzen Sie ein Telefon, nicht wahr?«

»Ja, der Apparat steht neben dem Eingang.« Mina ließ Agnes los und stand auf. »Ich zeige Ihnen, wo es ist.«

Sie gab dem Arzt den Vortritt und zog die Salontür hinter sich zu. »Herr Dr. Küper?«

»Fräulein Wilhelmina?« Der alte Mediziner lächelte ihr wohlwollend zu.

»Kann ich meinen Vater bitte ins Krankenhaus begleiten? Ich glaube, es wäre ihm lieb, wenn jemand bei ihm ist.«

»Das ist sicher nicht nötig, Fräulein Wilhelmina. Ich habe ihm eine Spritze gegen die Schmerzen gegeben, er wird nun für eine Weile fest schlafen. Ich werde ihn selbst ins Krankenhaus begleiten und mich um alles kümmern. Gehen Sie lieber ins Bett und ruhen Sie sich aus. Morgen Nachmittag, wenn Besuchszeit ist, können Sie gerne nach ihm schauen. Ach, da ist ja der Apparat.«

Er ging zu dem kleinen Tischchen neben der Haustür und nahm den Hörer von der Gabel des Telefons. Ehe er die Kurbel drehen konnte, die die Verbindung zur Vermittlung herstellte, sprach Mina ihn noch einmal an.

»Glauben Sie, mein Vater wird wieder gesund?«

Dr. Küper stockte in der Bewegung und sah Mina ernst in die Augen. »Mein liebes Kind, wir Ärzte tun, was in unserer Macht steht, aber letztlich liegt es in Gottes Hand.«

VIERZEHN

Ganz ehrlich, Fräulein Mina, ich halte das für keine gute Idee.« Frederik schnippte die Asche seiner Zigarette in den gläsernen Aschenbecher, der neben ihm auf dem Frühstückstisch stand, und sah Mina mit gerunzelter Stirn an. »Ich hatte selbst schon überlegt, heute im Haus zu bleiben, statt ins Kontor zu gehen. Dann könnte ich Ihnen und Ihrer Frau Großmutter Beistand leisten, falls …«

Mina warf das Stück Brot, von dem sie gerade hatte abbeißen wollen, wieder auf den Teller zurück. »Daran wollen wir doch bitte nicht einmal denken.« Sie funkelte Frederik herausfordernd an. »Mein Vater wird wieder gesund werden, davon bin ich fest überzeugt. Und ich verbiete es, dass gerade in der Gegenwart meiner Schwester oder Großmutter Zweifel daran geäußert werden, hören Sie? Ich werde es nicht zulassen, dass sie beunruhigt werden.«

Erstaunt zog Frederik die Augenbrauen in die Höhe, sagte aber nichts. Einen Moment lang war es still im Esszimmer, dann seufzte Mina.

»Entschuldigen Sie, Frederik«, sagte sie. »Ich bin wohl etwas gereizt, weil ich nicht gut geschlafen habe.«

»Das ist nicht verwunderlich.« Er schnalzte missbilligend mit der Zunge. »Deshalb ja auch mein Vorschlag, dass Sie sich heute lieber ausruhen. Außerdem bitte ich Sie zu bedenken, welchen Eindruck es macht, wenn Sie trotz der schweren Krankheit Ihres Vaters ins Kontor fahren, statt an seinem Krankenbett zu sein.«

»Ich hingegen frage mich, welchen Eindruck es macht, wenn wir beide nicht ins Kontor fahren. Ein Tag mag ja noch angehen, aber zwei oder drei oder vielleicht gar eine Woche? Dann wird an der Börse die Gerüchteküche brodeln, und es wird sehr schnell heißen, mein Vater sei nicht mehr in der Lage, seine Geschäfte zu führen. Und was das bedeutet, wissen Sie vielleicht.«

»Nein. Was bedeutet es denn?« Er sah Mina fragend an.

»Die Makler und die Kunden verlieren das Vertrauen, und Vertrauen ist das Wichtigste im Kaffeehandel. Und dann fangen die Geier an zu kreisen. Die, die versuchen werden, aus der Situation Profit zu schlagen.« Mina lachte bitter. »Kommt gar nicht in Frage!« Sie sah fest in Frederiks graue Augen. »Nein, wir beide werden ins Kontor fahren und arbeiten. Sie, mein Lieber, werden zur Börse gehen und jedem, der nach ihm fragt, mitteilen, dass mein Vater schon wieder auf dem Weg der Besserung ist und der Krankenhausaufenthalt lediglich eine Vorsichtsmaßnahme ist. Und ich werde Rechnungen und Verladebriefe schreiben, wie ich es immer tue. Und heute Nachmittag werden Sie mich nach Eppendorf ins Krankenhaus fahren. Bliebe ich hier, würde ich bis dahin vor Ungeduld verrückt werden.«

Im Kontor angekommen, bat Mina Herrn Becker und Edo sofort zu einer Besprechung ins Chefzimmer. Frederik saß mit übereinandergeschlagenen Beinen auf einem der Sessel und rauchte, während er zuhörte, wie Mina, mit dem Rücken gegen den schweren Nussbaumschreibtisch gelehnt, den beiden

Angestellten auseinandersetzte, was am gestrigen Abend vorgefallen war.

»Da Herr Becker Prokura besitzt, sollten wir keine Probleme haben, die laufenden Geschäfte wie gewohnt weiterzuführen. Ich weiß nicht, wie lange mein Vater im Krankenhaus bleiben muss, geschweige denn, wann er wieder im Kontor sein wird, aber das sollte auf keinen Fall nach außen dringen. Falls jemand fragt: Er befindet sich auf dem Wege der Besserung und ist bald zurück. Je weniger wir uns festlegen, desto besser. Das habe ich auch schon Leutnant Lohmeyer geraten, der für meinen Vater den Kontakt zur Börse behält. Und jetzt lassen Sie uns an die Arbeit gehen, meine Herren.«

Herr Becker deutete eine Verbeugung an. »Bitte nehmen Sie meine herzlichen Genesungswünsche für Ihren Herrn Vater entgegen, Fräulein Deharde«, sagte er. »Ich habe nur eine Frage.«

»Bitte!« Mina nickte ihm zu.

»Wer trifft denn jetzt die Entscheidungen, solange Herr Deharde nicht dazu in der Lage ist?«

Für den Bruchteil einer Sekunde war sie versucht, ihm zu sagen, dass er das tun müsse, weil er ja derjenige war, der als Prokurist die Vollmachten dazu besäße, aber sie zögerte. Herr Becker war ein sehr guter Bürovorsteher, der seine Arbeit verstand und das Kontor im Griff hatte, aber er hatte leider so gar nichts von einem Kaufmann. Ihm fehlte der Instinkt für das Geschäft und, wie Karl Deharde es ausgedrückt hätte, der Kaffee im Blut.

Mina holt tief Luft und straffte die Schultern. »Das werde ich tun!«, sagte sie fest.

Obwohl Mina sich die größte Mühe gab, sich mit der Arbeit von der Sorge um ihren Vater abzulenken, schweiften ihre Gedanken im Laufe des Vormittages doch immer wieder ab. Gegen Mittag fragte Frederik sie, ob sie ihn zum Essen in die Börse begleiten wolle, doch sie lehnte ab und entschuldigte sich mit den Bestellungen der Röstereien, die sich auf ihrem Schreibtisch stapelten und aus denen sie Sortier- und Verladescheine für die Quartiermeisterei erstellen musste. Kaum war er gegangen, klopfte es an der Tür. »Ich habe schon geglaubt, dieser Lohmeyer würde nie verschwinden«, sagte Edo, als er eintrat.

Ohne ein weiteres Wort zog er sie von ihrem Stuhl hoch und nahm sie ganz fest in seine Arme. Einen Moment lang ließ sie es geschehen und lehnte die Stirn gegen seine Schulter, dann löste sie sich ein wenig von ihm.

»Besser nicht!«, sagte sie leise.

»Wegen Herrn Becker? Der ist gerade dabei, das Kontobuch zu kontrollieren, da hört und sieht er nichts.«

»Nein. Wegen mir.« Hilflos zog Mina die Schultern hoch. »Wenn du mich tröstest, kommen mir bestimmt die Tränen, und wenn ich erstmal anfange zu weinen, höre ich nicht wieder auf.«

Edo hob die Hand und strich zärtlich über ihre Wange. »Meine arme Mina!«, flüsterte er. »Niemand verlangt, dass du stark bist und dich zusammennimmst.«

»Doch. Ich!« Sie blinzelte ein paar Mal, um wieder klar sehen zu können. »Haltung wahren, nennt meine Großmutter das, und ich denke, sie hat recht damit.« Minas Versuch zu lächeln misslang. »Ich hätte nie für möglich gehalten, dass ich das einmal sage. Jemand muss sich um alles kümmern, solange mein Vater es nicht kann. Das bin nun einmal ich.«

»Es ist ja hoffentlich nur für ein paar Tage.« Edo griff nach ihren Händen und küsste sie auf die Wange. »Und in zwei Wochen sind wir schon auf dem Schiff nach New York. Da gibt es so viel zu sehen und zu erleben, dass du die Sorgen ganz schnell vergessen haben wirst.«

New York … Das Schiff ging in elf Tagen. In der Aufregung der letzten Stunden hatte Mina keine Sekunde mehr an die anstehende Reise gedacht. Ob Vater überhaupt in der Lage war, die Reise anzutreten? Wenn sie an gestern dachte, bezweifelte sie es, aber sie wollte nicht darüber nachdenken, ehe sie nicht genauer wusste, was ihm fehlte. Mühsam zwang sie sich ein Lächeln ab.

»Bestimmt hast du recht. Aber bis dahin ist noch viel zu tun«, sagte sie. »Apropos viel zu tun: Heute kann ich nicht mit dir zum Kaiserspeicher gehen. Frederik fährt mich am Nachmittag zu meinem Vater ins Krankenhaus nach Eppendorf. Bis dahin muss ich die Rechnungen hier fertig machen.«

Sie gab Edo einen flüchtigen Kuss und nahm wieder hinter ihrem Schreibtisch Platz.

Ein mulmiges Gefühl beschlich Mina, als sie ein paar Stunden später neben Frederik das rote Backsteingebäude des Krankenhauses durch eine der drei hohen Flügeltüren betrat. Eine freundliche Krankenschwester, die mit ihrer gestärkten weißen Haube aussah, als sei sie einem alten Gemälde entstiegen, zeigte ihnen den Weg durch die hohen, lichtdurchfluteten Flure, als sie nach dem Weg zu Karl Dehardes Zimmer fragten, und deutete schließlich auf eine der zahlreichen weiß lackierten Türen.

»Dort ist sein Zimmer. Sie können ruhig zu ihm hineingehen«, sagte sie zu Mina. »Ihr Vater war wach, als ich vorhin nach ihm gesehen habe. Aber bitte, strengen Sie ihn nicht zu sehr an.« Sie nickte ihr aufmunternd zu und ging dann weiter.

Mina holte tief Luft und klopfte. Als sie ein leises »Herein!« vernahm, öffnete sie vorsichtig die Tür. Der kleine Raum war mit dem weißgestrichenen Metallbett, einem Nachtschrank und einem Kleiderschrank nur spartanisch eingerichtet. Ihr Vater, der zwischen den weißen Laken schmal und beinahe durchscheinend wirkte, streckte eine Hand nach ihr aus.

»Mein Wunschmädchen«, sagte er. »Wie schön, dass du da bist.« Er sprach sehr langsam und undeutlich, so als strenge ihn das Sprechen sehr an.

Mina ballte die Hände, bis sich die Nägel schmerzhaft in ihre Handflächen bohrten, so sehr erschreckte sie der Anblick. Dann aber lächelte sie, so gut sie es fertigbrachte, ging auf ihn zu und griff nach seiner ausgestreckten Hand. »Moin, Papa.« Das vertrauliche »Papa« kam ihr auf einmal ganz selbstverständlich über die Lippen. Vorsichtig setzte sie sich auf den Bettrand. »Du hast uns ja gestern einen schönen Schrecken eingejagt.«

»Ja, das glaube ich gern.« Sein Daumen strich über ihren Handrücken. »Es tut mir leid.« Er wandte den Kopf. »Frederik, kommen Sie ruhig näher, mein Junge.«

Zögernd kam Frederik ein paar Schritte heran und blieb am Fußende des Bettes stehen. »Herr Deharde«, sagte er förmlich.

»Danke, dass Sie mir Mina hergebracht haben«, sagte Karl. Dann schloss er kurz die Augen. Das Sprechen schien ihm schwerzufallen.

»Ich soll dich von allen im Kontor herzlich grüßen und gute Besserung wünschen«, sagte Mina. »Du sollst dir keine

Sorgen machen, Herr Becker und Edo Blumenthal halten den Betrieb am Laufen. Und wir beide helfen kräftig mit, nicht wahr, Frederik?«

Der Angesprochene nickte steif.

»Das ist gut … Sehr gut …«, sagte Karl leise. »Und wenn ihr Fragen habt, dann wendet euch an Senator Hullmann, der wird euch helfen.« Schwer atmend wandte er sich wieder an Mina. »Ich fürchte, wir werden die Reise um ein paar Wochen verschieben müssen. Nicht traurig sein, Deern.«

»Das ist doch ganz einerlei.« Mina strich ihm mit der freien Hand über die warme, feuchte Stirn. »Die Hauptsache ist, du wirst schnell wieder gesund.«

»Wegen der Oper …«

»Du meinst, wegen der Walküre? Wir haben sie doch in Hamburg gesehen. Besser wird sie in New York auch nicht sein.«

Ein schmales Lächeln umspielte Karls blasse Lippen. »Nein. Wohl nicht …« Erneut fielen ihm die Augen zu. »Nicht böse sein …«, murmelte er. »Bin so müde … Das Morphium …«

»Morphium?«, fragte Mina.

»Eine Spritze … gegen die Schmerzen …« Sein Kopf sackte ein wenig zur Seite, und er schien fest eingeschlafen zu sein. Vorsichtig legte Mina die Hand ihres Vaters, die sie die ganze Zeit umfasst gehalten hatte, auf die Bettdecke und betrachtete sie einen Moment. Karls Hände waren so trocken und faltig wie die eines alten Mannes, und sie glaubte sogar, die ersten Altersflecken auf der gelblichen Haut zu erkennen.

»Schlaf gut, Papa!«, flüsterte sie und küsste ihn sanft auf die Stirn. »Wir kommen morgen wieder.«

Sie wandte sich zu Frederik um und deutete auf die Tür. Er nickte und folgte ihr hinaus.

»Und jetzt? Soll ich Sie nach Hause fahren?«, fragte er, als sie wieder auf dem Flur standen.

»Nein, erst muss ich mit einem Arzt sprechen«, sagte Mina entschieden. »Ich muss wissen, was mit meinem Vater ist.«

»Glauben Sie, man wird Ihnen etwas sagen?« Frederik warf ihr einen zweifelnden Blick zu. »Einem so jungen Mädchen?«

»Mir vielleicht nicht, aber meinem Verlobten ganz sicher. Sie werden mich begleiten müssen, Frederik.«

Den Ausdruck, der für einen Sekundenbruchteil in seinen Augen lag, vermochte Mina nicht zu deuten. War es nur Überraschung? Oder gar ein Anflug von Triumph?

Es dauerte eine Weile, bis der Oberarzt Zeit fand, mit Mina und Frederik zu sprechen, und er drückte sich dabei so vage aus, dass Mina hinterher nicht schlauer war als vorher. Die Ärzte vermuteten ein Geschwür im Magen, das geblutet und ihm große Schmerzen bereitet habe. Noch sei sein Zustand nicht stabil genug, als dass man weitere Untersuchungen machen könne, das werde aber in den kommenden Tagen geschehen, sobald es ihrem Vater etwas besser ging. Nach der geplanten Röntgenaufnahme könne man mehr sagen. So lange solle ihr Vater in jedem Fall noch in der Klinik bleiben, ehe man ihn wieder in die Obhut und Pflege seiner Familie entlassen könne.

»Sind Sie jetzt etwas beruhigter?«, fragte Frederik mit einem Seitenblick auf Mina, als sie zur Heilwigstraße zurückfuhren. »Es geht Ihrem Vater doch ganz offenbar besser.«

»Was heißt beruhigter? Ich werde erst dann beruhigt sein, wenn Vater wieder hinter seinem Schreibtisch sitzt, und davon sind wir wohl noch weit entfernt, fürchte ich.«

Nachdenklich sah Mina aus dem Seitenfenster, ohne die Menschen, die auf dem Bürgersteig entlangliefen, wirklich wahrzunehmen. Eine Weile schwiegen beide.

»Ich habe mich noch gar nicht bedankt, dass Sie bei der kleinen Scharade vorhin mitgespielt haben«, sagte sie schließlich.

»Scharade?«

»Nun, dass Sie sich als mein besorgter Verlobter ausgegeben haben. Ich weiß wirklich nicht, ob der Arzt uns sonst so bereitwillig Auskunft gegeben hätte. Auch wenn er nicht viel zu sagen hatte«, fügte sie missmutig hinzu.

»Keine Ursache, es war mir ein Vergnügen, Mina.« Wieder warf er ihr einen schnellen Blick zu, ehe er seine Aufmerksamkeit wieder der Straße widmete. »Ich gebe zu, Sie als meine Verlobte vorzustellen, hatte etwas seltsam Vertrautes an sich. So, als sei das die natürlichste Sache der Welt.«

In Minas Innerem schrillte eine Alarmglocke. Sie war versucht, ihm deutlich zu machen, dass er sich in dieser Hinsicht keine Hoffnungen machen solle, aber sie schwieg. Dazu war später noch Zeit. Solange Vater im Krankenhaus war, war sie auf Frederiks Unterstützung angewiesen, und sie konnte es sich nicht leisten, es sich mit ihm zu verderben.

»Wenn Sie das so sehen.« Sie lachte verlegen, während sie fieberhaft überlegte, was sie sagen konnte, um von diesem gefährlichen Thema abzulenken.

»Wissen Sie, ich denke, vielleicht sollte ich auch lernen, ein Automobil zu fahren. Das würde vieles erleichtern, und ich müsste Sie nicht immer bitten, Chauffeurdienste zu leisten. Glauben Sie, dass ich das kann?«

»Ich glaube, dass Sie alles können, was Sie sich vorgenommen haben, Mina. Egal wie groß auch die Hindernisse sind, Sie geben nicht auf, ehe sie nicht überwunden sind.« In seinen Augen lag nichts als ehrliche Bewunderung, als er sie anlächelte. »Es wäre mir eine Freude, Ihnen das Fahren beizubringen, aber ich glaube, Sie müssten Ihren Vater um Erlaubnis bitten, wenigstens dann, wenn Sie einen Führerschein erwerben wollen.«

»Oh, nun, dann werde ich mich wohl oder übel noch ein wenig gedulden müssen.«

Frederik lachte leise. »Die Erlaubnis eines Ehemannes zählt übrigens auch.«

Im Laufe der folgenden Tage besserte sich Karl Dehardes Zustand langsam, aber stetig. Ganz allmählich kam er wieder zu Kräften und war auch weniger schläfrig, was, wie er meinte, damit zusammenhing, dass er nicht mehr diese vermaledeiten Morphium-Spritzen bekäme. Mina, die sich jeden Nachmittag von Frederik zu ihm fahren ließ, versuchte immer wieder, einen der Ärzte zu fassen zu bekommen, aber es war wie verhext. Die Mediziner hatten nie Zeit für ein weiteres Gespräch mit ihr. Langsam kam ihr der Verdacht, sie ließen sich verleugnen. Als sie ihren Vater darauf ansprach, zuckte er bloß mit den Schultern.

»Was willst du denn mit ihnen besprechen, Deern? Mir hat der Doktor gesagt, es kommt alles wieder in Ordnung, ich muss nur etwas Geduld haben.«

»Die Röntgenaufnahme ist schon zwei Tage her«, sagte Mina, »da müsste es doch inzwischen ein Ergebnis geben.«

»Was wird schon dabei herausgekommen sein, wenn mit mir alles in Ordnung ist? Nichts außer der Kosten für diesen neumodischen Unfug.« Unruhig rutschte er auf der Matratze hin und her, bis er etwas höher zu liegen kam. »Es wird höchste Zeit, dass ich wieder nach Hause komme. In meinem eigenen Bett werde ich mich besser erholen als hier.«

»Aber …«

»Nichts aber! Dr. Küper kann mich weiterbehandeln, und

wenn du dir so viele Sorgen machst, können wir sogar eine Krankenschwester engagieren, die sich noch ein paar Tage um mich kümmert, bis ich wieder auf den Beinen bin.«

»Ich halte das für keine gute Idee«, sage Mina stirnrunzelnd.

»Ich aber. Und wenn ich mich recht erinnere, bin noch immer ich es, der in der Familie das letzte Wort hat.« Karl machte ein grimmiges Gesicht, aber er zwinkerte Mina dabei zu. »Und ich sage, kümmert euch um eine Krankenschwester und dann holt mich nach Hause. Und damit ist das Thema für mich beendet.«

Mina öffnete den Mund, um ihm zu widersprechen, aber als sie sah, dass er ihr mit dem Finger drohte, schloss sie ihn wieder und schüttelte resignierend den Kopf. »Du bist ein Sturkopf!«, stellte sie fest.

»Das sagt die Richtige!« Doch Karl lächelte. Dann wandte er sich an Frederik. »Gibt es etwas Neues im Kontor?«

Hilfesuchend sah Frederik zu Mina hinüber. »Nicht wirklich«, sprang sie ihm bei. »Die fünfhundert Säcke Arabica aus Brasilien sind da und bei Peters eingelagert worden. Der alte Peters kümmert sich um das Sortieren und darum, dass sie mit den afrikanischen Robustabohnen gemischt werden, die noch bei ihm gelagert sind. Damit ist dann der Auftrag von dem Röster aus Köln versandbereit.«

»Sehr gut. Klappt ja wie am Schnürchen!« Karl verschränkte die Arme vor der Brust und nickte zufrieden.

»Ach ja, und morgen werde ich die drei Schiffspassagen stornieren.«

Karl zog die Augenbrauen zusammen. »Wieso alle drei?«

»Herr Blumenthal meinte, es sei unter diesen Umständen besser, wenn er seine Reise ebenfalls verschiebt und weiter im Kontor bleibt.«

Mina hatte am Vortag mit Edo über New York gesprochen und ihm gesagt, dass Vater und sie erst fahren würden, wenn Karl wieder gesund sei. Sofort hatte er vorgeschlagen, ebenfalls zu bleiben.

»Tünkram! Das muss er nicht«, rief Karl entschieden. »Ich weiß doch, wie sehr Blumenthal sich über die Möglichkeit gefreut hat, bei *Speyer & Co.* hineinzuschnuppern. Außerdem ist das seit Monaten mit dem alten Speyer abgesprochen, der rechnet schon fest mit ihm. Lass den Jungen mal schön nach New York fahren! Ihr kommt doch offenbar ganz gut zurecht, und bald bin ich ja auch wieder im Kontor.«

Minas Herz sank bei dem Gedanken, sich so schnell für lange Zeit von Edo trennen zu müssen. Sie war überglücklich bei der Vorstellung gewesen, noch für einige Wochen mit ihm zusammen im Kontor arbeiten und immer wieder Zeit mit ihm allein verbringen zu können.

»Aber, wenn er doch selbst …«, begann sie einzuwenden.

»Papperlapapp! Der Junge hat doch keine Ahnung, was für eine Chance er verpasst, wenn er jetzt nicht nach New York fährt«, unterbrach ihr Vater sie. »Der alte Speyer nimmt längst nicht jeden jungen Mann in seine Bank, um ihn auszubilden. Ich habe mich mächtig für ihn starkmachen müssen. Blumenthal wird nächste Woche das Schiff besteigen und damit Schluss. Ich will kein weiteres Wort mehr darüber hören.«

Gleich am nächsten Morgen rief Mina Edo zu sich ins Chefbüro, um ihm zu sagen, was ihr Vater entschieden hatte. Schweigend hörte er ihr zu.

»Und jetzt?«, fragte er, als sie geendet hatte. Er war blass geworden.

»Glaub mir, ich bin auch nicht glücklich darüber. Aber

letztlich macht es keinen großen Unterschied zu unseren vorherigen Plänen, oder? Nur, dass wir nicht zusammen das Schiff besteigen, sondern dass Vater und ich erst in ein paar Wochen nachkommen.«

»Oder ein paar Monaten... Oder vielleicht gar nicht. Wer weiß das schon?«

Mina, die ihm in dem Sessel gegenübersaß, beugte sich vor und griff nach seinen Händen. »Sag doch sowas nicht, Edo. Vater geht es mit jedem Tag besser. Es wird sicher nicht lange dauern, bis wir ...«

Edo senkte den Kopf. »Ich hatte gehofft, wenn wir erst einmal auf dem Schiff sind, weit weg von allem, dann würdest du dich vielleicht doch noch entschließen, mit mir in Amerika zu bleiben.« Er sah hoch und ihre Blicke trafen sich. »Ich liebe dich, Mina, und ich will mit dir zusammen sein. Komm mit mir. Nimm deine Passage und begleite mich.«

»Das kann ich nicht, und du weißt es genau. Jetzt noch weniger als je zuvor! Ich würde Vater im Stich lassen, und er vertraut auf mich. Und außerdem bist du ja auch in ein paar Monaten schon wieder da.«

»In einem ganzen Jahr. Was in so einem Jahr alles passieren kann!« Edo lachte bitter. »Bis dahin wirst du mich längst vergessen haben.«

»Das ist doch Unfug, Edo!«

»Wirklich? Ist es Unfug, dass Lohmeyer sich hier im Kontor immer breiter macht und dass dein Vater ihn schon an der Börse einführt? Dass Heiko mich gefragt hat, ob etwas an dem Gerücht dran ist, dass dein Vater ihn als Nachfolger einplant und bereits Fürsprecher im Verein der Kaffeehändler für ihn hat?«

Mina ließ Edos Hände los, die sie noch immer festgehalten

hatte. »Ich dachte, das Thema hätten wir hinter uns gelassen«, rief sie wütend.

»Haben wir das?«, gab Edo zurück und sprang auf. »Haben wir das wirklich? Du vielleicht, ich aber nicht! Für mich ist das Thema immer da. Du und ich, wir haben hier in Hamburg keine Zukunft zusammen, das weißt du so gut wie ich. Alles andere ist nichts als ein Wunschtraum von dir. Du musst endlich aufwachen, Mina. Du kannst *Kopmann & Deharde* nicht übernehmen, nicht in einem Jahr und auch nicht in zehn, weil du nun einmal kein Kaufmann werden kannst. Niemand wird dich an der Börse handeln lassen. Der Verein wird beschließen, dir einen Geschäftsführer vor die Nase zu setzen, und der wird sich über kurz oder lang *Kopmann & Deharde* unter den Nagel reißen. Und ich? Wie könnte ich dir bei der Misere helfen? Ich bin nur ein kleiner Kontorist, der niemals Fürsprecher im Verein der Kaffeehändler finden wird. Alles, was uns beiden bleibt, ist Amerika. Wenn du mich liebst, wie du sagst, dann wirst du mit mir kommen. Dann bist du am Donnerstag am Kai und begleitest mich.«

»Und wenn nicht?«, fragte Mina.

Etwas Fremdes, Hartes lag auf einmal in seinen Augen. »Wenn nicht, dann kann es mit deiner Liebe wohl nicht so weit her sein, wie du behauptest.«

FÜNFZEHN

Mina sorgte dafür, dass sie in den nächsten Tagen genug zu tun hatte, um nicht zum Grübeln zu kommen. Zwar versuchte sie noch zwei oder drei Mal, mit Edo zu sprechen, um ihn zu bewegen, das Ultimatum, vor das er sie gestellt hatte, zurückzunehmen, aber er wollte nichts davon hören und ging ihr aus dem Weg, so gut es in der Enge des Kontors möglich war. So kam es, dass sie nur Geschäftliches miteinander besprachen, und da auch nur das Nötigste.

Irgendwann war es Mina dann ganz recht. So musste sie sich eben nicht ständig mit dem Dilemma, in dem sie steckte, auseinandersetzen. Nur abends, wenn sie in ihrem Bett lag und einzuschlafen versuchte, war es, als stritten sich zwei Stimmen in ihrem Kopf: Eine, die ihr sagte, dass sie auf keinen Fall die Familie, die sich auf sie verließ, und ihren Vater, der ihr vertraute, im Stich lassen durfte, und eine andere, leisere und zaghafte, die ihr einflüsterte, wie einsam und verlassen sie sein und wie sehr sie Edo vermissen werde, wenn sie ihn einfach davonfahren ließe. Diese zweite Stimme wurde immer lauter und flehender und übertönte irgendwann die erste, die an ihr Pflichtbewusstsein appellierte, und so weinte sie sich jede Nacht in den Schlaf. Doch wenn die lange Nacht vorbei war und ihr Wecker sie nach wenigen Stunden aus ihrem unruhigen Schlaf riss, war ihr wieder klar, was sie zu tun und zu lassen hatte.

Alle Briefe an Irma hatte sie nach wenigen Zeilen wieder zerrissen, da sie genau wusste, was diese ihr antworten würde. »Das bist nicht du«, würde ihre Freundin sagen. »Du bist doch keine romantische Heldin eines Groschenromans, die mit ihrem Liebhaber auf und davon läuft. Dazu bist du viel zu vernünftig und pflichtbewusst.« Und ganz sicher würde sie hinzufügen, wie unredlich es von Edo war, so eine weitreichende Entscheidung von Mina zu verlangen.

Aber sosehr Mina sich auch tagsüber bewusst war, wie ihre Entscheidung ausfallen musste und wie recht Irma mit dieser Antwort hätte, so sehr vermisste sie Edo jetzt schon und sehnte sich nach seiner Nähe, obwohl er doch noch gar nicht fort war.

Einen Tag vor Edos geplanter Abreise zog die Krankenschwester, die Großmutter engagiert hatte, früh am Morgen in das kleinste der Gästezimmer ein und begann damit, alles für die Ankunft Karl Dehardes vorzubereiten, der am Nachmittag von Frederik aus dem Krankenhaus abgeholt wurde. Mina, die trotz schlechten Gewissens das Kontor bereits mittags verlassen hatte, obwohl sie mehr als reichlich zu tun hatte, stand zwischen Agnes und Großmutter Hiltrud vor der Eingangstür der Villa, wo sich das Personal versammelt hatte, um den Hausherrn willkommen zu heißen. Es war ein kühler, klarer Novembertag. In der Nacht zuvor hatte es den ersten Frost gegeben, und von der großen Linde taumelten im leichten Wind goldene Blätter zu Boden. Das Weiß der Hausfassaden strahlte im kühlen Licht der Sonne.

Mina fröstelte und zog den wollenen Schal, den sie über ihre weiße Bluse geworfen hatte, dichter um die Schultern. Sicher wäre es besser gewesen, einen Mantel überzuziehen, während sie warteten. Großmutter fror in ihrem Wintermantel mit dem hochgeschlossenen Nerzkragen ganz sicher nicht.

Endlich bog die schwarze Limousine in die Einfahrt ein und rollte langsam mit knirschenden Weißbandreifen über den hellen Kies auf die Villa zu. Frederik hatte statt seines Cabrios lieber Vaters Automobil genommen. Jetzt stieg er aus, öffnete die Beifahrertür und streckte Minas Vater die Hand entgegen.

Karl wirkte schmal und krumm, als er, auf Frederiks Arm gestützt, mit langsamen Schritten näher kam, aber er lächelte. »Was ist denn das für eine Versammlung?«, fragte er. »Hat sich der Kaiser zum Besuch angesagt?«

»Ach, Unfug!« Lachend lief Agnes auf ihren Vater zu und umarmte ihn. »Großmutter hat vorgeschlagen, dir einen würdigen Empfang zu bereiten, weil wir so froh sind, dass du wieder da bist, Vater!«

»Na, dann ist es ja gut.« Er befreite sich aus ihren Armen. »Ich würde mich auch ungern in meinen guten Gehrock zwängen, um den Kaiser zu empfangen.«

Mina lag die Bemerkung auf der Zunge, dass Vater sich in seinen Gehrock gewiss nicht mehr würde zwängen müssen, aber stattdessen ging sie zu ihm und küsste ihn auf die Wange. »Willkommen daheim!«, sagte sie schlicht.

Auch Hiltrud und Fräulein Brinkmann begrüßten Karl, ehe die Krankenschwester einschritt und ihren Patienten mit dem Hinweis, draußen sei es zu kühl und er müsse sich jetzt von der anstrengenden Fahrt ausruhen, unterhakte und ins Haus geleitete.

Hiltrud, Agnes und die Dienstboten folgten ihnen. Mina hingegen blieb unschlüssig stehen und betrachtete nachdenklich die zweiflüglige, schwere Eichentür mit den geschnitzten Kassetten und den eingelassenen Glasfenstern. Frederik, der ihr Zögern offenbar bemerkt hatte, drehte sich um und kam zu ihr zurück.

»Was ist denn, Mina?«

»Würden Sie mich vielleicht noch einmal ins Kontor fahren, Frederik?« Als sie seinen erstaunten Blick sah, zuckte sie mit den Schultern. »Durch die vielen Krankenbesuche ist in den letzten Tagen so furchtbar viel liegengeblieben. Und wenn mein Vater ins Kontor zurückkommt, dann möchte ich ihm seinen Schreibtisch leer und aufgeräumt übergeben. Außerdem«, fügte sie mit einem schiefen Lächeln hinzu, »steht mir nicht der Sinn nach einer reich gedeckten Kaffeetafel.«

»Ich verstehe Sie schon«, sagte er. »Natürlich, ich fahr Sie in die Speicherstadt.«

Es dämmerte bereits, als sie die Niederbaumbrücke überquerten. Die Schicht der Hafenarbeiter war gerade zu Ende, am Zollbaum stand eine ganze Traube von Fußgängern und wartete darauf, die Speicherstadt zu verlassen, um mit den Fähren von den Landungsbrücken aus über die Elbe hinüber nach Harburg zu setzen, wo viele der Arbeiter wohnten.

Im Kontor trafen sie nur Herrn Becker an, der tief über das Kontobuch gebeugt die Eintragungen des Tages kontrollierte. Er sah erstaunt hoch, als Mina und Frederik eintraten.

Es gab Mina einen Stich zu sehen, dass Edos Schreibtisch neben dem von Herrn Becker bereits leergeräumt war. Er hatte heute Nachmittag freigenommen, um seine Koffer zu packen, denn morgen war der Tag, an dem er nach Amerika aufbrechen würde.

»Nanu, Fräulein Deharde«, sagte Herr Becker. »Ich hatte

Sie heute gar nicht mehr zurückerwartet. Ich dachte, wo doch Ihr Herr Vater aus dem Krankenhaus kommt …«

»Schon, aber da sind noch die Lageraufträge für *Peters & Consorten*. Die hätten eigentlich heute Mittag schon fertig sein sollen.«

Becker nickte. »Der junge Peters war vorhin schon einmal hier, um sie abzuholen. Ich habe ihn auf später vertröstet und mir erlaubt, sie von Ihrem Tisch zu nehmen.« Er deutete auf die gelblichen Zettel, die neben dem Kontobuch lagen. »Ich wollte gleich damit anfangen, sie auszufüllen.«

»Geben Sie nur her, ich erledige das schnell!« Mina streckte die Hand aus und nahm die Lageraufträge von ihm entgegen. »Ist die Post rausgegangen? Da sind nicht nur eine ganze Menge Rechnungen dabei, sondern auch die Proben von den verdorbenen Robustabohnen, die aus dem Lager von *Peters & Consorten* gekommen sind. Die müssen zum Agenten, damit wir mit ihm den Preis nachverhandeln können.«

»Damit wollte ich eigentlich den Lehrling zur Post schicken, aber der ist noch nicht vom Botengang zurück. Er soll die Kaffeeproben von der Lieferung aus Kolumbien aus den Lagerschuppen holen.«

Mina wandte sich um. »Dürfte ich Sie ausnahmsweise damit behelligen, die Briefe zur Post zu bringen, Frederik? Mit dem Automobil sind es bis dort nur ein paar Minuten, und es wäre wichtig, dass die Rechnungen heute noch rausgehen.« Sie schenkte Frederik ein strahlendes Lächeln. »Ich setze mich unterdessen schnell an die Lageraufträge, ich bin im Nu damit fertig.«

»Sehr gern, Fräulein Mina.« Er nahm von Herrn Becker die Tasche mit der Ausgangspost entgegen und ging zur Tür. »Bis gleich, dann«, sagte er über die Schulter hinweg und wäre um ein Haar mit Heiko Peters zusammengestoßen, der gerade die Tür geöffnet hatte, um das Kontor zu betreten.

»Holla, immer man langsam!«, rief Heiko. »Ich bin zwar klein, aber eigentlich nicht so leicht zu übersehen.«

Frederik murmelte eine Entschuldigung, ehe er sich an Heiko vorbeischob und ging.

Heiko schüttelte verwundert den Kopf, während er ihm nachsah. »Komischer Kerl!«, murmelte er, ehe er in den Vorraum trat. »Herr Becker, Fräulein Deharde!« Er tippte an seinen schwarzen Zylinder.

Wie anders er in seiner Quartiermannskluft aussieht, dachte Mina. Wenn sie mit ihm und Edo zusammen am Kaiserspeicher gesessen hatte, hatte er stets nur die Arbeitsjacke und eine Schiffermütze getragen, aber jetzt, in seiner Funktion als Teilhaber von *Peters & Consorten*, trug er die lange schwarze Jacke mit den Silberknöpfen, von denen nur die obersten geschlossen waren, damit man darunter die lange braune Lederschürze sehen konnte. Jetzt war er nicht mehr nur ein einfacher Hafenarbeiter, der Säcke und Ballen schleppte, sondern als Quartiersmann auch für die Veredlung und Weiterverarbeitung der Ware, die in den Lagerräumen verwahrt wurde, zuständig. Für die Kaffeehändler in der Speicherstadt übernahmen die Quartiersmänner das Aussortieren von schlechten Bohnen und mischten die angelieferten Kaffeebohnen nach den Vorgaben der Händler für die Kunden zusammen.

»Moin, Herr Peters«, sagte Mina lächelnd und gab ihm die Hand. »Sie sind bestimmt wegen der Papiere hier. Wenn Sie mitkommen wollen, dann mache ich sie schnell für Sie fertig.« Sie öffnete die Tür zum Chefzimmer und ließ ihm den Vortritt. Statt sich an ihren kleinen Schreibtisch zu setzen, schaltete sie die Tischleuchte am Schreibtisch ihres Vaters ein und nahm dort Platz, um die Scheine auszufüllen. Heiko setzte sich ihr gegenüber auf den Stuhl mit der geschnitzten Lehne.

»Du hast dich in den letzten Tagen ziemlich rar gemacht, Mina«, sagte er.

Sie sah hoch und direkt in Heikos Augen. »Ich hatte wenig Zeit. Mein Vater war im Krankenhaus, und wir ersticken in Arbeit.«

»Das hat dich früher auch nicht abgehalten.« Er schürzte die Lippen und musterte sie skeptisch. »Oder hast du dich mit Edo gestritten?«

Sie wandte den Blick ab. »Hat er das gesagt?«

»Er hat gar nichts gesagt. Das ist es ja. Sonst redet er ohne Punkt und Komma über dich und jetzt auf einmal gar nicht mehr.«

»Dann musst du ihn wohl selbst fragen, warum das so ist.«

»Du kennst doch Edo. Aus dem ist nichts rauszukriegen, wenn ihm etwas nahegeht.« Er lehnte sich zurück und schaute ihr forschend ins Gesicht. »Deshalb frage ich ja dich.«

Mina schwieg. Wenn Edo seinem besten Freund nicht sagen wollte, was zwischen ihnen beiden vorgefallen war, dann würde sie es auch nicht tun. Eine Weile war nichts zu hören als das Kratzen ihrer Stahlfeder auf dem Papier.

»Also, was hat er angestellt?«

»Wie kommst du darauf, dass er etwas angestellt hat?« Mina legte den Federhalter mit so viel Schwung auf das Papier, dass ein schwarzer Punkt auf das Dokument tropfte. Leise schimpfend tupfte sie den Fleck mit der Löschpapierwiege weg.

Heiko grinste. »Ich kenne Edo mein ganzes Leben, und mein halbes Leben lang war ich mit ihm zerstritten. Glaub mir, ich weiß genau, wie er ist.«

»Nun?«

»Edo ist gescheit, großzügig und ehrlich. Er ist der beste Freund, den man sich denken kann. Wenn er auf deiner Seite steht, reißt er sich für dich ein Bein aus. Aber auf der anderen Seite ist er auch ehrgeizig, verbissen und engstirnig. Hat er sich einmal zu einer Sache durchgerungen, dann kannst du mit Engelszungen auf ihn einreden oder ihm Prügel androhen, er wird sich nicht davon abbringen lassen. Nicht einmal, wenn er eigentlich schon einsieht, dass er damit falschliegt.«

Mina warf Heiko einen erstaunten Blick zu. Sie hätte nicht gedacht, dass er sich so sehr in andere Menschen hineinversetzen konnte.

»Nun sag schon, Mina. Was ist los zwischen euch?«

»Er will, dass ich nach Amerika mitfahre.« Mina rieb sich mit der Hand über die Stirn. »Ich soll ihn heiraten und mit ihm dort ein neues Leben anfangen.«

Das verschlug ihm wohl doch die Sprache, denn es dauerte eine Weile, bis er antwortete. »Und das willst du nicht?« Seine Augen musterten sie durchdringend.

»Nein. Vor allem nicht jetzt.« Sie seufzte. »Du weißt, dass mein Vater krank ist. Ich hätte das Gefühl, ich ließe ihn im Stich.«

»Und wenn dein Vater wieder gesund ist?«

»Selbst dann nicht. Ich habe Edo versprochen, ihn zu heiraten, wenn er aus New York zurückkommt, und ich dachte, er sei damit einverstanden. Aber nun sagt er, wenn ich jetzt nicht mitkomme, dann liebe ich ihn gar nicht.«

»Liebst du ihn denn?«

»Das schon. Natürlich, aber …« Sie brach ab. Einen Moment lang schwiegen beide.

»Aber nicht genug«, sagte Heiko leise. »Das ist es doch, was du fürchtest, oder?«

Mina schlug die Hände vors Gesicht und nickte. Das Eingeständnis tat so weh, dass sie glaubte, ihr Herz müsse zerspringen. Sie schluchzte auf und wischte sich dann mit einer entschlossenen Handbewegung die Tränen ab.

»Verstehst du Heiko? Ich kann doch nicht alles aufgeben, was mir wichtig ist, um seinem Traum nachzulaufen, in Amerika ein neues Leben anzufangen. Ich habe hier in Hamburg mein Leben, meine Familie und Pflichten, denen ich nachkommen muss, weil ich es meinem Vater versprochen habe. Ich kann einfach nicht fort! Und ich will es auch gar nicht«, fügte sie leiser und wie an sich selbst gerichtet hinzu.

In Heikos Wange zuckte ein Muskel. »Dann solltest du ihm das auch genau so sagen.« Er holte tief Luft und ließ sie langsam durch die Nase entweichen. »Und du solltest hinzufügen, dass du dich nicht erpressen lässt, etwas zu tun, was du im tiefsten Herzen gar nicht willst. Nicht einmal von ihm. Nicht einmal, weil du ihn liebst.«

Wieder stiegen Tränen in Minas Augen und machten sie für eine Sekunde lang blind. Sie tastete in ihrer Rocktasche nach einem Taschentuch, erhob sich und ging zum Fenster hinüber, um zum Hafen hinüberzublicken, doch ohne die Szenerie, die sich ihr bot, wirklich wahrzunehmen. »Aber dann ist es aus zwischen uns«, sagte sie leise.

Heiko schwieg für einen Moment.

»Das kann sein. Jedenfalls für den Moment«, sagte er dann. »Auf der anderen Seite, sieh es doch mal so: Wenn Amerika nicht das Paradies ist, für das Edo es immer gehalten hat, wird er zu dir zurückkommen. Vielleicht sogar schneller, als du es für möglich hältst.«

»Glaubst du?« Mina lachte bitter. »Du hast doch eben

selbst gesagt, dass er seine Meinung nicht ändert, selbst wenn er weiß, dass er falschliegt.«

»Nein, ich habe gesagt, dass man ihn nicht dazu überreden kann, einen einmal gefassten Entschluss zu ändern. Das ist ein Unterschied.« Heiko lächelte dünn. »Edo will unbedingt nach seiner Familie in Amerika suchen. Lass ihn das tun, wenn ihm das im Moment so wichtig ist. Dann kann er selbst entscheiden, wohin er gehört: Zu ihnen oder zu dir.«

»Meinst du, er kommt zurück?«, fragte Mina zögernd. Hoffnung keimte in ihr auf.

Heiko beugte sich vor und legte seine Rechte auf ihre Hand. »Wenn nicht, ist er ein größerer Idiot, als ich für möglich gehalten hätte.«

Ungeduldig schaute Mina am nächsten Vormittag auf die große Wanduhr aus Messing, die über ihrem Schreibtisch an der Wand des Chefbüros hing. Schon kurz nach zehn Uhr! Dabei hatte Heiko gestern versprochen, sie pünktlich abzuholen, um sich am Kai von Edo zu verabschieden. Edos Schiff, die »Deutschland«, sollte um zwölf Uhr vom Kaiser-Wilhelm-Hafen auf der anderen Seite des Hafens ablegen. Es würde mindestens eine Stunde dauern, dorthin zu gelangen. Sie musste bis zu den Landungsbrücken laufen und von dort aus die Fähre zum Kai nehmen, an dem die Überseeschiffe ablegten. Wenn sie noch mit Edo sprechen wollte, musste Mina jetzt aufbrechen. Gerade als sie ihren Mantel aus dem Garderobenschrank holte und hineinschlüpfte, hörte sie aus dem Vorzimmer Heikos Stimme. Er begrüßte Frederik und Herrn Becker und fragte nach ihr. Sie öffnete die Tür und ging ins Vorzimmer hinüber.

»Moin, Fräulein Deharde!« Heiko tippte sich an die Schiffermütze, als er sie sah. Heute war er nicht in offizieller Mission hier und trug lediglich die Lederschürze als Zeichen seiner Stellung. »Wollen wir dann mal los?«

»Moin, Herr Peters«, erwiderte sie. »Sehr gern!«

Frederik, der sich schon an Edos Schreibtisch eingerichtet hatte, schaute verwundert von einem zum anderen. »Um was geht es denn? Vielleich könnte ich ja …«

»Das wird nicht nötig sein«, beeilte sich Mina zu versichern. »Herr Peters nimmt mich mit zum Quartier, wo der neue brasilianische Rohkaffee gelagert ist. Wir wollen Proben von der letzten Lieferung nehmen.«

»Aber das kann er doch auch allein.« Frederik runzelte die Stirn.

»Natürlich kann er das. Aber es geht darum, mit welchen Robustabohnen der brasilianische Kaffee verschnitten werden soll, und wenn wir es gleich vor Ort entscheiden, spart uns das einen Weg.«

»Und eine ganze Menge Zeit!«, fügte Heiko hinzu. Er nickte den beiden Männern noch einmal zu und hielt dann für Mina die Kontortür auf.

»Das war doch dieser Lohmeyer, oder? Ist der Kerl immer so?«, brummte Heiko, während sie nebeneinander die Treppe zur Straße hinuntereilten. »Der tut ja so, als wäre er der Juniorchef. Edo hat schon mal sowas angedeutet.«

»Wenn er das glaubt, liegt er jedenfalls falsch«, erwiderte Mina. »Da haben mein Vater und ich auch noch ein Wort mitzureden.«

Draußen auf dem Bürgersteig vor dem Speicherhaus wollte sie sich nach rechts wenden, aber Heiko hielt sie auf. »Wo willst du denn hin?«

»Wohin wohl? Zur Fähre an den Landungsbrücken. Wir sind spät dran.«

»Nicht nötig. Ich hab meinen alten Herrn überredet, mir für zwei Stunden unsere Neuanschaffung zu leihen.« Heiko grinste, dass sein feuerroter Bart sich sträubte wie eine Bürste. »Ein nagelneuer Daimler.« Er deutete auf einen flaschengrünen Lastkraftwagen, der auf der gegenüberliegenden Straßenseite vor den Kaischuppen stand. Auf der Fahrertür stand in geschwungenen Buchstaben *Peters & Cons. Quartiermeisterei.*

Mina staunte. »Ihr habt euch ein Automobil gekauft?«

»Hat mich eine Menge Überzeugungskraft und noch mehr Nerven gekostet, aber schließlich hat Vattern eingesehen, dass man mit der Zeit gehen und Geld ins Geschäft stecken muss.« Heiko winkte ihr stolz. »Na, komm, spring rein, dann fahren wir zum Kaiser-Wilhelm-Hafen hinüber.«

Während der Fahrt, die sie an Lagerschuppen und Kais vorbei über etliche Brücken einmal um das Hafengelände herum führte, begann Mina sich zu fragen, ob sie nicht vielleicht doch schneller gewesen wären, wenn sie die Fähre genommen hätten. Immer wieder mussten sie halten, weil sich die Menschen auf der Straße drängten oder eines der zahllosen Pferdefuhrwerke den Weg versperrte. Zu allem Überfluss stauten sich vor der Zollstation die Wagen, die abgefertigt werden mussten, und Heiko brauchte einen Moment, ehe er dem Zöllner klargemacht hatte, dass er keine Ladung dabeihatte. Verstohlen zog Mina ihre Uhr hervor und warf einen Blick darauf.

»Keine Sorge, wir schaffen es noch«, sagte Heiko, als er es sah. »Jetzt ist es nicht mehr weit.«

»Aber was, wenn Edo schon auf dem Schiff ist? Wie …«

»Er wartet an der Gangway.« Heikos Blick blieb unverwandt auf die Straße vor ihm gerichtet.

»Aber, warum …«

»Er weiß, dass du kommst.«

Erschrocken wandte Mina sich zu ihm. »Hast du ihm etwa gesagt, dass ich ihn begleiten werde?«

»Nein.« Heiko warf ihr einen kurzen Blick zu. »Aber ich habe ihm auch nicht gesagt, dass du hierbleiben und nicht nach Amerika mitkommen wirst. Er wird vermutlich damit rechnen, dass du ihn begleitest. So wird er ganz sicher an der Gangway stehen und auf dich warten.«

Mina ließ sich in den Sitz zurückfallen. »Du bist doch …«, stieß sie hervor.

»… ein guter Freund. Und zwar von euch beiden.« Heiko zwinkerte ihr zu.

Er bog ab und lenkte den Lastwagen ein Stück zwischen der Kaimauer und einem Schienenstrang entlang. In der Ferne sah Mina ein großes, schwarz-weißes Passagierschiff liegen, aus dessen Schornsteinen bereits Rauch aufstieg.

Gegenüber dem Schiff stand ein Zug auf den Gleisen, dem die Menschen entstiegen waren, die sich nun um die hintere der beiden Gangways versammelt hatten. Das mussten die Auswanderer sein, die sich auf der »Deutschland« nach Amerika einschifften. Mina sah einfach gekleidete Männer und Frauen mit Kindern auf dem Arm oder an der Hand, die darauf warteten, an Bord gehen zu können. Überall zwischen den Familien standen Pappkoffer und Körbe, die die wenigen Habseligkeiten enthielten, die die Menschen in ihr neues Leben mitnehmen konnten. Als Heiko den Lastwagen langsam an der Menschentraube vorbei lenkte, hörte Mina Rufe hin und her gehen, die sie nicht verstand.

Vielleicht sprechen sie Russisch, dachte sie. Sie hatte in der Zeitung gelesen, dass von Hamburg aus viele russisch-jüdische Auswanderer die Reise nach Amerika antraten.

Weiter hinten an der zweiten, weiß gestrichenen Gangway standen nur wenige Passagiere, alle gut gekleidet, die sich offenbar von ihren Liebsten verabschiedeten. Dies war der Zugang zur ersten Klasse. Dort wäre sie eingestiegen, wenn Vater und sie wie geplant die Reise nach New York angetreten hätten. Ein wenig abseits der Gangway stand ein hochgewachsener Mann in dunklem Mantel, der ihnen den Rücken zuwandte, um zum Fahrwasser der Elbe hinüberzusehen. Seine Gestalt hätte Mina überall erkannt. Heiko hatte recht gehabt. Edo wartete unten an der Gangway auf sie.

Als Heiko anhielt und die Hupe betätigte, fuhr Edo herum. Ein Strahlen erschien auf seinem Gesicht, als er Mina erkannte, die aus dem Lastwagen gestiegen war.

»Mina!« Er lief auf sie zu und zog sie in seine Arme. »Du bist doch gekommen!«

Seine Lippen fanden ihren Mund, und sie vergaß alles, was um sie herum geschah. Das Kindergeschrei, die Rufe der Männer und Frauen am Kai, das Grollen der Schiffsdiesel neben ihr, alles verschmolz miteinander und sirrte in ihren Ohren. Ihr Kopf drehte sich, und sie glaubte, ihre Knie würden unter ihr nachgeben. Das hier war es, was sie wollte: Ihm nah zu sein, ihn zu fühlen, zu riechen, zu schmecken. Das Gefühl, ihre Welt bestünde nur noch aus Edo und ihr, füllte sie ganz aus und schien eine Ewigkeit anzudauern.

Doch die Welt um sie herum ließ sich nicht aussperren. Ein Schiffshorn ertönte neben ihr, Edos Lippen lösten sich von ihren, sie fühlte, wie der Druck seiner Arme sich lockerte. Das Sirren in ihren Ohren hörte auf, als die Geräusche um sie herum sich wieder entwirrten. Mina öffnete die Augen und blinzelte in die fahle Novembersonne über ihr.

»Du bist wirklich gekommen.« Edos Augen strahlten.

»Hast du deine Papiere? Wo sind deine Koffer? Wir müssen sie schnell aufs Schiff bringen, bevor …«

»Edo!« Mina legte ihre Hand auf seinen Arm. »Hör mir zu. Ich komme nicht mit dir.«

»Aber …« Mit einem Ruck löste er sich von ihr und wich einen Schritt zurück. »Was willst du dann hier? Warum bist du hergekommen?« Sein Kopf fuhr herum zu Heiko, der ein paar Schritte entfernt stand. »Du hast gesagt, dass du sie herbringst!«, rief er aufgebracht. »Was soll das Ganze?«

»Ich habe Mina hergebracht, damit ihr beide miteinander redet. Weil du zu stur dazu bist und ohne ein Wort abgefahren wärst.«

»Was gibt es da noch zu reden? Ich habe ihr gesagt, dass wir in Amerika ein neues Leben anfangen werden. Würde sie mich lieben, würde sie mit mir kommen.«

»Ich kann aber nicht weg. Nicht jetzt! Nicht, solange mein Vater krank ist. Er verlässt sich auf mich.« Mina ballte die Fäuste und schluckte hart. »Nur darum geht es.«

»Um deinen Vater und um dein bequemes Leben hier als behütete Kaufmannstochter – das ist es, worum es geht. Was ist aus deinen Träumen geworden, selbst etwas zu sein?« Edo machte eine vage Handbewegung in Richtung des Schiffes. »Da drüben hättest du die Chance dazu.«

»Vielleicht«, sagte Heiko, der mit verschränkten Armen vor Edo stand. »Vielleicht auch nicht. Nur weil manche Auswanderer es vom Tellerwäscher zum Millionär schaffen, heißt das nicht, dass es allen gelingt.«

»Und wenn ich jetzt weglaufe, könnte ich nie zurück. Und sollte meinem Vater etwas zustoßen, würde ich mir das nie verzeihen.« Mina spürte, wie sich ein Schluchzen in ihrer Kehle bildete.

»Liebst du ihn mehr als mich?«, fragte Edo. So viel Schmerz lag in seinen Augen, dass Mina glaubte, ihr Herz müsse zerreißen.

Heikos Augen blitzten auf. »Und du? Liebst du Mina mehr als deine fixe Idee, nach Amerika auszuwandern?«

Mina sah, wie Edos Fäuste sich ballten, und für einen Moment fürchtete sie, er würde Heiko schlagen. Doch dann holte er tief Luft und starrte ihn nur schweigend an.

»Wenn es so wäre, dann würdest du sie nicht erpressen, mit dir zu kommen«, sagte Heiko ruhig. »Mina liebt dich, das weißt du genau. Aber sie liebt eben auch ihre Familie und sie weiß, dass es jetzt ihre gottverdammte Pflicht ist, hierzubleiben, um für sie da zu sein.«

»Und es ist ja nicht für lange«, sprang Mina ihm bei. »Wenn mein Vater wieder gesund ist, holen wir die Reise nach New York nach.«

»Und wenn es ihm nicht wieder besser geht?«, fragte Edo leise.

Mina holte tief Luft, ehe sie antwortete. »Dann sind wir doch nur dieses eine Jahr getrennt. Danach entscheiden wir. Entweder du kommst hierher zurück oder ich komme zu dir nach Amerika. Ein Jahr ist so schnell vorbei, denk nur an die Monate, die ich im Pensionat war.« Sie trat auf Edo zu und griff nach seinen Händen. »Ich liebe dich, Edo Blumenthal, und ich möchte deine Frau werden, das musst du mir glauben. Aber dieses Jahr musst du mir lassen, ich bitte dich!«

Wieder zerriss das Schiffshorn die Luft. Mina fuhr zusammen. Sie sah, dass die Gangway der Auswandererklasse eingezogen worden war. Auch die Passagiere der ersten Klasse waren bereits an Bord gegangen. Einer der uniformierten

Stewarts kam auf sie zu und deutete eine knappe Verbeugung an.

»Entschuldigen Sie bitte, aber wir legen in fünf Minuten ab, Sie müssten jetzt …«

»Ich komme schon«, stieß Edo heiser hervor. Noch einmal zog er Mina an sich und klammerte sich an sie wie ein Ertrinkender. »Also gut. Ein Jahr und dann entscheiden wir. Ich liebe dich, Mina. Vergiss das nicht!«

»Ich werde dir schreiben. So wie im Pensionat, jeden Tag einen Brief. Die Zeit wird nur so verfliegen, glaub mir.«

Noch einmal küsste er sie, kurz und fest, dann machte er sich von ihr los. Er wandte sich zu Heiko um und umarmte ihn. »Und du passt gut auf sie auf, hörst du?«

»Immer. Wie auf meinen Augapfel.« Heiko schlug ihm mit der flachen Hand auf die Schulter. »Und jetzt mach, dass du an Bord kommst, sonst legt das Schiff noch ohne dich ab!«

Edo drehte sich um, lief die Gangway hinauf und blieb an der Reling stehen, als sie eingezogen wurde. Er hob die Hand und winkte. Mina winkte zurück.

Hafenarbeiter lösten die Taue von den Pollern, und die vier Schlepper, die an der Deutschland festgemacht hatten, zogen das Schiff langsam vom Kai weg.

Erst, als sie das Schiff aus dem Kaiser-Wilhelm-Hafen hinaus und in die Elbfahrrinne manövriert hatten, ließ Mina die Hand wieder sinken.

Heiko stand dicht neben ihr, den Arm um ihre Taille gelegt. Sie hatte es nicht einmal wahrgenommen.

»Jemanden ziehen zu lassen ist schwer«, sagte er. Seine Augen waren auf den Punkt gerichtet, an dem das Schiff hinter den letzten Gebäuden des gegenüberliegenden Kais außer Sicht geraten war. »Abschiednehmen ist wie ein kleiner Tod.«

Er schien mehr zu sich als zu ihr zu sprechen. Jetzt wandte er Mina das Gesicht zu. Er lächelte traurig. »Na komm, Mina, ich fahr dich zurück ins Kontor.«

SECHZEHN

Mina hatte nicht gewusst, wie sehr Sehnsucht schmerzen konnte. Kein Tag, keine Stunde schien zu vergehen, in der sie nicht an Edo dachte. Gewiss, als sie im Pensionat gewesen war, hatte sie ihn auch vermisst, aber das hier war anders. Es war, als habe ihr jemand ein Stück aus dem Herzen gerissen. Die Wunde brannte wie Feuer, sobald jemand seinen Namen sagte oder sie an seinem Schreibtisch vorbeiging, an dem nun meist Frederik saß.

Dass ihr die Trennung so schwerfiel, hing gewiss auch mit der Tatsache zusammen, dass die Entfernung zwischen ihnen so viel größer war. Eifelhof war nur eine Eisenbahnfahrt von ein paar Stunden entfernt gewesen, und seine Briefe hatten nicht mehr als drei Tage gebraucht, um sie zu erreichen. Jetzt lag ein ganzer Ozean zwischen ihnen, und bis sie auf einen ihrer Briefe Antwort erhielt, dauerte es drei Wochen. Zwar hielt sie ihr Versprechen, Edo jeden Tag zu schreiben, aber als sein erster Brief aus New York sie erreichte, war Weihnachten nicht mehr fern. Er sei gut angekommen, schrieb er, die Arbeit sei interessant, aber anstrengend, und die Familie seines direkten Vorgesetzten, bei der er untergebracht war, sei sehr nett.

»Es hat sich herausgestellt, dass sie mich hauptsächlich deshalb mit so offenen Armen aufgenommen haben, weil sie wegen meines Nachnamens davon ausgegangen sind, ich sei ebenso wie sie jüdischen Glaubens. Stell dir die Verwunderung vor, als sie feststellten, dass ich nicht einmal mit Sicherheit sagen kann, ob jemand meiner Vorfahren jüdisch war oder nicht. Herr Rosen schien richtig enttäuscht zu sein, dass ich nie nachgeforscht habe und ganz zufrieden damit bin, dass Peters mich haben taufen und konfirmieren lassen. Rosens haben zwei Töchter und drei Söhne, von denen einer mir sein Zimmer überlassen hat.«

In den nächsten Briefen beschrieb er, wie groß und schön New York sei, was er schon alles gesehen hatte und dass er schon mit Rosens zusammen ins Theater gegangen sei. Als Nächstes sei ein Besuch der Oper geplant. Ob sie das neidisch machen würde, fragte er.

Jeden Brief beendete er damit, wie sehr er Mina vermisse und wie sehr er hoffe, ihr Vater werde bald gesund werden, damit sie nachkommen und er ihr die Wunder der Neuen Welt zeigen könne.

Zwar ging es Karl allmählich ein wenig besser, aber daran, eine große Reise zu unternehmen, war noch lange nicht zu denken. Mitte Dezember hatte er sich so weit erholt, dass er jeden Tag für ein paar Stunden das Bett verlassen konnte, aber noch immer war er nicht ein einziges Mal im Kontor gewesen.

Die Krankenschwester, die sie engagiert hatten, um ihn zu pflegen, war inzwischen wieder ausgezogen, weil Minas Vater darauf bestanden hatte, das »tyrannische Weibsbild« endlich loszuwerden. Da er aber noch immer schwach war und viel Zeit in seinem Zimmer verbrachte, hatte sich Fräulein Brinkmann erboten, einen Teil seiner Pflege zu übernehmen. So saß sie jeden Tag bei ihm, las ihm vor und sorgte dafür, dass er regelmäßig aß und trank. Mina wunderte sich darüber, dass Karl es zuließ, dass sie diese Aufgaben auf sich nahm.

Auch Großmutter Hiltrud schien sich ihre Gedanken zu machen. Mina hörte eines Tages aus dem Nebenzimmer, wie sie sich Karl gegenüber echauffierte, was denn die Nachbarn davon denken sollten, wenn er über Stunden allein mit der Hauslehrerin in seinem Schlafzimmer sei.

»Was werden sie denken? Alle wissen doch, dass ich nicht richtig auf dem Damm bin. Gewiss wird niemand glauben, dass sich hier im Haus ein wahres Sündenbabel befindet.« Mina hörte ihn lachen.

»Gott, Karl, also wirklich!«, war alles, was Hiltrud dazu sagte, und Mina konnte sich das entrüstete Gesicht ihrer Großmutter nur zu gut vorstellen.

Weihnachten kam näher und damit die Frage, ob Mina wie ursprünglich geplant, nach Neujahr wieder ins Pensionat zurückkehren sollte. Kurz vor den Festtagen fasste sich Mina ein Herz und ging zu ihrem Vater, als dieser allein im Arbeitszimmer in seinem Sessel saß, um sich wie immer ausgiebig der Sonntagsausgabe der »Neuen Hamburger Zeitung« zu widmen.

»Darf ich dich kurz stören?«, fragte sie, als sie auf sein Herein hin den Kopf durch die Tür steckte.

»Natürlich, mein Wunschmädchen.« Lächelnd senkte er die Zeitung. »War der Ausflug mit dem Leutnant schön?«

»Sehr schön, danke«, antwortete Mina. »Wir waren im Michel.«

»Im Michel? Ich wusste gar nicht, dass der Wiederaufbau fertig ist.«

»Ja, seit ein paar Wochen schon. Der Leutnant wollte unbedingt auf den Turm steigen, um die Aussicht zu genießen, aber mir war es zu windig und zu kalt. Da habe ich lieber das Kirchenschiff bewundert.«

»Gibt es denn etwas zu bewundern?«

»Oh ja! Es ist wunderschön! Ich kann mich nicht mehr erinnern, wie es vor dem Brand ausgesehen hat, aber der Küster, der uns herumgeführt hat, sagt, sie hätten den alten Zustand wiederhergestellt.«

»Das ist gut. Dann ist es wirklich wunderschön!« Karl lächelte. »Aber ich sehe dir doch an, dass du etwas auf dem Herzen hast, Deern.« Er wies auf den Sessel ihm gegenüber. »Setz dich und sag mir, was es ist.«

Mina nahm zögernd Platz und holte Luft. »Neujahr ist nicht mehr lang hin, und du hattest ja gesagt, dass ich bis dahin hierbleiben darf und nicht zurück ins Pensionat muss. Allerdings war das, bevor …«

Karls Gesicht wurde ernst. »Bevor ich krank wurde«, ergänzte er. »Ich habe auch schon darüber nachgedacht.«

»So, wie es jetzt aussieht, könnte ich nicht mit gutem Gewissen nach Eifelhof fahren. Ich würde mir Sorgen machen, dass du dich übernimmst, wenn du wieder im Kontor arbeitest. Und mit Sorgen im Kopf kann ich sowieso nicht lernen.«

»Außerdem würde Herr Becker dich wohl schmerzlich vermissen. Ich habe vor ein paar Tagen mit ihm telefoniert, und er war voll des Lobes für deine Arbeit.«

»Wirklich?«

Karl nickte. »Er sagte, er wisse gar nicht, wie er ohne dich die Arbeit schaffen würde, jetzt, wo der junge Blumenthal in Amerika ist.«

Mina strahlte. »Das hat er gesagt?«

»Ja, das hat er gesagt. Und er hat mich inständig gebeten, ihm nicht seine beste Kraft wegzunehmen, und das habe ich ihm versprochen.« Er seufzte. »Ich fürchte, Lohmeyer ist noch nicht so weit, dass er die Zügel in die Hand nehmen kann.«

»Das muss er ja auch nicht, du hast ja mich.« Mina sprang auf und umarmte ihren Vater fest. »Heißt das, ich darf hierbleiben?«

Karl wehrte sich lachend. »Sachte, sachte. Zerquetsche deinen alten Vater nicht.« Mit reumütiger Miene ließ sie ihn los. »Natürlich darfst du, ich bitte dich sogar darum. Es sei denn, du möchtest lieber nach Eifelhof zurück. Immerhin hast du doch Freundinnen dort.«

»Eigentlich nur Irma. Natürlich wäre es schön, sie wiederzusehen, aber …«

»Lade sie doch ein, uns hier zu besuchen. Nach Weihnachten vielleicht, oder besser noch im Frühling, wenn es mir hoffentlich endlich wieder gutgeht. Ich würde mich freuen, deine Freundin auch einmal kennenzulernen.«

»Das wäre wunderbar.« Wieder schlang Mina die Arme um ihren Vater, aber vorsichtiger diesmal.

»So ist es besser«, sagte er leise lachend. »Und jetzt lass mich in Ruhe meine Zeitung lesen.«

Noch am selben Abend schrieb Mina einen langen Brief an Irma, und diese zeigte sich in ihrer Antwort von der Idee begeistert, Mina in Hamburg zu besuchen, auch wenn sie bitter enttäuscht war, dass Mina nicht nach Eifelhof zurückkehren würde. »Ohne dich ist es furchtbar langweilig hier«, beklagte sie sich. »Umso mehr freue ich mich, dich zu besuchen. Mama meinte, Weihnachten wäre zu kurzfristig, aber wenn sie mich im Mai aus dem Pensionat abholt, machen wir einen Abstecher nach Hamburg, das ist schon beschlossene Sache. Sie lässt herzlich grüßen und bedankt sich in unser beider Namen für die Einladung.«

Einen Tag vor Heiligabend, der in diesem Jahr auf einen Dienstag fiel, wurde die gewaltige Fichte geliefert und im Salon aufgestellt. Zuvor war es immer so gewesen, dass Dienstmädchen am Morgen vor der Bescherung den Baum geschmückt hatten, aber in diesem Jahr fragte Karl Mina und Agnes beim Frühstück, ob sie das nicht alle zusammen erledigen wollten.

»Wird es nicht zu spät, wenn wir damit anfangen, wenn ich aus dem Kontor zurück bin?«, fragte Mina.

»Du und Leutnant Lohmeyer könnt heute zu Hause bleiben«, sagte Karl lächelnd. »Ich habe Becker gestern angerufen und allen einen freien Tag gegeben. Heiligabend ist ohnehin nie viel zu tun.«

Mina starrte ihren Vater einen Moment lang mit offenem Mund an.

Karl lachte leise, als er es sah. »Was hast du denn?«

»Ich wundere mich nur.« Sie zog eine Augenbraue hoch, lächelte aber. »Du hast doch sonst immer gesagt, dass jede Stunde, die das Kontor geschlossen ist, uns bares Geld kostet.«

»Ich habe meine Meinung geändert. Jetzt glaube ich, es gibt Wichtigeres, als Geld zu verdienen.«

Mina erhob sich, um ihm mit gespielt besorgter Miene die Hand auf die Stirn zu legen. »Hast du Fieber, Vater? Ich glaube, du phantasierst.«

Agnes lachte, während Großmutter mit missbilligender Miene einen Schluck von ihrem Kaffee nahm.

»Ganz im Gegenteil!« Karl lachte vergnügt. »Ich fühle mich heute so wohl wie seit langem nicht. Reichst du mir noch einmal den Brotkorb?«

Nach dem Frühstück trug Lotte die Kisten mit dem Weihnachtsschmuck in den Salon und begann, sie nach und nach auszupacken. Vorsichtig wickelte sie die geblasenen Weihnachtskugeln, die mit Glitzer bestäubten Eiszapfen und Glocken aus Kristallglas aus dem Seidenpapier und reichte sie an Mina, Agnes und Frederik weiter, die sie in den Baum hängten. Karl saß in seinem Sessel und gab Anweisungen, welche Kugel wohin sollte.

Als Fräulein Brinkmann einen silbernen Vogel auspackte, dessen Schwanz aus echten Federn bestand, streckte Karl die Hand danach aus und betrachtete ihn wehmütig.

»Den hat Elise gekauft, als Agnes ganz klein war. Das muss kurz vor ihrem letzten Weihnachtsfest gewesen sein. Ich erinnere mich noch genau, wie sie vor dem Baum stand und den Vogel auf den höchsten Ast gesetzt und gesagt hat, dass sie ihm im nächsten Jahr eine Gefährtin kaufen wolle. Aber dazu ist sie nicht mehr gekommen.«

Er reichte den Vogel an Mina weiter, die wartend vor ihm stand.

»Er soll wieder auf dem höchsten Ast sitzen und von dort auf uns heruntersehen«, sagte sie mit einem traurigen Lächeln. »Dann ist es so, als wäre Mama auch ein wenig bei unserem Fest dabei.« Sie beugte sich zu ihrem Vater hinunter und küsste ihn auf die Stirn.

Hiltrud beteiligte sich nicht am Baumschmücken. Sie hatte mit ihrer Meinung, der geschmückte Weihnachtsbaum solle doch für alle eine Überraschung sein, nicht hinter dem Berg gehalten und sich mit dem Hinweis, sie wolle sich nicht die Freude verderben lassen, in ihr Zimmer zurückgezogen. Nachdem die Kerzenhalter mit Bienenwachskerzen bestückt und in den Zweigen befestigt waren und Frederik den Rauschgoldengel auf die Spitze des Baums gesetzt hatte, betrachteten sie ihr Werk.

»Was meinst du, Vater, was fehlt noch?«, fragte Agnes, die sich neben Karls Sessel gestellt hatte.

»Ein bisschen Lametta wäre gut«, ertönte Fräulein Brinkmanns Stimme hinter ihnen. Sie stand in der Tür, nickte zustimmend und lächelte. »Schön Faden für Faden aufgehängt, damit der ganze Baum glitzert.«

Karl lächelte ihr zu, und Mina sah, wie seine Augen warm aufleuchteten. »Das ist eine gute Idee, Sophie!«

Mina glaubte, ihren Ohren nicht zu trauen. Dass Vater Fräulein Brinkmann mit dem Vornamen ansprach, war noch nie vorgekommen. Sie warf den anderen Anwesenden einen schnellen Blick zu, aber Agnes, Frederik und Lotte beugten sich gerade über die Kisten mit dem Weihnachtsschmuck und suchten nach der Stoffrolle, in die das Bleilametta eingewickelt war. Ihnen war offenbar nichts Ungewöhnliches aufgefallen. So unauffällig sie konnte, sah sie zu Vater und Fräulein Brinkmann hinüber, die neben ihn getreten war und jetzt eine Hand auf die Rückenlehne seines Sessels legte. Auch ihre Augen glänzten, und auf ihren sonst blassen Wangen lag ein rosiger Schimmer.

Vater und Fräulein Brinkmann? War da mehr zwischen ihnen als …

Sofort wies Mina den Gedanken weit von sich. Nein, das konnte nicht sein. Das war absolut unmöglich. Er hatte doch Mama geliebt!

Auf einmal hatte sie einen schalen Geschmack im Mund, und sie schämte sich, diesen Gedanken auch nur zugelassen zu haben.

Es wurde ein schönes Weihnachtsfest, vielleicht das schönste, das Mina bisher erlebt hatte. Am Nachmittag fuhr Frederik Großmutter Hiltrud, Agnes und sie zum Gottesdienst in die Nikolai-Kirche am Hopfenmarkt. Karl begleitete sie nicht, sondern verkündete, er wolle sich lieber vor dem Abend noch einen Augenblick hinlegen.

Nach dem Gottesdienst kleideten sie sich um. Angetan mit ihrer Abendgarderobe aßen sie zu Abend und gingen danach zur Bescherung in den Salon hinüber. Die Kerzen am Baum und in den zahlreichen Kandelabern, die auf den Tischen und dem Kaminsims brannten, verbreiteten ein warmes Licht. Zu Minas Überraschung gesellte sich auch Fräulein Brinkmann zu ihnen, die sonst mit den Dienstboten in der Küche zu feiern pflegte. Als sie eintrat, stand Karl von seinem Sessel auf und ging ihr entgegen, um ihr den Korb voller Geschenke abzunehmen, den sie hereingetragen hatte, und bat sie, sich doch zu ihnen zu setzen.

Mina entging nicht, dass ihre Großmutter die Stirn runzelte, als Fräulein Brinkmann neben Mina und Agnes auf dem Sofa Platz nahm, während Karl in dem Korb kramte, den er vor sich auf den Boden gestellt hatte.

»Ich habe Fräulein Brinkmann gebeten, diesmal für mich die Geschenke zu besorgen. Sonst wäre es ja keine Überraschung geworden. Dann wollen wir doch mal sehen, was wir hier haben.« Er zog das erste Geschenk heraus und reichte es weiter.

Frederik erhielt einen Füllfederhalter, Großmutter einen chinesischen Seidenschal, Agnes eine Brosche in Form eines Pfeiles und Mina eine Halskette mit einem Anhänger aus Aquamarin. Nachdem Karl alle Geschenke aus dem Korb verteilt hatte, griff er in seine Jackentasche und zog ein kleines Etui heraus, das er Fräulein Brinkmann überreichte. »Und das ist für Sie, mein liebes Fräulein Brinkmann. Nur eine Kleinigkeit als Zeichen meiner Dankbarkeit für Ihre Hilfe.«

Rote Flecken malten sich auf ihr Gesicht, als sie das Etui entgegennahm. »Aber das wäre doch nicht nötig gewesen, Herr Deharde«, sagte sie mit belegter Stimme. »Das habe ich doch gern getan!«

»Das weiß ich doch. Trotzdem!« Karl nickte ihr aufmunternd zu. »Wollen Sie es nicht öffnen?«

Vorsichtig hob Fräulein Brinkmann den Deckel des Etuis an. Es enthielt eine ovale Kamee-Brosche, bei der sich in einem Kranz aus glitzernden Steinen ein geschnitztes Frauenprofil weiß von einem dunkelblauen Untergrund abhob.

»Sie ist wunderschön«, flüsterte Fräulein Brinkmann, die Augen unverwandt auf das Schmuckstück gerichtet. »Aber das kann ich wirklich unmöglich annehmen.«

»Papperlapapp.« Karl winkte ab. »Natürlich können Sie es annehmen. Und damit Sie beruhigt sind: Die Steine sind nicht echt.« Er nickte der Hauslehrerin lächelnd zu, und wieder sah Mina diesen seltsamen, warmen Glanz in seinen Augen.

»Wenn das so ist, vielen herzlichen Dank, Herr Deharde.« Sie hob die Brosche aus dem Etui und befestigte sie an ihrem dunkelgrauen Kleid.

Karl lächelte zufrieden. »Genauso habe ich mir das vorgestellt«, sagte er und lehnte sich in seinem Sessel zurück. »Und jetzt werde ich zur Feier des Tages einen kleinen Sherry trinken, egal was Dr. Küper dazu sagen würde.«

Mina wollte erst widersprechen, doch als sie den glücklichen Ausdruck auf dem Gesicht ihres Vaters sah, erhob sie sich, um Gläser und die Karaffe aus der Vitrine zu holen. Als sie sich wieder zu den anderen umdrehte, fiel ihr Blick auf ihre Großmutter, die auf die Brosche auf dem Kleid der Hauslehrerin starrte, und sie erschrak. Noch nie hatte sie einen so hasserfüllten Blick gesehen wie diesen.

Am folgenden Morgen ließ sich Großmutter damit entschuldigen, Migräne zu haben, und blieb den ganzen Tag in ihrem Zimmer. Erst am zweiten Feiertag kam sie wieder herunter, und Mina fiel auf, dass sie sowohl Fräulein Brinkmann wie auch ihren Vater kaum eines Blickes würdigte und nur einsilbig antwortete, wenn er das Wort an sie richtete.

Wie immer am zweiten Feiertag wurde der Besuch von Senator Hullmann erwartet, der den Nachmittag bei seinem Freund Deharde zu verbringen pflegte, um seiner zahlreichen Verwandtschaft für ein paar Stunden zu entrinnen, wie er es ausdrückte. Die Herren zogen sich dann in Vaters Arbeitszimmer zurück, rauchten Zigarren und unterhielten sich über das Kaffeegeschäft, während sie dazu einen erlesenen Rotwein genossen. Das jedenfalls war Karls Antwort, wenn Mina ihn fragte, was sie denn so Geheimnisvolles hinter den geschlossenen Türen zu besprechen hatten.

Dieses Jahr gesellte sich auch Frederik dazu. Zu Minas Verblüffung kam Lotte, eine Stunde nachdem die Herren sich zurückgezogen hatten, in den Salon und richtete Mina aus, ihr Vater bäte sie, für einen Moment zu ihnen ins Arbeitszimmer zu kommen. Großmutter Hiltrud zog die Augenbrauen zusammen, sagte aber nichts dazu. Mina legte ihr Buch zur Seite und erhob sich.

Kaum hatte sie den von Zigarrenrauch vernebelten Raum betreten, da trug Frederik ihr einen Stuhl heran. Mit dem Gefühl, auf einer Anklagebank Platz zu nehmen, ließ sie sich ganz vorn auf der Kante der Sitzfläche nieder. Trotzdem nahm sie das Glas Sherry, das Frederik ihr reichte, mit einem höflichen Lächeln entgegen.

»Sag mal, Deern, von dir hört man ja tolle Geschichten!« Henry Hullmann lachte und nahm einen Zug aus seiner Zigarre. »Sitzt am Schreibtisch deines Vaters und sagst den Männern, was zu tun ist, was?«

Hastig schaute Mina zu ihrem Vater hinüber, aber der lächelte ihr zu.

»Wenn sie mich fragen, was sie machen sollen, dann schon«, sagte sie ruhig und hielt dabei den Stiel des Glases mit beiden Händen fest. Niemand sollte sehen, dass ihre Finger zu zittern begonnen hatten.

»Ist aber ja ungewöhnlich, dass ein junges Fräulein sich traut, die Zügel in die Hand zu nehmen«, fuhr Henry fort. »Und dass die Männer das so hinnehmen. Aber euer Büroleiter ist ja wohl voll des Lobes, wie dein Vater mir sagt.«

»Wir kommen gut miteinander zurecht, Herr Becker und ich.«

»Das ist wichtig. Muss ja auch alles rundlaufen im Kontor, damit das Geschäft ordentlich brummen kann.« Wieder zog er an seiner Havanna und blies eine Rauchwolke hinauf zur getäfelten Decke. »Für ein paar Wochen mag das ja alles angehen, aber im Verein gibt es die ersten Mitglieder, die meinen, wir sollten euch einen Geschäftsführer zur Seite stellen.«

Mina holte tief Luft und rutschte auf dem Sitz weiter nach hinten. Sie schaute dem Senator offen in die Augen. »Du auch, Onkel Henry?«, fragte sie ruhig.

»Ich?« Henry Hullmann lachte. »Gott bewahre! Solange alles funktioniert, bis Karl wieder auf dem Posten ist, kannst du gern die Chefin spielen.« Er beugte sich ein wenig vor und musterte sie prüfend. »Wenn du es dir zutraust.«

»Das tue ich.«

»Ein paar der Herren fragen sich nur, was passiert, wenn mal Schwierigkeiten auftreten. Wenn etwas nicht so klappt oder eilige Entscheidungen gefällt werden müssen, was passiert dann? Ein missglücktes Geschäft fällt doch auf den Ruf aller Hamburger Kaffeehändler zurück. Vielleicht wäre dann ein Geschäftsführer aus den Reihen des Vereins die bessere Lösung.«

»Wenn es schwierig wird, kann ich jederzeit Vater fragen, was er von der Sache hält. Dazu haben wir doch das Telefon zu Hause.«

Henry lachte, dass sein voluminöser Bauch auf und ab wackelte. »Nicht auf den Mund gefallen, deine Deern!«, rief er und schlug Karl mit der Hand auf die Schulter. »Und Angst hat sie auch keine.«

»Nein, ganz und gar nicht«, sagte Karl mit Stolz in der Stimme. »Du musst zugeben, meine Mina kauft manchem der Juniorchefs den Schneid ab.« Er griff nach der leeren Karaffe, die neben seinem Sessel auf dem Tischchen stand. »Frederik, mein Junge, könnten Sie so nett sein und in den Keller gehen, um noch eine Flasche von dem Burgunder für den Senator zu holen?«, fragte er dann, zog ein Schlüsselbund aus der Tasche seiner Hausjacke und reichte ihn weiter. »Nehmen Sie doch die Karaffe mit und dekantieren sie ihn gleich. Die Hausmädchen haben leider beide kein Geschick darin.«

Frederik zog kurz die Augenbrauen zusammen und öffnete den Mund, wie um etwas zu erwidern, doch dann schien er sich eines anderen zu besinnen. »Gern«, sagte er in einem Tonfall, der das genaue Gegenteil vermuten ließ. Mit undurchdringlicher Miene nickte er den beiden Herren zu und ging hinaus.

»So. Nun mal Butter bei die Fische, Deern«, sagte Senator Hullmann, als sich die Tür hinter ihm geschlossen hatte. »Warum gibst du die Anweisungen im Kontor und nicht der junge

Lohmeyer? Er scheint doch ein ganz patenter Kerl zu sein. Die Herren vom Verein sind ganz angetan von ihm.«

»Das kann dir Vater viel besser sagen, Onkel Henry«, antwortete Mina ausweichend.

»Ich möchte es aber von dir hören.« Wieder sah er Mina prüfend in die Augen.

Sie zögerte. Was tun? Sollte sie ehrlich sein? Die Karten auf den Tisch legen? War das fair gegenüber Frederik, der ihr nichts getan hatte? Ihr sogar durch die Krankheit des Vaters zur Seite gestanden hatte? Aber hier ging es um Wichtigeres als Frederiks Stolz, beschloss sie. Hier ging es um die Familie. »Er bemüht sich«, sagte sie nach kurzem Zögern. »Aber er arbeitet nicht sorgfältig genug. Und auch wenn er der Sohn eines Plantagenbesitzers ist, hat er Mühe, guten Arabica von schlechtem Robusta zu unterscheiden.« Und so war es ja auch, sagte sie sich. Ich sage nur die Wahrheit.

»Er muss noch viel lernen«, warf ihr Vater nachsichtig ein.

Aber Mina war noch nicht fertig. »Vater sagt immer, ich hätte Kaffee im Blut. Ich fürchte, das hat er nicht.« Sie seufzte. »Ich sollte nicht so schlecht über jemanden reden, der nicht anwesend ist«, fügte sie hinzu.

»Ich habe dich doch um deine Meinung gebeten«, sagte Onkel Henry. Er zwinkerte Mina lächelnd zu. »Also gut! Auch wenn die anderen Herren im Verein anderer Meinung sind, ich werde dafür sorgen, dass du weiter das Kontor führst, bis dein Vater wieder zurück an seinem Schreibtisch ist. Und jetzt reich mir doch mal den Teller mit den Keksen herüber, bitte.«

SIEBZEHN

Der Februar näherte sich seinem Ende, und die Tage wurden allmählich wieder länger. Es war ein typischer Hamburger Winter gewesen, oft mild und stürmisch, nur selten frostig und klar. Nicht einmal der Eisbrecher, der die Alsterfahrrinne bei langanhaltendem Frost freihielt, hatte zum Einsatz kommen müssen, wie in vergangenen Jahren so oft.

Mina stand am Fenster des Esszimmers und blickte hinaus in den Garten der Villa. Die ersten Schneeglöckchen und Krokusse, die unter dem Schutz der Büsche zu blühen begannen, zeigten an, dass der Frühling nicht mehr fern war. Es dämmerte erst, die Sonne würde erst in einer halben Stunde über den Dächern der Nachbarhäuser zu sehen sein.

An einem Sonntag wie heute kam die Familie nur selten vor acht Uhr ins Esszimmer herunter. Mina war es inzwischen so sehr gewohnt, um sechs Uhr aufzustehen, dass sie auch sonntags nur selten länger schlafen konnte. Meist nahm sie sonst ein Buch zur Hand und las noch ein oder zwei Stunden im Bett, ehe sie hinunterging, aber heute war sie zu Frau Kruse in die Küche gegangen, um sich schon eine Tasse Kaffee machen zu lassen. Nun ließ sie beim leisen Knistern des Kachelofens, den Lotte und Frieda schon in den frühen Morgenstunden angeheizt hatten, ihren Gedanken freien Lauf, während sie zusah, wie der Garten im beginnenden Licht des Tages seine Farben zurückgewann.

Noch immer fuhr Mina mit Frederik zusammen von montags bis samstags in die Speicherstadt, saß an ihrem kleinen Schreibtisch im Chefbüro und erledigte das Tagesgeschäft. Einmal, im Januar, war ihr Vater an seinen großen Schreibtisch zurückgekehrt, doch nach nur zwei Stunden hatte er sich wieder nach Hause zurückbringen lassen und nach der Überanstrengung für mehrere Tage das Bett hüten müssen. Aber inzwischen war in seinem Schlafzimmer ein weiteres Telefongerät installiert worden, sodass Mina ihn auch erreichen konnte, wenn er sich nicht wohl genug fühlte, um aufzustehen.

Noch immer lud Frederik Mina am Sonntagnachmittag zu einem Ausflug ein, obwohl sie ihm inzwischen alle Sehenswürdigkeiten in und um Hamburg gezeigt zu haben glaubte. Mehr denn je hatte sie das Gefühl, er sei auf eine Ehe mit ihr aus, aber bislang hatte er keine Anstalten gemacht, sie um ihre Hand zu bitten.

Noch immer vermisste Mina Edo furchtbar, und die Sehnsucht nach ihm schmerzte, aber allmählich gewöhnte sie sich an das Gefühl. Anders als in der Zeit, die sie in Eifelhof verbracht hatte, schrieb sie ihm nicht mehr jeden Tag, sondern beantwortete seine Briefe, und die kamen nicht öfter als einmal in der Woche. Er sei furchtbar beschäftigt in der Bank, berichtete er, und dass die Arbeit seine Zeit ganz ausfüllte. Anfang März werde er für ein paar Tage nach Toledo fahren, wo er in der Zwischenzeit seinen Vetter aufgespürt hatte. Sein Onkel, der Bruder seines Vaters, sei leider im letzten Jahr verstorben, aber sein Vetter Robert freue sich schon sehr darauf, den verschollenen Verwandten kennenzulernen. Mina hingegen hoffte inständig, die Freude werde nur ein kurzes Strohfeuer bleiben, damit Edo nicht auf den Gedanken kam, bei seiner neugefundenen Familie zu bleiben und sich auf Dauer in Toledo niederzulassen. Die Sorge, er könnte sein Versprechen, nach einem Jahr in Amerika zurückzukommen, brechen, verfolgte sie immer wieder bis in ihre Träume. Dann schrak sie mit tränennassem Gesicht aus dem Schlaf auf und musste zu ihrem Buch auf dem Nachttisch greifen, um ihre Angst zu vertreiben, damit sie weiterschlafen konnte.

»Guten Morgen, Wunschmädchen!«, hörte sie die Stimme ihres Vaters hinter sich. »Was treibt dich denn schon so früh aus den Federn?«

Mina drehte sich um und lächelte Karl zu, der angetan mit einer kurzen Hausjacke aus blauem Samt in der Tür stand. »Die Gewohnheit, früh aufzustehen. Guten Morgen, Vater.« Sie ging auf ihn zu und gab ihm einen Kuss auf die Wange. »Wie geht es dir heute? Du siehst etwas blass aus.«

Karl winkte ab. »Der alte Sturm, die alte Müh …«, zitierte er aus der »Walküre«. »Mein Magen macht Sperenzchen. Alles halb so wild, aber vielleicht sollte ich doch lieber Kamillentee statt Kaffee zum Frühstück trinken.«

Mina ging zur Tür hinüber und drückte auf die dort angebrachte Klingel. Kurze Zeit später trat Frieda ein, und Mina teilte ihr mit, sie könne jetzt das Frühstück für Herrn Deharde und sie servieren.

»Es trifft sich gut, dass wir beide ganz allein sind«, sagte Karl, nachdem Frieda frischen Toast, Tee und Kaffeekanne auf den Tisch gestellt und sie wieder verlassen hatte. »Ich wollte schon eine ganze Weile mal unter vier Augen mit dir sprechen.«

Mina, die sich gerade Kaffee nachschenkte, sah erstaunt auf. »Ach? Um was geht es denn, Vater?«

»Ich habe mir schon eine Weile den Kopf zerbrochen, wie ich es dir diplomatisch beibringen soll, aber es ist mir nichts eingefallen. Einfach gerade heraus damit, das ist wohl am besten.« Er stellte seine Kaffeetasse ab und sah sie an. »Mina, der Leutnant hat mich um deine Hand gebeten.«

»So, hat er das ...« Mina hörte ihr Herz in den Ohren dröhnen, so heftig schlug es. »Und was hast du geantwortet?«, fragte sie gepresst.

»Dass ich zuerst mit dir sprechen werde, ehe ich etwas dazu sage.« Karl stützte die Ellenbogen auf den Tisch und legte die Fingerspitzen aneinander, während er Mina forschend ansah. »Nun? Was meinst du dazu?«

Mina holte tief Luft. »Wenn ich behaupte, ich hätte nicht damit gerechnet, würde ich lügen.«

»Das ist keine Antwort. Und wenn du damit gerechnet hast, hast du dir doch gewiss auch eine Meinung zu Leutnant Lohmeyer und eine eventuelle Heirat mit ihm gemacht.«

»Eher friert die Hölle ein, als dass ich ihn heiraten werde!« Mina schob den Teller mit der Scheibe Toast, die sie gerade mit Butter bestrichen hatte, ein Stück von sich weg. Ihr war der Appetit vergangen.

Karl zog erstaunt die Augenbrauen in die Höhe. »Ich dachte, er sei dir sympathisch?«

»Sympathisch? Das wird wohl kaum für eine Ehe reichen. Nur dass ich mich sonntags von ihm ausführen lasse, heißt nicht, dass ich ihn liebe.«

»Liebe ist ein großes Wort.«

»Ja, das ist es. Und eines weiß ich sicher: Ich liebe ihn nicht.«

Karl seufzte und schwieg einen Moment. »Ich will ganz ehrlich sein, Mina«, sagte er dann. »Vielleicht wäre es nicht das Schlechteste, wenn du seinen Antrag trotzdem in Erwägung ziehst.«

»Aber wieso? Ich habe dir doch gesagt, ich liebe ihn nicht.«

»Weil …« Wieder zögerte er und suchte offenbar nach Worten. »Schau, Deern. Ich habe keine Ahnung, wann ich wieder ins Kontor gehen kann. Ich weiß nicht einmal, ob ich je wieder die Leitung der Firma übernehmen kann.«

»Was … Wie meinst du das?«, stammelte Mina. »Es geht dir doch schon besser und bald bist du wieder gesund, Vater. Du musst nur ein bisschen mehr Geduld haben.«

Ein bitteres Lächeln zeigte sich auf dem Gesicht ihres Vaters. »Mit Geduld ist es nicht getan, Mina. Ich bin nicht mehr jung, und wenn man so krank war wie ich, dann fängt man an, sich Gedanken zu machen, wie es weitergehen soll, wenn man mal nicht mehr ist.«

»So darfst du nicht reden!«

Karl legte seine Hand auf ihre Rechte. »Im Gegenteil, Mina, so muss ich reden. Für die Firma … für die Familie und vor allem für dich.«

Mina starrte ihn an und fühlte, wie die Angst in ihrem Magen zu flattern begann.

Karl lächelte, doch es reichte nicht bis zu seinen Augen hinauf, die sie besorgt musterten. »Eines Tages, und so Gott will, ist dieser Tag noch weit entfernt, werde ich nicht mehr da sein. Und was soll dann werden, mein Wunschmädchen?« Sein Ton wurde eindringlich. »Ich will auf gar keinen Fall, dass die Familie die Firma verliert. Du weißt, im Verein gibt es einige, die ein Auge auf *Kopmann & Deharde* geworfen haben. Das will ich um jeden Preis verhindern. Ich will nicht, dass alles, was dein Großvater und ich in harter Arbeit aufgebaut haben, von irgendwelchen Emporkömmlingen unter den Kaffeehändlern zunichtegemacht wird. Ich möchte, dass du die Firma leitest, weil ich sicher bin, dass du das Zeug dazu hast. Denk dran: Du hast den Kaffee im Blut.«

Minas Kehle wurde eng. Sie fühlte, wie ihr Vater ihre Hand tröstend drückte, und blinzelte, um wieder klar sehen zu können.

»Bis du einundzwanzig wirst und damit geschäftsfähig, werden noch über zwei Jahre ins Land gehen«, fuhr Karl fort. »Selbst dann wird es schwer genug werden, die Firma in der Familie zu halten. Immerhin ist der Verein strikt dagegen, Frauen an die Börse zu lassen. Aber seit der Sache im Herbst, als ich im Krankenhaus lag, habe ich viel darüber nachgedacht, was passieren würde, wenn …« Er stockte und schwieg einen Moment. »Ich habe mir den Kopf zerbrochen, wie man verhindern könnte, dass die Firma in fremde Hände kommt, und mir ist nur eine Lösung eingefallen. Du musst einen Kaffeehändler heiraten, mein Kind.«

»Aber …«

»Ich weiß, was du sagen willst, Mina. Frederik Lohmeyer ist kein Kaffeehändler, und ihm fehlt das Gespür dafür. Das ist aber vielleicht nicht einmal ein Nachteil. So kannst du im Hintergrund die Entscheidungen treffen und die Geschäfte führen, die er nach außen hin vertritt.«

»Warum sollte Frederik sich mit so einem Arrangement einverstanden erklären? Wenn er mich heiratet, hat er die Firma doch sozusagen mitgeheiratet.« Mina hörte selbst, wie bitter sie klang.

»Das müsste nur alles ganz genau in einem Ehevertrag festgelegt werden.« Karl ließ ihre Hand los und lehnte sich zurück. »Eine Sache weißt du nicht über Frederik Lohmeyer. Sein Vater hat mir geschrieben, dass er kein Erbe zu erwarten hat. Die Plantage ist an seinen Bruder gegangen, und was Frederik als Erbteil bereits ausgezahlt wurde, hat er durch – ich will es mal so formulieren – unglückliche Entscheidungen durchgebracht. Ich denke, er wird uns bei einem Ehevertrag sehr weit entgegenkommen.«

Mina runzelte die Stirn. »Unglückliche Entscheidungen?«

»Er war jung und unvorsichtig, und seine Familie ist für seine Schulden aufgekommen.«

»Und so jemandem willst du die Firma anvertrauen?« Mina stieß ein zynisches Lachen aus. »Das kann doch nicht dein Ernst sein, Vater.«

»Der Vorfall ist schon etliche Jahre her, und Frederik hat mir versichert, dass er daraus seine Lehren gezogen hat. Er hat damals einen Fehler gemacht. Wer sind wir, den ersten Stein zu werfen?«

Von der Treppe her waren Stimmen zu hören. Offenbar kam der Rest der Familie zum Frühstück herunter.

»Es gibt keinen Grund, irgendeine Entscheidung übers Knie zu brechen, mein Wunschmädchen. Lass dir alles in Ruhe durch den Kopf gehen.« Karl lächelte ihr zu. »Und bitte sprich vorerst mit niemandem über die ganze Sache.«

In den folgenden Tagen tat Mina, worum ihr Vater sie gebeten hatte. Sie sprach weder über Frederiks Antrag noch Vaters Bitte, sich die Angelegenheit durch den Kopf gehen zu lassen. Für sie stand fest, dass sie freundlich aber entschieden ablehnen würde, falls er sie tatsächlich um ihre Hand bat.

Doch weder bei diesem noch bei einem der folgenden Sonntagsausflüge stellte Frederik ihr die alles entscheidende Frage. Mina wunderte sich zwar, erklärte sich aber sein Verhalten damit, dass er noch auf die Zustimmung ihres Vaters wartete.

Und vielleicht, sprach sie sich selbst Mut zu, würde sich das Problem ja irgendwann einfach in Luft auflösen. Vater würde sein Einverständnis nicht geben, ehe sie nicht eingewilligt hätte. Solange sie das nicht tat, würde Frederik sie nicht um ihre Hand bitten, und alles würde bleiben, wie es war.

Ein paar Mal war sie drauf und dran, Edo von Frederiks Antrag zu berichten, aber sie scheute davor zurück. In seinen Augen mochte es wie ein Versuch aussehen, ihn dazu zu zwingen, vorzeitig aus Amerika zurückzukommen. Erpressung war das, was sie ihm vorgeworfen hatte, und sie wollte nicht den Eindruck erwecken, als würde sie es ihm mit gleicher Münze zurückzahlen.

Solange nicht die zwingende Notwendigkeit dazu bestand, würde sie Edo nichts davon schreiben, sondern die Monate bis zu seiner Rückkehr zählen. Dann würden sie beide zusammen zu Karl Deharde gehen und ihm eröffnen, dass sie sich liebten und ihr Leben zusammen verbringen wollten.

Mitte März kam ein dicker Brief von Edo. Begeistert berichtete er darin von seinem Besuch bei seinen Verwandten in Toledo.

Robert ist ungefähr in meinem Alter und hat schon eine eigene Werkstatt mit drei Angestellten für die Reparatur von Automobilen. Sie haben so viel zu tun, dass sie sogar noch einen vierten einstellen wollen. Verglichen mit New York ist Toledo natürlich nur eine Kleinstadt, aber sie summt vor Geschäftigkeit. Überall wird gebaut und neue Firmen werden gegründet. Robert meinte, er könne sich gut vorstellen, dass hier auch Kaffeehandel, vor allem in Verbindung mit einer Rösterei, florieren würde. Stell dir das vor, Mina. Wir beide

hier in Amerika, mit unserer Erfahrung. Die ganze Welt stünde uns offen.
Robert ist ein sehr netter Kerl, mit dem ich mich auf Anhieb gut verstanden habe. Natürlich habe ich auch gleich von dir erzählt, und er lässt dich herzlich grüßen. Er und seine Frau freuen sich schon sehr darauf, dich bald kennenzulernen.
Über deine mangelnden Englischkenntnisse musst du dir übrigens keine Sorgen machen. In Toledo gibt es eine große deutsche Gemeinde, und man kann sich auch auf Deutsch gut verständigen. Es ist wirklich ein idealer Ort für uns.
Ich schreibe dir diesen Brief, während ich wieder im Zug zurück nach New York bin. Die Rosens werden mich sicher schon vermisst haben, immerhin war ich drei ganze Tage fort.
Ich umarme dich und sende dir viele Küsse aus der Ferne

Dein Edo
(der hier von allen Edward genannt wird)

PS: Im Umschlag findest du ein kleines Geschenk. Toledo wird die Stadt des Glases genannt, also mach dir bitte keine Gedanken, ich hätte zu viel Geld ausgegeben. In Liebe E.

Sie durchsuchte den Umschlag genauer und fand in einer Ecke, sorgfältig in Seidenpapier eingewickelt, ein flaches Briefchen mit einem Schleifenband verschnürt. Als sie es öffnete, fiel ein schmaler silberner Ring mit einem einzelnen weißen Stein heraus, der im Schein der Schreibtischlampe funkelte wie ein Diamant.

»Ein Verlobungsring«, murmelte Mina, und ihre Sehnsucht nach Edo wurde auf einmal so groß, dass sie glaubte, ihr Herz müsse zerspringen. »Ja, Edo. Ja, ich will!«, sagte sie, und betrachtete durch einen Tränenschleier hindurch den Ring, den sie auf ihren linken Ringfinger gesteckt hatte. »Ich will deine Frau werden, aber mit dir nach Toledo gehen kann ich nicht.«

Aus einer plötzlichen Regung heraus zog sie den Ring von ihrem Finger, steckte ihn in den Umschlag zurück und legte ihn zu Edos anderen Briefen in die Schublade ihres Nachtschrankes.

Für die Antwort auf diesen Brief brauchte sie beinahe eine ganze Woche. Immer wieder setzte sie neu an und zerriss das Geschriebene nach den ersten Worten wieder. Schließlich schrieb sie ihm nur, wie sehr sie sich über seine Zeilen und das verspätete Weihnachtsgeschenk gefreut habe und dass sie bereits die Tage zähle, bis er wieder nach Hamburg zurückkehren werde. Kein Wort über die wahre Bedeutung seines Geschenks, seine Familie oder seine Pläne für Toledo. Ebenso kein Wort über Frederiks Heiratsantrag. Nichts von all dem, was sie wirklich beschäftigte, stand in ihrem kurzen Brief, und sie wusste in dem Moment, als sie den Umschlag in den Briefkasten in der Nähe des Kontors steckte, dass die Entfernung zwischen ihnen größer geworden war als je zuvor.

Ostern kam und ging, die Tage wurden heller und die Schneeglöckchen im Garten wurden von Forsythien und Osterglocken abgelöst. Im Kontor war so viel zu tun, dass Mina zunächst gar nicht auffiel, dass Edo auf ihren letzten Brief noch nicht geantwortet hatte. Vielleicht hat er auch zu viel zu tun, sagte sie sich und schob die wachsende Unruhe beiseite, so gut es ging. Wegen der unsicheren Lage auf dem Balkan, bei der jederzeit mit dem Ausbruch eines Krieges zu rechnen war, stiegen die Kaffeepreise so schnell an, dass auch die Gebote an der Börse, die Mina über Onkel Henry platzieren ließ, schnelles Handeln erforderten. Dass sie alles, was sie tat, vorher mit ihrem Vater telefonisch abstimmen musste, war derart zeitraubend, dass sie oft genug nur einen weit schlechteren Kurs bekam, als sie gehofft hatte. Außerdem kam sie meist erst am späten Abend nach Hause und war dann so müde, dass sie nur noch einen Happen aß und danach gleich zu Bett ging.

Mitte April ging es Karl plötzlich deutlich schlechter, sodass er sein Schlafzimmer nicht mehr verlassen konnte. Dr. Küper wurde gerufen. Mina erfuhr es erst, als sie und Frederik gegen zehn Uhr aus dem Kontor kamen, und ging gleich zu ihm. Er lag gegen einen Stapel Kissen gelehnt auf seinem Bett, neben ihm im Sessel Fräulein Brinkmann, die ihm aus einem Buch vorgelesen hatte.

»Ich habe gehört, du bist krank?«, fragte Mina besorgt und beugte sich über ihn, um ihn auf die Wange zu küssen.

»Ach was, halb so schlimm. Ich habe mir wohl eine kleine Erkältung eingefangen.« Er winkte ab. Aber Mina sah, dass er das Gesicht verzog, als er versuchte, sich aufzusetzen.

Es war schon nach zehn Uhr, und Mina lag bereits im Bett und las wie immer vor dem Einschlafen noch ein paar Seiten eines Romans, als es leise an der Tür klopfte und Agnes im Nachthemd hereinschlüpfte. Sie setzte sich auf das Fußende von Minas Bett und breitete die Bettdecke über ihre Beine, so wie früher, wenn sie Kriegsrat gehalten hatten.

Sie habe vorhin zufällig ein Gespräch zwischen Dr. Küper und Fräulein Brinkmann belauscht, als er sich auf dem Flur von ihr verabschiedet habe, erzählte sie ohne Umschweife. »Er hat ihr ein Fläschchen in die Hand gegeben und ihr gesagt, sie soll ihm dreißig Tropfen davon geben, wenn die Schmerzen sonst nicht zu ertragen sind. Fräulein Brinkmann hat ihn ganz erschrocken angesehen und geflüstert: ›Morphium? Ist es schon so weit?‹«

»Vater bekommt Morphium?«, fragte Mina erschrocken. »Ich weiß, dass er das im Krankenhaus bekommen hat, aber …«

»Ich frage mich vor allem, was Fräulein Brinkmann mit ›ist es schon so weit?‹ meint.«

»Ich kann es dir nicht sagen, Agnes. Ich weiß nicht mehr als du.« Mina bemühte sich, so beiläufig wie möglich zu klingen, um sich ihre Angst nicht anmerken zu lassen. »Vater hat mir erzählt, er habe nur eine Erkältung und es sei nicht schlimm.«

»Bei einer Erkältung bekommt man doch kein Morphium, oder?«

Mina seufzte. »Nein, eigentlich nicht.«

»Kannst du Vater bitte fragen, was mit ihm ist? Ich mache mir Sorgen um ihn. Und du weißt doch, mir sagt niemand etwas, weil ich noch zu jung bin.« Agnes verzog das Gesicht zu einer Grimasse.

Mina musste lächeln, als sie es sah, obwohl ihr eigentlich nicht danach zumute war.

»Ich verspreche dir, dass ich dir die Wahrheit sagen werde, Agnes. Vorausgesetzt, ich bin in Vaters Augen nicht auch noch zu jung, sie zu erfahren.«

Früh am nächsten Morgen gab Mina beim Frühstück Frederik gegenüber vor, Kopfschmerzen zu haben und deshalb erst später ins Kontor fahren zu wollen.

»Ich hoffe, es ist nichts Ernstes?«, fragte er besorgt.

»Nein, nein. Es muss der Wetterwechsel sein«, beeilte sich Mina, zu versichern. »Ich werde gleich ein Pulver nehmen und mich noch eine Stunde hinlegen, dann vergeht der Schmerz bestimmt wieder.«

»Nehmen Sie doch einfach den Tag über frei. Herr Becker und ich kommen gewiss auch einmal ohne Sie aus.«

»Es liegt noch so viel Arbeit auf meinem Tisch, da kann ich unmöglich einen ganzen Tag fehlen.«

»Wie Sie meinen, Mina. Aber lassen Sie im Kontor durchläuten, wenn ich Sie abholen soll.«

»Ich kann doch ebenso gut mit der Straßenbahn …«

»Kommt nicht in Frage. Ich bestehe darauf«, unterbrach er sie. »Sie sollten in Ihrer Stellung wirklich nicht mit der Straßenbahn fahren wie ein gewöhnliches Dienstmädchen.«

Mina lag auf der Zunge, dass sie früher immer mit der Straßenbahn bis zur Speicherstadt gefahren war, doch sie schluckte die Bemerkung hinunter und nickte ihm lächelnd zu. »Also gut, ich werde im Kontor Bescheid geben, wenn ich abgeholt werden möchte.«

Kaum war Frederik aufgebrochen, schlich Mina die Treppe hinauf und klopfte an der Schlafzimmertür ihres Vaters. Es dauerte einen Moment, ehe sie ein leises »Herein« hörte und die Tür öffnete.

Das Licht, das durch die geschlossenen Vorhänge drang, tauchte den Raum in ein gelbliches Halbdunkel. Nur in der Ecke neben dem Sessel, in dem sonst Fräulein Brinkmann zu sitzen pflegte, wenn sie Karl vorlas, brannte eine kleine Lampe, deren Schein aber zum Bett hin abgeschirmt war. In diesem merkwürdigen Dämmerlicht schien Karls Gesicht noch blasser als sonst, als er Mina entgegensah.

»Guten Morgen, Vater!«, sagte Mina gedämpft. »Ich hoffe, ich habe dich nicht geweckt.«

»Nein, hast du nicht, Deern. Ich bin schon seit einer ganzen Weile wach. Wie spät ist es denn?«

»Fast halb acht, denke ich.«

Als Karl sich ein wenig höher die Kissen hinaufschob, sah sie ihm an, dass es ihn einige Kraft kostete. »Hilf mir mal bitte, mein Mädchen.« Er verzog dabei schmerzerfüllt das Gesicht.

Mina ging zu ihm, nahm ein Kissen vom Stuhl neben seinem Bett und steckte es hinter seinen Rücken, sodass er mit dem Oberkörper etwas höher zu liegen kam.

Für einen Moment schloss Karl die Augen und holte tief Luft. Als er sie wieder öffnete, lächelte er. »Halb acht schon? Was machst du dann noch hier? Hat Frederik verschlafen?«

»Nein, der ist schon ins Kontor gefahren.« Jetzt war es an Mina, tief Luft zu holen. Sie nahm ihren ganzen Mut zusammen und stellte die Frage, über deren Formulierung sie die halbe Nacht nachgedacht hatte. »Wie steht es um dich, Vater? Ich möchte, dass du mir die Wahrheit sagst, bitte.«

Karl sah sie mit großen Augen an und schwieg.

»Verstehst du, Vater? Ich möchte keine Ausflüchte mehr hören und kein falsches ›es wird alles wieder gut‹, wenn das nicht die Wahrheit ist. Ich muss wissen, was du hast und wie es mit dir weitergehen wird.« Sie schluckte schwer und verbarg die zitternden Hände in den Falten ihres langen Rockes.

»Ach, Mädchen«, seufzte ihr Vater und streckte die Hände nach ihr aus. Mina ergriff sie und setzte sich auf die Bettkante. Karl ließ ihre Hände los und legte seine Rechte an ihre Wange. »Ich habe Krebs und werde bald sterben.«

Auch wenn Mina geglaubt hatte, auf alles vorbereitet zu sein, trafen sie seine ruhigen Worte wie ein Faustschlag. Die Tränen, die sie die ganze Zeit zurückgehalten hatte, stürzten ihr aus den Augen. Sie beugte sich nach vorn und verbarg das Gesicht an seiner Schulter.

»Schschsch!«, machte Karl und strich ihr mit der Hand

über die Haare. »Nicht weinen, Deern. Das ist kein Grund. Ich habe ein gutes Leben gehabt, es hätte nur gern ein paar Jahre länger dauern können, ehe es zu Ende geht.«

Mina fühlte, wie seine Brust sich hob und senkte, und hörte den langsamen und kräftigen Schlag seines Herzens. Wie sollte sie nur je ohne ihren Papa zurechtkommen?

Für einen Augenblick wünschte sie, sie wäre nicht zu ihm gegangen, hätte ihn nicht gefragt und hätte sich weiter der Illusion hingeben können, alles werde wieder in Ordnung kommen, auch wenn sie in Wahrheit längst gewusst hatte, dass Vaters Erkrankung viel ernster war, als er ihr und allen anderen hatte weismachen wollen.

»Du musst nicht weinen«, wiederholte er. »Nein, ich sollte besser sagen, du darfst nicht weinen, mein Wunschmädchen. Du bist die, die stark bleiben muss – für alle anderen, vor allem deine Schwester und deine Großmutter. Wir haben in den nächsten Tagen und – so Gott will – Wochen viel zu bedenken und bereden. Es muss so viel geregelt werden, was die Firma und die Familie angeht. Ich hätte es schon viel früher in Angriff nehmen sollen, aber …« Er schwieg. Mina spürte seine Hand, die unablässig ihr Haar streichelte.

»Aber?«, fragte sie nach einer Weile leise.

»Ich war wohl zu feige. Niemand sieht seinem eigenen Tod gern ins Auge. Zuerst wollte ich nicht einmal selbst wahrhaben, was die Ärzte mir im Krankenhaus gesagt haben. Dass mir noch ein halbes Jahr bleibt. Vielleicht, wenn ich großes Glück habe, ein ganzes.«

Mina richtete sich auf und sah ihm ins Gesicht. »So lange weißt du es schon und hast kein Wort gesagt?«

Karl nickte. »Ich brachte es nicht über mich. Dachte, ich würde es dir und deiner Schwester einfacher machen, wenn ich alles herunterspiele. Die Einzige, die von Anfang an die Wahrheit wusste, war Sophie.«

»Fräulein Brinkmann …«

»Ja. Sie hat mich ebenso zur Rede gestellt wie du gerade. Ich weiß nicht warum, aber ihr konnte ich die Wahrheit sagen.«

»Liebst du sie?« Im gleichen Moment, als Mina die Frage herausgerutscht war, bereute sie sie auch schon. Sie wusste, dass sie damit zu weit gegangen war.

Karl zögerte einen Augenblick mit der Antwort, doch als er schließlich antwortete, war seine Stimme ganz ruhig. Keine Spur von Zorn war darin. Er sprach mehr zu sich selbst als zu seiner Tochter.

»Ich schätze sie sehr, und sie war mir eine große Hilfe – schon damals, kurz nach dem Tod eurer Mutter. Ich hätte nicht gewusst, was ich ohne sie getan hätte, als Elise so plötzlich starb. Das Gefühl für Sophie ist ganz anders als das, was ich für Elise empfand. Da sind ein ruhiges Einverständnis und Respekt füreinander. So als würde ihre Seele mit meiner im gleichen Takt schwingen. Aber ja, vielleicht könnte man es Liebe nennen. Auch über sie müssen wir reden. Deine Großmutter hätte sie lieber heute als morgen aus dem Haus. Es muss sichergestellt werden, dass sie versorgt ist.«

Karls Blick wanderte zu dem leeren Sessel. Dann sah er Mina fest in die Augen.

»Aber zuerst einmal müssen wir über dich reden, Mina«, sagte er ernst. »Du wirst heiraten müssen, mein Mädchen, und das so schnell wie möglich.«

Karl hatte gerade damit angefangen, Mina noch einmal genau auseinanderzusetzen, warum es so wichtig war, dass Mina heiratete, um die Firma in der Familie zu halten, als Fräulein

Brinkmann hereinkam, um nach ihm zu sehen. Augenblicklich verstummte er und gab Mina mit dem Zeigefinger vor dem Mund zu verstehen, auch sie solle schweigen.

»Wir können uns heute Abend weiterunterhalten, wenn du aus dem Kontor wieder da bist, Deern«, sagte er. »Jetzt mach dich lieber schnell auf den Weg, Herr Becker wird bestimmt schon auf dich warten.« Damit wandte er sich Fräulein Brinkmann zu, die mit einem Tablett mit seinem Frühstück in Händen, neben sein Bett getreten war. »Guten Morgen, meine Liebe! Stellen Sie sich vor. Mina vernachlässigt ihre Pflichten, um ihrem alten Vater ein bisschen die Zeit zu vertreiben. Das wirft aber ein schlechtes Bild auf Ihre Erziehung.« Er zwinkerte Fräulein Brinkmann lächelnd zu, die sein Lächeln erwiderte.

»Aber es wirft ein gutes Licht auf ihr Urteilsvermögen«, sagte die Lehrerin. »Sie weiß eben, was wichtig ist.«

Karl lachte, verzog aber dann schmerzerfüllt das Gesicht, als er das Tablett entgegennehmen wollte. »Könnten Sie so nett sein und mir meine Tropfen geben, meine Liebe?«, presste er hervor.

Eilig stellte Fräulein Brinkmann das Tablett auf dem Tisch neben ihrem Sessel ab, griff nach der Flasche und begann, Mina den Rücken zuwendend, die Tropfen in das Glas auf dem Tablett zu zählen.

Mina erhob sich vom Bett, beugte sich vor und küsste ihren Vater auf die Wange. »Ich komme nachher wieder zu dir«, flüsterte sie und drückte seine Hand. »Dann können wir uns weiterunterhalten.«

Karl nickte nur. An der Tür drehte sich Mina noch einmal zu ihm um und winkte ihm zu, ehe sie den Raum verließ. Jetzt gleich ins Kontor zu fahren schien ihr unmöglich, und so ging sie in ihr Zimmer hinüber, wo sie unruhig auf und ab gehend versuchte, die Gedanken zu ordnen, die ihr wie Silvesterschwärmer durch den Kopf schossen.

Was sie am meisten befürchtet hatte, würde unvermeidlich eintreten. Vater würde sterben, und so, wie sie ihn verstanden hatte, würden im besten Fall nur noch ein paar Wochen bleiben, ehe es so weit war. Die Angst und die Ungewissheit vor der Zukunft ohne ihn drohten sie für einen Moment zu überwältigen, doch dann schalt sie sich selbst eine dumme Gans, wischte sich mit einer energischen Handbewegung die Tränen ab und straffte die Schultern. Niemandem war damit gedient, wenn sie sich jetzt gehen ließ. Zeit zu trauern war später irgendwann. Dann würde sie sich in eine Ecke verkriechen und so lange weinen, bis sie keine Tränen mehr hatte. Jetzt musste sie um jeden Preis einen kühlen Kopf bewahren und Haltung zeigen.

Ohne es zu wollen, blieb ihr Blick an ihrem Spiegelbild hängen, das sie aus dem großen Spiegel neben ihrem Kleiderschrank anschaute, und sie betrachtete sich, als würde sie eine Fremde begutachten. Eine hochgewachsene junge Frau stand dort, die kräftige Figur verhüllt mit einem schlichten dunkelblauen Blusenkleid mit weißem, hochgeschlossenem Spitzenkragen. Die blonden Locken trug sie streng nach hinten frisiert, die großen blauen Augen waren vom Weinen rotgerändert, blickten ihr aber trotzdem ruhig und entschlossen entgegen. Zum ersten Mal entdeckte Mina, dass sie eine gewisse Ähnlichkeit mit ihrer Großmutter besaß, besonders, wenn sie so wie jetzt das Kinn anhob und die Mundwinkel spöttisch nach unten zog. Dann lag eine Härte in ihrem Gesicht, die sie sonst nur von Großmutter Hiltrud kannte.

Haltung bewahren, sich nichts anmerken lassen, das Richtige tun, wenn es darauf ankam … Mina fühlte, sie war ebenso dazu in der Lage wie ihre Großmutter. Und noch nie war sie Hiltrud für dieses Erbe so dankbar gewesen wie in diesem Augenblick. Jetzt kam es auf ihr, Minas, Handeln an, damit die Firma *Kopmann & Deharde* in den Händen der Familie blieb. Wie sollte sie sonst dafür sorgen, dass alle, die sich auf sie verließen, versorgt waren und ihr Auskommen behielten, vom kleinsten Lehrling in der Firma bis hinauf zu ihrer Großmutter? Zu heiraten durfte für Mina keine Sache des Herzens mehr sein, keine romantische Erfüllung, es war eine geschäftliche Notwendigkeit.

Aber vielleicht, sagte eine zaghafte Stimme in ihrem Inneren leise, vielleicht geht ja auch beides. Vielleicht ist dies die Gelegenheit, Edo gegenüber Vater als den besseren Schwiegersohn ins Spiel zu bringen. Vielleicht wird doch noch alles gut. Er muss nur so schnell wie möglich aus Amerika zurückkommen.

Sie musste Edo schreiben, ihm alles ausführlich erklären und ihn bitten, mit dem nächsten Schiff zurückzukommen. Sie würde betteln und ihn auf Knien anflehen, wenn es sein musste, aber er musste seinen Traum vom Auswandern ein für alle Mal begraben.

Entschlossen ging Mina zum Schreibtisch hinüber und griff nach ihrem Federhalter. Doch schon nach den ersten Worten stockte sie.

Nein. Die Antwort auf den Brief wäre erst in drei Wochen hier. Das konnte schon zu spät sein. Ihr Vater musste sein Einverständnis zu der Hochzeit geben, weil Mina noch nicht volljährig war, und in drei Wochen war er vielleicht schon tot.

Keine Zeit zu verlieren. Nicht eine Minute!

Eilig kritzelte Mina ein paar Worte auf das Blatt Papier, das sie zusammengefaltet in ihre Rocktasche steckte, während sie die Treppe hinunterlief. Sie warf sich ihren Mantel über und verließ wie von Furien gehetzt die Villa, um ein Telegramm aufzugeben.

ACHTZEHN

Als Mina am Abend aus dem Kontor zurückkam, ging sie sofort zu ihrem Vater hinauf. Mit ihm zu besprechen, was nach seinem Tod geschehen sollte, schien ihr zuerst so widernatürlich, dass sich alles in ihr dagegen sträubte, aber sie riss sich zusammen.

Es war nun einmal unvermeidlich, über diese Dinge zu reden, und es würde niemandem nutzen, so zu tun, als würde alles wieder gut werden. Ihr Vater war sterbenskrank, und die Nachfolge in der Firma und der Nachlass mussten geregelt werden, das war eine Tatsache. Mina schob ihre Trauer und Verzweiflung in einen dunklen Winkel ihres Herzens und verschloss sie dort, so gut es ging. Jetzt durfte sie nichts weiter sein als kühl kalkulierender Verstand.

Fräulein Brinkmann hatte bis vor ein paar Minuten noch still in ihrem Sessel in der Ecke des Schlafzimmers gesessen und war dann hinausgegangen, um in der Küche ihr Abendessen zu sich zu nehmen. Als sie allein waren, sprach Karl das Thema Hochzeit an, das sie vorher sorgfältig ausgespart hatten.

»Mir ist bewusst, dass ich viel von dir verlange, Kind. Aber wie ich schon sagte, ich sehe keine andere Möglichkeit, die Firma in der Familie zu halten, als dass du jemanden heiratest, der auf dem Papier die Geschäfte führt. Bitte überleg dir die Sache noch einmal, auch wenn der Leutnant nicht deine erste Wahl wäre. Er scheint mir kein schlechter Kerl zu sein, und er hat immerhin schon um deine Hand angehalten. Geeignete Heiratskandidaten wachsen nicht auf Bäumen!«

»Ich weiß, Vater, aber ich liebe ihn nun einmal nicht und darum kann ich ihn nicht heiraten«, sagte Mina verzweifelt. Sie fühlte sich, als stünde sie mit dem Rücken zur Wand.

»Liebe kann sich entwickeln. Glaub mir, es wäre nicht das erste Mal, dass das bei arrangierten Ehen passiert.«

»Das mag sein. Aber das ist nicht der Grund, warum ich ihn nicht heiraten will. Du darfst mir ruhig vertrauen, dass ich so vernünftig bin. Ihm fehlt nun einmal der Sinn für das Geschäft. Es gibt sicher geeignetere Kandidaten.«

»Wen denn?«

»Edo Blumenthal, zum Beispiel.«

»Der junge Blumenthal?« Karl runzelte die Stirn und warf seiner Tochter einen missbilligenden Blick zu. »Das ist doch wohl nur ein Scherz von dir.«

»Im Gegenteil, das ist mein voller Ernst.«

»Es tut mir leid Mina, aber das kommt überhaupt nicht in Frage.«

Mina sah in das ablehnende Gesicht ihres Vaters. Sie hatte damit gerechnet, dass es schwer werden würde, trotzdem schmerzte seine kategorische Weigerung. »Aber warum nicht? Du hast selbst immer wieder gesagt, er sei der beste Mitarbeiter, den du je ausgebildet hast. Er kennt das Geschäft wie seine Westentasche. Du selbst hast ihm eine große Zukunft vorausgesagt.«

»Aber er ist kein Kaufmann. Er kommt nicht aus dem richtigen Stall, und der Verein der Kaffeehändler würde einen dahergelaufenen Burschen ohne Familie nie als Mitglied akzeptieren. Egal was er auch tut, er würde keine Fürsprecher finden.«

Mina gab nicht klein bei. »Das käme vielleicht auf einen Versuch an.«

»Mina, glaub mir, das wäre zwecklos. Du kennst die Kaffeekaufmänner nicht so gut wie ich.«

»Aber ich weiß, was er kann, und dass ich mit ihm gut zusammenarbeite. Und ich weiß, dass ...« Sie brach ab und suchte einen Moment nach Worten. »Ich weiß, dass er mich heiraten würde. Ich habe ihm schon telegrafiert, dass er so schnell wie möglich zurückkommen soll.«

»Ohne mein Einverständnis?«

»Ich war davon ausgegangen, dass du es mir nicht verweigerst, wenn ich dich darum bitte.«

Jetzt war der Moment, dachte Mina, an dem es sich entscheidet. Ihr Hals war plötzlich wie zugeschnürt. Karl schaute ihr lange prüfend in die Augen. »Da steckt doch mehr dahinter, oder, Mina?«

Sie hielt seinem Blick stand, aber sie fühlte, wie ihr das Blut in die Wangen stieg. Sie holte tief Luft und nahm all ihren Mut zusammen, ehe sie antwortete. »Ja, Vater. Es steckt mehr dahinter. Ich liebe Edo und habe ihm versprochen, ihn zu heiraten.«

»Du hast was?« Trotz seiner Schwäche drückte Karl sich halb in seinen Kissen auf. Sein Gesicht war aschfahl geworden. »Bist du denn von allen guten Geistern verlassen? Du kannst diesem Judenjungen doch nicht einfach die Ehe versprechen. Denkst du denn gar nicht daran, was aus der Firma werden soll?« Er verzog schmerzerfüllt das Gesicht und sank wieder zurück.

Mina hielt die Wut, die in ihr hochschoss, nicht mehr auf ihrem Stuhl. Sie spürte, dass ihre Hände zu zittern begannen. »Hätte ich nicht zuallererst an die Firma gedacht, wäre ich mit ihm nach Amerika gegangen und schon längst mit ihm verheiratet!«, rief sie aufgebracht. »Nur deswegen bin ich hier in Hamburg geblieben.«

»Da zermartert man sich das Hirn, wie man die anderen Kaffeekaufleute davon überzeugt, dass dieser Lohmeyer der geeignete Kandidat ist, *Kopmann & Deharde* zu leiten, geht allen um den Bart und dann ... so etwas!«, keuchte Karl. »Die eigene Tochter, für die man das alles auf sich nimmt, macht das, was man über Jahrzehnte aufgebaut hat, mit einem Schlag zunichte. Verspricht einem der Kontoristen, ihn zu heiraten. Denkt sogar daran, zu ihm nach Amerika zu gehen. Ich hätte nie für möglich gehalten, dass du so undankbar bist!«

»Undankbar?«, rief Mina. Ihre Stimme überschlug sich fast. »Ich bin undankbar?«

»Allerdings! Das bist du! Weil du wieder einmal nur an dich selbst denkst! Selbstsüchtig bist du!«

»Selbstsüchtig? Weil ich den Mann heiraten will, den ich liebe? Wenn dir mein Glück so wenig am Herzen liegt, dann ...«

»Du bist doch noch ein halbes Kind und hast keine Ahnung vom Leben. Dieser junge Bursche hat dir schöne Augen gemacht und dir den Kopf verdreht, und du fängst an, von Glück zu faseln. Du weißt doch gar nicht, wovon du redest! Ein paar Jahre mit ihm und du wärest kreuzunglücklich.«

»Unglücklich würde ich mit diesem Lohmeyer. Und da müsste ich nicht lange warten, bis ich das wäre! Er ist nichts weiter als ein Windhund und würde das Geld der Firma durchbringen, da bin ich mir sicher!«

»Unfug! Ich habe dir gesagt, das würde in einem Ehevertrag geregelt, dafür werde ich schon sorgen!« Karl atmete ein paar Mal tief ein und aus, dann schien er sich wieder im Griff zu haben. »Lass dir eines gesagt sein, Mina. Entweder du heiratest Lohmeyer und bekommst dafür die Firma, oder du nimmst diesen Blumenthal und hast am Ende gar nichts.«

»Dann habe ich lieber gar nichts!«, presste Mina zwischen zusammengebissenen Zähnen hervor, drehte sich abrupt um, stürmte aus dem Zimmer und schlug die Tür hinter sich zu.

Schweratmend blieb sie einen Moment auf dem Flur stehen, dann rannte sie in ihr Zimmer und schloss die Tür hinter sich ab.

Beim Klingeln ihres Weckers erwachte Mina wie gerädert. Ihr war, als hätte sie die ganze Nacht kein Auge zugetan. Irgendjemand hatte ein paar Mal an ihre Tür geklopft, aber sie hatte nicht geantwortet und die Tür nicht geöffnet, sodass derjenige schließlich aufgegeben hatte. Egal wer es gewesen war, sie hatte mit niemandem reden wollen. Mit schweren Gliedern stieg sie aus dem Bett und trat vor ihre Waschkommode.

Der Blick in den Spiegel zeigte deutlich, dass sie geweint hatte. Ihre Augen waren rotgerändert und geschwollen. Mina zuckte mit den Schultern. Egal. Sollten alle sehen, wie verletzt sie war.

Sie zerrte die Bürste durch ihr widerspenstiges Haar und band es zu einem einfachen Pferdeschwanz zusammen. Dann goss sie aus dem Krug Wasser in ihre Waschschüssel und tauchte für einen Moment ihr Gesicht hinein. Die Kälte ließ sie erschaudern und machte sie gleichzeitig wach. Es würde hart werden, heute ins Kontor zu gehen und die fragenden Blicke auf sich zu spüren, aber es musste sein. Auf keinen Fall würde sie ihrem Vater den Triumph gönnen, festzustellen, dass sie ihre Pflichten vernachlässigte. Dafür würde sie sogar Frederik Lohmeyer ins Gesicht lächeln und sich von ihm fahren lassen.

Den ganzen Tag über wich sie Frederiks fragenden Blicken aus, vergrub sich im Chefzimmer hinter ihrem Schreibtisch und gab vor, zu viel zu tun zu haben, um mit ihm in die Börse essen zu gehen. Tatsächlich gelang es ihr kaum, sich auf die Arbeit zu konzentrieren. Ständig schweiften ihre Gedanken zu dem gestrigen Streit mit ihrem Vater.

Ein verrückter Gedanke schoss ihr durch den Kopf. Was, wenn sie einfach eine Passage nach New York buchte und zu Edo fuhr? Sie sah sein überraschtes Gesicht vor sich, wenn sie ihm mitteilte, sie habe es sich anders überlegt und sei auf dem Weg zu ihm, um ihn zu heiraten und mit ihm in Amerika ein neues, freies Leben anzufangen. Mina zog ein leeres Blatt Papier aus der Schreibtischschublade und begann, den Text für ein Telegramm zu schreiben.

Mit Vater gestritten – komme zu dir, um deine Frau zu werden. – Liebe dich mehr als alles andere! – Mina

Ihre Augen überflogen den Text noch einmal und blieben an den Worten »mehr als alles andere« hängen. Stimmte das wirklich? War es so einfach? Auf einmal war sie nicht mehr sicher.

Widerstreitende Gefühle stiegen in Mina hoch. Da war die Wut auf ihren Vater, aber zur gleichen Zeit auch eine tiefe Liebe für ihn. Sie schämte sich dafür, dem kranken Mann Widerworte gegeben, ja, ihn angeschrien zu haben. Was, wenn er jetzt starb, und sie hätten es nicht geschafft, den Streit beizulegen? Mina wusste, das würde sie sich nie verzeihen. Aber nachzugeben und den Wünschen ihres Vaters zu entsprechen würde bedeuten, zu Kreuze zu kriechen. Das war ebenso unmöglich für sie.

Sie zerknüllte den Zettel und warf ihn in den Papierkorb. Vielleicht würde ihr Vater ihre Verlobung mit Edo anders beurteilen, wenn er sehen würde, wie glücklich sie mit ihm war. Nur noch ein paar Tage, dann war Edo wieder zurück in Hamburg, und dann könnten sie ihm zeigen, wie glücklich sie zusammen waren, und wie gut sie zusammenarbeiteten, um die Firma zu leiten. Nur noch ein paar Tage warten, dann …

Mina fuhr zusammen, als es plötzlich an der Tür klopfte und Herr Becker seinen Kopf hereinsteckte.

»Es tut mir leid, Sie stören zu müssen, Fräulein Mina, aber da ist ein Telegramm für Sie gekommen.«

»Ein Telegramm?«, fragte Mina. Ihr Herz schien einen Schlag auszusetzen, um dann umso schneller weiterzuklopfen.

Becker nickte und trat ein. Den großen Umschlag in seiner Hand hielt er ihr entgegen und legte ihn vor sie auf den Tisch, ehe er eilig wieder hinausging. Mit fahrigen Händen riss Mina den Umschlag auf und zog das Telegramm heraus.

»Bin derzeit unabkömmlich. Brief folgt. Edo.«

Das war alles.

Fassungslos starrte Mina auf die wenigen Worte, bis die Buchstaben vor ihren Augen zu tanzen begannen und sie die Tragweite ihrer Bedeutung erfasste. Edo würde nicht kommen. Sie hatte erwartet, er würde alles stehen und liegen lassen, um zu ihr zu eilen, weil sie ihn in ihrem Telegramm geradezu darum angefleht hatte. Doch er schrieb, er sei »unabkömmlich«. Weswegen?

Sie fühlte ihre Lippen taub werden. Das konnte doch nicht

wahr sein! Wenn er sie liebte, wie er immer wieder behauptet hatte, konnte es doch nichts Wichtigeres als ihre Bitte geben, zu ihr zu kommen. War denn alles nur Lüge gewesen?

Sofort schob sie den Gedanken weit von sich. Seine Umarmungen, seine Küsse, seine Beteuerungen, sie zu lieben und sie heiraten zu wollen, die Bitte, mit ihm ein neues Leben anzufangen: Das alles hatte sich so echt angefühlt. Vielleicht hatte er sie einfach nur nicht richtig verstanden und würde kommen, wenn sie ihm schrieb, was wirklich auf dem Spiel stand.

Sie zog einen neuen Briefbogen aus der Schublade und begann, den Text für ein zweites Telegramm zu schreiben.

Vater liegt im Sterben. Ich soll Lohmeyer heiraten, um die Nachfolge zu sichern. Bitte komm sofort. Liebe dich. Mina

Sie steckte den Zettel ein, zog ihren Mantel über und sagte zu Herrn Becker, sie wolle sich ein paar Minuten die Füße vertreten. In ihrem Rücken spürte sie förmlich die fragenden Blicke Frederiks.

Auf dem Nachhauseweg, als sie nebeneinander im Automobil saßen, nutzte er die Gelegenheit, sie anzusprechen.

»Sie sind heute so anders als sonst, Mina«, sagte er.

»Bin ich das?« Mina blickte starr nach vorn, um zu vermeiden, ihn anschauen zu müssen.

»Ja. Irgendwie abwesend.« Frederik warf ihr einen schnellen Seitenblick zu. »Und sehr traurig«, fügte er hinzu.

»Das muss wohl die Sorge um meinen Vater sein.«

»Ich glaube, da steckt etwas anderes dahinter. Was stand denn in dem Telegramm? Schlechte Nachrichten?«

Mina presste kurz die Lippen zusammen. »Ich glaube nicht,

dass Sie das etwas angeht«, sagte sie kühl und hoffte, dass ihn die Antwort endlich zum Schweigen brachte.

»Ich dachte, wir sind Freunde?«, fragte er leise. In seiner Stimme schwang Enttäuschung mit.

»Sind wir das?«

»Zumindest hatte ich das gehofft.«

»Tut mir leid, Frederik, aber ich bin niemand, der leicht Freundschaften schließt.«

»Ich hatte geglaubt, ihre Sympathie gewonnen zu habe. Während unserer vielen Ausflüge zusammen hatte ich den Eindruck …«

»Ihr Eindruck hat sie dann wohl getäuscht«, unterbrach sie ihn schärfer, als sie es eigentlich beabsichtigt hatte.

Frederik schwieg. »Das ist schade«, sagte er dann. »Freundschaft und Sympathie wären zumindest eine Grundlage gewesen, auf die man hätte aufbauen können.«

»Was wollen Sie denn aufbauen?« Mina bereute ihre Frage sofort, als sie seinen überraschten Blick bemerkte.

»Ein gutes Verhältnis zwischen uns beiden. Wissen Sie, ich empfinde tiefe Sympathie und Freundschaft für Sie, Mina. Ich habe mir schon erlaubt, Ihren Herrn Vater zu fragen, ob ich Sie um Ihre Hand bitten darf, und er hat mir sein Wohlwollen versichert.«

Mina hätte sich ohrfeigen können. Ausgerechnet jetzt, wo sie schon mehr als genug Sorgen hatte, hatte sie ihm selbst das Stichwort für einen Heiratsantrag geliefert.

»Hören Sie, Frederik«, begann sie hastig. »Ich weiß Ihre Sympathie zu schätzen, und Ihr Antrag würde mich ehren, aber …« Sie suchte nach Worten, wie sie ihre Ablehnung so formulieren konnte, dass sie ihn nicht zu sehr vor den Kopf stoßen würde.

»Aber?«

»Jetzt, wo mein Vater krank ist und wir nicht wissen, ob er wieder gesund werden wird, kann ich Ihnen unmöglich eine Antwort auf eine solche Frage geben. Dafür haben Sie doch Verständnis, nicht wahr?«

Sie hatten die Heilwigstraße erreicht, und Frederik lenkte den Wagen die Auffahrt zur Villa hinauf. Als er den Motor abgestellt hatte, sah er sie an und legte schließlich seine Hand auf ihre und drückte sie. »Was für ein Unmensch wäre ich, wenn ich dafür kein Verständnis hätte, meine Liebe«, sagte er warm.

Mina graute es davor, beim Abendessen in lauter fragende oder vorwurfsvolle Gesichter zu sehen, daher ging sie nur kurz zu ihrer Großmutter und Agnes in den Salon, um sich zu entschuldigen. Sie fühle sich nicht wohl und wolle lieber sofort zu Bett gehen, sagte sie müde.

Hiltrud nickte verständnisvoll. »Du bist wirklich sehr blass, Kind. Dann leg dich hin und schlaf gut.« Sie bot Mina die Wange zum Kuss.

Agnes warf ihr einen fragenden Blick zu, den Mina mit einem Kopfschütteln beantwortete, in der Hoffnung, ihre Schwester würde verstehen, dass ihr heute Abend nicht der Sinn nach einem Kriegsrat stand.

Oben auf dem Flur angekommen sah sie zur Tür hinüber, die zum Zimmer ihres Vaters führte. Kurz dachte sie daran, zu ihm zu gehen und sich bei ihm für ihr Verhalten zu entschuldigen. Doch dann musste sie wieder an seine Reaktion auf ihre Mitteilung denken, sie habe sich mit Edo verlobt. Seine abfällige Bemerkung über den »Judenjungen« hatte zu wehgetan. Entschlossen drehte sie sich um und ging in ihr Zimmer.

Sie hatte kaum die Tür hinter sich geschlossen, als es klopfte.

»Ach bitte, kann man denn hier nicht einmal seine Ruhe haben?«, stöhnte Mina leise. »Heute nicht, Agnes!«, sagte sie lauter.

»Ich bin es, Mina«, hörte sie die dunkle Stimme Fräulein Brinkmanns hinter der Tür. »Ich würde gern mit dir reden. Es ist wichtig.«

Mina seufzte. Sie kannte ihre Gouvernante gut genug, um zu wissen, dass diese sich nicht abweisen ließ.

Fräulein Brinkmann trat ein. Auf ihrem Gesicht lag ein seltsamer Ausdruck, den Mina nicht von ihr kannte. Unruhe vielleicht. Oder war es Unsicherheit? Sie ging ein paar Schritte auf Mina zu und blieb dann mitten im Raum stehen. »Ich hatte gehofft, du würdest noch zu deinem Vater kommen, um ihm gute Nacht zu sagen, dann hätten wir zusammen mit dir reden können. Aber so ist es vielleicht besser.«

»Schickt er Sie, um mich zur Vernunft zu bringen?« Mina rieb sich mit der Rechten über die Stirn. Inzwischen war ihre Ausrede von vorhin wahr geworden. Sie hatte wirklich Kopfschmerzen.

»Nein, es war meine Idee, mit dir zu reden.« Fräulein Brinkmann verschränkte die Finger und presste die Handflächen fest zusammen. »Und es geht nicht darum, dich zur Vernunft zu bringen. Dafür kann ich dich zu gut verstehen.« Auf einmal war Fräulein Brinkmann mit ein paar großen Schritten bei ihr und schlang die Arme um sie. »Mein armes Mädchen!«, sagte sie leise und strich ihr über den Rücken. »Jemanden zu lieben und die ganze Welt ist dagegen …«

Mina fühlte plötzlich einen dicken Kloß im Hals, und die Tränen, die sie den ganzen Tag über zurückgehalten hatte, brachen sich ihre Bahn. Fräulein Brinkmann hielt sie einfach nur fest und streichelte tröstend über ihr Haar. Schließlich, als ihr

Schluchzen leiser wurde und die Tränen versiegt waren, führte sie Mina zu ihrem Bett und setzte sich neben sie.

»Ich weiß ganz genau, wie das ist, Mina. Darum kann ich dich ja so gut verstehen«, sagte Fräulein Brinkmann. »Ich habe deinen Vater vom ersten Tag an geliebt, als ich ins Haus kam, damals, kurz nachdem deine Mutter gestorben war.«

Mina fühlte sich auf einmal, als habe ihr jemand den Boden unter den Füßen weggezogen. Ihre ganze Welt stand auf einmal Kopf. Nie hätte sie gedacht, dass ... Dabei, erkannte Mina plötzlich, hätte sie es seit Jahren ahnen können, wenn sie nur die Augen aufgemacht hätte. Blicke, die sie sich zugeworfen hatten, wenn sie glaubten, niemand würde es sehen, das Leuchten in Karls Augen, wenn er sie ansah. Das alles wären deutliche Hinweise darauf gewesen, dass zwischen beiden viel mehr war als das Verhältnis zwischen einem Hausherrn und einer Angestellten.

»Zuerst habe ich es nicht wahrhaben wollen, dachte, es vergeht wieder, so wie ein Schnupfen, den man sich eingefangen hat«, fuhr die Gouvernante fort. »Eine lästige kleine Sache, die wieder verschwindet, wenn man nur eine Weile wartet. Dann wollte ich das Gefühl unterdrücken, aber es blieb in meinem Herzen und wurde nur umso stärker, je mehr ich es versuchte. Jahrelang habe ich immer wieder mit dem Gedanken gespielt, fortzugehen, aber dann hätte ich euch im Stich lassen müssen, und das konnte ich doch nicht. Was für eine Freundin wäre ich eurer Mutter dann gewesen? Ihr beide wart ihr Vermächtnis, und ich hatte mir geschworen, für euch da zu sein.«

Fräulein Brinkmann senkte den Kopf und seufzte. Als sie wieder zu Mina hochsah, schimmerten Tränen in ihren Augen, doch sie lächelte. »Und dann, einige Jahre später, gestand mir euer Vater, dass er mich ebenfalls liebte. Er hat sogar darüber gesprochen, wir sollten alles hinter uns lassen und heiraten. Wir würden irgendwo hingehen, wo uns niemand kennt, und zusammen neu anfangen. Damals lebte euer Großvater noch und war der Seniorchef der Firma. Er hätte die Ehe eures Vaters mit mir niemals geduldet. Karl hätte alles verloren, was er sich aufgebaut hatte, und ihr zwei ebenso. Deshalb habe ich mich dazu entschlossen, weiter als seine Hausangestellte zu leben und nicht als seine Frau. So begann unser Doppelleben. Tagsüber als Fräulein Brinkmann und Herr Deharde und nachts …«

Sie schwieg und sah wieder auf ihre Hände hinunter, die gefaltet in ihrem Schoß lagen.

Mina wusste nichts zu sagen. Ihr Kopf schwirrte von dem ungeheuerlichen Geständnis, das ihr die Frau, die sie als ihre Hauslehrerin kannte und die die Geliebte ihres Vaters war, gemacht hatte.

»Verstehst du, was ich dir damit sagen will, Mina?«, fragte Sophie Brinkmann leise. »Ich bereue nichts. Nicht das Doppelleben, nicht die vielen Lügen. Ich habe Karl geholfen, seine Pflichten seiner Familie gegenüber zu erfüllen, und er hat mich sehr, sehr glücklich gemacht. In den Nächten bin ich seine Frau gewesen, was machte es da, dass ich mich am Tag verstellen musste.«

Gedankenverloren strich sie über die Brosche, die Minas Vater ihr zu Weihnachten geschenkt hatte.

NEUNZEHN

Am folgenden Morgen ließ sich Mina nur schnell von Frau Kruse in der Küche eine Stulle schmieren, ehe sie in aller Herrgottsfrühe mit der Straßenbahn in die Speicherstadt fuhr. Sie hatte keinerlei Bedürfnis danach, Fragen zu beantworten, weder von Agnes noch von Frederik und schon gar nicht von ihrem Vater.

Müde sah sie aus dem Fenster auf die langen Reihen von vierstöckigen Bürgerhäusern, nur unterbrochen von Straßeneinmündungen und wenigen Straßenbäumen, die an ihr vorbeizogen. Die Sonne war gerade erst aufgegangen und tauchte die Stadt in goldenes Licht. Die ersten Fuhrwerke rumpelten über das Pflaster, Dienstmädchen in dunklen Kleidern, über denen sie ihre gestärkten Schürzen trugen, standen mit Körben über dem Arm vor einer Bäckerei an und hielten einen Klönschnack, und ein alter Mann fegte den Bürgersteig vor einem Milchgeschäft. Die Stadt erwachte allmählich.

Vor der Zollschranke an der Niederbaumbrücke hatte sich eine Schlange gebildet, weil die Schicht der Hafenarbeiter in Kürze begann. Mina musste eine Weile warten, ehe sie kontrolliert wurde, wie alle, die in die Speicherstadt wollten. Da der Hafen Zollausland war, musste sich jeder, der hinein oder hinaus wollte, wie an einer Landesgrenze ausweisen.

»Nanu, so früh heute? Und zu Fuß?«, fragte der Zollbeamte, der nur einen flüchtigen Blick auf ihren Ausweis warf.

Mina erwiderte sein Lächeln. »Viel zu tun! Da wollte ich lieber anfangen, bevor der Trubel beginnt.« Sie nahm ihre Papiere wieder entgegen und wünschte ihm einen guten Tag, ehe sie ihren Weg fortsetzte. Vor dem Speichergebäude, in dem *Kopmann & Deharde* untergebracht war, zog sie Vaters Schlüsselbund, den sie schon vor einigen Wochen von ihm bekommen hatte, aus der Tasche und schloss auf.

Es war ein merkwürdiges Gefühl, das stille, dunkle Kontor zu betreten. Der Vorraum war so eng und erdrückend. Schatten lauerten in den Ecken, und die hohen Regale schienen sich über sie zu beugen. Eilig schaltete sie das Licht an.

Als sie das Chefzimmer betrat, war es, als schlüpfe sie in einen alten, bequemen Schuh, der sich nach langem Tragen der Form des Fußes angepasst hatte. Für einen Moment blieb Mina am Fenster stehen, um hinaus auf die Straße und darüber hinweg auf die Elbe zu blicken, in der sich die Morgensonne spiegelte. Dies war jetzt ihr Reich, und Mina wurde bewusst, dass sie es um nichts in der Welt wieder aufgegeben hätte. Zufrieden seufzend drehte sie sich um, nahm an ihrem Schreibtisch Platz und begann zu arbeiten.

Den ganzen Tag über wartete Mina sehnsüchtig auf ein Telegramm von Edo, in dem er ihr mitteilte, wann er in Hamburg eintreffen würde. Je später es wurde, desto mehr hatte sie das Gefühl, wie auf Kohlen zu sitzen. Doch heute klopfte Herr Becker nicht an ihre Tür, und als sie kurz vor Feierabend fragte, ob vielleicht noch einmal Post gekommen sei, schüttelte er nur den Kopf.

Auch am nächsten Tag kam kein Telegramm und am übernächsten auch nicht. Als schließlich beinahe eine Woche verstrichen war, ohne dass sie etwas von Edo gehört hatte, war Mina so verzweifelt, dass sie ihm ein weiteres Telegramm schicken wollte.

Der Weg zum Postamt, das sich in der Nähe der Landungsbrücken befand, führte sie an dem Speicherhaus vorbei, neben dessen Eingang das Emaille-Schild der *Quartiersmeisterei Peters & Cons.* angebracht war. Als ihr Blick darauf fiel, blieb sie wie angewurzelt stehen.

Heiko. An ihn hatte sie gar nicht gedacht. Vielleicht wusste er ja, warum Edo sich nicht bei ihr meldete! Kurz entschlossen drückte sie die Tür auf und eilte die Treppen hoch. Im dritten Stock kam sie an einer offenen Tür vorbei, hinter der sich der Pausenraum der Quartiersleute befand. Um einen großen einfachen Holztisch herum saßen ungefähr zwanzig Männer, ihre Henkelmänner vor sich. Sie unterhielten sich lautstark, während sie noch ihre Suppe löffelten oder bereits die Zigaretten nach dem Essen rauchten. Eine dicke Tabakwolke zog bis in den Flur hinaus.

»Moin!«, rief Mina, um den Lärm zu übertönen. Plötzlich war es still und alle Köpfe wandten sich ihr zu.

Ein paar der Männer tippten sich an die Mützen, die sie auch beim Essen nicht abzunehmen schienen. »Moin, min Deern!«, rief einer zurück, und alle lachten. Mina ignorierte es.

»Kann mir jemand sagen, wo ich Heiko Peters finde?«, fragte sie.

»Den Juniorchef?«, fragte einer der Männer.

»Genau den.«

»Der müsste oben im fünften Stock sein«, erwiderte der Arbeiter. »Da ist eine Kaffeelieferung gekommen, die er noch kontrollieren wollte, ehe er Pause macht.« Der Mann erhob sich. »Ich zeig Ihnen, wo es ist.«

Er ging voran, als sie gemeinsam weiter die Treppen hochstiegen, an hohen Flügeltüren vorbei, an denen große Vorhängeschlösser hingen. Hinter diesen Türen lagerten Kaffee, Tee, Kakao, Gewürze und alle nur vorstellbaren Güter, mit denen vom Hafen aus Handel getrieben wurde. Kein Wunder, dass sie gut gesichert wurden.

»Was wollen Sie denn von Heiko?«, fragte der Arbeiter neugierig. »Der Senior sieht es gar nicht gern, wenn hier Fremde reinkommen. Schon gar nicht Frauen!«, setzte er mit einem vielsagenden Blick hinzu.

»Ich bin die Chefin von *Kopmann & Deharde* und habe was mit Herrn Peters zu besprechen«, erwiderte Mina in festem Ton. Der Titel ging ihr leichter über die Zunge, als sie es je für möglich gehalten hätte.

Der Mann warf ihr einen verblüfften Blick zu, aber dann nickte er. »Dann will ich mal nichts gesagt haben.«

Im fünften Stock angekommen deutete er auf die offene Tür zum Lagerboden. »Da geht's rein«, sagte der Mann. »Heiko ist ganz hinten, wo die Luke zum Fleet offen steht. Soll ich noch mitgehen?«

Mina schüttelte den Kopf. »Ich finde ihn schon. Vielen Dank.«

Der Arbeiter tippte sich an die Mütze, drehte sich um und stiefelte die Treppe wieder hinunter. Im Lagerboden roch es nach Gewürzen und grünem Tee. Von der andern Seite des langgestreckten Raumes, in dem sich Säcke und Fässer bis zur Decke stapelten, fiel ein heller Lichtstreifen auf den Holzfußboden, in dem der Staub nach oben tanzte. Mina ging darauf zu.

»Heiko?«, rief sie. »Heiko, bist du hier?«

Über einem halbhohen Stapel von Säcken tauchte Heikos Oberkörper auf. »Nanu, Mina? Was machst du denn hier?«

Er legte das Klemmbrett auf die Säcke vor sich und kam ihr entgegen. Als er ihr die Rechte hinstreckte, ergriff sie sie und erwiderte seinen kräftigen Griff.

»Du hast dich aber rar gemacht, in letzter Zeit.« Er sah ihr forschend in die Augen. »Fing schon an, mir Sorgen zu machen, weil du gar nicht mehr beim Kaiserspeicher aufgetaucht bist.«

»Ich hab eine Menge zu tun. Mein Vater ist …« Sie stockte kurz, entschied sich aber dann, Heiko keine der üblichen Lügen aufzutischen. »Es geht wohl bald zu Ende mit ihm.«

Ehrliches Mitgefühl lag in Heikos Augen. »Oh, das tut mir leid zu hören. Das ist sicher schwer für dich. Wenn du irgendwie Hilfe brauchst …«

»Das ist nett von dir, Heiko. Ich komme bestimmt irgendwann darauf zurück.« Ihr Versuch, zu lächeln, misslang. »Hast du einen Augenblick für mich? Ich müsste dich kurz sprechen.«

»Sicher. Wollen wir irgendwo hingehen? Es ist ja gleich Mittag. Ich lade dich zum Essen ein.«

Mina schüttelte den Kopf. »Nein, lieber irgendwohin, wo wir allein sind.«

»Dann bleiben wir doch einfach hier. Die Männer kommen erst in einer Viertelstunde zurück.« Er lehnte sich gegen die Säcke und steckte die Hände in die Hosentaschen. »Was hast du auf dem Herzen, Deern?«

In kurzen Worten erklärte Mina, was vorgefallen war und dass sie seit Edos Nachricht keine Antwort von ihm mehr erhalten hatte. »Hast du vielleicht etwas von ihm gehört? Weißt du, was los ist?«

Heikos Miene hatte sich während ihres Berichts verfinstert.

»Nein. Den letzten Brief von ihm habe ich vor einer Woche bekommen. Darin stand allerdings, dass seine Pläne, sich am Geschäft seines Vetters zu beteiligen, gut vorankommen. Davon weißt du doch, oder?«

»Nein, er hat mir kein Wort davon gesagt. Nur, dass er ihn in Toledo besucht hat und dass er nett ist.«

Heiko machte ein grimmiges Gesicht. »Dachte ich mir's doch! Ich schätze, er wollte dich mit vollendeten Tatsachen überraschen. So ein Döskopp!« Er holte tief Luft und ließ sie langsam durch die Nase entweichen. »Hör zu, Mina. Geh besser nicht davon aus, dass er nach Hamburg zurückkommt. Er wird als Kompagnon in Toledo einsteigen und Buchhaltung und Vertrieb dort übernehmen. Er hat sogar schon ein Haus gekauft und sich in den Kopf gesetzt, dortzubleiben. Die Arbeit in New York hat er bereits gekündigt. Im Mai zieht er um.«

Mina fühlte ihren Mund taub werden. Sie schluckte. »Aber wenn ich ihm hier eine Stelle als Geschäftsführer anbiete, dann …«

Heiko griff nach ihren Händen. »Mina!«, sagte er eindringlich. »Er kommt nicht. Und wenn ich ehrlich bin, kann ich es ihm nicht einmal verdenken.«

Mina sah ihn mit großen Augen an. »Aber wieso?«

»Weil er hier nie die Firma wirklich leiten könnte. Du kennst doch diesen Klüngel von Kaffeekaufleuten. Die würden ihn nie aufnehmen. Nicht in hundert Jahren! Es war schon schwer genug für deinen Vater, ihn als Lehrling einzustellen, weil er nicht den richtigen Stallgeruch hat. Und da drüben in Amerika ist das alles ganz egal. Da ist er ein König. Warum sollte er sich mit weniger zufriedengeben?«

Mina riss ihre Hände aus seinem Griff. »Willst du ihn mir auch ausreden?« Sie schluchzte auf. »Genau wie alle anderen?«

Sie wollte sich umdrehen und hinauslaufen, aber Heiko hielt sie mit erstaunlicher Kraft an den Schultern fest.

»Nein. Das will ich nicht«, sagte er weich. »Aber du wirst dich entscheiden müssen. Wenn du Edo willst, wirst du hier alles aufgeben und zu ihm nach Amerika gehen müssen. Und wenn du hierbleiben und eure Firma halten willst …« Er schwieg und suchte ihren Blick.

»Dann ohne Edo…«, sagte sie heiser.

Heiko nickte. »Dann ohne Edo.«

Er zog sie in seine Arme und hielt sie ganz fest.

Als sie zwei Stunden später das Vorzimmer des Kontors wieder betrat, sprang Frederik von seinem Stuhl auf und kam ihr entgegen.

»Wo sind Sie denn gewesen, Fräulein Mina?«, rief er vorwurfsvoll. »Wir haben uns schon Sorgen gemacht.«

»Ich war spazieren«, antwortete sie müde. »Dann habe ich eine Weile am Hafen gesessen und gehofft, dass meine Kopfschmerzen vergehen.« Sie rieb sich mit Zeigefinger und Daumen der rechten Hand über die Stirn und seufzte. »Es hat nicht viel geholfen, fürchte ich. Wären Sie wohl so lieb, mich nach Hause zu fahren, Frederik?«

»Selbstverständlich«, sagte er sofort und nahm seinen Mantel von der Garderobe. »Sie werden doch wohl nicht krank werden, Mina«, sagte er, während er hineinschlüpfte.

»Nein, so schlimm ist es nicht. Ich habe mir in letzter Zeit nur etwas zu viel zugemutet, denke ich.« Sie sah zu Herrn Becker hinüber, dessen Blick besorgt auf ihr ruhte. »Meinen Sie, dass Sie heute ohne uns zurechtkommen oder soll Leutnant Lohmeyer noch zurückkommen?«, fragte sie.

»Das wird nicht nötig sein, Fräulein Deharde. Es ist jetzt

drei Uhr durch, und bis er zurück ist, ist schon beinahe Feierabend. Der Lehrling kann mir helfen.«

»Gut. Dann bis morgen früh, Herr Becker.«

»Bis morgen früh und gute Besserung für Sie.«

Mina mühte sich ein schmales Lächeln ab und nickte ihm zu, ehe sie Frederik auf den Flur hinaus folgte.

Es war nicht einmal gelogen, dass ihr Kopf schmerzte. Auch die Tatsache, dass sie spazieren gegangen war und am Hafen gesessen hatte, stimmte. Nur dass Heiko Peters sie begleitet hatte und sie die zwei Stunden lang geredet hatten, hatte sie nicht erwähnt. Das musste niemand wissen.

Wie gut, jemanden wie Heiko an der Seite zu haben, dachte Mina, und ein warmes Gefühl der Dankbarkeit breitete sich in ihr aus. Wie gut, jemanden neben sich zu wissen, der einen mochte, wie man war, mit dem man über alles reden konnte und der mit seiner ehrlichen Meinung nicht hinterm Berg hielt, wenn es nötig war. Ein Freund, der immer zu einem hielt, ohne eine Gegenleistung zu erwarten. So etwas war Gold wert.

Sie ließ sich im Sitz des Cabriolets ein Stück nach unten rutschen und lehnte den Kopf gegen die Lehne, während sie aus dem Fenster sah. Frederik versuchte nicht, ein Gespräch mit ihr anzufangen, und sie war ihm dankbar dafür. Aus dem Augenwinkel glaubte sie wahrzunehmen, dass er von Zeit zu Zeit zu ihr herübersah. Er schien sich wirklich Sorgen zu machen. Sie dachte daran, jetzt schon mit ihm zu sprechen, entschied aber dann dagegen. Dafür war später noch Zeit. Vielleicht auch erst morgen.

»Ich werde gleich nach oben gehen und mich hinlegen«, sagte sie, als sie die Villa betreten hatten. »Wären Sie so nett, meiner Großmutter zu sagen, dass ich nicht zu Tisch komme?«

»Natürlich, Mina«, sagte er warm und deutete eine leichte Verbeugung an. »Wenn es morgen nicht besser ist, sollten Sie vielleicht den Arzt konsultieren. Er kommt doch wegen Ihres Vaters ohnehin ins Haus.«

»Das werde ich tun«, erwiderte sie und zwang sich ein Lächeln ab. »Ich verspreche es. Aber ich denke, wenn ich mich richtig ausgeschlafen habe, geht es mir wieder gut. Gute Nacht, Frederik.«

»Gute Nacht, Mina!« Er schenkte ihr ein aufmunterndes Lächeln. Als Mina am oberen Treppenansatz ankam, sah sie, dass er noch immer in der Halle stand und ihr nachsah. Erst als sich ihre Blicke trafen, drehte er sich um und schlenderte, die Hände in den Taschen, zum Salon.

Doch statt ihr Zimmer aufzusuchen, wandte sich Mina nach rechts und blieb vor der Tür zum Schlafzimmer ihres Vaters stehen, das sie in den letzten Tagen nicht betreten hatte. Sie holte tief Luft und klopfte. Es dauerte einen Augenblick, ehe Mina das »Herein« einer dunklen Frauenstimme hörte. Fräulein Brinkmann musste bei Vater sein.

Für eine Sekunde schwankte Mina, ob sie wirklich hineingehen sollte, doch dann straffte sie die Schultern. Sie wusste, die Aussprache musste sein, und sie aufzuschieben würde es nicht leichter machen.

Haltung wahren, ermahnte sie sich selbst, drückte den Griff der Tür hinunter und öffnete sie.

»Störe ich?«, fragte sie leise.

Fräulein Brinkmann, die auf einem Stuhl neben Karls Bett saß, lächelte ihr zu und schüttelte den Kopf. Sie streckte Mina eine Hand entgegen. »Mina, wie schön«, flüsterte sie und wies mit dem Kopf zu Minas Vater. »Er ist gerade eingeschlafen. Das passiert jetzt immer öfter.« Ihr Gesicht verzerrte sich kurz, ehe sie sich wieder im Griff hatte. »Das macht das Morphium.«

Mina trat neben den Stuhl der Hauslehrerin und griff nach ihrer Hand, während sie auf das Gesicht ihres Vaters hinuntersah. Was für ein Unterschied die wenigen Tage machten, die sie ihren Vater gemieden hatte. Es war erschreckend. Seine Wangen wirkten hohl, tiefe, bläuliche Schatten lagen unter den geschlossenen Augen, und seine Haut hatte einen ungesunden, gelblichen Schimmer.

»Es ist so gut, dass du endlich hergekommen bist, Kind«, sagte Fräulein Brinkmann leise. »Er hat in den letzten Tagen immerzu von dir gesprochen.«

»Was hat er gesagt?« Mina wandte den Blick nicht von dem Kranken. »Ist er noch böse auf mich?«

»Böse?« Die Lehrerin drückte leicht ihre Hand. »Nein, er war nie böse auf dich. Vielleicht ein wenig enttäuscht, aber das auch bloß, weil er es nicht geschafft hat, dich von seinem Plan, die Firma in der Familie zu halten, zu überzeugen. Glaub mir, Mina, dein Vater kennt dich ganz genau und weiß, dass du nur deinem Herzen folgen willst. Und er versteht das gut.«

»Meinem Herzen …« Mina senkte den Kopf und schluckte, um den Kloß loszuwerden, der sich plötzlich in ihrer Kehle gebildet hatte. Die Trauer um das, was sie im Begriff war aufzugeben, drohte sie für einen Moment zu überwältigen. Doch dann sah sie wieder ihr Spiegelbild vor sich, das sie so sehr an ihre Großmutter erinnert hatte. Sie presste die Lippen zusammen und richtete sich kerzengerade auf. Diese Trauer würde sie noch lange Zeit begleiten, und sie wusste, sie war in der Lage, sie zu tragen. Das Gefühl, ihre Pflicht zu erfüllen und das Richtige zu tun, würde dabei helfen.

Mina beugte sich vor und berührte die Hand ihres Vaters, die auf der Bettdecke lag.

»Papa?«, sagte sie leise und setzte sich auf die Bettkante.

Karls Lider flatterten, er öffnete die Augen und schaute sie an.

»Mina.« Seine Stimme war nicht mehr als ein Flüstern. »Mein Wunschmädchen.«

»Es tut mir leid, dass ich so lange nicht bei dir war, Papa. Ich brauchte die Zeit, um in Ruhe nachzudenken. Für eine Weile wusste ich einfach nicht mehr, was richtig und was falsch ist. Dabei hast du mir beigebracht, was wirklich wichtig ist: dass man seine Pflicht tun muss, weil viele Menschen davon abhängen.« Sie schluckte und holte tief Luft. »Von der Familie bis hinunter zum jüngsten Lehrling von *Kopmann & Deharde* verlassen sich alle darauf, dass ich meine Pflicht tue. Ich war furchtbar selbstsüchtig, aber jetzt bin ich es nicht mehr.«

Karl sah sie lang an. Dann hob er die andere Hand, legte sie auf ihre und hielt sie fest. »Heißt das ...« Er vollendete den Satz nicht.

»Ja, Papa, ich werde Frederik Lohmeyers Heiratsantrag annehmen, damit *Kopmann & Deharde* weiterbestehen wird.«

Als Mina die Treppe zur Halle hinunterging, fühlte sie sich wie gerädert. Zwei Stunden lang hatte sie am Bett ihres Vaters gesessen und war mit ihm zusammen durchgegangen, was in den nächsten Tagen passieren musste, damit die Übergabe der Firma und die Hochzeit reibungslos über die Bühne gehen konnten. Fräulein Brinkmann hatte Schreibblock und Bleistift geholt und Notizen gemacht, damit nichts vergessen wurde, wenn am folgenden Tag der Notar kommen würde, um Testament und Ehevertrag aufzusetzen.

Schließlich hatte Karl wieder starke Schmerzen bekommen und war eingeschlafen, nachdem Fräulein Brinkmann ihm noch einmal Morphiumtropfen verabreicht hatte. Sie hatte Mina die fünf eng mit ihrer klaren geschwungenen Handschrift bedeckten Seiten mitgegeben, die diese noch immer zusammengefaltet in der Hand hielt, als sie den Salon betrat.

Hiltrud, die wieder über ihre Stickerei gebeugt war, hob den Kopf und warf ihrer Enkelin einen erstaunten Blick zu. »Nanu, Kind? Geht es deinem Kopf wieder besser?«

»Ja, Großmutter, vielen Dank, es ist schon viel besser geworden«, erwiderte Mina. »Aber ich dachte, vielleicht wäre ein kleiner Spaziergang durch den Garten ganz wohltuend. Es ist ein so schöner Abend heute.« Dabei sah sie zu Frederik. »Würden Sie mich begleiten, Leutnant?«

Sofort drückte Frederik die Zigarette im Aschenbecher aus und erhob sich. »Mit Vergnügen, Fräulein Mina«, sagte er lächelnd, ging vor und hielt ihr die Tür auf.

Draußen war es so mild, dass man schon fast den Sommer erahnen konnte, als sie aus der Vordertür traten und dem hellen Kiesweg folgten, der um das Haus herum in den Garten führte. Der Jasminbusch, auf den Großmutter besonders stolz war, stand in voller Blüte und verströmte einen betörenden Duft, den Mina tief in sich einsaugte, als sie langsam daran vorbeischlenderten.

»Setzen wir uns doch einen Moment«, sagte sie und deutete auf die weißgestrichene Bank, die unter der Linde stand, aus deren Knospen sich die ersten Blätter schoben.

»Gern.« Frederik zog ein blütenweißes Taschentuch aus seiner Tasche und breitete es galant auf der Bank aus, damit Mina sich setzten konnte, ohne ihren Rock zu beschmutzen.

Er setzte sich neben sie, holte sein Etui aus der Innentasche seines Jacketts und zündete sich eine Zigarette an.

»Wirklich, ein schöner Abend«, sagte er und blies eine Rauchwolke nach oben.

Mina nickte nur, während sie fieberhaft überlegte, wie sie ihr Anliegen formulieren sollte.

»Was ist das eigentlich für ein Schreiben, das Sie die ganze Zeit in der Hand halten?«, fragte er.

»Das ist der Grund, weshalb ich mit Ihnen reden wollte.« Mina faltete die Notizen ihrer Lehrerin auseinander, legte sie auf ihren Schoß und glättete die zerknickten Zettel. »Sie waren neulich im Begriff, mir eine Frage zu stellen, als wir vom Kontor zurückgefahren sind, und ich habe Sie auf später vertröstet.«

Erstaunt zog Frederik eine Augenbraue hoch, als er sie ansah.

»Damals sagten Sie, Sie hätten meinen Vater um meine Hand gebeten.«

»Das ist richtig.«

»Nun, ich habe heute lange mit meinem Vater gesprochen, und ich möchte Ihnen meine Antwort auf die Frage geben.«

»Mina!« Ein Strahlen flog über Frederiks Gesicht. Er wollte sie an sich ziehen, doch sie hob abwehrend die Hände.

»Allerdings sind ein paar Bedingungen an mein Jawort geknüpft.« Sie versuchte, ihre Stimme so sachlich wie nur möglich klingen zu lassen.

»Bedingungen?« Jetzt war sein Lächeln verschwunden, und er runzelte die Stirn. »Was für Bedingungen denn?«

»Mein Vater wünscht, dass zuvor ein Ehevertrag geschlossen wird, sonst wird er seine Zustimmung zu unserer Hochzeit nicht geben. Da ich noch nicht volljährig bin, kann ich ohne die nicht heiraten, wie Sie wissen.«

Frederik nickte.

»In diesem Vertrag werden Ihre Rechte und Pflichten genau aufgeführt, besonders natürlich, was die Firma *Kopmann & Deharde* angeht. Sie werde zwar nach außen die Firma vertreten, alle wichtigen Entscheidungen werde allerdings ich treffen. Da mein Vater und ich um Ihr, ich nenne es mal, ›finanzielles Malheur‹ in Guatemala wissen, wird Ihr Zugriff auf die Firmengelder sehr beschränkt sein. Sie bekommen zum Ausgleich eine großzügige Apanage ausgezahlt, über die Sie frei verfügen können. Das wäre das Wesentliche …« Rasch überflog sie Fräulein Brinkmanns Notizen und nickte. »Nur eine Sache noch. Mein Vater besteht darauf, dass die Firma auch nach der Hochzeit weiterhin den Namen Deharde fortführen soll und der Firmenname unverändert bleibt.« Dass es sich dabei nicht um Vaters, sondern ihre eigene Bedingung handelte, sagte Mina wohlweislich nicht.

Frederiks Mine verfinsterte sich zusehends. »Dann bin ich ja nicht mehr als ein Aushängeschild der Firma.«

»Das mögen Sie so sehen. Aber so sind nun einmal die Bedingungen, die wir an die Eheschließung knüpfen.« Sie sah ihm fest in die Augen. »Sie müssen verstehen, Frederik, diese Ehe ist so etwas wie der Zusammenschluss zweier Geschäftspartner. Jeder hat Vorteile davon und Pflichten zu erfüllen, aber im Mittelpunkt steht das Wohl der Firma. Mein Vater ist sterbenskrank, und wir würden *Kopmann & Deharde* verlieren, wenn er stirbt, ohne dass die Nachfolge geregelt ist.« Mina strich langsam die Blätter glatt, die auf ihrem Schoß lagen, ehe sie ihm offen ins Gesicht sah. »Ich hege keine romantischen Gefühle für Sie, Frederik, aber empfinde Sympathie für Sie. Und ich verspreche Ihnen, dass ich Ihnen eine gute und getreue Ehefrau sein werde.«

Frederik hielt ihrem Blick lange stand, dann nahm er einen letzten Zug aus seiner Zigarette, ehe er sie auf den Boden warf und austrat. »Wie hoch ist die Apanage?«

»Mein Vater sprach von fünfzehntausend Mark im Jahr, aber ich denke, ich könnte ihn dazu überreden, den Betrag noch zu erhöhen, auf, sagen wir, zwanzigtausend?« Sie streckte ihm die Rechte entgegen. »Sind Sie einverstanden?«

Er nahm ihre Hand, beugte sich vor und küsste sie flüchtig auf die Wange. »Verkauft für zwanzigtausend Silberlinge«, sagte er mit einem bösen kleinen Lächeln.

ZWANZIG

Als Agnes noch klein gewesen war, hatte sie Mina immer wieder angebettelt, mit ihr *Hochzeit* zu spielen. Dann hatten sie all ihre Puppen und die beiden Teddybären, die sie besaßen, in Agnes' Zimmer getragen, den Puppen ihre besten Kleider angezogen und sie in zwei Reihen auf den Boden gesetzt. Minas Puppe Anna, mit ihrem Porzellankopf, den echten Haaren und dem weißen Kleid, war stets die Braut, und Agnes' Teddy, dem sie eine schwarze Fliege von Papa um den Hals gebunden hatten, spielte den Bräutigam. Getraut wurden sie von Minas Teddy Fridolin, der mit Frau Kruses bestem schwarzen Kopftuch zum Pastor ausstaffiert worden war. Nach der Trauung, bei der Mina Fridolin ihre tiefste Stimme lieh, ließen die Puppengäste das Brautpaar hochleben und feierten dann ein rauschendes Fest, bei dem es Butterkekse gab, die die Mädchen sich vorher bei Frau Kruse erbettelt hatten.

Jedes Mal, wenn das Spiel beendet war, hatte Mina zu ihrer Schwester gesagt: »Eines Tages, wenn wir groß sind, werden wir auch einmal so eine schöne Hochzeit haben, du und ich. Mit Brautkleid und Schleier, einem Empfang und lauter vornehmen Gästen. Du wirst sehen, Agnes.«

Und jedes Mal hatte Agnes ihr zugestimmt und sich noch einen weiteren Butterkeks in den Mund geschoben.

Daran musste Mina denken, als sie nur zehn Tage nach ihrer Verlobung mit Frederik Lohmeyer an seinem Arm durch die Eingangshalle der Villa ihrer Großeltern auf den Standesbeamten zuschritt.

Nein, dies hatte nichts mit ihrem Traum von einer Hochzeit im weißen Brautkleid mit Schleier in einer prachtvollen Kirche zu tun. Mina trug nur ihr dunkelblaues Sonntagskleid und einen Strauß Tulpen aus dem Garten, die schon die Köpfe hängenzulassen begannen. Frederik in seiner Uniform war prachtvoller gekleidet als sie. Aber was machte das schon? Darauf kam es nicht an.

Es war nicht leicht gewesen, alle Formalitäten rechtzeitig zu erledigen, die für die Eheschließung notwendig waren, aber Minas Patenonkel Senator Hullmann hatte ein paar Fäden gezogen und das Unmögliche möglich gemacht. Mina war es wichtig gewesen, dass ihr Vater, dessen Zustand sich in den letzten Tagen weiter verschlechtert hatte, die Hochzeit seiner ältesten Tochter noch miterleben konnte. Man hatte ihm ein Bett in der Halle aufgestellt und ihn für die Trauung ins Erdgeschoss tragen lassen. Dort lag er jetzt und schaute Mina entgegen. Er versuchte, zu lächeln, aber Mina konnte sehen, dass er trotz des Morphiums, das der Arzt ihm gegeben hatte, Schmerzen hatte.

Mina fühlte einen Stich in ihrem Herzen, als sie es sah. Vielleicht, so dachte sie, kann er ja endlich loslassen und seinen Frieden finden, wenn er sieht, dass sich seine Wünsche und Hoffnungen erfüllen und dass für die Familie gesorgt werden wird. Lieber Gott, lass ihn nicht mehr so leiden und nimm ihn bitte endlich zu dir.

Im gleichen Moment, in dem sie dies Stoßgebet zum Himmel schickte, schämte sie sich auch schon für diesen Gedanken. Als hätte er gespürt, was sie dachte, fühlte sie Frederiks Hand, die sich tröstend auf ihre Rechte auf seinem Arm legte, während der Standesbeamte mit näselnder Stimme zu sprechen begann.

Kein großer Empfang. Keine Feier. Das wäre bei dem Gesundheitszustand des Hausherrn unpassend gewesen. Später irgendwann, wenn das Trauerjahr vorüber war, konnte man daran denken, Gäste zu einem Empfang zu bitten. Jetzt waren nur die engste Familie und die Dienstboten anwesend. Großmutter und Onkel Henry waren die Trauzeugen, und Agnes war Minas Brautjungfer. Sie sah schon so erwachsen aus, wie sie neben ihr in der Halle stand, die dunklen Haare hochgesteckt und mit ihrem besten Kleid aus grüner Seide angetan. Mina hoffte, wenigstens für sie würde eines Tages der Traum von einer glanzvollen Hochzeit mit einem Mann, den sie liebte und der sie glücklich machte, wahr werden.

Als der Standesbeamte seinen Text herunterleierte, gab Mina sich nicht einmal Mühe, seinen Worten zu folgen. Schließlich hielt er inne und sah Frederik fragend in die Augen.

»Ja, ich will«, sagte der fest, und der Beamte wandte sich an Mina.

»Und wollen Sie, Wilhelmina Johanne Deharde den hier anwesenden Frederik Lohmeyer zum Mann nehmen?«, fragte er.

Es tut mir leid, Edo. Es tut mir so unendlich leid, dachte sie, als sie sich selbst sagen hörte: »Ja, ich will.«

Als der Standesbeamte sie daraufhin zu Mann und Frau erklärte, glaubte Mina, ihr Herz würde in Stücke gerissen. Sie schloss für einen Moment die Augen und presste die Lippen zusammen, dann hatte sie sich wieder im Griff.

Haltung, Mina, dachte sie. Du schaffst das. Du kannst alles schaffen.

Sie holte tief Luft, wandte sich zu ihrem Vater um und schenkte ihm ein strahlendes Lächeln.

Karl Deharde starb zwei Tage nach Minas Hochzeit friedlich im Schlaf. In den Hamburger Zeitungen erschienen zahlreiche Nachrufe, in denen er als »hanseatischer Kaufmann der alten Schule« und »Stütze des *Verein der am Caffeehandel betheiligten Firmen*« bezeichnet wurde. Die Nikolai-Kirche war bei der Trauerfeier bis auf den letzten Platz gefüllt. Mina glaubte, die Reihe der kondolierenden älteren Herren, die den Zylinder vor ihr und Frederik zogen und sich verbeugten, um ihr Mitgefühl auszudrücken, würde nie ein Ende nehmen.

Nach ihrer Rückkehr in die Villa nahm ihre Großmutter sie beiseite. Sie wolle ein paar Worte allein mit ihr reden, sagte sie und führte sie in den Salon, wo bereits der Nachmittagstee auf sie wartete.

»Du hast in den letzten Tagen eine bewundernswerte Haltung an den Tag gelegt, liebes Kind«, sagte Hiltrud und goss Tee in die Tassen, ehe sie sich auf ihrem Sessel niederließ.

»Ich danke dir, Großmutter«, erwiderte Mina. »Ich hatte in dir ein gutes Vorbild.«

Ein schmales Lächeln umspielte Hiltruds Lippen. Ganz offensichtlich fühlte sie sich geschmeichelt. Sie schob den Zuckertopf etwas näher zu Mina, nachdem sie sich selbst bedient hatte. »Ist das so?«

Eine Weile war nichts zu hören als das leise Klirren des Löffels in der Tasse, als Hiltrud ihren Tee umrührte. Schließlich seufzte sie vernehmlich.

»Ich bin froh, dass du schließlich noch zur Vernunft gekommen bist, Wilhelmina«, sagte sie. »Diese Geschichte mit diesem jungen Kontoristen, der dir schöne Augen gemacht hat … Daraus hätte doch wirklich nie etwas werden können.«

Mina ließ ihre Tasse wieder sinken und starrte ihre Großmutter verblüfft an. »Du weißt davon?«

Hiltrud nickte. »In diesem Haus passiert kaum je etwas, von dem ich keine Kenntnis habe. Und der unerfreuliche Streit zwischen deinem Vater und dir war nun weiß Gott laut genug. Aber zum Glück bist du ja klug genug und hast die richtige Entscheidung getroffen. Dein Vater befürchtete schon, du könntest Hals über Kopf davonlaufen.«

»Hast du mit ihm darüber gesprochen?«

»Nur kurz und sehr taktvoll, wie es meine Art ist.«

Hiltrud nahm einen Schluck Tee aus ihrer Tasse und stellte sie dann zurück auf die Untertasse. »Ich bin nicht wirklich glücklich mit der Entscheidung deines Vaters, die Verantwortung für die Firma dir zu überlassen, statt sie deinem Mann zu übertragen, wie es üblich wäre. Meines Erachtens gibt es gute Gründe, warum die Welt von Frauen und Männern voneinander getrennt ist. Deine Aufgaben sollten im Haus liegen und seine im Kontor. Aber ich weiß, dass du einen klugen Kopf hast, und ich denke, dein Vater hatte seine Gründe für diese Entscheidung. Frederik mag nicht der Mann deiner Träume sein, aber so ist das nun einmal in unseren Kreisen. Da wird nicht lange gefragt, ob das Herz mitspielt. Das Geschäft steht im Vordergrund. So war es bei deiner Mutter, und so war es auch bei mir. Manche Frauen haben das Glück, dass sie trotzdem Liebe finden, andere hingegen müssen ihr Schicksal so hinnehmen, wie es sich für sie ergibt.«

Mina beobachtete, wie das Gesicht ihrer Großmutter sich plötzlich verhärtete. »Dein Vater hatte wenigstens den Anstand, zu warten, bis deine Mutter nicht mehr da war, ehe er sich eine Liebschaft gesucht hat. Dein Großvater war nicht so diskret. Er ist von Anfang an jedem Rock hinterhergestiegen, der in seiner Reichweite war.«

Wie vom Donner gerührt saß Mina da und starrte Hiltrud an. Sie wusste nichts zu erwidern.

»Schau nicht so verwirrt, mein Kind. Inzwischen bist du doch wohl alt genug für die Wahrheit. Vielleicht ist das Verhalten deines Großvaters der Grund, warum ich so geworden bin. Warum ich stets Haltung wahre«, fuhr Hiltrud fort. Ihr Gesicht wurde weicher, als sie lächelte. »Haltung ist wie ein Schutzpanzer und bewahrt einen davor, verletzt zu werden. Auf der einen Seite ist er sehr nützlich, aber wenn man ihn zu lange trägt, ist es schwer, ihn wieder abzulegen. Gib acht, dass es dir nicht auch so ergeht, Mina.«

Frederik hatte versucht, Mina zu überreden, am Tag nach der Beerdigung nicht ins Kontor zu fahren, aber Mina bestand darauf, ihn zu begleiten. Als sie die Büroräume betraten, hatten sich die Mitarbeiter von *Kopmann & Deharde* im Vorzimmer versammelt und Herr Becker sprach ihnen im Namen aller Angestellten sein Beileid aus.

»Wir werden das Geschäft einfach so weiterführen wie in den letzten Wochen schon«, erwiderte Mina, nachdem sie sich bedankt hatte. »Ich glaube, damit werden wir das Andenken meines Vaters ehren.« Sie lächelte Herrn Becker zu. »Fangen wir am besten gleich damit an. Ist die Post schon gekommen?«

Herr Becker nickte. »Die liegt schon auf dem Schreibtisch, Frau … Lohmeyer.«

»Also gut, meine Herren, dann wollen wir mal an die Arbeit gehen.« Damit drehte sie sich auf dem Absatz um, ging ins Chefzimmer und schloss die Tür hinter sich.

Einen Moment lang lehnte sie sich mit dem Rücken an die schwere Holztür und sah sich in dem Raum um. Zuerst war es Großvaters Büro gewesen, dann Vaters und jetzt würde es ihres sein.

Langsam ging sie zum Chefschreibtisch hinüber und strich mit den Fingern über das glatte Nussbaumholz, während sie um den Tisch herum zum Stuhl ging und sich setzte. Ihr Blick fiel auf die beiden Gemälde, die nebeneinander an der gegenüberliegenden Wand hingen. Ihr war, als würden ihr Vater und ihr Großvater zweifelnd auf sie heruntersehen.

»Ich werde mir alle Mühe geben, euch Ehre zu machen«, sagte sie laut. Dann seufzte sie und griff nach dem Stapel Umschläge, der vor ihr lag.

Als sie den obersten Briefumschlag umdrehte, begann ihre Hand zu zittern. Diese Handschrift hätte sie unter Hunderten erkannt.

»Edo!«, flüsterte sie.

Eine Sekunde lang war sie versucht, den Brief zu öffnen, doch dann nahm sie ihn, zerriss den Umschlag ungeöffnet in zwei Teile und warf ihn in den Papierkorb. Sie schlug die Hände vors Gesicht, doch die Tränen, die sie in all den Tagen zuvor zurückgehalten hatte, wollten auch jetzt nicht fließen. Nur ein trockenes Schluchzen löste sich aus ihrer Kehle, dann hatte sie sich wieder im Griff.

Reiß dich zusammen, Mina, dachte sie. Stell dir vor, jetzt kommt jemand herein. Niemand soll dich weinen sehen. Schon gar nicht Frederik.

Sie bückte sich und zog den zerrissenen Brief von Edo wieder aus dem Papierkorb heraus und drehte die Teile unschlüssig in den Händen. Schließlich öffnete sie die Schreibtischschublade und stopfte sie in die hinterste Ecke. Ihr Blick fiel auf ein in Leder gebundenes Buch, das oben auf einem Stapel anderer Papiere lag. K.D. stand in geschwungenen Goldlettern in der unteren rechten Ecke.

Zuerst zögerte sie, doch dann siegte die Neugier. Als Mina das Buch aufschlug, erkannte sie die Schrift ihres Vaters. Ein Tagebuch. Sie hatte keine Ahnung gehabt, dass ihr Vater eines geführt hatte. Nicht an jedem Tag gab es einen Eintrag. Manchmal hatte er nur festgehalten, welche Geschäfte er mit wem getätigt hatte, manchmal nur, wie das Wetter gewesen war. Ein Eintrag aus dem letzten Jahr hielt sie für einen Moment gefangen: »Heute mit Mina in der Walküre gewesen. Wunderschöner Abend. Sie wird Elise immer ähnlicher.«

Mina lächelte, als sie es las, und blätterte weiter. Hinten im Buch fand sie noch etliche leere Blätter.

Mina griff nach einem Federhalter, tauchte ihn in das Tintenfass und begann zu schreiben.

Freitag, den 25. April 1913
Gestern haben wir meinen Vater Karl Deharde zu Grabe getragen.
Mit dem heutigen Tage habe ich, Mina Deharde-Lohmeyer, die Leitung der Firma Kopmann & Deharde *übernommen.*

ENDE